Stefan Holtkötter
Todeskabinett

PIPER

Zu diesem Buch

Der Berliner Innensenator wird tot im Grunewald aufgefunden. Zunächst sieht alles nach einem Verkehrsunfall aus, denn der Innensenator scheint an den Folgen seiner Verletzungen beim Aufprall des Wagens gestorben zu sein. Doch nicht nur der Zeitpunkt des Unfalls ist verdächtig: Der einflussreiche Politiker starb nur wenige Tage vor der Senatswahl und nur wenige Tage nachdem bekannt wurde, dass er in einen Korruptionsskandal verwickelt war. Außerdem behauptet der Zeuge, der den Senator gefunden hat, dass jemand vom Unfallort geflüchtet ist. Als Kommissar Michael Schöne mit dem Fall beauftragt wird, begibt er sich bei seinen Recherchen in die inneren Kreise der Landesregierung Berlins. Schnell stellt er fest, dass es dort, wo ranghohe Politiker auf skrupellose Wirtschaftsbosse treffen und folgenschwere Entscheidungen gefällt werden, immer genügend Spielraum für Missgunst und Rache gibt – womöglich sogar für einen Mord ...

Stefan Holtkötter, geboren 1973 in Münster, lebte auf einem Bauernhof in Westfalen, bis er nach Berlin zog, wo er heute als Sozialarbeiter und in der Erwachsenenbildung arbeitet. Neben seiner erfolgreichen Krimiserie um den Münsteraner Ermittler Bernhard Hambrock schreibt er atmosphärische und temporeiche Kriminalromane, die in seiner Wahlheimat angesiedelt sind.

Stefan Holtkötter

TODESKABINETT

Kriminalroman

Piper München Zürich

Mehr über unsere Autoren und Bücher:
www.piper.de

Von Stefan Holtkötter liegen bei Piper vor:
Michael-Schöne-Reihe (Berlin)
Fundort Jannowitzbrücke
Todesgarten
Todeskabinett

Bernhard-Hambrock-Reihe (Münsterland)
Das Geheimnis von Vennhues
Schneetreiben
Bauernjagd
Bullenball
Düstermühle
Landgericht

FSC
www.fsc.org
MIX
Papier aus verantwortungsvollen Quellen
FSC® C014496

Originalausgabe
Juli 2014

Umschlaggestaltung: Hauptmann & Kompanie Werbeagentur, Zürich,
unter Verwendung eines Fotos von Christian Poeck
Satz: Kösel Media GmbH, Krugzell
Gesetzt aus der Dante
Papier: Munken Print von Arctic Paper Munkedals AB, Schweden
Druck und Bindung: GGP Media GmbH, Pößneck
Printed in Germany ISBN 978-3-492-30508-2

1

Die junge Frau stieg aus der letzten U-Bahn, die unweit des Grunewalds in den Bahnhof Onkel Toms Hütte einfuhr. Das fahle Licht der Neonröhren zeichnete tiefe Schatten in ihr Gesicht, und sie war froh, allein auf dem Bahnsteig zu sein.

Bestimmt sehe ich schrecklich aus in diesem Licht, dachte sie. Ihre Haut würde glänzen und ihr Gesicht rund und speckig wirken. Da konnte ihre Mutter hundertmal sagen, sie sei nicht dick. Sie sah doch die Fettrollen, die unter ihrem Top hervorquollen. Sie war doch nicht blöd.

Der Zug fuhr weiter, und auf dem Bahnsteig wurde es still. Sie fühlte sich müde und auf unangenehme Weise betrunken. Es war eine furchtbare Party gewesen. Trotzdem oder vielleicht auch deshalb hatte sie zu viel getrunken. Ihre Klassenkameradinnen hatten die ganze Zeit Bowle nachgeschenkt, süßes und klebriges Zeug, in dem schwere Dosenfrüchte schwammen. Ihr war übel.

Sie stellte sich auf die Rolltreppe und starrte die schmutzig grünen Wandfliesen an. Es war immer das Gleiche, und sie konnte nichts dagegen tun. Warum glaubte sie, dass etwas nicht in Ordnung sei, sobald kein Junge da war, der versuchte seine Hand unter ihr Top zu schieben? Warum glaubte sie, nichts wert zu sein, wenn sich an einem Abend keiner offenkundig für sie interessierte? Es war falsch, so zu denken, das wusste sie. Aber sie konnte nicht anders.

Kevin war auf der Party gewesen. Er hatte nach schalem Bier gerochen, und sie hatte sich beeilt, ihn zu küssen, in der Hoffnung, dass sie den Gestank dann nicht mehr bemerken würde. Sie hatte ihm versprochen, mit zu ihm nach Hause zu fahren, heute Nacht. Aber dann war Kevin plötzlich weg gewesen, und sie musste eine Weile nach ihm suchen, bis sie ihn bei seinen Kumpels fand. Da war er so betrunken, dass ihm sogar das Sprechen schwerfiel. Er hatte sie längst vergessen.

Sie verließ die U-Bahn-Station und trat auf die ausgestorbene Straße. Es war Ende September, und die Nächte wurden schon empfindlich kühl. Sie fror. Lange würde es nicht mehr dauern bis zum ersten Frost.

Ihr Fahrrad lehnte an einem Blumenladen. Sie öffnete das Schloss und fuhr los. Der Weg führte durch den Grunewald, doch das störte sie nicht. Sie mochte es, auf dem Rad zu sitzen und an den dunklen Sträuchern vorbeizufahren. Dann konnte sie sich treiben lassen. An nichts mehr denken, nichts mehr fühlen.

An den Birken bog sie in den Schotterweg ein. Das Licht der Laternen reichte nicht weit, es wurde dunkel.

Der Mann kam aus dem Nichts. Er sprang aus den Büschen, so plötzlich, dass sie gar nicht begriff, was passierte. Dann spürte sie Sand und dürres Gras im Mund, das Rad lag neben ihr. Der Mann packte sie, er riss sie herum, war dicht über ihr, atmete schwer. Sein Gesicht war eine schwarze Fläche. Er zerrte an ihren Handgelenken und schleifte sie über den Weg zu den Büschen.

Nicht ins Gebüsch. Nicht ins Gebüsch.

Ihr Top rutschte hoch, Schottersteinchen ritzten in ihre Haut. Sie hörte einen Schrei, doch es dauerte eine Weile, bis sie begriff, dass sie selbst es war, die geschrien hatte. Noch einen Meter, dann würde sie unter dem Blätterdach am Wegesrand verschwunden sein.

Es war der Geruch, ging ihr durch den Kopf. Er kam ihr vertraut vor. Fauligsüß und muffig, als habe der Mann seine Wäsche zu lang in der Trommel gelassen. Kein Deo, kein Rasierwasser. Nur muffige Kleidung und kalter Schweiß.

Dann war er über ihr. Seine Hände zerrten gierig an ihrer Kleidung, tasteten über ihre Brüste, pressten sich tief in ihren Schritt. Sie wand sich. Eine widerliche Erektion drückte sich durch seine Hose gegen ihren Schenkel. Sie schrie wieder.

»Lassen Sie die Frau los!«

Eine Männerstimme, aus Richtung der U-Bahn-Haltestelle.

Der Angreifer erstarrte.

»Lassen Sie die Frau los! Ich rufe die Polizei!«

Der Mann sprang auf und flüchtete in die Büsche. So schnell er aufgetaucht war, so schnell war er wieder verschwunden. Als hätte es ihn nie gegeben.

Sie war frei.

»Geht es Ihnen gut?«, rief die Stimme. »Soll ich einen Arzt holen?«

Sie schüttelte den Kopf. Erst jetzt blickte sie zu dem anderen Mann hinüber. Eine Silhouette neben den Birken, dort, wo sie in den Wald abgebogen war.

Vorsichtig hob sie ihr Rad auf. Es war nicht beschädigt. Nicht einmal eine Speiche war verbogen. Sie stieg auf und fuhr weiter in den Wald hinein. Wenn sie auf dem Rad saß, konnte sie sich treiben lassen. An nichts mehr denken, nichts mehr fühlen.

2

Ist Tieneck noch zu halten?

Wenige Tage vor der Wahl zum Abgeordnetenhaus sorgen neue Vorwürfe gegen Innensenator Günther Tieneck für Wirbel. Noch sind die Umstände des Verkaufs von dreißigtausend landeseigenen Wohnungen an die US-Investmentgesellschaft Arbus, die der damalige Bausenator Tieneck initiiert hatte und denen der Vorwurf der unerlaubten Preisabsprache anhaftet, nicht geklärt, da werden schon neue Vorwürfe laut. Ex-Staatssekretär Müller, der gemeinsam mit Tieneck den Verkauf begleitet hat, soll jüngst einen hochdotierten Beratervertrag bei Arbus unterschrieben haben. Nicht nur die Opposition vermutet hier Untreue und Korruption. Tieneck äußerte sich bislang nicht öffentlich dazu. In der Regierungspartei brodelt es gewaltig. Viele Parteifreunde wünschen sich vom Regierenden Bürgermeister Hans Brohr klare Worte in der Affäre. Brohr soll Tieneck möglichst noch vor der Wahl aus seinem Amt als Innensenator entlassen, denn die Affäre drückt empfindlich auf die Umfragewerte der Partei.

Erstmals Mehrheit für Regierungswechsel

Die letzte Umfrage vor der Wahl zum Abgeordnetenhaus zeigt erstmals eine knappe Mehrheit für die oppositionellen Sozialisten. Damit erhält der Regierende Bürgermeister Brohr eine deutliche Quittung der Wähler für seinen Umgang mit den Affären seines Innensenators Tieneck. Viele Bürger sind unzufrieden mit dem Verbleib Tienecks im Kabinett. Brohr solle klare Kante zeigen und Tieneck entlassen.

Brohr stärkt Tieneck den Rücken

Der Regierende Bürgermeister Hans Brohr hat sich trotz der Vorwürfe hinter seinen umstrittenen Innensenator gestellt. Im Fall einer Wiederwahl kündigte er an, Tieneck im Amt des Innensenators zu belassen. Nach aktuellen Umfragen droht den Bürgerlichen bei der Wahl am kommenden Sonntag jedoch der Verlust der absoluten Mehrheit. Durch das Festhalten am Innensenator könnte der Bürgermeister den sicher geglaubten Wahlsieg in letzter Minute noch verspielen.

Der Stapel mit den Tageszeitungen auf Jennys Schreibtisch war noch völlig unangerührt. Sie war an diesem Tag nicht einmal dazu gekommen, die wichtigsten Artikel zu überfliegen. Der Wahlkampf war in seiner Endphase, und selbst für Zigarettenpausen war kaum noch Zeit. Ein kurzer Blick auf die oberste Titelseite reichte aus, um zu wissen, was das Hauptthema der Presse war.

Günther Tieneck. Seit Wochen kam er aus den Schlagzeilen nicht heraus. Nach der Sache mit dem Verkauf der landeseigenen Wohnungen hatte die Presse begonnen, sich den Innensenator vorzunehmen. Er hatte Leichen im Keller, natürlich. Und mit dem Versuch, sie um jeden Preis zu verheimlichen, war er grandios gescheitert. Wenn etwas scheibchenweise ans Licht kommt, lecken die Leute Blut. Die Spannung wird größer, und sie wollen immer mehr.

Vorkommnisse wurden wieder ausgegraben, aus der Zeit, als Tieneck Bausenator gewesen war. Korruptionsvorwürfe, Vorteilnahme, und schließlich musste sogar die längst vergessene Bankenaffäre herhalten. Immer neue Fakten waren hervorgewühlt worden. Für die Presseabteilung der Bürgerlichen Partei, bei der Jenny als Referentin arbeitete, war die Sache eine einzige Katastrophe.

Eilig schob sie den Zeitungsstapel beiseite. Sie suchte nach der Telefonnummer der Catering-Firma. Der Geschäftsführer hatte versprochen, spätestens um sechs Uhr in der Landesgeschäftsstelle zu sein und das Büfett aufzubauen. Nun war es schon nach halb acht, und noch immer war niemand eingetroffen. Sie wühlte sich durch die Unterlagen auf dem Schreibtisch. Irgendwo musste dieser verfluchte Zettel doch sein.

Man hatte ihr die Organisation der Feier zu Ehren der Wahlkampfhelfer aufgehalst. Zu allem Überfluss hatte der Regierende Bürgermeister darauf bestanden, alles in der Parteizentrale stattfinden zu lassen. Zum Glück waren Wahlkampfhelfer dankbar und bescheiden. Die fühlten sich geschmeichelt, wenn überhaupt etwas zu ihren Ehren veranstaltet wurde. Und an diesem Abend würde der Regierende Bürgermeister selbst vorbeikommen und allerlei Parteiprominenz mitbringen. Da würde die Verspätung beim Büfett schon nicht so schlimm sein.

Endlich. Da war die Nummer. Sie griff nach dem Telefonhörer.

»Die müssen jeden Moment da sein«, versicherte ihr ein gestresst wirkender Mann. »Wir hatten einen Stromausfall, deswegen verzögert sich alles. Tut mir sehr leid, wirklich.«

Jenny überlegte, ob sie ihn damit durchkommen lassen sollte. Schließlich waren sie nicht irgendeine Partygesellschaft. Brohr persönlich zahlte den ganzen Spaß. Aber was brachte es schon, jetzt am Telefon herumzuschreien. Also beließ sie es dabei und beendete das Gespräch.

Im großen Gruppenraum stimmte der Alleinunterhalter die Orgel ein. Jenny hatte sich große Mühe mit der Dekoration des Raums gegeben. Wandschmuck, Blumen, Tischservietten, Teelichter, weißes Geschirr. Doch egal was sie tat, dieses Zimmer ließ sich nicht in einen Festsaal verwandeln. Es wirkte trotz allem eher wie ein Besprechungsraum beim Roten Kreuz. Mit Partyatmosphäre hatte das nichts zu tun.

Der Alleinunterhalter blickte auf und lächelte ihr zu. Beiläufig wechselte er zu einem neuen Stück und spielte die ersten Takte von *Neue Männer braucht das Land*. Dann suchte er wieder ihren Blick und zwinkerte. Sie mühte sich ein Lächeln ab und winkte. Ihre Mutter hätte das vielleicht charmant gefunden.

Die ersten Gäste hatten sich bereits um einen der Stehtische versammelt. Wahlkampfhelfer waren offenbar in der Mehrzahl Männer. Hauptsächlich Rentner, die ihr Leben lang konservativ gewählt hatten und sich jetzt im Ruhestand mit Parteiarbeit die Zeit vertrieben.

Diese ersten Gäste standen mit verschränkten Armen und finsteren Mienen beisammen, und Jenny wusste bereits, worüber sie sprachen. Günther Tieneck. Oder auch Titaneck, wie er innerhalb der Fraktion scherzhaft genannt wurde. Der sinkende Titaneck.

»Ich verstehe den Hans nicht!«, rief einer und meinte damit Hans Brohr, den Regierenden Bürgermeister. »Der muss da doch durchgreifen!«

»Wenn man ihn so sieht, könnte man fast glauben, der hätte Angst vorm Tieneck.«

»Dabei ist Tieneck derjenige, der Angst haben sollte.«

»Ich will gar nicht wissen, was da noch alles rauskommt. Tieneck hat offenbar vor nichts haltgemacht. Sogar in die eigene Tasche hat er gewirtschaftet!«

»Aber das halbe Kabinett kuscht vor dem. Ich versteh das einfach nicht.«

Jenny atmete durch und legte ihr gewinnendes Lächeln auf. Na, dann mal los!, dachte sie und trat an den Stehtisch.

»Guten Abend, meine Herren!«, rief sie heiter. »Wie ich sehe, sitzen Sie hier auf dem Trockenen. Tut mir leid, das Catering hat Verspätung, aber im Kühlschrank der Geschäftsstelle unten müssten noch ein paar Flaschen Bier kalt stehen. Also: Wem darf ich denn eins bringen?«

Sofort erhellten sich die Gesichter der Männer. Ihr ganzer Ärger schien vergessen. Ein paar Flaschen Bier und das Lächeln einer jungen Frau, dachte Jenny amüsiert. Es ist doch manchmal zu einfach.

Im Kühlschrank der kleinen Küche fand sie sechs Flaschen. Es würde fürs Erste reichen. Hauptsache, der Caterer kam jetzt bald.

Als sie mit dem Bier ins Treppenhaus trat, schlug mit Wucht die Tür zum Hintereingang auf. Sofort war der Hausflur voller Menschen. Hans Brohrs enger Zirkel, der Wahlkampfstab des Landesverbands, und mittendrin der Bürgermeister. Laut palavernd und ohne von Jenny Notiz zu nehmen. Seine Mitarbeiter waren es, die Brohr zu dieser Party geraten hatten. Der Regierende sollte in seiner sozialen Kompetenz wahrgenommen werden. Er würde eine kurze Rede vor den Wahlkampfhelfern halten, ein bisschen Kampfstimmung für die morgige Wahl verbreiten und sich dann klammheimlich wieder davonmachen.

Jenny trat zur Seite. Schlecht sieht er aus, dachte sie. Die Anstrengungen der vergangenen Wochen waren ihm deutlich anzusehen. Eine tiefe Furche hatte sich auf seiner Stirn gebildet. Wahlkämpfe waren immer zermürbend, auch ohne einen Senator Tieneck und eine Krise innerhalb der Bürgerlichen Partei. An Brohrs Seite war Jürgen Steinbach, der Fraktionsvorsitzende der Partei. Er wirkte ebenfalls erschöpft.

Die beiden gingen an ihr vorbei. Es dauerte einen Moment, bis Brohr Jenny erkannte. Ein müdes Lächeln huschte über sein Gesicht.

»Jenny!«, sagte er. »Wenigstens eine, die mich heute nicht mit Vorwürfen überschüttet. Oder irre ich mich?«

Mit seinem Lächeln hatte er sie sofort auf seiner Seite. So war es jedes Mal. Es funktionierte immer, und sie konnte nichts dagegen tun. Und das war wohl auch der

Grund, weshalb er beim letzten Mal wiedergewählt worden war.

»Im Gegenteil«, sagte sie. »Zur Abwechslung können *Sie* jetzt mal einen mit Vorwürfen überschütten. Und zwar mich. Das Catering ist noch nicht da, und die ersten Gäste warten schon.« Sie deutete auf die Flaschen in ihrem Arm und lächelte. »Ich versuche gerade, das Schlimmste abzuwenden.«

»Ist doch kein Drama.« Er machte eine wegwerfende Handbewegung. »Ist Tieneck schon da?«

»Er *war* hier. Er ist gerade eben nach Hause gefahren, um sich kurz auszuruhen oder so. Das hat er wenigstens gesagt. Meinen Sie denn, der lässt sich hier noch mal blicken? Also, wenn ich er wäre …«

»Und ob der sich hier blicken lässt. Er ist der erste Mann im Kabinett. Wenn er das bleiben will, dann soll er gefälligst auch den Arsch in der Hose haben, sich hier vor den Leuten hinzustellen.«

Jenny wusste nicht, was sie sagen sollte. Sie verstand auch nicht, warum der Innensenator nicht einfach vor die Tür gesetzt wurde.

»Ich hatte das Gefühl, er wollte sich vor der Party drücken. Aber vielleicht kommt er ja gleich wieder.«

»Versuchen Sie doch bitte, ihn zu Hause anzurufen. Sein Handy hat er nämlich ausgestellt.«

»Und was soll ich ihm sagen?«

»Sagen Sie ihm, dass er seinen Arsch gefälligst hierher bewegen soll«, sagte Brohr. »Und zwar dalli, dalli! Die Prügel der Leute hier kann er sich ja wohl persönlich abholen.«

Dann wandte er sich wieder an Steinbach und ging weiter. Jenny drückte einer vorbeieilenden Presseassistentin die Flaschen in die Hand und erklärte ihr, an welchen Tisch sie das Bier bringen sollte. Brohr drehte sich noch einmal zu ihr um.

»Sagen Sie ihm, dass er aus dem Kabinett fliegt, wenn er hier nicht auftaucht. Das ist mein voller Ernst.«

Steinbach schüttelte den Kopf. »Wenn die Sache mit dem Konto in Luxemburg stimmt«, sagte er, »dann ist er eh nicht mehr zu halten.«

»Konto in Luxemburg?«, fragte Jenny. Was war das nun wieder für eine Geschichte?

»Wahrscheinlich ist nichts dran an der Sache«, meinte Steinbach. »Aber morgen werden die Zeitungen voll davon sein. Es kam eben als dpa-Meldung rein. Ein Millionenkonto in Luxemburg, von dem der deutsche Fiskus keine Ahnung hat.«

»Verdammt!« Jenny dachte sofort weiter. »Hat das Konto etwas mit der Partei zu tun?«

Diese Frage wollte offenbar keiner von beiden hören.

»Warten wir's ab«, sagte Steinbach säuerlich. »Denken Sie daran, dass Günther nicht unser Schatzmeister ist.«

Steinbach wusste also von dem Konto, dachte Jenny. Zumindest musste er etwas geahnt haben. Besser, sie hielt ihren Mund.

»Kümmern Sie sich einfach darum, dass Günther hier auftaucht«, fuhr er fort, drehte sich um und ging gemeinsam mit Brohr in den Gruppenraum.

Jenny machte sich auf den Weg in ihr Büro.

Luxemburg, dachte sie. Das ist das Ende.

Wenn das stimmte, würde Günther Tieneck zurücktreten müssen. Von sich aus. Mit Würde. Aber nach seinem tyrannischen und paranoiden Verhalten in letzter Zeit blieb nicht viel Hoffnung. Es würde genauso hässlich weitergehen wie bisher.

Sie wollte beten, dass wenigstens die morgige Wahl einigermaßen über die Bühne ging.

3

Im Lichtkegel seiner Scheinwerfer reflektierte eine Schranke. Warnschilder leuchteten auf. Die Straße endete direkt vor seiner Nase. Er musste sich verfahren haben. Dabei sollte dieses Jagdschlösschen ganz leicht zu finden sein, am Rande des Grunewalds. Er könne es gar nicht verfehlen, hatte es geheißen.

Er schnappte sich das Handy und stieg aus dem Wagen. Ein schwerer Duft hing über dem Wald. Es roch nach Kiefernharz, nach Holunder und fauligem Wasser. Der September war nass gewesen. Nass und kalt.

Seine Stimme klang seltsam laut in der Stille der Nacht.

»Hier ist Thomas«, sagte er. »Du musst mir noch einmal erklären, wie ich zu dem Jagdschloss komme.« Am anderen Ende hörte er die Festgesellschaft, ein lautes Durcheinander von Stimmen. Die Big Band spielte auf. »Aber beeil dich. Mein Akku ist gleich leer!«

»Wo bist du denn jetzt?«

»Keine Ahnung. Eben bin ich unter einer Autobahnbrücke durchgefahren. Und hier ist plötzlich die Straße zu Ende.«

»Das war die Avus, die geht quer durch den Grunewald. Du bist ganz in der Nähe. Fahr einfach zurück, hinter der Autobahnbrücke kommt eine Kreuzung. Wenn du zum Schloss willst, musst du einen Schotterweg nehmen, der …«

Ein leises Piepen, dann war die Stimme weg. Der Akku. Er sah aufs Handy. Alles dunkel.

»Scheiße«, flüsterte er.

Eine Weile fixierte er die Straße und den dahinter liegenden Wald. Doch nirgendwo war Licht zu sehen, nirgends ein Hinweis auf das Jagdschloss. Er würde umkehren und zurückfahren müssen.

Mit der Hand an der Fahrertür stockte er. War da was im Wald? Ein Knacken? Er hielt den Atem an und lauschte. Doch jetzt hörte er nur das sanfte Rascheln des Windes in den Bäumen. Irgendwo rief ein Nachtvogel. Er fühlte sich nicht wohl hier draußen.

Thomas stieg wieder in den Wagen, ließ die Autobahnbrücke hinter sich, überquerte die Kreuzung, von der sein Freund gesprochen hatte und hielt Ausschau nach dem Schotterweg. Da führte tatsächlich ein Weg in den Wald hinein. Doch einen Wegweiser gab es nicht. Das war sicher wieder eine Sackgasse.

Ein Mann tauchte am Wegesrand auf. Er hielt einen Schäferhund an der Leine. Als das Scheinwerferlicht ihn erfasste, begann der Hund laut und wütend zu bellen. Thomas schaltete das Licht aus, hielt den Wagen an und kurbelte die Scheibe herunter. Der Mann hielt den bellenden Hund zurück und blickte argwöhnisch durchs Fenster.

»Entschuldigen Sie!«, rief Thomas freundlich. »Ich suche das Jagdschlösschen Grunewald. Können Sie mir da weiterhelfen?«

Der Mann schwieg. Thomas glaubte bereits, er würde sich einfach umdrehen und weggehen. Aber dann räusperte er sich und wies mit dem Arm in Richtung Autobahnbrücke.

»Fahren Sie ein Stück zurück«, sagte er. »Da ist ein kleiner Waldweg, zweite Abfahrt links. Nicht zu verfehlen.«

Thomas blickte sich um und versuchte, auf der Straße etwas zu erkennen. Doch dort war alles dunkel. Also gut, dachte er. Auf ein Neues.

Er drehte sich wieder zum Fenster. »Vielen Dank. Ich werde …«

Doch der Mann und der Schäferhund waren verschwunden. In der Dunkelheit abgetaucht, als hätte es sie nie gegeben.

Thomas wendete erneut. Dann bog er in den nächsten Waldweg und hoffte, dass dieser nun der richtige war. Sofort drückte ein Schlagloch ihn in den Sitz, und tief hängende Äste streiften über seine Windschutzscheibe. Er rutschte seitlich weg, das Getriebe heulte auf, und dann blieb das Auto stehen. Er steckte in einem Schlammloch fest.

»Scheiße!« Thomas schlug mit der Hand gegen das Lenkrad.

Das Handy lag tot auf dem Beifahrersitz. Ihm wurde klar, dass er keine Hilfe rufen konnte. Er gab ordentlich Gas, immer wieder, aber die Reifen drehten durch. Nichts zu machen.

Mit einem Seufzer zog er den Zündschlüssel ab. Im Handschuhfach fand er eine Taschenlampe. Er überprüfte die Batterie, steckte die Lampe ein und verließ den Wagen. Sein Wagen steckte hoffnungslos fest. Er musste zurück zur Straße. Sie war nicht weit, er sah bereits die Lichtkegel zwischen den Bäumen hin und her huschen.

Eines der Lichter bewegte sich jedoch nicht. Vielleicht ein Haus, dachte er. Mit einem Telefon. Man konnte ja auch mal Glück haben. Der Weg machte eine Biegung und gab den Blick darauf frei. Es war jedoch kein Haus, das da stand, sondern ein hell erleuchtetes Auto, mitten im Wald. Es war gegen einen Baum gefahren. Scherben lagen herum, ein einzelner Scheinwerfer leuchtete ins Unterholz. Die Fahrertür stand weit offen, im Wageninnern brannte Licht. Aber es war niemand zu sehen. Das Ganze wirkte wie eine eigenartige Skulptur, wie moderne Kunst. Vorsichtig trat er näher.

Der Wagen schien fluchtartig verlassen worden zu sein. Die Tür stand offen, und der Schlüssel steckte noch im Zündschloss. Er lauschte. Doch außer dem Verkehr auf der nahen Straße war nichts zu hören.

»Hallo?«, rief er. »Ist hier jemand?«

Er leuchtete mit der Taschenlampe den Waldboden aus. Ein Schatten tauchte im Lichtkegel auf. Nur für eine Sekunde, dann war er wieder verschwunden. Thomas richtete die Taschenlampe auf die Bäume, wo er den Schatten gesehen hatte. Aber nichts.

»Hallo!«, rief er wieder. Keiner reagierte.

Irgendwo knackte ein Ast. Da war jemand. Thomas hielt die Luft an.

Verdammt. Was geht hier nur vor?

Wieder ein Geräusch. Dieses Mal hinter ihm. Er wirbelte herum. Der Kegel der Taschenlampe irrte hastig über den Waldboden. Dann ein Krächzen oder Stöhnen. Das musste bei den Holundersträuchern gewesen sein.

Er ließ das Licht zwischen die Zweige gleiten. Und dann sah er ihn. Einen Mann mit weit aufgerissenen Augen und blutüberströmtem, maskenhaftem Gesicht. Er war plötzlich hinter dem Strauch hervorgetreten und stolperte auf ihn zu.

Thomas trat instinktiv einen Schritt zurück.

»Hallo? Geht es Ihnen gut?«

Der Mann reagierte nicht.

Jetzt knackte es wieder hinter ihm. Ruckartig drehte Thomas sich um. Ein weiterer Mann löste sich aus dem Schatten. Er achtete jedoch weder auf ihn noch auf den Verletzten, sondern sprang durchs Geäst, nahm Kurs auf die Straße und stieg eilig in ein Auto, das ein Stück hinter der Unfallstelle geparkt war. Reifen quietschten, und er fuhr mit hohem Tempo davon.

Thomas blickte dem Wagen irritiert nach, dann wandte er sich wieder dem Verletzten zu. Der Mann stand immer noch wie eine Marionette da und starrte ihn unverwandt an. Thomas wusste nicht, was er tun sollte.

»Kann ich Ihnen helfen? Geht es Ihnen gut?«

Da begann der Mann zu zucken. Er krümmte sich, stieß ein würgendes Geräusch hervor und sackte zu Boden. Thomas vergaß sein Unbehagen. Er lief zu ihm, beugte sich über ihn und fasste ihn sacht an der Schulter.

»Hören Sie mich?«, sagte er laut. »Geht es Ihnen gut?«

Der Mann schwieg. Seine Augen blickten starr und leblos in den Himmel.

Und da erkannte Thomas ihn plötzlich. Er interessierte sich nicht für Politik, aber dieses Gesicht war seit Tagen in allen Zeitungen. Der Tote vor ihm war der Innensenator von Berlin. Es war Günther Tieneck.

Tieneck war nirgends zu erreichen. Er war nicht zu Hause, nicht in der Fraktion, in der Geschäftsstelle war er nicht, und sein Handy hatte er ebenfalls abgestellt. Jenny gab es auf. Sie stellte das Telefon zurück an seinen Platz und machte sich auf den Weg in den Gruppenraum.

Der Regierende Bürgermeister hatte gerade mit seiner Rede begonnen. Der Saal war brechend voll. Die Mitarbeiterinnen vom Catering waren ebenfalls eingetroffen. Sie hatten das Büfett aufgebaut und zupften die letzten Garnituren zurecht.

Jenny schloss die Tür hinter sich. Sie blickte sich um und stellte sich still neben Steinbach, der mit verschränkten Armen an der Rückwand des Raums lehnte. Der Fraktionsvorsitzende nickte und beugte sich zu ihr herüber.

»Haben Sie Günther erreicht?«, flüsterte er.

»Nein, der ist abgetaucht.«

»Was ist mit Landgraf? Wusste der irgendetwas?«

Tobias Landgraf war der persönliche Referent des Innensenators. Ein verschlossener und arrogant wirkender Typ, von dem sich Jenny für gewöhnlich lieber fernhielt.

»Der ist auch nicht zu erreichen«, sagte sie leise.

Steinbach schüttelte den Kopf. »Die beiden sitzen wahrscheinlich irgendwo in einer Eckkneipe und lassen sich volllaufen.« Nach einer Weile fügte er hinzu: »Verübeln kann ich's ihnen nicht.«

Steinbach tat, als würde er sich auf Brohrs Rede konzentrieren. Doch dann schüttelte er wieder den Kopf. »Wenn der nur nicht so an seinem Amt kleben würde, der Idiot. Dann wäre alles kein Problem. Aber so … der zieht uns noch alle mit in den Abgrund.«

Die Atmosphäre im Raum hatte sich inzwischen erheblich verbessert. Brohr hatte es wieder einmal geschafft, sie alle in seinen Bann zu schlagen. Die wütenden und verärgerten Gesichter, die Jenny zu Anfang beobachtet hatte, zeigten mehr und mehr Zustimmung und Begeisterung. Als wäre der ganze Ärger allein durch die Anwesenheit Brohrs aus der Welt geschafft worden.

»Und ich sage euch, liebe Freundinnen und Freunde«, rief er gerade. »Vier Jahre extrem erfolgreiche Politik lassen sich nicht verleugnen. Morgen holen wir fünfzig Prozent plus! Das verspreche ich euch!«

Jubel brach aus. Es schien ganz gleich zu sein, dass Brohr hauptsächlich inhaltsleeres Zeug von sich gegeben hatte.

Der Alleinunterhalter nahm das Mikrofon wieder an sich und schlüpfte hinter seine Orgel. Eilig spielte er einen Tusch und leitete über zur Melodie von *We Are the Champions*. Jenny lief es kalt den Rücken hinunter. Nicht diese abgehalfterte Nummer. Aber den meist älteren Wahlkampfhelfern schien es zu gefallen.

Jenny lief hinüber zum Büfett und überprüfte, ob alles in Ordnung war. Dann wandte sie sich an die umstehenden Gäste. »Das Büfett ist eröffnet«, sagte sie mit einem Lächeln. »Schlagen Sie zu!«

Sie erntete Applaus. Die Stimmung war wieder obenauf. Sie blickte sich zufrieden um, als plötzlich die Saaltür aufschlug und Tobias Landgraf eintrat. Er sah aus wie immer: groß, stattlich und dunkel gekleidet. Mit scharfen Zügen und arrogantem Blick. Jenny wusste nicht, wie er es anstellte, aber alle bemerkten ihn sofort und reckten die Köpfe. So war es jedes Mal, wenn er einen Raum betrat.

Er blieb in der Tür stehen und ließ seinen Blick über die versammelte Gesellschaft schweifen. Als er Jenny entdeckte, grüßte er sie mit einem Kopfnicken und wandte sich wieder ab.

Typisch. Kein Lächeln, kein freundliches Wort, gar nichts. Nur einen knappen Gruß, damit keiner etwas sagen konnte.

Landgraf hatte Brohr und Steinbach entdeckt und steuerte sie zielstrebig an. Er befreite sie aus einem Gespräch mit Wahlkampfhelfern, nahm sie zur Seite und sprach leise auf sie ein. Brohr lauschte ihm aufmerksam, sein Gesicht verfinsterte sich zusehends. Schließlich schüttelte er den Kopf, löste sich von den Männern und ging auf Jenny zu.

»Sondersitzung«, raunte er ihr zu. »Trommeln Sie alle zusammen, Jenny. Wir treffen uns unten, in der Landesgeschäftsstelle. In einer halben Stunde.«

»Was ist passiert?«

»Günther«, sagte er einfach. »Dieses Konto existiert offenbar wirklich. Wenn wir jetzt Glück haben, bekommen wir noch einen Spendenskandal.«

»Ich sage sofort allen Bescheid.«

Dieses Millionenkonto gibt es tatsächlich, dachte sie

fassungslos, während sie zu ihrem Büro eilte. Und es hatte offenbar etwas mit der Partei zu tun. Die Staatsanwaltschaft war jetzt da dran. Vielleicht stand ihnen die wirkliche Katastrophe um den Senator erst noch bevor.

Günther Tieneck. Es war ein einziger Albtraum. Jenny hatte nur einen Trost. Mit diesem Konto würde sich Tieneck nicht mehr halten können. Das bedeutete endgültig seinen politischen Tod.

4

Michael Schöne warf die Klotür hinter sich zu. Nur kurz durchatmen und die Gedanken sortieren. Sein Date mit Anna lief nicht wie geplant.

Sie sah verstörend attraktiv aus an diesem Abend. Es waren nicht nur das Make-up und die hochgesteckten Haare. Vor allem trug sie ein helles, seidenes Kleid, in dem sie einfach umwerfend aussah. Sie, die bestenfalls in Jeans und T-Shirt schlüpfte, wenn sie keine Uniform tragen musste, hatte heute eine aufwendige Verwandlung inszeniert. Galt das tatsächlich ihm? Hatte sie sich deshalb so viel Mühe gegeben? Für ihn?

Er musste aufhören zu trinken. Lange dauerte es nicht mehr, und er würde keinen klaren Gedanken mehr fassen können. Michael wusste, dass er nicht sehr talentiert in Liebesdingen war. Dennoch hatte er es sich irgendwie leichter vorgestellt. Das mit Anna.

Er drückte die Spülung, ging zurück ins Lokal und setzte sich wieder an den Tisch. Anna versuchte ein Lächeln. Sie schwieg noch immer, und Michael konnte nur mutmaßen, was in ihrem Kopf vorging. Die zwanglose Stimmung des Abends war vorüber, das hatte auch seine kurze Flucht auf die Toilette nicht geändert.

Während des Essens hatten sie sich noch angeregt unterhalten. Sie sprachen über ihre Arbeit wie schon bei den vergangenen Treffen. Solange sie von nichts anderem redeten, betrat keiner von beiden gefährliches Terrain. Keiner musste über das sprechen, was eigentlich in der Luft lag. Seit ihrem letzten Treffen, seit sie miteinander geschlafen hatten.

Er nahm einen tiefen Schluck von seinem Gin Tonic und stellte das Glas zurück. Anna griff nach ihrer Stoffserviette und spielte damit.

»Es war ein schöner Abend.« Sie blickte ihn lange an. »Ein sehr schöner Abend.«

Michael wusste nicht, was er tun oder sagen sollte. Er hielt den Atem an. Wie lange schon herrschte Stille? Kaum mehr als drei Sekunden. Doch es kam ihm vor wie eine Ewigkeit.

Sein Kopf war leergefegt. Wie ferngesteuert griff er nach seinem Gin Tonic und trank ihn in einem Zug aus. Obwohl er mit dem Trinken aufhören wollte. Er sah sich nach dem Kellner um.

»Möchtest du noch was trinken, Anna?« Das war alles.

»Ich möchte nichts mehr. Danke.«

Wieder blickte sie ihn an. Sie schien auf etwas zu warten.

Dann seufzte sie. »Vielleicht ist es besser, wenn ich jetzt gehe.«

Sie stand auf und griff nach ihrer Tasche. Sein Kopf dröhnte. Der Alkohol machte alles nur noch schlimmer. Sie stand neben dem Tisch und sah ihn an. Das Kerzenlicht warf Schatten in ihr Gesicht. Die Wangenknochen traten hervor, und ihre ohnehin kantigen Züge wirkten noch härter. Dann wandte sie sich ab und ging auf den Ausgang zu.

Ein schrilles Geräusch drang durch das Lokal. Es kam von der Garderobe. Sein Handy. Der Klingelton gehörte zur Zentrale. Sie hatten einen Einsatz. Und er war betrunken. Dieses eine Mal, hatte er sich gedacht, wird es schon gut gehen. Verflucht.

Hastig warf er seine Serviette auf den Tisch und stand auf. In der Eile verhakte er sich jedoch am Tischbein und verlor das Gleichgewicht. Er landete krachend auf den Dielen.

Ein erschrockenes Raunen ging durchs Lokal. Michael ignorierte den aufflammenden Schmerz im Knie. Umständlich stützte er sich ab und kam wieder auf die Beine. Er musste ans Handy gehen!

Da war das Geräusch bereits verstummt. Er blickte zur Garderobe. Anna hielt seine Jacke überm Arm und reichte ihm das Gerät, das sie geistesgegenwärtig auf lautlos gestellt hatte. Natürlich hatte sie gesehen, was das für ein Anruf war.

Michael wagte nicht, ihr ins Gesicht zu sehen. Er hatte ihr verschwiegen, dass er Bereitschaft hatte.

»Danke«, murmelte er.

»Ich gehe jetzt.«

Er blickte kurz auf. »Tschüs.«

Sie wandte sich ab und verließ das Lokal.

Michael nahm das Gespräch entgegen und ließ sich den Einsatzort sagen. Dann steckte er das Handy wieder weg. Als Erstes brauchte er einen starken Kaffee. Und kaltes Wasser ins Gesicht.

Er gestattete sich einen letzten Blick durch das Fenster und sah, wie Anna in ein Taxi stieg. Dann wandte er sich ab und lief zum Waschraum. Er musste zum Einsatz. Später würde er Zeit finden, über alles andere nachzudenken.

Zwischen Bäumen und Sträuchern waren überall Lichter, Autos standen herum, Menschen irrten mit Taschenlampen durch den Wald, überall herrschte geschäftiges Treiben. Erst bei genauerem Hinsehen erkannte Michael die Blaulichter der Streifenwagen und die reflektierenden Absperrbänder, die das Terrain weiträumig sicherten.

Das Taxi fuhr langsam vor und hielt neben einem Polizeibeamten, der vor der Absperrung Wache stand. Michael bedankte sich eilig und zahlte die Rechnung. Fünfundvierzig Euro. Das Geld bin ich los, dachte er missmutig. Die Rechenstelle würde so eine Quittung wohl kaum akzeptieren. Und er konnte ja schlecht zugeben, sich während der Bereitschaft betrunken zu haben.

Inzwischen ging es ihm wesentlich besser, jedoch war an die Stelle des Rausches eine nagende Übelkeit getreten. Hoffentlich bemerkte niemand, wie er sich fühlte. Er schlug die Autotür zu, gab dem Fahrer ein Zeichen und trat zu dem Polizisten.

»Ich muss Sie bitten, wieder umzukehren«, sagte der Uniformierte. »Die Straße ist wegen einer polizeilichen Ermittlung gesperrt.«

Michael zog seinen Ausweis. »Deshalb bin ich hier.«

»Entschuldigen Sie.« Der Beamte sah nachdenklich zum Taxi. »Ich dachte nur …«

»Mein Name ist Michael Schöne, sechste Mordkommission. Ist mein Chef schon hier?«

»Sie finden ihn bei der Leiche.«

Der Beamte hob das Absperrband hoch, damit Michael darunter hindurchschlüpfen konnte. Als er sich vorbeugte, schoss Blut in seinen Kopf, und eine neue Welle der Übelkeit erfasste ihn. Hastig griff er nach dem Arm, den der Beamte ihm reichte, und stützte sich ab. Es dauerte, bis er sein Gleichgewicht zurückerlangte.

Er räusperte sich und wich dem Blick des Mannes aus.

»Danke vielmals«, sagte er und ging weiter.

Abseits des markierten Pfades sah er die Mitarbeiter der Spurensicherung. In ihren hellen Schutzanzügen suchten sie den Waldboden ab. Die Kollegen der Verkehrsunfallbereitschaft waren auch vor Ort und untersuchten das Wrack nach Hinweisen. Sie machten Fotos, maßen Reifenspuren und Entfernungen aus und untersuchten den Lack der Karosserie. Ein Notarzt hockte über einer Gestalt, die hinter Grasbüscheln verborgen lag. Wolfgang Herzberger, sein Vorgesetzter, stand neben ihm und lauschte seinen Ausführungen, die Hände tief in den Taschen seines Mantels. Es dauerte, bis Herzberger ihn entdeckte. Schwerfällig setzte er sich in Bewegung und nickte freundlich.

»Hallo, Michael. Wenigstens ein vertrautes Gesicht heute Nacht.«

»Was ist passiert?«

Herzberger machte eine müde Handbewegung. »Wie es momentan aussieht, nichts weiter als ein gewöhnlicher

Verkehrsunfall. Der Wagen ist von der Straße abgekommen und gegen einen Baum geknallt.«

»Kein Fremdverschulden?«

»Die Kollegen sind noch dabei. Aber Anzeichen dafür scheint es nicht zu geben.«

Michael blickte hinüber zu dem Unfallwagen.

»Dann wird es wohl nicht lang werden heute Nacht?«

Sein Chef zuckte mit den Schultern. »Ich fürchte doch. Das Besondere an der Sache ist nicht der Unfall*hergang*. Das Besondere ist das Unfall*opfer*.«

Michael verstand sofort. »Wer ist es?«

»Günther Tieneck.«

»O nein!«

Senator Tieneck. Spätestens morgen früh wäre hier die Hölle los. Die Medien würden alles in Beschlag nehmen. Sie durften sich noch weniger als sonst einen Fehler erlauben.

»Und dann ist da auch noch die Abgeordnetenhauswahl«, fügte Wolfgang Herzberger hinzu.

»Richtig. Weiß die Presse denn noch nichts?«

»Nein, Tienecks Name ist im Polizeifunk nicht gefallen.« Herzberger deutete auf den Unfallwagen. »Bald werden die irgendeinen Volontär zu diesem Autounfall schicken. Spätestens dann fällt der Startschuss.«

Michael atmete durch. Die Übelkeit hatte sich hartnäckig in seinem Magen festgesetzt, und der abziehende Alkohol ließ ihn frösteln. Am liebsten hätte er sich hingesetzt.

Wolfgang betrachtete ihn. »Du siehst angeschlagen aus. Geht es dir nicht gut?«

»Doch, doch«, beeilte er sich zu sagen. »Es liegt daran, dass ich schon geschlafen habe, als das Handy ging. Ich war heute nach der Arbeit total erschlagen und bin sofort ins Bett gegangen. Es dauert nur ein bisschen, bis ich wach bin.«

Wolfgang nickte. Dann zog er bedächtig eine Packung Pfefferminz aus seiner Manteltasche.

»Deine Fahne riecht man zehn Meter gegen den Wind. Besser, du nimmst eines. Die anderen sollen doch nichts davon mitbekommen, oder?«

Michael fühlte sich wie ein Schuljunge, der beim Schummeln erwischt worden war. Wortlos nahm er ein Pfefferminz und schob es sich in den Mund.

Zwei Kollegen tauchten auf und sprachen Wolfgang auf Fußspuren an, die man gefunden hatte und die möglicherweise dem Auffindungszeugen gehörten. Michael schaffte es nicht, dem Gespräch zu folgen. Eine neue Welle der Übelkeit erfasste ihn. Seine Zunge wurde schwer und pelzig, Speichel sammelte sich, und er musste einen Brechreiz niederkämpfen.

Zu spät bemerkte er, dass einer der Kollegen ihn angesprochen hatte. »... an der Leiche aufgefallen?«

Michael wusste nicht, was er sagen sollte. Wolfgang sprang für ihn ein. »Schöne hat die Leiche noch nicht gesehen. Sie weist keine Hinweise auf Kampfspuren auf.«

Michael warf ihm einen dankbaren Blick zu, doch sein Chef redete unbeirrt weiter.

»Tieneck wurde schwer verletzt, als der Wagen gegen den Baum prallte. Er muss in Verwirrung oder in Panik in den Wald gelaufen sein. Er ist aber nicht weit gekommen.«

»Ist es nicht auch möglich, dass er in den Wald geflohen ist?«, meinte einer der Kollegen. »Dass einer hinter ihm her war?«

»Denken Sie an den Mossad?«

»Ich finde das nicht witzig. Wenn wir nicht sorgfältig ermitteln, wird uns die Presse den Kopf abreißen.«

»Ja, ja. Sie haben ja recht. Konzentrieren wir uns auf die Auswertung der Spuren. Bislang deutet nichts auf die Anwesenheit weiterer Personen hin.«

»Was ist mit dem Auffindungszeugen?«, fragte der andere.

»Der steht noch unter Schock. Sein Wagen ist weiter oben im Schlamm stecken geblieben. Er wollte Hilfe holen und hat dabei Tieneck entdeckt. Wir versuchen es später noch mal mit ihm.«

»Was sagt denn der Notarzt zur Todesursache?«

»Innere Blutungen. Jedenfalls ist das seine vorläufige Einschätzung.«

Wolfgang ging zum Leichenfundort, die beiden Kollegen folgten ihm. Michael trottete nur widerwillig hinterher. Er hätte sich den Anblick des Toten in dieser Nacht gerne erspart.

Der Notarzt ließ gerade seine Tasche zuschnappen und stand auf. Gähnend zog er sich die Plastikhandschuhe von den Händen.

»Gibt es Hinweise auf Fremdeinwirken?«, fragte Wolfgang.

Der Arzt schüttelte den Kopf. »Keine Kampfspuren.

Keine Würgemale. Keine Verletzungen, die von Waffen stammen könnten. Die Prellungen und Platzwunden stammen wahrscheinlich vom Unfall.«

Michael trat vorsichtig näher und sah über die Grasbüschel hinweg zur Leiche. Er kannte Tieneck aus der Zeitung, doch der Mann, der dort lag, hatte kaum noch Ähnlichkeit mit dem Politiker. Der Tote war auffallend blass, was darauf hindeutete, dass er ausgeblutet war. Splitter hatten kleine Schnittwunden im Gesicht hinterlassen, und das ausgetretene Blut schimmerte nun grellrot auf der unnatürlich hellen Haut. Die Augen waren weit aufgerissen, und ein verängstigter und schmerzerfüllter Ausdruck hatte sich über den Tod hinaus darin bewahrt. Es war ein furchtbarer Anblick.

Michael hörte nicht mehr, worüber die anderen sprachen. Er spürte wieder eine Welle der Übelkeit in sich aufsteigen. Schweiß bildete sich auf seiner Stirn. Nicht jetzt!, dachte er panisch. Reiß dich zusammen! Viele seiner Kollegen hielten ihn für unprofessionell. Hinter vorgehaltener Hand wurde getuschelt. Er musste um jeden Preis durchhalten.

Doch da war es schon zu spät. Sein Magen krampfte sich zusammen, und er schaffte es gerade noch, zur Seite zu stolpern, um nicht mitten auf die Leiche zu kotzen. Dann klammerte er sich an einen Ast, und in einem wilden Anfall brach sein Mageninhalt hervor.

Mit geschlossenen Augen tastete Michael nach der Fernbedienung. Sie musste irgendwo zwischen den Kissen liegen. Nur nicht wieder einschlafen, sagte er sich.

Wenn er heute zu spät zur Besprechung käme, hätte er es sich wohl mit den anderen gänzlich verdorben, nach allem, was gestern Nacht gewesen war.

Er schaltete den Fernseher ein. Schnell geschnittene Werbespots, Musik, fröhliche Hektik. Dann sackte er zurück ins Kissen.

Die Übelkeit war vorüber und der Rausch abgezogen, doch die vier Stunden Schlaf hatten nicht annähernd gereicht, um sich zu erholen. Mit einem Seufzer schlug er die Decke zur Seite. Er kletterte aus dem Bett und schleppte sich zum Kleiderschrank.

Der Abend mit Anna fiel ihm ein. Das hatte er gehörig vermasselt. Dabei hatte es doch so gut begonnen. Weshalb hatte er nur so viel getrunken? Am liebsten hätte er die letzten zwölf Stunden aus seinem Leben gelöscht. Ein neues Treffen mit Anna versucht.

Er zog sich an, schnappte sich die Autoschlüssel und verließ die Wohnung. Zwanzig Minuten später fand er sich im Präsidium ein, wo die Besprechung stattfinden sollte. Hinter einer offenen Bürotür entdeckte er Frau Schrade, die Schreibkraft des Kommissariats. Er klopfte gegen den Türrahmen und wünschte einen guten Morgen und erkundigte sich nach dem Raum, wo die Besprechung stattfinden würde.

Ob sich sein Auftritt in der vergangenen Nacht schon bei den Kollegen herumgesprochen hatte? Anke Suhl stand in der offenen Tür, seine Kollegin, die eigentlich erst am Montagmorgen aus ihrem Urlaub zurückkehren wollte. Wenigstens ein freundliches Gesicht, dachte Michael.

»Du hast neben die Leiche gekotzt«, begrüßte sie ihn gut gelaunt.

Michael seufzte. »Woher weißt du das denn?«

Sie zuckte mit den Schultern. »Alle wissen das.«

Er blickte durch die offene Tür in den Raum. Wolfgang sortierte am Pult seine Unterlagen, die anderen standen in Grüppchen zusammen und unterhielten sich.

Michael versuchte, keinem in die Augen zu sehen. Er setzte sich hinter eine Säule, blätterte in seinem Notizblock und gab sich geschäftig.

»Wir haben nicht viel Zeit«, sagte Wolfgang. »Und alle sehen uns genau auf die Finger. Ich gehe also davon aus, dass ihr besonders diszipliniert arbeitet. In einer halben Stunde treffe ich mich mit dem Dezernatsleiter und dem Oberstaatsanwalt zur Pressekonferenz. Einzelheiten geben wir nicht bekannt. Zunächst heißt es nur, dass in alle Richtungen ermittelt wird.« Er machte eine Pause und blätterte in seinen Unterlagen.

»Ich denke, es ist euch allen klar, aber ich sage es lieber noch mal: Niemand von euch wird sich auf Gespräche mit der Presse einlassen, und es werden auch sonst keine Einzelheiten weitergegeben. Momentan warten wir noch auf die endgültigen Berichte von Rechtsmedizin, Spurensicherung und Verkehrsunfallbereitschaft.«

Er deutete auf einen jungen Kollegen in einem zerknitterten Hemd, der links neben ihm saß.

»Das ist Bernd Pfeifer von der Verkehrsunfallbereitschaft. Sein Team war gestern Nacht dabei. Dann leg mal los, Bernd. Was kannst du uns zum jetzigen Zeitpunkt sagen?«

Pfeifer nickte müde. »Der Unfallhergang dürfte ziemlich klar sein. Wir haben das anhand der Reifenspuren rekonstruiert. Zuerst ist das rechte Vorderrad von der Straße abgekommen, ein paar Zentimeter auf die Abrisskante. Es gab eine Schleudersituation, und das Hinterrad hat auch die Fahrbahn verlassen. Die Hinterachse ist in einen Schlingerkurs geraten, das Heck ist ausgebrochen, und der Fahrer muss das Lenkrad rumgerissen haben. So ist der Wagen von der Straße abgekommen. Mit hohem Tempo, schätzungsweise hundertzehn Stundenkilometer. Da reicht der leichte Versatz zwischen Fahrbahn und Rasen aus, um die Kontrolle über den Wagen zu verlieren.«

»Könnte es sein, dass Tieneck absichtlich vor den Baum gefahren ist?«, fragte Anke. »Vielleicht, um sich das Leben zu nehmen?«

»Ein Suizid? Nein, das glaube ich nicht. Die Spuren deuten darauf hin, dass er mit dem ausbrechenden Wagen gekämpft hat. Er hat gegengesteuert und so versucht, ihn wieder unter Kontrolle zu bringen.«

»Was für ein Wagen war das eigentlich?«, fragte Anke. »Hatte der keinen Airbag?«

»Das war ein alter Opel Kadett Kombi.«

Sie blickte ungläubig. »Günther Tieneck in so einer Schrottkiste? Kann der sich keinen ordentlichen Wagen leisten?«

»Der Wagen gehörte nicht Tieneck, sondern einem Praktikanten aus dem Pressestab«, sagte Wolfgang. »Tieneck befand sich am frühen Abend in der Landesgeschäftsstelle am Theodor-Heuss-Platz, als er beschloss, noch einmal nach Hause zu fahren und sich frisch zu machen. Den Wagen hat er sich geliehen, damit die Leute von der Presse ihn nicht auf der Straße erkennen. Die Meldung mit dem illegalen Konto war gerade raus, und es tauchten schon die ersten Reporter auf.«

»Das war sein Pech«, warf Bernd Pfeifer ein. »Hätte er seinen BMW genommen, dann hätte er wahrscheinlich nur ein paar blaue Flecken abbekommen.«

»Also ein Unfall ohne Fremdeinwirken«, sagte Wolfgang. »So sieht es doch aus, oder?«

»Ja. Im Moment würde ich Fremdverschulden und Selbstmord ausschließen.«

»Der Auffindungszeuge ist noch im Krankenhaus, wird aber heute Mittag vernehmungsfähig sein«, fuhr Wolfgang fort. »Mal sehen, was der sagt. Bis dahin bleibt es beim üblichen Programm. Ein Team muss die Familie befragen. Die Hotline für Hinweise aus der Bevölkerung wird gleich freigeschaltet. Freiwillige vor, sonst muss ich euch zwangseinteilen. Wir tun erst mal so, als könnte Fremdverschulden vorliegen.«

Er klappte den Ordner zu. »Ach so. Wir müssen natürlich auch zur Partei und zur Fraktion gehen und mit Tiencks Mitarbeitern sprechen. Teilt euch da bitte selber auf. Ich muss jetzt zur Pressekonferenz. Aber das kriegt ihr auch ohne mich hin, oder?«

Er zögerte, dann deutete er auf Michael. »Du begleitest mich. Alle anderen sehe ich heute Abend. Wir treffen uns um achtzehn Uhr wieder.«

Und damit war die Sitzung beendet. Wolfgang Herzberger wandte sich an den Kollegen von der Verkehrsunfallbereitschaft und dankte ihm. Unruhe entstand, Absprachen wurden getroffen, nach und nach standen alle auf und drängten zur Tür.

»Komm schon«, sagte er zu Michael, während er den Ausgang ansteuerte. »Dann können die anderen in Ruhe über dich lästern.«

5

Übertragungswagen standen dicht an dicht, Satellitenschüsseln und Antennen waren aufgebaut, und überall liefen Kameraleute und Techniker umher.

Jenny kletterte über Starkstromkabel, machte einen Bogen um die Fernsehleute und ging zum Eingangsportal. Die Treppenhalle war voller Menschen. Hans Brohr wurde jeden Augenblick zu einer Pressekonferenz erwartet. Er würde bekannt geben, wie es heute weitergehen würde. Nach Tienecks Unfalltod stand die ganze Stadt kopf.

Jenny kannte das alte Gebäude gut genug, um die Menge zu umgehen. Sie drückte sich an der Wand entlang und verschwand durch eine schmale Tür, hinter der eine Wendeltreppe verborgen lag. Im zweiten Stockwerk trat sie wieder in den Repräsentationsbereich. Von der Wandelhalle, über deren Freitreppen sie nun hinunter auf die Journalistenmeute blicken konnte, führten Flure zu den Büros der Fraktionen. Eine hohe Glastür schirmte die Gänge von dem Lärm ab. Jenny ließ sie hinter sich zufallen, und mit einem Mal wurde es still um sie herum.

Schritte hallten über den Flur, und Hans Brohrs Sekretärin erschien mit einem dicken Stapel Papier im Arm.

»Hallo, Frau Meinhardt«, begrüßte Jenny sie. »Können Sie mir sagen, wo ich den Regierenden finde?«

»Ich fürchte, er ist momentan nicht zu sprechen. Er

hält Rücksprache mit dem Wahlamt und den Fraktionen. Und danach wartet die Presse auf ihn, wie Sie bestimmt schon gesehen haben.«

Die Wahllokale waren bereits seit einer Stunde geöffnet. Aber alles war überschattet von dem, was gestern Nacht passiert war.

»Findet die Wahl denn nun statt?«, fragte sie.

Die Sekretärin zuckte mit den Schultern. »Wie es aussieht ja. Es ist ja nicht Brohr, der umgekommen ist. Dann wäre es vielleicht was anderes. Sie werden es gleich erfahren.«

Dann nickte sie ihr freundlich zu und verschwand mit dem Papierstapel in Richtung des Kopiergeräts.

Jenny stand eine Weile unschlüssig herum. Schließlich setzte sie sich am Ende des Flurs auf den Treppenabsatz und wartete.

Egal, was mit der Wahl war, sie hatte noch zahllose Dinge zu regeln. Kondolenzbekundungen mussten organisiert werden, die Parlamentsflagge sollte auf Halbmast wehen. Und weitere Ideen waren gefragt. Vielleicht sollten alle Bürgerlichen mit Trauerschleife am Revers zur Urne, ging es ihr durch den Kopf. Oder man sollte auf der Wahlparty symbolisch auf Musik verzichten.

Es war ein Drahtseilakt. Tienecks Tod musste einerseits eine Tragödie sein, die alle Bürgerlichen bestürzte. Andererseits waren sicher einige erleichtert, dass er der Partei nicht weiter schaden konnte. Vielleicht würde es die Wahl sogar positiv beeinflussen. Diese Gedanken erschienen ihr geschmacklos, aber so war nun einmal das politische Geschäft.

Sie hatte Brohr nicht kommen hören. Der Regierende Bürgermeister musste sie auf dem Treppenabsatz entdeckt haben. Er hockte sich mit einem Lächeln neben sie.

»Na, kommen Sie, Jenny!«, sagte er, als hätte er ihre Gedanken gelesen. »Das stehen wir auch noch durch.«

Sie erwiderte sein Lächeln. »Findet die Wahl nun statt?«

»Es haben sich alle dazu entschlossen, nicht abzubrechen. So wichtig war Tieneck dann wohl doch nicht.«

Sie seufzte. »Vielleicht wäre es besser, wenn sie ausfiele. Die letzten Prognosen sehen uns unterhalb der absoluten Mehrheit.«

Wenn die Bürgerlichen die Mehrheit verfehlten, bedeutete das eine große Koalition. Brohr hatte sich in den vergangenen Wochen heftigst dagegen ausgesprochen. Käme es jetzt dazu, würde er diese Koalition als Regierender Bürgermeister nicht weiter anführen können. Diese Tür hatte er sich selbst zugeschlagen.

»Prognosen täuschen häufig«, sagte er leichthin. »Am Tag der Wahl entscheiden die Leute dann doch anders, als die Wahlforscher glauben.«

Jenny wusste, was er meinte. Die Leute, die der Partei bislang die Mehrheit verschafft hatten, wählten im Grunde gar nicht die Bürgerlichen. Und sie wählten niemanden aus dem Kabinett, am wenigsten Günther Tieneck. Diese Leute wählten die Partei ausschließlich seinetwegen: Hans Brohr. Er war der Fixstern, und alles andere schien für sie keine Rolle zu spielen. Deshalb, so glaubte er wohl, würden sie auch dieses Mal die absolute Mehrheit erreichen.

»Und was kann ich jetzt tun?«, fragte sie. »Hat sich der Wahlkampfstab bereits zusammengesetzt? Soll ich dort mithelfen?«

Brohr lächelte sie verschmitzt an. »Gehen Sie wählen. Damit tun Sie im Moment am meisten für uns.« Er stand auf und strich sich die Hose glatt. »Die Presse wartet.«

Er zwinkerte ihr zu und verschwand durch die Glastür in die Wandelhalle.

Nachdem er gegangen war, stand auch Jenny auf und trat in die Halle. Tief unter ihr im Erdgeschoss drängten sich die Kamerateams. Aufregung machte sich bei den Presseleuten breit. Sie hatten bemerkt, dass Brohr im Anmarsch war. Eilig brachten sie ihre Kameras in Position.

In dem Durcheinander hätte Jenny beinahe die Geräusche hinter sich überhört. Es waren Stimmen, die aus einem der kleinen Festsäle im Obergeschoss drangen. Sie drehte sich um. Verwundert stellte sie fest, dass eine der Türen halb offen stand. Wenn sie nicht für offizielle Anlässe genutzt wurden, waren die Räume meist verschlossen. Neugierig trat sie näher und spähte hinein. Jürgen Steinbach, der Fraktionsvorsitzende der Bürgerlichen, stand am Fenster, umringt von seinen engsten Mitarbeitern. Renate Herwig-Stamm, die den Posten der Staatssekretärin für Inneres hatte, war ebenfalls dort. Die Stimmung schien ausgelassen. In der Hand hielten alle ein Glas Sekt. Sie prosteten sich zu.

Es dauerte, bis Jenny begriff, was sie da feierten. Den Tod von Senator Tieneck. Erschrocken trat sie hinter den Türpfosten. Sie wollte nicht entdeckt werden.

»Und wie wirst du dich dazu äußern?«, hörte sie Herwig-Stamm gut gelaunt sagen.

Jürgen Steinbach antwortete mit einem Glucksen in der Stimme. »Natürlich bin ich erst einmal hochbestürzt. Günther war schließlich ein toller Kollege und ein streitbarer Demokrat! Eine grauenvolle Tragödie, für uns alle.«

In seinem Mitarbeiterstab wurde verhalten gekichert.

»Und dann werde ich betonen, dass sein Tod ein tiefer Verlust für die politische Landschaft ist. Das Übliche halt. Das muss reichen.«

Herwig-Stamm seufzte hörbar. »Dieser tiefe Verlust hätte nur eine Woche früher kommen sollen. Dann hätten wir nämlich noch Zeit gehabt, die Umfragen zu retten.«

»Warten wir es ab«, sagte Steinbach. »Niemand kann sagen, wie sein Tod das Wahlergebnis beeinflusst. Vielleicht gewinnen wir am Ende noch dazu.«

»Und selbst wenn nicht ...« Ihre Stimme hob sich. »Wir sind ihn endlich los! Das kann uns keiner nehmen.«

»Genau!«, stimmte Steinbach zu. »Und darauf stoßen wir erst einmal an.«

Jenny wandte sich von der Tür ab. Dieser Zynismus war ekelerregend. Herwig-Stamm war immerhin Tienecks Staatssekretärin gewesen. Und Jürgen Steinbach einer der wichtigsten Männer der Partei.

Sie wollte so schnell wie möglich weg.

Eilig nahm sie die breite Steintreppe nach unten. Sie hatte Tieneck nie sonderlich gemocht. Im Gegenteil. Seine herrische Art hatte sie abgestoßen. Trotzdem. Sie hoffte, dass – wenn schon nicht hier – wenigstens in seiner Familie getrauert wurde.

»Der Tod von Günther Tieneck hat uns alle tief bestürzt«, hörte sie Brohr am anderen Ende der Halle in die Mikrofone sagen. »Dennoch wäre es in seinem Sinne, weiterzumachen und den demokratischen Prozess nicht aufzuhalten. Wir werden das Andenken an ihn hochhalten und die Wahl nicht abbrechen. Als sein Freund weiß ich: Genau das hätte Günther gewollt.«

Die Kamera- und Übertragungswagen zogen langsam ab, und so fand Wolfgang Herzberger problemlos einen Parkplatz innerhalb der Bannmeile des Abgeordnetenhauses. Er legte einen Ausweis in die Windschutzscheibe und gab dem Wachmann ein Zeichen, damit der nicht auf die Idee kam, den Abschleppdienst zu rufen.

Gemeinsam mit Michael Schöne betrat er das Abgeordnetenhaus. Der Auffindungszeuge, Thomas Jakob, war inzwischen befragt worden. Und er hatte eine interessante Aussage gemacht. Offenbar hatte es einen Unbekannten am Unfallort gegeben. Einen Mann, der geflohen war, als Jakob aufgetaucht war. Tieneck war also nicht allein gewesen.

Zwar waren die Erinnerungen von Jakob vage und lückenhaft, was auf den Schock zurückzuführen war, wie die Ärzte meinten. Aber trotzdem war die Unfallthese dadurch infrage gestellt. Womöglich lag also doch Fremdverschulden vor, und das änderte alles.

Als sie das Vorzimmer des Fraktionsvorsitzenden Jürgen Steinbach gefunden hatten, traten sie einfach ein.

Eine Sekretärin blickte verärgert von ihrem Schreibtisch auf.

»Wer sind Sie?«, fragte sie.

Wolfgang zog seinen Ausweis. »Wir sind von der Mordkommission. Mein Name ist Herzberger. Das ist mein Kollege Michael Schöne. Wir ermitteln im Todesfall Günther Tieneck.«

Der harsche Ausdruck verschwand aus ihrem Gesicht.

»Sie ermitteln?« Sie schien überrascht zu sein. »Ich dachte, es war ein Autounfall.«

»Wahrscheinlich«, sagte Wolfgang. »Trotzdem müssen wir Fragen stellen. Das gehört zur Routine.«

Sie schien noch immer leicht verwirrt. »Und wie kann ich Ihnen da helfen?«

»Ich würde gern mit Jürgen Steinbach sprechen. Möglichst bald. Und im Anschluss daran mit Hans Brohr, dem Regierenden Bürgermeister, und mit Renate Herwig-Stamm, der Staatssekretärin. Können Sie das für mich arrangieren?«

Sie blickte fassungslos. »Wissen Sie, was heute für ein Tag ist?« Plötzlich schien es, als müsse sie ein Lachen unterdrücken. »Glauben Sie etwa, dass der Regierende oder sonst jemand von den Herrschaften heute Zeit für Ihre Fragen hat? Das ist völlig unmöglich.«

Wolfgang lächelte. »Denken Sie, dass es dem Regierenden Bürgermeister besser gefiele, eine Vorladung zu bekommen und morgen früh aufs Präsidium zitiert zu werden?«

Das amüsierte sie. »Den Regierenden vorladen? Das würden Sie nicht wagen!«

Er zuckte gleichmütig mit den Schultern. »Ich bin quasi schon im Ruhestand. Was soll mir passieren? Außerdem würde Brohr sicher nicht wollen, dass seine Weigerung, mit der Polizei zusammenzuarbeiten, bekannt wird, oder? Wie würde sich das in der Presse machen?«

Sie funkelte ihn böse an und zog den Terminkalender hervor. »Ich denke, um fünfzehn Uhr werden Sie den Bürgermeister und den Fraktionsvorsitzenden in den Fraktionsräumen antreffen.«

»Was ist mit Herwig-Stamm?«

»Die müsste dann ebenfalls im Haus sein.« Sie faltete die Hände und lächelte falsch. »Darf ich fragen, weshalb genau Sie die Herrschaften sprechen möchten?«

»Noch ist die Todesursache ungeklärt«, sagte Wolfgang. »Und solange können wir ein Tötungsdelikt nicht ausschließen. Deshalb ist es wichtig, mit seinen Weggefährten zu sprechen.«

»Sie glauben, jemand aus der Partei könnte ihn ermordet haben?«

»Wir glauben gar nichts. Diese Fragen gehören ganz einfach zur Routine.«

»Also gut. Kommen Sie um fünfzehn Uhr, bis dahin habe ich alles organisiert. Seien Sie versichert, dass wir in vollem Umfang kooperieren werden.« Sie hielt inne. »Haben Sie mit Tobias Landgraf gesprochen?«

Wolfgang schüttelte den Kopf. »Wer ist das?«

»Landgraf ist der persönliche Referent des Innensenators, der engste Mitarbeiter von Tieneck. Niemand kannte ihn und seine politische Arbeit besser als er.«

Sie riss einen Zettel vom Block ab. »Ich schreibe Ihnen

seine Nummer auf, dann können Sie sich bei ihm melden. Er kannte Tieneck wie kein Zweiter. Sicherlich kann er Ihnen alle Fragen beantworten.«

Sie reichte Wolfgang die Nummer und lächelte.

»Kann ich sonst noch etwas für Sie tun?«, fragte sie.

Wolfgang schüttelte den Kopf und verabschiedete sich.

Michael folgte ihm hinaus auf den Flur. Als er die Tür zuzog, bemerkte er, wie nervös die Sekretärin war. Sie blätterte hektisch in den Unterlagen und gab sich beschäftigt, doch er sah genau, dass sie mit den Gedanken woanders war.

Mit einem Stirnrunzeln folgte er Wolfgang hinaus in die Treppenhalle.

6

Am späten Nachmittag trat Wolfgang Herzberger aus dem Bahnhof Zoo und spazierte gemächlich durch die alte City West. Dabei stellte er wieder einmal fest, wie schnell sich alles um ihn herum veränderte. Die ihm so vertraute abgewirtschaftete City West aus Mauerzeiten verschwand nach und nach unter neu errichteten, glitzernden Hochhäusern. Ganze Straßenzüge verschwanden und mit ihnen die Spielhallen, Pornokinos, Frittenstände und Ramschläden. Manchmal glaubte er, dass ihm bei dem Tempo der Veränderung die Luft wegblieb.

Über den Dächern entdeckte er den Schriftzug des Café Kranzler. Das leicht verstaubte Relikt und einstige Symbol für die Wirtschaftswunderzeit. Er hätte sich keinen abwegigeren Ort für dieses Treffen vorstellen können. Doch er war nicht in der Position, das zu bestimmen. Sie waren in den Ermittlungen stecken geblieben. Die Befragung von Hans Brohr hatte nichts ergeben, genauso wie die Befragungen von Jürgen Steinbach und Renate Herwig-Stamm. Warum also nicht ins Café Kranzler?

Sofort entdeckte Wolfgang den großen, hageren Mann an einem der Tische. Mit den langen, weißen Haaren, die er seit den Studentenrevolten unverändert nach hinten gekämmt trug, mit dem schmuddeligen Jackett und dem zerknitterten Hemd, war er zwischen den anderen Gästen unübersehbar.

Benno Eiseler weigerte sich seit jeher beharrlich, ins Präsidium zu kommen, wenn er nicht in der Bringschuld war. Und irgendwie, fand Wolfgang nun, passte dieses piefige Lokal mit dem übergroßen Angebot an Sahnetorten zu der schrulligen Art des alternden Journalisten.

Sie kannten sich seit Ewigkeiten. Zwei alte Schlachtrosse. Der Polizist und der Reporter. Und auch wenn man es nicht wirklich Freundschaft nennen konnte, was die beiden verband, so hatten sie doch eine ziemlich lange Wegstrecke gemeinsam hinter sich gebracht, und auch so etwas verband.

Benno Eiseler blickte auf und sah Wolfgang im Eingang stehen. Er stach mit seiner Kuchengabel in die Luft und winkte ihm zu.

»Seit wann bist du in Rente?«, begrüßte Wolfgang ihn. »Zwei Jahre müssen das jetzt sein. Du könntest also auch einfach ins Präsidium kommen.«

Benno sah ihn amüsiert an. »Du bist es doch, der was von mir will, oder? Denkst du, als Rentner habe ich kein Ehrgefühl mehr? Ins Präsidium kommen! Also wirklich.«

Er stopfte sich zufrieden ein Stück Torte in den Mund. Wolfgang brummte in sich hinein und sank auf den Stuhl.

»Dein wievieltes Stück Torte ist das denn?«, fragte er. Ihm war klar, dass am Ende er es war, der die Rechnung zahlte.

»Jetzt stell dich nicht so an!«, sagte Benno und gab der

Bedienung ein Zeichen. »Ein Kännchen Kaffee und ein Stück Rumtorte für den Herrn!« An Wolfgang gewandt fügte er hinzu: »Die Rumtorte ist phantastisch, die *musst* du probieren!«

Wolfgang versuchte erst gar nicht, sich zu wehren.

»Danke, dass du dir die Zeit nimmst«, sagte er.

»Was kann ich denn für dich tun? Es war doch ein Unfall, oder? Wo ist das Problem?«

»Ich will einfach wissen, was da los ist bei den Bürgerlichen. Du weißt doch, wie das ist, wenn man mit Politikern spricht. Zum Verzweifeln.«

»Du hast dich also mit den Herrschaften schon getroffen?«

»Sogar mit Brohr. Aber nichts. Die reden wie in Pressemeldungen. Kannst du mir das mit Tieneck erklären? Der hatte ja eine Menge Dreck am Stecken. Gibt es jemanden, der in diesen Unfall verwickelt sein könnte?«

Benno hob eine Augenbraue. »Ihr habt Hinweise auf Fremdverschulden? Es war gar kein Unfall, der ihn das Leben gekostet hat? Das ist mir neu.«

Das Einzige, was sie hatten, war ein Auffindungszeuge mit lückenhaftem Gedächtnis, der einen Unbekannten ins Spiel brachte. Aber das wollte Wolfgang lieber für sich behalten.

»Es gibt keinen Hinweis auf Fremdverschulden«, sagte er. »Aber ich will mir auch nichts vorwerfen lassen. Deshalb.«

Benno schien abzuwägen, ob er noch etwas erfahren würde. Doch schließlich seufzte er und gab der Bedienung wieder ein Zeichen.

»Noch ein Stückchen Torte für mich, bitte.«

»Nun sag schon«, drängte Wolfgang ihn. »Was ist hinter den Kulissen los? Du weißt doch Bescheid.«

»Na ja, Tieneck war auf dem absteigenden Ast, das weißt du auch. Er war nicht mehr in der Regierung zu halten. Ich weiß nicht, weshalb sie ihn nicht vor der Wahl abgeschossen haben, aber vermutlich wollten sie Ruhe bewahren. Nach der Wahl wäre er aber nicht wieder ins Kabinett eingezogen. Hundert Prozent. Was da noch alles ans Tageslicht gefördert worden wäre, daran möchte ich gar nicht denken. Tieneck musste so schnell wie möglich aus der Schusslinie. Und für die anderen heißt es Schadensbegrenzung.«

»Worum genau ging es?«

»Wo soll ich da anfangen? Das geht zurück bis zum Bankenskandal vor fünfzehn Jahren, auch wenn ihn da keiner mehr vor Gericht gezogen hätte. Aber was da jetzt ans Licht gekommen ist … Es ging um diesen Verkauf von landeseigenen Wohnungen. Man kann sich schon fragen, wo in Tienecks Zeit als Bausenator überall Geld hingeflossen ist. Damals ließ sich ein Untersuchungsausschuss abwenden. Doch jetzt sind neue Beweise aufgetaucht, und dieses Mal wäre es eng geworden. Tieneck wurde für die Bürgerlichen zusehends zu einer tickenden Zeitbombe.«

»Was hätte denn noch alles ans Licht kommen können?«

»Das willst du gar nicht wissen.«

»Gehört dieses Millionenkonto auch dazu, von dem seit gestern die Rede ist?«

»Das ist der eigentliche Skandal. Der hätte Tieneck endgültig erledigt.« Benno strahlte entzückt. »Ist das zu glauben? Ein millionenschweres Spendenkonto, das nur durch Zufall ans Licht gekommen ist.«

»Wie muss ich mir das vorstellen mit diesem Konto? Tieneck hat auf seinen Namen in Luxemburg ein Konto eröffnet und Parteispenden dort einzahlen lassen?«

»Nicht auf seinen Namen! Eine Briefkastenfirma war Inhaberin dieses Kontos. Hätte die Bank nicht Strafanzeige wegen Verdacht auf Geldwäsche gestellt, dann wäre nie etwas davon an die Öffentlichkeit gekommen. Tieneck hatte einen Tag zuvor eine Million Euro in bar abgehoben. Er war mit seinem kleinen schwarzen Köfferchen bereits zurück in Berlin, da kam die Anzeige. Bislang waren die Beträge niedriger gewesen, deshalb hat die Bank erst jetzt reagiert. Doch es lief anscheinend immer nach dem gleichen Muster: Tieneck und seine Getreuen gaben das Geld weiter an Mittelsmänner. Das waren Bekannte, Familienmitglieder, Parteifreunde – was weiß ich! Die wiederum sind mit dem Geld zur Bank und haben es unter falschen Namen als Kleinspende an die Partei eingezahlt.«

»Das Geld wurde also gewaschen. Und woher kam das viele Geld auf dem Konto?«

Benno sah ihn belustigt an. »Das ist die Natur illegaler Spenden: Sie sind anonym. Trotzdem kann man natürlich spekulieren: Beim Deal um den Verkauf landeseigener Wohnungen ist viel Geld geflossen. Und nicht nur da. Tieneck war lange Bausenator. Ich sage nur: Baumafia. Da wurde eine Menge Geld herumgeschoben. Schmiergelder, Bestechungsgelder, weiß der Teufel, was für ein Geld da auf dem Konto liegt.«

Wolfgang verstand plötzlich, warum das wichtig sein könnte. »Und mit dem Tod von Tieneck werden alle Emittlungsverfahren, die seine Person betreffen, eingestellt oder erst gar nicht aufgenommen«, sagte er.

»Richtig. Das meiste wird eingestellt werden. Von dem Spendenkonto werden wir wohl noch was hören. Hans Brohr wird sich als Superaufklärer präsentieren, der Schatzmeister und vielleicht noch ein Rechnungsprüfer werden ihre Posten verlieren, und das war es dann. Tieneck bleibt dabei die Hauptfigur, und sein Tod macht es leichter, alles auf ihn abzuschieben.«

»Also gut. Nehmen wir mal an, ich suche einen Mörder. Wer käme da infrage? Einer von diesen illegalen Spendern, die nicht bekannt werden wollen?«

»Unwahrscheinlich. Tieneck hätte da dichtgehalten. So was macht man einfach nicht. Nicht einmal Tieneck.«

»Dann vielleicht einer von den Bürgerlichen, für den es gefährlich werden konnte? Dessen Karriere zusammen mit Tieneck den Bach runtergegangen wäre. Steinbach vielleicht? Oder sogar Brohr?«

»Ich weiß nicht, Wolfgang. Normalerweise läuft so was anders. Politische Intrigen sind etwas feiner. Da wird keiner ermordet. Man wird abgesetzt, entmachtet oder nach Brüssel weggelobt. Aber Mord? Ich weiß nicht.« Er betrachtete Wolfgang neugierig. »Das hier ist doch nicht einfach nur Spekulation, oder? Du hast Grund zur Annahme, dass es kein Unfall war, nicht wahr?«

Wolfgang blickte ihn schweigend an, und Benno begann zu lachen.

»Also gut. Ich sehe, du wirst auch einem harmlosen Ruheständler nichts sagen.« Er schlug ihm freundlich auf die Schulter. »Aber einen Cognac, den wirst du doch noch mit mir trinken, oder? Wenigstens das kannst du mir nicht abschlagen.«

Er gab der Bedienung bereits ein Zeichen.

»Wenn es Mord war, dann würde ich mich an deiner Stelle eher im privaten Umfeld umsehen«, sagte Benno abschließend. »Das ist auf jeden Fall wahrscheinlicher.«

»Was wird jetzt passieren?«, fragte Wolfgang. »Werden sie trotzdem die Wahl gewinnen, oder hat Tieneck es ihnen vermasselt?«

Benno zog Wolfgangs Arm über den Tisch und blickte auf dessen Armbanduhr. Es war sechs.

»Wir werden es gleich wissen«, sagte er und deutete hinaus auf die Straße.

Gegenüber dem Café ragte eines der neuen Hochhäuser in den Himmel. Über die unteren Stockwerke erstreckte sich ein riesiger Bildschirm. An diesem Tag liefen dort nicht die üblichen Werbebotschaften, sondern es wurden Nachrichten ausgestrahlt. Die erste Meldung befasste sich mit der Wahl zum Abgeordnetenhaus. Die Bilder sprachen für sich. Eine Sprecherin las die Meldung vor, im Hintergrund tauchte das Logo der Bürgerlichen auf. Dann erschien die Grafik der ersten Hochrechnung. Der schwarze Balken der Partei wuchs immer weiter, bis er oben auf dem Achsenkreuz stehen geblieben war. Ein Wert wurde eingeblendet. 51,6 Prozent. Wolfgang stieß einen überraschten Laut aus. Die Partei hatte wieder die absolute Mehrheit erreicht.

Sie hatten sich erneut die Mehrheit geholt! Jenny konnte es noch immer nicht fassen. Trotz Günther Tieneck, trotz der vielen Kritik und trotz der Affären der vergangenen Wochen. Hans Brohr hatte recht behalten.

Im Saal herrschte ausgelassene Stimmung. Es wurde nun doch Musik gespielt. Man hatte es bei den Trauerschleifen am Revers belassen. Aber auch das täuschte nicht darüber hinweg, dass an diesem Abend keiner etwas anderes empfand als unbändige Freude über den Wahlsieg.

Der Pressestab hatte sich gleich zu Anfang eine Kiste Sekt und einen Tisch am Rande des Saals gesichert. Der enorme Stress der vergangenen Tage war endlich von allen abgefallen. Und jetzt hieß es: Hoch die Tassen!

In dem ganzen Trubel hatte Jenny nicht nur Tieneck völlig vergessen, sondern auch einen anderen, der unmittelbar betroffen war. Erst als sie ihn mitten im Gewühl entdeckte, kam er ihr wieder in den Sinn: Tobias Landgraf, Günther Tienecks persönlicher Referent. Er stand allein da, in der Hand ein Glas Sekt, und beobachtete mit unbewegter Miene das Treiben. Sie bemerkte, dass die anderen Abstand hielten. Niemand schien es noch für nötig zu halten, sich mit ihm gut zu stellen. Jetzt, wo sein Mentor Tieneck nicht mehr war. Mehr als einen knappen Gruß im Vorbeigehen nötigte sich keiner ab.

Tobias Landgraf war der eigentliche Verlierer dieses Abends. Der Innensenator war tot, und Landgraf hatte dadurch ebenfalls seinen Posten verloren. Er würde wahrscheinlich arbeitslos werden. Jenny konnte sich nicht vorstellen, dass sich jemand in der Partei um ihn kümmern würde.

Was macht der überhaupt hier?, fragte sie sich. Warum tut er sich das an, anstatt einfach zu Hause zu bleiben und alles im Fernsehen zu verfolgen?

»Der tragische Held des Abends!«, lallte eine Stimme hinter ihr.

Sie drehte sich um. Einer von Steinbachs Mitarbeitern, dessen Namen sie vergessen hatte. Er war ganz offenkundig betrunken. Jenny trat einen Schritt zurück.

»Aber auch das trägt er mit Würde!« Seine Stimme triefte vor Spott. »Tobias, der Edle. Damit ist es jetzt wohl vorbei.«

Jenny hatte keine Lust auf eine Unterhaltung mit diesem Typen. Sie fragte sich, wie sie ihn wieder loswerden konnte.

Doch Steinbachs Mitarbeiter rückte näher an sie heran.

»Aus der Traum vom Staatssekretär!«, sagte er. »Das war's dann wohl.«

Gegen ihren Willen horchte sie auf. »Wie bitte? Staatssekretär?«

Herwig-Stamm war Staatssekretärin. Bei allem Einfluss war Landgraf nur ein einfacher Referent gewesen, und Herwig-Stamm saß fest auf ihrem Posten. Zudem war sie, im Gegensatz zu Tieneck, nie in die Schlagzeilen gekommen.

»Weißt du das nicht? Es war ein offenes Geheimnis. Tieneck wollte Landgraf nach der Wahl zum Staatssekretär ernennen. Die Herwig-Stamm sollte geschasst werden!«

»Niemals! Das hätte Tieneck nicht gewagt. Er hätte froh sein können, wenn er selbst seinen Posten behält. Herwig-Stamm ist eine Freundin von Jürgen Steinbach. Damit wäre er niemals durchgekommen.«

Er schüttelte belustigt den Kopf. »Ich wäre mir da nicht so sicher! Hinter den Kulissen war es längst beschlossene Sache. Selbst Herwig-Stamm hat den Braten gerochen. Mich wundert wirklich, wie wenig ihr manchmal mitbekommt.«

Jenny blickte zu Tobias Landgraf. Er stand stolz und aufrecht da, in seinem Blick lag der vertraute, arrogante Ausdruck. Konnte das tatsächlich wahr sein?

»Brohr hätte Tieneck endgültig gefeuert!«, wandte sie ein. »Wenn er das getan hätte, wäre er aus dem Kabinett geworfen worden. Tieneck hätte sich nicht alles erlauben können!«

Steinbachs Mitarbeiter rückte noch näher an sie heran. Sein Gesicht war nur noch wenige Zentimeter von dem ihren entfernt. Sie roch den Alkohol in seinem Atem.

»Brohr hat den Bezug zur Realität verloren. Er schwebt über allem und genießt seinen Ruhm. Tieneck war sicher, sich gegen Steinbach und alle anderen durchzusetzen. Er hätte es drauf ankommen lassen.«

Hätte Tieneck tatsächlich einen offenen Streit mit dem gesamten Kabinett riskiert, nur wegen dieser Personalentscheidung? Wäre er bereit gewesen, die Spitzen der Partei zu erpressen, um Landgraf ins Boot zu holen? Nein. Das war absurd.

»Tut mir leid. Ich muss weiter!« Sie drängte sich an ihm vorbei und floh durch die Menge.

Und dennoch: Der Zweifel hatte bereits zu nagen begonnen. Konnte etwas dran sein an der Behauptung? War es möglich, dass Tieneck auch seine letzten Verbündeten gegen sich aufgebracht hatte? War er tatsächlich bereit gewesen, Kabinettsmitglieder zu erpressen? Und wenn ja – womit?

Sie blickte erneut zu Tobias Landgraf. Er wird es wissen!, ging ihr durch den Kopf. Niemand kannte Tieneck und seine Machenschaften besser als sein persönlicher Referent. Einen Moment überlegte sie, sich zu ihm zu stellen. In dieser Nacht redete schließlich niemand mit ihm. Vielleicht würde er sich über ihr Interesse freuen.

Doch dann verwarf sie den Gedanken. Sie wollte sich lieber um den Sekt kümmern. Schließlich sollte der Pressestab nicht länger auf dem Trockenen sitzen.

7

Der Oktoberwind frischte auf und ließ eine alte Zeitung über den Asphalt tanzen. Jenny schlug den Kragen hoch, wich der Zeitung aus und lief eilig weiter. Sie musste sich beeilen, wollte sie rechtzeitig zu ihrem Termin gelangen. Es war einfach nicht ihre Uhrzeit. Sie war zu spät aus dem Haus gegangen, und dann war ihr auch noch eine U-Bahn vor der Nase weggefahren.

Im Polizeigebäude ließ sie sich vom Pförtner den Weg weisen. Ich bin nur zehn Minuten zu spät, dachte sie auf dem Weg nach oben. Es hätte schlimmer kommen können.

Auf dem Flur der sechsten Mordkommission wunderte sie sich über die hektische Betriebsamkeit so früh am Morgen. Da sie niemand zur Kenntnis nahm, sprach sie den erstbesten Beamten an, der neben ihr in einer offenen Tür erschien. Es war ein kleiner, schmächtiger Mann mit dunklen Augen und einem blassen Gesicht.

»Entschuldigen Sie. Ich suche das Büro von Hauptkommissar Herzberger.«

»In welcher Angelegenheit?« Ein scheues Lächeln trat in das Gesicht des Mannes. Dieses Lächeln ließ ihn auf seltsame Weise zerbrechlich erscheinen. Er sah gar nicht aus wie ein typischer Polizist. Wenn es denn so was überhaupt gab. Jenny musste sich auf ihr Anliegen konzentrieren.

Sie räusperte sich. »Ich bin hier vorgeladen.« Sofort spürte sie, wie ihr das Blut in die Wangen schoss. »Ich meine natürlich, ich bin eingeladen. Ein Herr Herzberger möchte mich als Zeugin befragen. Ich arbeite im Wahlkampfstab der Bürgerlichen Partei.«

Sie strich sich verlegen die Haare aus dem Gesicht und hoffte inständig, dass der Mann nichts von ihrer Unsicherheit bemerkte.

»Wolfgang Herzberger finden Sie am Ende des Gangs. Melden Sie sich bei seiner Sekretärin, Frau Schrade.«

»Danke.« Jenny blickte den Gang hinab.

Aus dem Innern des Büros drang eine Frauenstimme. »Michael? Hast du mal die Nummer der Rechtsmedizin?«

»Ich komme«, rief der Beamte vor ihr. Er blickte Jenny an, wieder mit diesem Lächeln. »Also dann«, sagte er, bevor er im Innern verschwand. »Wiedersehen.«

Die Tür des Sekretariats am Ende des Gangs stand offen. Die Sekretärin saß am Schreibtisch, hinter ihr stand ein älterer Mann, der über ihre Schulter hinweg in den Monitor blickte. Jenny blieb an der Schwelle stehen und klopfte sacht gegen den Türrahmen.

Beide sahen auf und entdeckten Jenny in der offenen Tür.

Der Mann zögerte nicht lange. »Sind Sie Frau Noel?«

»Ja, das bin ich. Jenny Noel.«

Er reichte ihr die Hand. »Hauptkommissar Herzberger. Schön, dass Sie sich die Zeit nehmen konnten. Folgen Sie mir doch bitte.«

Er führte sie durch eine Zwischentür in sein Büro.

Dann schloss er sorgsam die Tür und ließ sich schwerfällig in seinen Stuhl sinken.

»Frau Noel, wie es aussieht, waren Sie die Letzte, die Günther Tieneck lebend gesehen hat«, sagte er und bot ihr einen Platz an. »Er hat kurz mit Ihnen gesprochen, bevor er sich ins Auto gesetzt hat. Das war am Samstagabend in der Landesgeschäftsstelle der Bürgerlichen Partei. Sie haben da eine Party für die Wahlkampfhelfer veranstaltet. Ist das richtig?«

»Ja, das ist richtig.« Jenny setzte sich.

»Bevor wir darüber sprechen, erklären Sie mir doch bitte Ihre Position innerhalb der Bürgerlichen Partei.«

»Ich arbeite als Pressereferentin, angestellt bin ich in der Landesgeschäftsstelle der Bürgerlichen.«

»Haben Sie im Wahlkampf für Günther Tieneck gearbeitet?«

»Nicht direkt. Ich war in der Wahlkampfzentrale der Landespartei und somit ausschließlich für den Wahlkampf der Partei zuständig. In der Praxis lässt sich das aber natürlich nicht so genau trennen. Die Fraktionsmitglieder arbeiten eng mit der Zentrale zusammen, ebenso die Mitglieder des Kabinetts.«

»Das heißt, Günther Tieneck hat seinen Wahlkampf gemeinsam mit Ihnen geplant und abgestimmt?«

»Natürlich. Tieneck war schließlich eine zentrale Figur im Kabinett und somit ein exponierter Wahlkämpfer.«

»Was zum Problem wurde, als die Korruptionsvorwürfe gegen ihn laut wurden.«

»Ja. Die Vorwürfe haben uns alle sehr überrascht. Wir mussten darauf reagieren, aber das war nicht so einfach.«

»Die Presse hat mächtig Dampf gemacht, nicht wahr? In den Tagen vor der Wahl haben sich sogar Kabinettskollegen von Tieneck distanziert. Die Justizsenatorin zum Beispiel. Da hat es doch ziemliche Unruhe gegeben.«

Jenny blickte ihn an. Sie fragte sich, worauf er eigentlich hinauswollte.

»Nur Hans Brohr und Jürgen Steinbach haben zu ihm gehalten«, fuhr er fort. »Ganz egal, was passierte, der Bürgermeister und der Fraktionsvorsitzende blieben an seiner Seite. Können Sie mir das erklären?«

Nein, hätte Jenny am liebsten gesagt. Das kann ich Ihnen nicht erklären.

»Tieneck war ein mächtiger Mann im Kabinett«, sagte sie. »Er und Jürgen Steinbach waren die wichtigsten Stützen für Hans Brohr, die Strippenzieher hinter den Kulissen, auf die er angewiesen war.«

Herzberger machte ein skeptisches Gesicht. »Es ging also um Loyalität und um Machtsicherung. Wollte Brohr ihn deshalb in sein neues Kabinett hinüberretten? Und alle machten mit? Trotz der Gefahr, dass sie am Ende allesamt mit Tieneck untergehen könnten?«

Jenny dachte an den schmierigen Referenten, der ihr auf der Wahlparty im betrunkenen Zustand seine Ansichten offenbart hatte. Konnte es sein, dass tatsächlich etwas dran war? Dass Tieneck Kabinettsmitglieder erpresst hatte und er deshalb nicht fallen gelassen wurde?

»Wir sind nicht untergegangen!«, erwiderte sie mit fester Stimme. »Und Brohr wusste bereits vor der Wahl, dass es nicht passieren würde. Fragen Sie mich nicht, weshalb er sich so sicher war. Doch wäre er es nicht gewesen, wäre er längst an die Grenzen seiner Loyalität gestoßen.«

»Richtig«, erwiderte Herzberger nachdenklich. »Es ist tatsächlich nicht passiert. Die Wahl ist gewonnen. Schließlich ist Günther Tieneck vorher ums Leben gekommen.«

Sie blickte ihn überrascht an. »Es war doch ein Unfall.«

»Genau das versuchen wir herauszufinden. Kommen wir auf den Vorabend der Wahl zu sprechen. Ist es richtig, dass Günther Tieneck auf der Party am Samstagabend eine Rede halten sollte?«

»Ja, das stimmt.«

»Der Innensenator war schon am Nachmittag in der Geschäftsstelle gewesen, bevor die ersten Partygäste kamen. Es hat ein Krisentreffen gegeben, nicht wahr?«

»Das stimmt. Ich habe währenddessen den Alleinunterhalter eingewiesen und die Räume vorbereitet. Allerdings war das, bevor die Sache mit dem Millionenkonto in Luxemburg herauskam. Wir wussten jedenfalls noch nichts davon.«

»Waren Hans Brohr und Jürgen Steinbach auch bei diesem Treffen anwesend?«

»Jürgen Steinbach war dort. Er ist allerdings nicht lange geblieben, er hatte gemeinsam mit Brohr am Nachmittag eine Wahlkampfveranstaltung in Neukölln. Es ging bei diesem kurzen Krisentreffen hauptsächlich darum, den abendlichen Auftritt zu besprechen. Nach der Party hätte Tieneck noch einen Termin in der Spätabendschau gehabt. Sie wollten versuchen zu retten, was zu retten war.«

»Zeigte sich Tieneck kooperativ?«

»Das weiß ich leider nicht. Ich war viel zu sehr mit den Vorbereitungen des Festes beschäftigt. Und im Pressestab herrschte unglaublicher Stress. Wir haben da kaum etwas mitbekommen. Da müssen Sie jemanden fragen, der an dieser Sitzung teilgenommen hat.«

»Sie haben Tieneck aber doch erlebt«, beharrte Herzberger. »Was hatten Sie für einen Eindruck? Wie ist er Ihnen an diesem Abend erschienen?«

»Er war gereizt. Gereizt und nervös. Hat uns Presseleute ständig angefahren. Er schien überarbeitet zu sein und übernächtigt. Kein Wunder bei allem, was passiert war.« Ihr fiel ein, dass sie einige Male in den kleinen Besprechungsraum gerufen worden war, um den Herren Wein nachzuschenken. Nach dem ersten Glas winkten die meisten bereits dankend ab, nur Tieneck hatte sich wieder und wieder nachschenken lassen.

»Außerdem war er betrunken«, sagte sie.

»Er war betrunken?«, fragte Herzberger.

Er wirkte jedoch nicht überrascht. Offenbar wusste er das bereits.

»Zumindest hat er vier bis fünf Gläser Wein getrunken«, sagte sie.

»Wann hat er die Geschäftsstelle verlassen?«

»Gegen Viertel nach sieben.«

»Tieneck ist also alkoholisiert ins Auto gestiegen. Aber nicht in seinen BMW. Den hat er auf dem Hof der Geschäftsstelle stehen lassen.«

»Das stimmt«, sagte sie. »Er hat sich den Wagen eines Praktikanten geliehen, eines Politikstudenten, der während des Wahlkampfes in seinem Büro gearbeitet hat.«

»Wissen Sie, warum?«

»Er hatte Angst vor den Medienleuten. Einige Journalisten warteten bereits vor der Geschäftsstelle, und am späteren Abend sollten es noch mehr werden. Tieneck wollte wohl einfach ein bisschen Ruhe haben.«

»Hielten Sie diese Maßnahme nicht für, sagen wir, ein bisschen übertrieben?«

»Anfangs ja«, räumte sie ein. »Aber später ist mir klar geworden, dass Tieneck zu diesem Zeitpunkt bereits gewusst haben musste, dass die Sache mit dem Konto in Luxemburg rauskommen würde. Die Staatsanwaltschaft war schließlich eingeschaltet worden. Aus der Perspektive betrachtet finde ich die Sache mit dem geliehenen Auto nicht mehr so übertrieben.«

Herzberger nickte langsam. »Hatte Tieneck schon länger geplant, mit einem anderen Auto zu fahren?«

»Ich glaube nicht. Erst als er die Geschäftsstelle verlassen wollte, hat er den Praktikanten gefragt. Ich hatte das Gefühl, dass es ein spontaner Entschluss war.« Sie hatte bereits begriffen, worauf Herzberger hinauswollte. »Keiner hat das im Vorfeld gewusst«, fügte sie deshalb hinzu. »Zumindest keiner außer Tieneck. Die Hofausfahrt liegt außerdem im Dunkeln. Selbst wenn jemand auf ihn gewartet haben sollte, wäre Tieneck im Schatten und hinterm Steuer kaum zu erkennen gewesen.«

»Welchen Eindruck hat er auf Sie gemacht, als er die Geschäftsstelle verlassen hat?«

Sie zog die Stirn in Falten. »Keinen besonderen. Er sagte einfach: Ich bin kurz weg, machen Sie sich keine Sorgen, ich werde rechtzeitig wieder da sein.«

»Wann hätte er denn wieder dort sein sollen?«

»Spätestens um halb neun.«

»Weshalb ist er dann nicht gleich geblieben?«

»Er hat gesagt, er wolle sich zu Hause frisch machen. Ich glaube, er wollte einfach einen Moment allein sein und niemanden sehen. Er wohnt nicht weit vom Theodor-Heuss-Platz entfernt. Er musste also nur ein Stück durch den Grunewald, und dann war er zu Hause.«

Es *muss* ein Unfall gewesen sein, dachte sie. Egal, was Steinbachs Referent angedeutet hatte: Es war völlig undenkbar, dass jemand Tieneck absichtlich getötet hatte.

Herzberger schien zu erraten, was ihr durch den Kopf ging. »Das wäre erst einmal alles«, sagte er und schaltete das Gerät ab. »Vielleicht muss ich Sie nochmals befragen. Ich würde mich dann bei Ihnen melden.«

»Na klar, ich helfe gern. Für Tienecks Freunde und für seine Familie ist es wichtig, Klarheit zu bekommen. Und für das politische Geschäft ist es wichtig, diese Sache abzuschließen, um Tienecks politisches Leben würdigen zu können.«

8

Michael trat als Letzter in den Besprechungsraum. Die Morgenbesprechung hatte noch nicht angefangen. Wolfgang blickte auf, räusperte sich und wartete, bis Ruhe eingekehrt war.

»Also gut, machen wir's kurz. Wir fangen mit der Verkehrsunfallbereitschaft an«, sagte er. »Der Bericht dürfte inzwischen abgeschlossen sein, nicht wahr?«

Ein Kollege meldete sich zu Wort. »Nichts Neues. Es wurden keine verdächtigen Bremsspuren gefunden, keine Lackspuren, gar nichts. Eine Manipulation am Wagen hat es auch nicht gegeben.«

»Und Tieneck war betrunken, oder?«

»Ja. Zwei Komma drei Promille, sagt die Rechtsmedizin.«

»Was war denn nun die genaue Todesursache?«, fragte Anke. »Wissen wir das?«

»Eine Aortenruptur«, sagte Wolfgang. »Die Hauptschlagader in der Brust ist wohl beim Aufprall geplatzt. Wenn ich mich jetzt nicht irre.« Er wandte sich an Michael. »Bekommst du das noch auf die Reihe?«

Michael hatte ihn in die Rechtsmedizin begleitet. Ein Termin, auf den er lieber verzichtet hätte.

»Die Innenwand der Hauptschlagader ist beim Aufprall gerissen«, sagte er. »Das ist durch den Schlag auf den Brustbereich passiert.«

Der Wagen hatte keinen Airbag, und Tieneck war nicht angeschnallt gewesen. Das Blut hatte sich in die entstandene Tasche gewühlt, der Druck war immer größer geworden, und schließlich war die Außenwand der Aorta geplatzt. Deshalb hatte er den Wagen verlassen und zwei bis drei Minuten herumirren können, bevor er plötzlich zusammengebrochen und innerlich verblutet war.

Michael erinnerte sich noch an Dr. Freythals leuchtende Augen, als sie von der Obduktion berichtete. »Der Brustkasten war bei der Öffnung voller Blut«, hatte sie gesagt. »Ich habe noch nie so viel Blut gesehen. Die inneren Organe schwammen regelrecht darin. Faszinierend, oder?«

»Wäre er mit seinem BMW gefahren, dann hätte er wahrscheinlich nur ein paar Prellungen davongetragen«, fuhr Wolfgang fort. »Auch das Fehlen von Airbag und Seitenaufprallschutz war nicht das Schlimmste. Er war allerdings nicht angeschnallt und ist sehr unglücklich aufgeschlagen. Mit anderen Worten: Ziemlich dumm gelaufen, das Ganze. Fremdeinwirkung scheint mir also sehr unwahrscheinlich zu sein. Offenbar haben wir hier tatsächlich einen einfachen Autounfall.«

»Und was ist mit dem Unbekannten, den der Auffindungszeuge gesehen hat?«

»Der Unbekannte.« Wolfgang seufzte. »Falls es den überhaupt gegeben hat. Dieser Jakob ist sich nicht mehr sicher. Er kann sich nur schemenhaft erinnern. Der Arzt sagt, er könnte sich diesen Unbekannten einbilden. Das wäre nicht abwegig. Eine Beschreibung gibt's jedenfalls nicht.«

»Dann war's also einfach ein Unfall«, stellte Anke fest.

»Ganz genau«, meinte Wolfgang. »Und unser Job ist es, alles sauber zu dokumentieren. Dann können wir den Fall abschließen.«

Nach der Besprechung besorgte sich Michael einen Kaffee am Automaten, ging damit in sein Büro und schloss die Tür. Er startete seinen Rechner, ließ sich auf den Bürostuhl sinken und wartete drauf, seine E-Mails abrufen zu können. Währenddessen zog er sein Diensthandy hervor. Ein Anruf war eingegangen, der Anrufer hatte aber keine Nachricht hinterlassen. Die Nummer kam ihm vage bekannt vor. Er wollte bereits zurückrufen, als ihm schlagartig klar wurde, wer da angerufen hatte. Es war Anna.

Er hielt inne. Was sollte er tun? Zurückrufen, natürlich. Aber nicht jetzt. Nicht einfach so. Er legte das Handy zögernd zur Seite. Dann griff er nach seinem Kaffee und blickte wieder in den Computer. Am besten dachte er jetzt nicht darüber nach.

Als Erstes wollte er ein paar E-Mails beantworten.

Er würde sich später um alles andere kümmern.

Renate Herwig-Stamm, Innensenatorin. Man hatte einen provisorischen Zettel an der Tür angebracht. Das Türschild von Günther Tieneck war bereits abgeschraubt worden, nur wenige Stunden nach der offiziellen Bekanntgabe. Jenny war fassungslos. Frau Herwig-Stamm hatte nicht einmal einen Tag verstreichen lassen, um alles, was auf Günther Tieneck hinwies, verschwinden zu lassen.

Wieder musste Jenny daran denken, wie sie Herwig-

Stamm gemeinsam mit Steinbach und dessen engsten Mitarbeitern beim Sekttrinken beobachtet hatte. Und nun war Frau Herwig-Stamm Innensenatorin, sie hatte es geschafft.

Jenny war auf dem Weg in die Senatskanzlei. Das Rote Rathaus war weithin zu sehen. Es herrschte hektisches Hin und Her zwischen den Verwaltungen und der Kanzlei, die Sondierungsgespräche gingen mit Hochdruck voran. Das designierte Kabinett würde nun regelmäßig tagen, um die wichtigsten Projekte für die kommende Legislaturperiode abzustimmen. Hans Brohr wollte schnellstmöglichst die Regierungsgeschäfte aufnehmen, um damit von den Querelen der letzten Wochen abzulenken.

Jenny betrat das Gebäude durch einen Hintereingang und gelangte so direkt in die Büroflure der Kanzlei. Sie ging in den ersten Stock und meldete sich im Vorzimmer des Regierenden Bürgermeisters.

»Es tut mir leid, Frau Noel«, sagte die Sekretärin. »Aber der Regierende ist noch in der Kabinettssitzung. Er wollte längst wieder hier sein.«

»Haben Sie eine Ahnung, wie lange das noch dauern kann?«

»Genau kann ich das nicht sagen. Aber mit einer halben Stunde müssen Sie in jedem Fall rechnen.«

»Dann warte ich. Ich gehe solange in die Cafeteria.«

»Das wird wohl das Beste sein«, sagte die Sekretärin und vertiefte sich wieder in ihre Arbeit.

»Wissen Sie, weshalb Hans Brohr mich sprechen will?«, fragte Jenny. »Er hat mir keinen Grund genannt.«

Sie hatte ein ungutes Gefühl bei der ganzen Sache. Der Regierende hatte bislang nur das gesamte Team zu Besprechungen geladen, niemals Einzelne allein. Sie wusste nicht recht, was sie davon halten sollte.

»Nein«, erwiderte die Sekretärin. »Tut mir leid.«

In der Cafeteria war wenig los. Jenny besorgte sich an der Ausgabe einen Kaffee und hielt Ausschau nach Bekannten.

An einem der hinteren Tische entdeckte sie Ludwig Staagenborg, Ministerialdirektor in der Senatskanzlei. Er war lange Jahre Regierungsdirektor gewesen und hatte damit einen der höchsten Posten in der Kanzlei bekleidet. Doch als Brohr mit seinem Team den alten Bürgermeister verdrängte, wurden dessen Vertraute nach und nach in andere Positionen weggelobt.

Staagenborgs große Verdienste für die Partei wurden lautstark gewürdigt, und dann wurde er auf immer unwichtigere Posten versetzt, in denen er zwar gut verdiente, letztlich aber abgeschnitten war von den Schaltstellen der Macht. Jenny war sich sicher, sie hätte alles hingeworfen, wenn Brohr mit ihr so umgesprungen wäre. Doch als der Parteisoldat, der er war, hatte Staagenborg jede Veränderung mit Würde getragen und sich niemals beschwert.

Doch dort an dem kleinen Tisch wirkte er nun, wie er in der Vergangenheit so häufig auf sie gewirkt hatte: stolz und würdevoll zwar, aber doch auch ein wenig verloren.

Er winkte ihr, und Jenny ging auf ihn zu, obwohl sie im Grunde keine Lust hatte, sich mit ihm zu unterhalten.

»Setzen Sie sich doch!«, sagte er und lächelte sie gönnerhaft an, sodass Jenny sich insgeheim fragte, ob der alte Staagenborg wohl glaubte, dass sie dumm genug war, sich von seiner Vergangenheit blenden zu lassen.

»Wir haben es noch mal geschafft!«, bemerkte er. »Bei Ihnen ist nun bestimmt eine Menge los, oder?«

»Es hält sich in Grenzen«, sagte sie. »Wir haben zwar viele Medienanfragen, und alle wollen wissen, wie das neue Kabinett aussehen wird. Aber im Vergleich zu den letzten Wochen ist es ziemlich ruhig.«

»Brohr wird einige Senatoren austauschen«, sagte Staagenborg. »Herwig-Stamm war nur die erste. Andere werden folgen.«

Einen Moment lang vergaß Jenny ihre Zurückhaltung. »Sie konnte es gar nicht abwarten, alles abzuschrauben, wo Tienecks Name draufstand.«

Staagenborg machte ein verständnisvolles Gesicht und lächelte. Wie ein gütiger Vater, der im Begriff war, seiner Tochter die Kompliziertheit der Welt zu erklären.

»Tieneck hat sehr viel Schaden angerichtet«, sagte er. »Man muss verstehen, wenn die anderen noch immer wütend sind. Egal ob er nun tot ist oder nicht.«

Jenny dachte an das Sekttrinken im kleinen Festsaal. »Trotzdem«, sagte sie. »Man sollte jedem Menschen ein gewisses Maß an Respekt entgegenbringen. Ganz egal, was man von ihm hält.«

»Sie haben natürlich recht, aber Tieneck hat selbst dazu beigetragen, dass es so weit kommen konnte. Er ist über seine eigene Starrköpfigkeit gestolpert.« Er schüttelte den Kopf. »Man muss wissen, wann es genug ist. Und wann man gehen muss.«

Jenny erwiderte nichts. Sie dachte an Staagenborgs eigene Vergangenheit und verspürte einen Kloß im Hals.

»Was immer Tieneck auch getan hat«, fuhr er unbeirrt fort. »Er hätte sich nicht mit Jürgen Steinbach anlegen dürfen. Vor allem aber nicht mit dem Regierenden Bürgermeister. Es ist ein großer Fehler, Hans Brohr zu unterschätzen.«

»Steinbach und Brohr haben doch zu ihm gehalten!«, widersprach sie ihm heftig. »Bis zum Schluss! Es ging doch so weit, dass die Leute sich gefragt haben, ob der Bürgermeister überhaupt noch Durchsetzungskraft besitzt!«

»Sie irren sich«, sagte Staagenborg. »Steinbach und Brohr haben nicht zu Tieneck gehalten. Ganz im Gegenteil.«

Jenny stutzte. Das war doch lächerlich.

»Es ist nicht immer, wie es scheint«, fügte er hinzu und lächelte.

Sie dachte an den Referenten von Steinbach, der ihr auf der Wahlparty begegnet war. Vielleicht war doch etwas dran an seinen Behauptungen, und Tieneck war nur an der Macht geblieben, weil er gegen andere etwas in der Hand hatte.

Ein Verdacht keimte in ihr auf. Aber nein, Tienecks Tod war ein Unfall. Niemand hatte nachgeholfen. Der Gedanke war absurd.

»Nun, wie auch immer.« Staagenborg beendete das Thema. »Für die Partei ist es ein Gewinn, von den Problemen mit Günther Tieneck befreit zu sein. Versuchen wir trotzdem, den persönlichen Verlust im Auge zu behalten. Schließlich wollen wir nicht respektlos sein.«

Jenny nippte an ihrem Kaffee.

»Was passiert jetzt mit Tobias Landgraf?«, fragte sie.

Er lächelte freudlos. »Wie es aussieht, ist er wohl der größte Verlierer bei dieser Sache.«

»Glauben Sie denn, dass Tieneck erneut Innensenator geworden wäre?«

»Nein«, sagte Staagenborg bestimmt. »Niemals.« Er seufzte. »Tobias Landgraf hat einen Posten als themenbezogener Referent angeboten bekommen.«

Jenny wusste genau, was das bedeutete. Es war eine Degradierung sondergleichen.

»Von Frau Herwig-Stamm?«, fragte sie.

Ein Lächeln huschte über sein Gesicht. »Ganz genau.«

»Dieses Angebot muss für Landgraf ein Schlag ins Gesicht gewesen sein!«

Staagenborg zuckte mit den Schultern. »Er hat es angenommen.«

»Nein!«

»Aber ja. Wenn ich es Ihnen sage.«

»Aber er hat doch gute Kontakte zur Wirtschaft! Das ist Wahnsinn. Ist er denn wirklich darauf angewiesen, ein so mieses Angebot anzunehmen?«

Staagenborgs Blick wurde unergründlich.

»Manchmal muss man sich eben in den Dienst der Partei stellen«, sagte er. »Es gibt Situationen, da geht es nicht um eigene Belange, sondern um die Politik der

Bürgerlichen. Die eigenen Wünsche muss man da beiseiteschieben.«

Er redete nicht mehr nur von Landgraf. Sie spürte, wie sie errötete. Hätte sie nur den Mund gehalten.

»Sie haben recht«, sagte sie kleinlaut. »Natürlich geht es nicht nur darum.«

9

Nach dem Mittagessen ging Michael in den Beobachtungsraum, um sich am Automaten einen Kaffee zu besorgen. Während die Maschine den Becher ausspuckte und lautstark zu röhren begann, blickte er flüchtig durch den venezianischen Spiegel in den Nebenraum. Wolfgang saß mit einem Zeugen am Vernehmungstisch und führte eine Befragung durch. Offenbar jemand aus der Fraktion oder der Senatsverwaltung.

Michael blieb am Spiegel stehen. Irgendetwas an diesem Zeugen beunruhigte ihn. Er konnte nicht genau sagen, was es war. Das abweisende und verschlossene Gesicht vielleicht, die distanzierte Haltung und die herablassende Art, mit der er Wolfgangs Fragen beantwortete. Doch sosehr sich Michael auch bemühte, er kam nicht darauf, was ihm an dem Typen nun so unheimlich vorkam.

Er wollte sich schon abwenden, als der Mann den Kopf hob und zu ihm hinüberblickte. Er blickte durch den Spiegel hindurch direkt in seine Augen.

Michael hielt den Atem an. Jetzt war klar, was ihn beunruhigt hatte: Das war der Blick seines Vaters. Wer immer dieser Mann war, er hatte genau denselben Blick. Seine Brust verengte sich. Es war alles wieder da. Eine Kindheit voller Angst und Gewalt. Michael spürte den Drang zu fliehen. Einfach kopflos abzuhauen. Doch da hatte der Mann längst wieder weggesehen. Er beantwortete die Frage, die Wolfgang ihm gestellt hatte.

Michael wurde übel. Er wusste, dass dieser Mann auf der anderen Seite nur sein eigenes Spiegelbild sehen konnte. Zudem sah er ganz anders aus als sein Vater, es gab im Grunde nicht die geringste Ähnlichkeit.

Wolfgang sagte etwas, das der Mann mit einem knappen Lächeln quittierte. Dann war die Befragung beendet, sie standen auf und verließen den Raum. Michael wartete, bis sie sich draußen verabschiedet hatten und der Mann durchs Treppenhaus verschwunden war, dann trat er hinaus auf den Flur. Er fing Wolfgang ab, der am Vernehmungstisch seine Unterlagen zusammenräumte.

»Wer war denn das?«, fragte Michael.

Wolfgang machte sich nicht die Mühe aufzublicken. »Das war Tobias Landgraf«, sagte er matt, »der persönliche Referent von Günther Tieneck.« Mit einem Seufzer nahm er seine Sachen und verließ den Raum. »Ich hatte gehofft, dass er ein wenig auskunftsfreudiger wäre als die anderen. Schließlich geht es um den Tod seines Chefs. Doch von ihm habe ich genauso wenig erfahren wie von allen anderen Politikern. Aber was soll's, es war ohnehin nur ein Unfall ohne Fremdverschulden, nicht wahr?«

Damit wandte er sich ab und schlurfte zurück in sein Büro.

Michael nahm nachdenklich seinen Kaffee und kehrte zurück ins Büro. Er schloss sorgfältig die Tür und ließ sich auf seinen Stuhl sinken.

Tobias Landgraf.

Eine Weile starrte Michael durchs Fenster hinaus auf

den Hof, dann zog er die Computertastatur heran und machte sich auf die Suche. Landgraf wohnte in Charlottenburg, nahe dem Savignyplatz. Ursprünglich aus Hohenschönhausen stammend, hatte er eine Zeit lang in Grunewald gewohnt, danach in einem Zehlendorfer Villenviertel. Laut der Datenbank vom LKA hatte Landgraf bislang noch keine Straftat begangen, auch waren keine Ermittlungen gegen ihn aufgenommen worden. Es gab keine offenen Vorgänge, keine Mittäterschaften, und überhaupt schien er mit der Polizei noch nie in Berührung gekommen zu sein. Umso interessanter war das, was er in einem Blog eines politischen Journalisten fand. Offenbar hatte es doch mal einen Kontakt mit der Polizei gegeben. Und zwar in Sachen BTM, Verstöße gegen das Betäubungsmittelgesetz. Bei einer Routineuntersuchung hatte man bei Landgraf Kokain gefunden. Allerdings nur kleine Mengen, sodass es unter Eigenbedarf fiel und keine Ermittlungen gegen ihn aufgenommen worden waren.

Er hatte also ein bisschen gekokst. Eigentlich keine große Sache. Trotzdem passte dieser kleine Verstoß so gar nicht zur Fassade dieses beherrschten und unterkühlten Referenten. Es war ein Bruch im Gesamtbild. Michael wusste nicht, ob es für irgendetwas gut sein würde, aber er markierte den Eintrag in dem Blog und druckte ihn aus.

In seinem Büro griff Wolfgang sofort nach dem Telefonhörer. Er hatte die Nummer auswendig im Kopf, sein Adressbuch brauchte er nicht. Bereits nach dem zweiten Läuten nahm Benno Eiseler ab.

»Wolfgang! Das ist ja eine Überraschung!« Seine Stimme klang geradezu jugendlich. Wer ihn am Telefon kennenlernte, konnte ihn gut und gerne zwanzig Jahre jünger schätzen. »Was kann ich für dich tun?«

»Du musst mir noch einmal helfen«, sagte Wolfgang. »Mit diesen Politikern, du weißt schon.«

Benno lachte. »Wer war denn heute bei dir zu Gast?«

»Tobias Landgraf, der ehemalige Referent von Tieneck.«

»Lass mich raten: Die Befragung war nicht sonderlich erfolgreich?«

»Er hätte auch eine Pressemeldung vorlesen können.«

»Sie kommen nun mal nicht aus ihrer Haut«, sagte Benno gut gelaunt. »Aber Landgraf ist auch kein einfacher Fall. Er ist noch gar nicht so lange dabei. Kurz nach dem Bankenskandal hat er das Amt als Tienecks persönlicher Referent übernommen. War maßgeblich daran beteiligt, dass Tieneck ungeschoren davongekommen ist. Wirklich gute Arbeit hat er geleistet.«

»Was hat Tieneck denn mit der Sache damals zu tun gehabt? Musste da so viel vertuscht werden?«

»Ihm konnte nie eine aktive Rolle in dem Skandal nachgewiesen werden«, sagte Benno. »Obwohl es inoffiziell als sicher gilt, dass er von den Vorgängen innerhalb der Bankengesellschaft zumindest gewusst haben muss. Er war damals Bausenator. Saß mittendrin in der Baumafia. Und nicht nur das. Als Mitglied eines exklusiven Tennisclubs saß er gemeinsam mit den Bankern, dem Vorstand der Bankengesellschaft, allen wichtigen Politikern sowie der Berliner Baumafia am Vereinstisch.«

»Und wie hat Landgraf ihm da raushelfen können?«

»Er hat einfach hervorragende Pressearbeit gemacht. Er hat gemeinsam mit exzellenten Anwälten eine Linie ausgearbeitet, lange bevor irgendjemand etwas von den Vorgängen innerhalb der Bankengesellschaft geahnt hat. Das alles hing dann zwar noch sehr lange wie eine dunkle Wolke über Tieneck, aber geregnet hat es daraus nie.«

Wolfgang schlug sein Notizbuch auf. »Was weißt du noch über Landgraf? War er schon immer Berufspolitiker?«

»Er kommt aus der Wirtschaft, ist nie verbeamtet gewesen. Gilt als extrem loyal und zuverlässig. In politischen Auseinandersetzungen ist er gut vorbereitet, er ist strategisch und diplomatisch. Und er hatte durch Tieneck eine machtvolle Stellung. Tieneck wollte ihn wohl nach der Wahl zum Staatssekretär machen. Zumindest wird das gemunkelt.«

Wolfgang zückte seinen Füller und notierte sich die letzte Information, von der er glaubte, dass sie wichtig sein könnte.

»Auf mich wirkte er nicht sonderlich diplomatisch. Ganz im Gegenteil. Ich fand ihn unhöflich. Regelrecht verstockt.«

Benno lachte. »Seine Vorzüge zeigt er nur in politischen Verhandlungen«, betonte er. »Als Person ist er eine arrogante Sau. Selbst innerhalb der Partei ist er alles andere als beliebt. Es wird viele geben, die nur darauf gewartet haben, dass sein Ziehvater aus dem Weg geräumt ist. Jetzt können sie ihn für seine ewige Arroganz abstrafen.«

Wolfgang legte den Füller beiseite. »Landgraf ist also

lediglich ein Produkt von Günther Tieneck?«, fragte er skeptisch. »Ein Lakai, der dem Innensenator treu ergeben war und ihm nach dem Mund redete?«

»Nein, keinesfalls. Er hat einen eigenen Kopf und eine starke Persönlichkeit. Man darf ihn nicht unterschätzen. Auch wenn sich Tieneck vollends auf ihn verlassen konnte, heißt das nicht, dass er dabei nicht eigene Pläne hatte, die er konsequent verfolgt hat.«

»Er hat von Steinbach und von Herwig-Stamm in den allerbesten Tönen gesprochen«, sagte Wolfgang. »Woran soll man sich denn halten, wenn diese Herrschaften nicht einmal über die ein offenes Wort sagen, die mit gezückten Messern hinter ihnen stehen?«

Benno schwieg nachdenklich. Dann fragte er: »Also geht es doch um Fremdverschulden bei Tieneck?«

»Ach, Unsinn. Im Gegenteil. Von Stunde zu Stunde wird die Unfallthese wahrscheinlicher. Trotzdem. Wenn ich die Akten schließe, soll alles sauber sein.«

Nach dem Gespräch trommelte Wolfgang gedankenverloren mit den Fingern auf der Tischplatte. Dann entdeckte er Michael, der gerade an seiner halb offenen Bürotür vorbeiging. Wolfgang rief ihm nach, worauf er sich umdrehte und fragend zu ihm hineinsah.

»Woran arbeitest du gerade?«, erkundigte sich Wolfgang.

»An nichts. Ich habe gerade meinen Bericht von gestern fertig gemacht.«

»Gut. Du kannst bei den Hinweisen aus der Bevölkerung helfen. Nicht sehr spannend, ich weiß. Aber uns fehlen da Leute.«

Frau Schrade steckte ihren Kopf durch die Zwischentür.

»Herr Herzberger, denken Sie an Ihren Termin beim Generalstaatsanwalt? Wenn Sie pünktlich kommen wollen, dann müssen Sie jetzt langsam los.«

»Danke. Das hätte ich fast vergessen.«

Sie nickte und zog die Tür wieder zu. Der Hauptkommissar stand mit einem Seufzer auf und griff nach seinem Mantel.

»Generalstaatsanwalt?«, fragte Michael überrascht.

»Ich finde das nicht so ungewöhnlich«, sagte Wolfgang. »Der General lässt sich vom zuständigen Staatsanwalt Bericht erstatten. Er will sich ein genaues Bild verschaffen. Das ist nun mal ein wichtiger Fall.«

»Wenn du meinst.« Michael zuckte mit den Schultern und wandte sich zum Gehen. »Mich geht es auch nichts an.«

»Vielleicht will er auch einfach Druck ausüben, damit die Ermittlungen vorangehen. Wer weiß das schon.«

10

Das Vorzimmer des Generalstaatsanwalts allein nahm bereits mehr Raum ein als drei mittelgroße Büros auf dem Flur von Wolfgangs Kommission. Er schritt über knarrende Holzdielen hinüber zum Wartebereich, der in einer Ecke unter hohen Bogenfenstern eingerichtet war. Er rückte seinen Stuhl zurecht und sah mit einem Lächeln zur Vorzimmerdame, die jedoch ihren Blick eilig senkte und zu arbeiten vorgab.

Unschlüssig legte er die Hände in den Schoß. Er fühlte sich wie ein Schuljunge, der wegen einer eingeworfenen Fensterscheibe beim Rektor antreten musste. Es dauerte nicht lange, da stand die Sekretärin auf und räusperte sich.

»Herr Dr. Vosswinkel erwartet Sie nun«, sagte sie und führte ihn in das Büro ihres Dienstherrn. Ebenfalls ein riesiger Raum, in dem der Generalstaatsanwalt hinter seinem ausladenden Schreibtisch seltsam klein und unbedeutend wirkte. Alles viel zu groß für den kleinwüchsigen Dr. Vosswinkel, dachte Wolfgang in einem Anflug von Galgenhumor.

»Herr Herzberger. Schön, dass Sie kommen konnten.«

Er gab ihm zur Begrüßung die Hand und lächelte.

»Aber das ist doch selbstverständlich, Herr Dr. Vosswinkel. Ich hoffe, dass ich helfen kann.«

»Ich will Sie gar nicht lange aufhalten«, sagte Vosswinkel und bat Wolfgang, sich zu setzen. »Ich denke, meine Fragen sind schnell beantwortet.«

»Warten wir noch auf Oberstaatsanwalt Zahn?«, fragte Wolfgang.

»Ich habe mich bereits von ihm über den Sachverhalt informieren lassen. Trotzdem möchte ich auch Ihre Einschätzung hören.« Er faltete die Hände und behielt seinen offiziellen Tonfall bei. »Sicher können Sie verstehen, dass ich mir in dieser Sache persönlich ein Bild verschaffen will.«

»Natürlich«, sagte Wolfgang. »Mit Fällen wie diesem steht und fällt das Ansehen der Berliner Ermittlungsbehörden.«

»Das sehe ich genauso. Laut dem zuständigen Staatsanwalt ist es nur noch eine Frage von Tagen, bis die Ermittlungen eingestellt werden können. Es gibt keinerlei Hinweise auf Fremdeinwirken oder Fremdverschulden.«

»Nein, bislang haben wir keine Hinweise entdeckt.«

Vosswinkel blickte Wolfgang kühl an. »Glauben Sie, dass sich daran noch was ändern könnte?«

»Ich weiß nicht. Es bleiben die Affären, in die Tieneck verstrickt war. Sein Tod kam für viele Leute einfach zu passend.«

Vosswinkel fixierte ihn. »Aber es hat Untersuchungen gegeben. Gibt es irgendwas am Unfallwagen? Auf dem Straßenbelag? Oder sonst wo? Deutet irgendetwas darauf hin, dass es mehr war als ein tragisches Unglück?«

»Nein. Im Moment nicht.«

Vosswinkel fixierte ihn. Dann lehnte er sich in seinem

Sessel zurück. »Trotzdem sprechen Sie einen wichtigen Sachverhalt an«, sagte er. »Das sollten wir keinesfalls außer Acht lassen. Was das illegale Spendenkonto betrifft, so sind die zuständigen Ermittlungsbehörden bereits tätig geworden. Es sind gegen zwei Abgeordnete Ermittlungen aufgenommen worden wegen Untreue und Verstoßes gegen das Parteispendengesetz. Der Schatzmeister hat sein Amt niedergelegt, und Hans Brohr hat den Beamten volle Kooperation zugesichert.«

Nach einer Pause fügte er hinzu: »Wenn Sie, Herr Herzberger, bei Ihren Ermittlungen auf weitere Unstimmigkeiten innerhalb der Bürgerlichen Partei gestoßen sein sollten, hoffen wir, dass Sie die zuständigen Kollegen umgehend davon in Kenntnis setzen.«

Wolfgang nickte. »Natürlich.«

Vosswinkel ließ seinen Blick auf ihm ruhen.

»Aber da gibt es nichts, oder?«, fragte er.

Natürlich gab es keine Beweise für Tienecks Machenschaften. Nicht einmal aussagekräftige Indizien. Es gab nur das, was Benno Eiseler und andere ihm gesagt hatten. Wenn man wollte, konnte man alles als Verschwörungstheorien abtun.

»Es ist also richtig«, fuhr Vosswinkel fort, »dass es keine Spuren gibt, derentwegen man die Unfallthese anzweifeln sollte?«

»Ja, das ist richtig.«

Vosswinkel nickte. »Wie lange brauchen Sie, um die restlichen Hinweise abzuarbeiten?«

Wolfgang zuckte mit den Schultern. »Ein paar Tage vielleicht.«

»Lassen Sie sich Zeit«, erwiderte Vosswinkel zufrieden. »Es soll nichts überstürzt werden. Niemand soll denken, die Politik hätte kein Interesse an einer lückenlosen Aufklärung dieses Falls.« Und erstmals lächelte er. Ein Raubtierlächeln. »Nicht wahr, Herr Herzberger?«

Der Generalstaatsanwalt beendete das Gespräch und führte ihn zur Tür.

Draußen fragte sich Wolfgang ratlos, was Vosswinkel mit diesem Treffen bezwecken wollte. Sollte er eingeschüchtert werden? Sollte Druck auf ihn ausgeübt werden, damit er die Ermittlungen baldmöglichst einstellte? Oder hatte Vosswinkel ihn auch nur wissen lassen wollen, dass er ein Auge auf diesen Fall hatte? Als versteckte Warnung sozusagen?

Er trat auf die Straße, atmete die kühle Herbstluft ein und versuchte Vosswinkel aus seinen Gedanken zu verbannen. Dann hielt er Ausschau nach einem Bus.

Bevor er Feierabend machte, kehrte er noch mal ins Präsidium zurück. Er bat Frau Schrade nachzusehen, ob Anke Suhl im Haus sei. Kurz darauf tauchte die Kollegin bei ihm im Büro auf.

»Was gibt's, Chef? Treffen wir uns nicht morgen früh zur Besprechung?«

»Doch, schon. Ich wollte nur mal hören, wie's so läuft. Irgendwelche Hinweise eingegangen, die was taugen?«

Sie verzog das Gesicht. »Eher nicht. Nur das Übliche. Die Leute kommen auf die tollsten Ideen. Wir haben Hinweise auf CIA-Agenten und auf ehemalige Stasileute, die noch eine offene Rechnung mit Tieneck haben sollen. Dann kursieren Theorien über eine Beteiligung der Baumafia, und selbst der russische Geheimdienst soll seine Finger im Spiel haben. Und wir sind verpflichtet, dem ganzen Quatsch nachzugehen.«

»Sag mal, hast du noch mal mit dem Auffindungszeugen geredet? Kann er sich inzwischen wieder an den Unbekannten erinnern? Oder an etwas anderes, das er gesehen hat?«

»Nein, da hat sich nichts geändert. Die Ärzte sagen, das sei völlig normal. Vielleicht kommen die Erinnerungen irgendwann zurück, vielleicht auch nicht. Das kann keiner sagen.«

»Also wissen wir auch nicht, ob es überhaupt einen Unbekannten gab oder ob er ihn sich einbildet?«

»Genau. Diesen Zeugen können wir vergessen.«

Wolfgang sagte nichts dazu. Er stieß die Luft aus.

»Also gut. Dann mach weiter. Wir sehen uns morgen früh.«

Anke zögerte. »Der Fall ist gelaufen, oder?«

Er nickte. »Verkehrsunfall mit Todesfolge. Kein Fremdverschulden. Nur ein Unglücksfall.«

»Wann wird die Presse informiert?«

»Ich muss mich mit dem Staatsanwalt absprechen. Morgen vielleicht. Oder übermorgen.«

Stille legte sich über das Büro.

»Es gibt nicht den kleinsten Hinweis auf Fremdverschulden«, sagte Anke. Es hörte sich an, als wollte sie ihn trösten.

»Ich weiß«, sagte er. »Ab nächster Woche haben wir

wieder Ruhe hier im Laden. Darauf sollten wir uns freuen.«

Anke grinste, dann wandte sie sich ab und verschwand durch die Tür.

11

Jenny hatte in einem Café auf der Oranienburger Straße einen Hinterraum gemietet. Dort störten sie keine anderen Gäste, für den Fall, dass es lauter werden würde. Und Jenny ging davon aus, dass es nicht mehr lange dauerte, bis es lauter würde.

Es waren alle gekommen. Der Pressestab der Landesgeschäftsstelle, die Kollegen aus der Senatskanzlei, ein paar befreundete Journalisten und sogar ihre Mutter. Sie drängten sich in dem engen Raum und ließen Jenny hochleben. Niemand hatte mit ihrer Beförderung gerechnet.

Die stellvertretende Pressesprecherin vom Regierenden Bürgermeister hatte der Politik den Rücken gekehrt, um einen Posten an der Universität anzunehmen. Als Hans Brohr sie hatte sprechen wollen, ging es um das Angebot, das er ihr machen wollte. Sie sollte die Nachfolge antreten. Jenny hatte mit allem gerechnet, während sie mit Staagenborg in der Kantine gesessen hatte, um auf Brohrs Rückkehr zu warten. Aber mit so etwas sicherlich nicht.

»Ich habe Ihre Arbeit genau beobachtet, liebe Jenny!«, hatte Brohr gesagt. »Und ich möchte wieder eine Frau auf diesem Posten.« Er habe mit geschlechtsparitätischen Teams gute Erfahrungen gemacht, und er wisse, dass sie sich mit seinem Pressesprecher sehr gut verstehe. So war seine Wahl auf sie gefallen.

Alle waren aus dem Häuschen. Es war noch nicht einmal sechs, und Jenny hatte schon einen gehörigen Schwips. Ein Kollege nahm sie in den Arm und küsste sie auf die Wange.

»Typisch Brohr«, meinte er und reichte ihr ein neues Sektglas. »Er ignoriert die üblichen Dankbarkeitsmühlen und zieht dich allen anderen vor.«

»Er hat es nun mal nicht so mit Konventionen«, rief eine Praktikantin.

Joachim Buchner von Kanal 5, ein befreundeter Journalist, war ebenfalls gekommen, um sie zu feiern. Ein atemberaubend gut aussehender Endzwanziger, der zwar keinerlei Interesse an Frauen hatte, aber jederzeit in den Flirtmodus umschalten konnte, wenn er Informationen brauchte. Jenny wusste das natürlich, trotzdem war sie immer wieder kurz davor, ihm auf den Leim zu gehen. Sie hatten früher zusammen studiert, und seit Jenny bei den Bürgerlichen war, meldete er sich wieder regelmäßig bei ihr. Jenny durchschaute das natürlich, aber es fiel ihr schwer, ihm das wirklich übel zu nehmen. Dafür sah er einfach zu gut aus.

Er nahm sie zur Begrüßung in den Arm.

»Mensch, Jenny«, sagte er. »Jetzt bist du ganz oben mit dabei.« Mit einem Grinsen fügte er hinzu: »Was für ein Glück für mich.«

Sie lachte. »Sei gewiss, mein Lieber, du wirst eine ganz neue Verschwiegenheit an mir kennenlernen. Auf deinen Charme falle ich nicht mehr rein, die Zeiten sind vorbei.«

Sie zog ihn hinüber zu einem Stehtisch und goss ihm ein Glas Sekt ein.

»Noch verschwiegener?«, fragte er, als er das Glas entgegennahm. »Wie soll das denn gehen? Im Fall Tieneck hast du doch schon dichtgehalten, als ginge es um Staatsgeheimnisse.«

»Ich habe dichtgehalten, weil es nichts zu sagen gab«, sagte Jenny. »Wenn ich was gewusst hätte, dann hättest du es erfahren. Ehrlich.«

»Das mit dem Spendenkonto zum Beispiel?« Er zog die Augenbraue hoch. »Ich hätte nur dann etwas erfahren, wenn du einen Nutzen davon gehabt hättest.«

Sie lächelte sibyllinisch.

»Du hast ihn als Letzte lebend gesehen, heißt es.«

»Ja. Schon seltsam, oder? Ein bisschen gruselig.«

»Hat er irgendwas gesagt? Sich verdächtig verhalten?«

»Nein. Ich hab wirklich keine Ahnung, was da los war. Es soll ja ein Unfall gewesen sein.«

»So heißt es zumindest«, sagte er nachdenklich.

Jenny betrachtete ihn. Er hatte einen Verdacht. Trotz der relativ eindeutigen Ermittlungen. Er zweifelte an der Unfallthese, und deshalb war er heute hier.

»Weißt du etwas?«, fragte sie.

»Weißt du etwas?«, kam es zurück.

»Nein, aber wenn man dich so reden hört, glaubt man, du denkst, jemand hat Tieneck auf dem Gewissen. Als wäre das ein Mord gewesen oder so.«

Er sah sie lange und prüfend an. Dann kehrte das Lächeln zurück. Er war wieder ganz der alte Charmeur.

»Ach, Quatsch. Die Polizei wird die Ermittlungen bald einstellen, heißt es. Fall abgeschlossen.«

»Wer sagt das denn?«

Er hob die Schultern und grinste.

»Sieh an«, sagte sie ironisch. »Was du alles weißt.«

Kollegen aus der Pressestelle kamen an den Tisch und wollten mit Jenny anstoßen. Joachim trat zurück und mischte sich unters Volk. Jenny sah ihm nachdenklich hinterher. Aber dann schenkte sie nach und stieß mit den anderen an. An diesem Abend sollte gefeiert werden, und die Sache mit Tieneck gehörte wirklich nicht hierher.

Der Automotor surrte leise, und die Heizung blies trockene Luft ins Wageninnere. Michael hatte sie ganz aufgedreht, und so blieb die kalte Herbstnacht draußen vor den Fenstern.

Seit einer knappen Stunde fuhr er durch die Stadt, ziellos ließ er sich durch die Straßen treiben, bog mal hier ab, mal dort, immer den Lichtern anderer Autos hinterher. Er versuchte, an nichts zu denken und abzuschalten.

Es war Wochenende.

Zu Anfang der Woche war er noch überzeugt gewesen, dass sie durcharbeiten würden. Das war für gewöhnlich immer so, wenn ein ganz dicker Fall auf dem Tisch lag.

Ihm wäre es recht gewesen. Er wusste ohnehin nicht, was er mit der vielen freien Zeit anstellen sollte. Doch nun waren alle wichtigen Spuren abgearbeitet, und die Ermittlungen waren so gut wie eingestellt. Offiziell arbeiteten sie natürlich noch an dem Fall, doch das bedeutete nur, dass alle Berichte vervollständigt werden mussten.

Am Montagmorgen würde im Präsidium die gewohnte Ruhe wieder einkehren, und bis spätestens Ende der Woche konnte die Staatsanwaltschaft die Ermittlungen einstellen.

Er stoppte an einer roten Ampel, legte den Arm aufs Lenkrad und blickte hinaus. Vor ihm in der Dunkelheit lagen Ku'damm und Gedächtniskirche. Die Straßen waren voller Menschen, selbst in dieser kalten und windigen Nacht. Touristen, Liebespärchen, Jugendliche mit Skateboards und Bierflaschen. Die Kinos, Theater und Kneipen waren gut besucht, wie üblich bereitete die Stadt sich auf das Wochenende vor.

Michael bog ab und ließ die Menschen hinter sich. Er durchquerte die Unterführung am Bahnhof Zoo, als ein Mann unvermutet auf die Straße torkelte. Er tauchte vor seiner Motorhaube auf, und Michael musste eine Vollbremsung machen, um ihn nicht umzufahren. Der Mann starrte Michael erschrocken an. Dann wirbelte er in seiner abgerissenen Kleidung herum, schlug wie wild auf die Motorhaube ein und schrie.

Eine Frau kam hinzu. Schmutzig und halb erfroren. Sie stieß ihn vom Auto weg und tobte ebenfalls drauflos.

»Pass doch auf, wo du hinrennst!«, schrie sie. »Du bringst dich noch mal um. Pass doch auf, verdammt!«

»Was willst du denn, du Schlampe! Verpiss dich doch, wenn's dir nicht passt, was ich mache!«

»Verpiss dich selber! Wenn du dich unbedingt umbringen willst!«

Michael war offenbar vergessen. Sie tänzelten jetzt mitten auf der Straße herum und brüllten sich an. Im orangenen Licht der Unterführung wirkte es wie absurdes Theater. Ein seltsames Paar. Als sie wieder auf dem Bürgersteig verschwanden, fragte er sich, wie lange die beiden wohl schon zusammen waren.

Hinter ihm hupte ein Auto. Michael schaltete eilig in den ersten Gang und fuhr los.

Er dachte an Anna.

Wie viele Tage war es nun her, fragte er sich, dass sie ihn angerufen hatte? Waren es vier oder eher fünf? In jedem Fall war es längst zu spät, um zurückzurufen. Das wusste er genau.

Ein leiser Schmerz schlich sich an. Nur für einen Moment wollte er ihn zulassen. Er hatte absichtlich die Zeit verstreichen lassen. Hatte absichtlich jede Ermahnung aus seinem Kopf verbannt, sich endlich zu melden. Absichtlich gewartet, bis es zu spät war.

Er wusste nicht, was Anna von ihm wollte, weshalb sie sich für ihn interessierte. Er hatte keine Ahnung, was sie in ihm gesehen hatte. Doch er wusste genau, wenn sie ihn erst richtig kennengelernt hätte, wäre ihr der Irrtum aufgefallen.

Die Musik im Radio bereitete ihm zunehmend Kopfschmerzen. Er stellte sie aus und wendete den Wagen.

Dann fuhr er auf direktem Weg nach Hause.

12

Warum fuhr denn dieser blöde Bus nicht weiter? Auf der Kreuzung war doch gar nichts, das sah sie genau. Die Ampel war grün, und einen Unfall hatte es auch nicht gegeben.

Fahr doch, verdammt! Ich dreh gleich durch!

Doch außer ihr schien sich niemand daran zu stören, dass der Bus plötzlich stehen geblieben war. Die Leute saßen gemütlich da und spielten mit ihren Smartphones. Oder sie blickten starr auf die Straße und wirkten wie in Trance gefallen.

Sie wollte nicht zum Fenster sehen und tat es trotzdem. Zur anderen Straßenseite, zu den Birken. Es war wie ein Zwang. Dann weiter zum Schotterweg und in den Wald hinein. Sie sah die Grasnarbe, auf der ihr Fahrrad gelegen hatte. Wo der Typ sie überfallen hatte. Und dahinter war der Busch, in den sie hineingezogen werden sollte.

Da drüben ist dein Platz, flüsterte eine Stimme. Da gehörst du hin, unter das Blätterdach, ins kühle, feuchte Dunkel.

Der Bus fuhr ruckartig an, ihre Tasche rutschte vom Sitz und landete im Gang. Sie beugte sich vor und zog sie auf ihren Schoß. Die Birken schoben sich ins Blickfeld, dann folgten Straßenkreuzung und Häuserzeilen.

»Ich weiß, dass du eine sehr schwere Zeit durchmachst«, hatte die Sozialarbeiterin vorhin gesagt und sie dabei so seltsam angeblickt, als könnte sie ganz tief in sie hineinsehen. »Es muss ganz schlimm für dich sein, was passiert ist, Jana.«

Sie selbst hatte währenddessen geschwiegen. Sie hatte darauf gewartet, endlich aus diesem muffigen Büro verschwinden zu können. Aus dem engen Raum mit der ach so verständnisvollen Sozialarbeiterin, gleich neben dem Lehrerzimmer.

Diese blöde Winkler! Ihre Klassenlehrerin war es gewesen, die zur Sozialarbeiterin gelaufen war. Ihre Leistungen waren abgefallen, die Noten rutschten immer tiefer in den Keller, und die Winkler hatte wohl Angst, dass ihre Eltern irgendwann unangenehme Fragen stellen könnten. Also ab zur Sozialarbeiterin, und dann würde die Winkler die Hände in Unschuld waschen können.

»Wenn Menschen nach langer Krankheit sterben«, hatte die Sozialarbeiterin gesagt, »oder sie sterben, weil sie sehr alt sind, vielleicht kann man sich dann besser darauf vorbereiten. Doch wenn sie bei einem Unfall sterben, das muss furchtbar sein.«

Jana hatte weiterhin geschwiegen.

»Du kannst jederzeit zu mir kommen, um einen neuen Termin zu machen. Oder du kommst einfach in die offene Sprechstunde.«

Und dann endlich durfte sie gehen. Die Sozialarbeiterin begleitete sie zur Tür.

»Die Beerdigung ist heute Nachmittag, nicht wahr?«, hatte sie abschließend gefragt. Jana hatte knapp genickt.

»Du bist alt genug, um dir eine Entschuldigung zu schreiben. Ich denke, dass deine Lehrer Verständnis dafür haben.«

Janas Fahrrad stand jetzt nicht mehr an dem Blumenladen. Wenn sie von der Schule kam, stieg sie an der U-Bahn-Station in den Bus und fuhr eine Station, um von dort das letzte Stück zu Fuß zu laufen. Es dauerte ein wenig länger, doch wen interessierte das schon.

Als sie aus dem Büro der Sozialarbeiterin gekommen war, hatte sie keine Lust gehabt, nach Hause zu fahren. Zu Hause war es kaum zu ertragen. Die Fenster waren verhängt, die Türen verschlossen. Alles dunkel und erstarrt. Jana fühlte sich wie in einer Gruft in einem Gruselfilm. Wenn sie zu laut wäre oder zu lebendig, dann könnten sich unsichtbare Türen öffnen, und es kämen Zombies mit halb verwesten Gesichtern auf sie zu, langsam, humpelnd und mit Mord in den Augen. Im Grunde war es gar nicht so abwegig. Sie hasste ihr Zuhause.

»Hey, Jana! Komm doch mit rauchen, hinter der Turnhalle!« Die Jungs waren nett zu ihr gewesen, auch sie wussten von der Beerdigung. »Kevin hat 'nen Joint dabei! Bist eingeladen.«

Sonst kümmerte sich nie jemand um sie, sie durfte ja nur dabeistehen, wenn die Jungs sich in den Pausen trafen. Bei ihnen war sie aber wenigstens geduldet, weggejagen tat sie keiner, und das war immer noch besser, als mit den blöden Tussis abzuhängen, die falsch lächelten und sich hinter ihrem Rücken das Maul zerrissen.

Der Tabak brannte angenehm in der Lunge, und kurz darauf zeigte auch das hineingebröselte Marihuana seine

Wirkung. Jana lehnte sich gegen die Wand der Turnhalle, der Waschbeton war angenehm kühl. Für einen Moment sackte der ganze Tag unter ihr weg. Sogar der Schotterweg hinterm Blumenladen war vergessen.

»Was wollte denn die Sozialarbeiterin?«, fragte einer der Jungs.

»Keine Ahnung«, sagte sie. »Hält mich wohl für'n Psycho.«

»Du bist ja auch ein Psycho!«, sagte ein anderer, lachte freundlich und knuffte sie in die Seite.

Sie blickte ihn skeptisch an, doch er hatte es wohl tatsächlich nett gemeint.

»Wer hat Mathe?«, wechselte er das Thema. »Ich muss unbedingt noch vor der nächsten Stunde abschreiben. Sonst bringt mich der Mühlkamp um!«

Jana hätte gern einen Joint gehabt, den sie hätte rauchen können, bevor sie zum Friedhof musste. Doch sie hatte sich nicht getraut zu fragen. Die Jungs waren heute nett, aber sie wollte den Bogen nicht überspannen.

»He, du dahinten!«, rief der Busfahrer. »Endstation!«

Sie blickte überrascht auf. Sie waren bereits am Ziel, und alle anderen waren ausgestiegen. Sie schnappte ihre Tasche, drückte sich am Fahrer vorbei und sprang auf die Straße.

Die Sonne blinzelte zwischen den Blättern der Kastanien. Die Straße mit den protzigen Villen war an diesem Nachmittag voller Lichter. Herbstlaub raschelte im Wind, und wieder und wieder löste sich ein einzelnes, goldenes Blatt und segelte durch die Luft.

Für einen Moment blieb sie stehen und genoss die unvermutete Schönheit der Straße. Es kam ihr völlig absurd vor, an einem so wunderbaren Tag ihren Vater unter die Erde zu bringen.

Am Tor begrüßte sie Jack, der Hund ihres Vaters, freudig und mit wedelndem Schwanz. Sie streichelte ihm den Kopf und ging hinein. Der Hund hatte wohl noch gar nicht gemerkt, dass sein Herrchen länger als gewöhnlich wegblieb.

Aus dem Wohnzimmer drangen Stimmen. Jana stellte ihre Tasche ab und steckte den Kopf durch die Tür. Landgraf war wieder da, sie hätte es sich denken können. Er stand mit verschränkten Armen am Fenster und blickte hinaus. Wie er aussah, hätte er auch Graf Dracula sein können. Hinter ihm auf dem Sofa saß ihre Mutter, mit hängenden Schultern und in der Hand ein verrotztes Taschentuch.

Ganz die trauernde Witwe. Jetzt tat sie so, als ob es ihr etwas ausmachen würde.

Dabei hatten ihre Eltern schon seit Langem keine Ehe mehr geführt, die diesen Namen verdient hätte. Vater hatte nie für mehr als drei Minuten was anderes als Politik im Kopf, und Mutter jettete den Großteil des Jahres mit ihren Liebhabern durchs Mittelmeer. Und wenn sie sich zufällig begegneten und niemand sonst im Raum war, wussten sie nichts anderes miteinander anzufangen, als sich anzuschreien.

Von Jana schien ihre Mutter nun dasselbe Theater zu erwarten. Wahrscheinlich wünschte sie sich, dass sich ihre Tochter weinend zu ihr aufs Sofa setzte und mit ihr Händchen hielt. Ein wunderbares Theater, zu Hause eingeübt und danach für Presse und Öffentlichkeit vorgeführt. Witwe und Halbwaise trösten sich über den Tod ihres geliebten Vaters und Ehemanns hinweg.

Ihre Mutter verzieh ihr nicht, dass sie da nicht mitspielte. Sie blickte vom Sofa auf und entdeckte Jana in der Tür. Ihr Blick verhärtete sich sofort. Jana hätte es nicht überrascht, wenn ihr Tränenschleier zu Eis gefroren wäre.

»Du.« Mehr sagte ihre Mutter nicht. Sie hatte den Versuch längst aufgegeben, Jana in ihre ansonsten perfekt inszenierte Trauer-Show einzubauen. Stattdessen hatte sie sich auf das Terrain der vertrauten, demonstrativ zur Schau getragenen Verachtung zurückgezogen.

»Ja, ich«, gab Jana zurück. »Gibt's was zu essen?«

»Im Ofen.« Sie wandte sich wieder ab, ganz so, als wollte sie ihre Tochter nicht länger als unbedingt notwendig beachten.

»Hallo, Jana«, sagte Landgraf vom Fenster.

Sie entschied sich, ihn schlichtweg zu übersehen, drehte sich um und schlurfte in die Küche.

Im Ofen stand Lasagne. Sah gut aus. Wenigstens was.

»Interessiert dich das alles denn gar nicht?«, hatte ihre Mutter vor einigen Tagen aufgeheult. Da hatte sie plötzlich in ihrem Zimmer gestanden, ohne anzuklopfen. »Ist es dir denn völlig egal, ob dein Vater lebendig ist oder tot?«

In ihren Augen schien da für einen Moment echter Schmerz zu sein. Aber das rührte wahrscheinlich eher daher, dass Jana die Spielregeln nicht beachtete. Und im Grunde wollte sie es auch gar nicht so genau wissen, denn sie ekelte sich davor, wenn ihre Mutter Gefühle zeigte.

Sie hatte die Lasagne aufgewärmt und halb aufgegessen, als Landgraf in die Küche trat. Er lehnte sich an die Anrichte und blickte sie an. Jana versuchte, ihn nicht zu beachten, und stocherte weiter in ihrer Lasagne herum.

»Du solltest etwas netter zu deiner Mutter sein«, sagte er sanft.

Jana hörte auf zu kauen und starrte ins Nichts.

»Sie bemüht sich wirklich. Mach es ihr doch nicht so schwer.«

Sie ließ die Gabel fallen und funkelte ihn an.

»Was willst du überhaupt noch hier?«, rief sie. »Papa ist doch tot, oder? Es gibt nichts mehr für dich zu gewinnen. Deine Karriere ist im Arsch! Verpiss dich doch endlich!«

Sie sprang auf und lief aus der Küche, warf die Tür hinter sich zu und rannte in ihr Zimmer. Erst als sie die Tür fest verschlossen hatte, fühlte sie sich besser. Sie ließ sich aufs Bett sacken.

Idioten!, dachte sie. Diese blöden Idioten!

Schon zu Lebzeiten ihres Vaters hatten diese Politiker das Haus mit ihrer ständigen Anwesenheit verseucht. Man hätte denken können, dass es mit seinem Tod ein Ende haben würde. Doch nun strich dieser Landgraf hier umher wie eine Raubkatze auf Beutezug, redete auf ihre Mutter ein, nahm alles in die Hand und tat ganz so, als sei er ein rechtmäßiges Mitglied ihrer Familie.

Allein wie er die Beerdigung geplant hatte!

»Du kannst das Kabinett nicht ausladen, Margot«,

hatte er gesagt, und: »Wenn Hans Brohr nicht zur Beerdigung kommen darf, hat das in den Medien eine furchtbare Wirkung. Günthers politisches Wirken muss gewürdigt werden, eine Schlammschlacht nach seinem Tod würde ewig Auswirkungen haben.«

Ihre Mutter hatte alle Politiker ausladen wollen. Jana fand das gut. Sollte sie ruhig die ganze Meute vor die Tür setzen. Diese falschen Schlangen, die nur für die Kameras ihre Trauergesichter auflegten. Wer brauchte die schon bei der Beerdigung?

Ausnahmsweise hätte sie ihrer Mutter gratulieren mögen. Doch Landgraf hatte es verstanden, sie von solchen Plänen abzubringen.

»Du musst sie kommen lassen«, hatte er gesagt. »Sonst wird die Niederlage seiner letzten Wochen und die Brüskierung der Politik das sein, was von ihm bleibt. Das steht dann in den Geschichtsbüchern. Günther Tieneck endet als tragische Figur. Wir müssen den Schein unbedingt wahren. Seinetwillen.«

»Aber Hans Brohr soll auf keinen Fall kommen«, hatte sie bestimmt. »Genauso wenig wie der Steinbach und die Herwig-Stamm.«

»Steinbach und Herwig-Stamm kommen ohnehin nicht«, meinte Landgraf. »Und was den Hans betrifft: Das kannst du nicht machen. Günther und er haben ihr gesamtes politisches Leben Seite an Seite verbracht.«

»Ich will ihn nicht sehen«, hatte sie verkündet, und ihre Stimme war ein wenig ins Hysterische gekippt. »Auf gar keinen Fall!«

Jana würde sich heute überraschen lassen, wer von beiden sich am Ende durchgesetzt hatte. Wahrscheinlich nicht ihre Mutter.

Es klopfte an ihrer Tür.

»Was denn?«, rief sie tonlos.

»Deine Sachen.« Es war ihre Mutter. »Die Reinigung hat sie geliefert.«

Mit einem Seufzer rollte sie sich vom Bett und schloss die Tür auf. Ihre Mutter trat ein, überm Arm das dunkle Kostüm, das Jana auf der Beerdigung tragen sollte.

Sie hängte den Kleiderbügel an die Schranktür und strich das Jackett sorgsam glatt. Jana ließ sich wieder aufs Bett gleiten und beobachtete sie dabei.

»Ich bin überfallen worden.«

Ihre Mutter drehte sich überrascht um. Jana wusste nicht, wieso sie das gesagt hatte. Es war ganz einfach aus ihr herausgerutscht.

»Was meinst du damit, du bist überfallen worden?«

Sie wünschte, sie hätte erst gar nicht damit angefangen.

»Auf dem Waldweg hinter der U-Bahn«, sagte sie unwillig. »Neulich nachts. Ein Mann ist aus dem Gebüsch gekommen.«

Ihre Mutter blickte sie an, als hätte Jana aus dem Nichts heraus begonnen, fließend Russisch zu sprechen.

»Mir ist nichts passiert«, fügte sie schnell hinzu. »Ich … ich bin weggelaufen.«

Jetzt war es raus. Sie sackte zusammen und starrte auf den Boden.

Ein seltsames Gefühl erfasste sie. Mit einem Mal wünschte sie sich, ihre Mutter würde sich erschrocken zu ihr setzen, würde den Arm um ihre Schultern legen und sie auffordern, alles ganz genau zu erzählen. Sie wünschte sich, ihre Mutter würde die Polizei rufen und nicht eher Ruhe geben, bis eine Anzeige aufgenommen war, obwohl Jana das doch gar nicht wollte.

Doch nichts dergleichen geschah.

»Jana, ist es nicht schon schlimm genug, dass Vater tot ist? Musst du dir jetzt auch noch solche Geschichten ausdenken?«

Jana starrte auf den Faltenwurf der Bettdecke.

Warum hatte sie nur damit angefangen?

Jana ist eine Nutte!, hatte jemand in ihre Tischplatte im Bioraum geritzt. Sie hatte keine Ahnung, wer das gewesen war, aber solche Sprüche waren inzwischen fast in jedem Raum zu finden, in dem sie Unterricht hatte.

Ihre Mutter seufzte. »Wir reden später darüber, okay?«, sagte sie. »Du musst dich jetzt beeilen. In einer halben Stunde bringt Tobias uns zum Friedhof.«

Damit verschwand sie wieder durch die Tür. Jana war allein.

13

Kurz nach dem Mittagessen trat Wolfgang ins Büro. Michael war in seine Berichte vertieft, und Anke stand an der Fensterbank vor ihrer nagelneuen Kaffeemaschine, die sie gerade in Betrieb genommen hatte.

»Wolfgang?«, fragte sie und deutete stolz auf die Kanne. »Auch eine Tasse?«

»Gern«, sagte er und ließ sich auf dem Besucherplatz nieder. Er sah sich in dem chaotischen Büro um. »Wie viele Überstunden habt ihr inzwischen angehäuft?«

»Ich habe siebzig. Michael allerdings fast zweihundert.«

Wolfgang blickte zu ihm hinüber. Michael zuckte bedauernd mit den Schultern und wandte sich wieder seinem Computerbildschirm zu. Bestimmt waren es doppelt so viele, dachte Wolfgang, und er hatte sie nur nicht aufgeschrieben. Der Junge würde hier sogar schlafen, wenn er könnte. Er war nicht gern allein zu Hause.

Anke reichte Wolfgang eine Tasse mit dampfendem Kaffee, die er dankbar entgegennahm. »Die Ermittlungen im Fall Tieneck werden wohl bald eingestellt sein. Aber wer weiß schon, wie lange es noch so ruhig bleibt. Seht also zu, dass ihr wenigstens ein paar von den Stunden abbaut.«

Er nahm einen Schluck Kaffee und stellte die Tasse ab. »Ich fahre gleich zur Beerdigung von Günther Tieneck.

Vielleicht hat jemand von euch Lust, mich zu begleiten?«

Anke und Michael tauschten einen Blick aus. »Ich komme mit«, sagte Michael. »Warum auch nicht? Ist eh nichts los hier.«

»Gut. Und danach geht ihr nach Hause. Dann ist für heute Schluss.«

Eine Viertelstunde später brachen sie auf.

Während der Fahrt wurde nicht viel gesprochen. Michael genoss die warme Herbstsonne, die durchs Fenster fiel, und schloss einen Moment lang die Augen. Irgendwann bremste Wolfgang plötzlich hart hinter einem ausscherenden LKW. Michael zuckte zusammen und blickte auf. Sie waren bereits am Theodor-Heuss-Platz, und wie es aussah, war er für ein paar Minuten eingeschlafen.

»Hoffentlich ist der Parkplatz am Friedhof groß genug«, sagte Wolfgang. »Es wird bestimmt massenweise Presse da sein. Und Schaulustige.«

»Keine Ahnung«, erwiderte er und gähnte. »Aber wenn du den Ausweis dabeihast, können wir auch im Halteverbot parken.«

Wolfgang brummte, schaltete einen Gang herunter und fuhr weiter. Das Sonnenlicht fiel nun von vorn in den Wagen, und Michael blinzelte gegen die Helligkeit.

Wolfgang hupte einen Kleinwagen von der linken Fahrspur und schüttelte ärgerlich den Kopf. »Fahranfänger!«

Michael betrachtete seinen Chef neugierig.

»Alles in Ordnung?«

»Natürlich«, sagte Wolfgang unzufrieden. Nach einer

Weile fügte er hinzu: »Irgendetwas stimmt nur bei alldem nicht. Diese Unfallthese hat mich noch immer nicht überzeugt.«

Michael setzte sich aufrecht in seinen Sitz. »Aber die Fakten sind eindeutig. Da ist nur die Sache mit dem Unbekannten. Und das ist wahrscheinlich auch nichts.«

»Ja, das ist mir klar. Ich weiß auch nicht. Mir ist das alles wohl zu einfach.«

»Sei doch froh, dass es so einfach ist. Stell dir vor, was wäre, wenn wir einen Mord nicht ausschließen könnten.« Er ließ sich diese Idee durch den Kopf gehen. »Und du hättest hier so was wie bei Olof Palme. Möchtest du da der Chefermittler sein? Die reinste Hölle.«

Wolfgang schwieg. »Ich werde mich wohl nie daran gewöhnen«, murmelte er schließlich, ohne den Blick von der Straße zu nehmen. »Wenn am Ende das Gefühl da ist, dass ein Fall ungelöst bleibt.«

»Umso besser, dass dieser Fall gelöst *ist*.«

»Ja, vielleicht. So sollte man das sehen. Es wird schon hinkommen. Besser nicht drüber nachdenken. Ich weiß nicht, wie viele ungelöste Fälle ich noch ertragen kann.« Er warf Michael einen Seitenblick zu. »Oder wie geht es dir damit?«

»Keine Ahnung«, sagte er. »Ich hab noch nicht drüber nachgedacht.« Er sah aus dem Fenster. Rotbraune Ahornsträucher zogen vorbei. »Fertig machen mich eigentlich nur die Lebenden. Die kaputten Existenzen überall. Die Toten haben es doch gar nicht so schlecht. Wenigstens hat bei denen das Warten ein Ende. Die haben das alles hier hinter sich.«

Wolfgang sagte nichts dazu. Er ordnete sich an der nächsten Ampel ein und verließ die Heerstraße.

»Wir haben noch genügend Zeit«, sagte er. »Suchen wir als Erstes einen Parkplatz. Wir werden es schon rechtzeitig zur Trauerfeier schaffen.«

Es ist Betrug, ging es Jana durch den Kopf.

Sie wusste nicht, wie lange sie schon dagestanden und auf den geschlossenen Sarg gestarrt hatte. In der kleinen Friedhofskapelle drängten sich die Menschen, fast hätte man meinen können, irgendjemand hätte ihren Vater gemocht.

Abschiednehmen am offenen Sarg war nicht möglich gewesen. Nach rechtsmedizinischen Obduktionen konnten Leichen nicht mehr präpariert und aufgebahrt werden. Der Kopf war aufgeschnitten worden, das gehörte zum Prozedere. Deshalb blieb der Sarg geschlossen.

Irgendwie kam es Jana wie ein Betrug vor. Was, wenn er gar nicht da drin war? Was, wenn der Sarg leer war, und ihr Vater irrte hier noch irgendwo herum?

Ihr wäre wohler gewesen, sie hätte ihm ins Gesicht blicken können. Konnte sie denn sicher sein, dass sie jetzt keine Angst mehr vor ihm haben musste? Dass er sie nie wieder anschreien würde? Auf diese Weise, die sie innerlich erstarren ließ und völlig wehrlos machte?

Der Sarg war natürlich aus Tropenholz, irgend so ein protziges Modell. Landgraf hatte darauf bestanden. Ein wuchtiger Angebersarg, über und über bedeckt mit Blumen und Kränzen. Aber das passte ja auch zu ihrem Vater.

Die Zeremonie schritt voran, doch sie war so in Gedanken, dass sie es beinahe nicht bemerkt hätte. Die Trauergemeinde setzte sich in Bewegung und steuerte auf den Ausgang zu. Einige dunkel gekleidete Männer mit weißen Handschuhen hoben den Sarg an und schritten langsam durch das Kirchenschiff hinaus ins Freie. Jana blickte ihnen versonnen nach, dann spürte sie den Ellbogen ihrer Mutter in der Seite. Sie musste hinterher. Stimmt ja, das hätte sie beinahe vergessen. Landgraf hatte ihr genau erklärt, wie die Zeremonie ablaufen würde.

»Bleib immer an der Seite deiner Mutter«, hatte er gesagt. »Dann kann nichts schiefgehen. Außerdem glaube ich, dass sie dich heute braucht, auch wenn sie das so nicht sagen würde.«

Idiot, dachte Jana. Sie konnte nur hoffen, dass er aus ihrem Leben verschwinden würde, sobald dies alles hier vorüber war.

Draußen die Herbstsonne. Überall leuchtende Farben, ein einziges großes Feuerwerk. Es ist so ein schmerzhaft schöner Tag, dachte Jana. Da will man loslaufen, barfuß über das feuchte Gras und sich in Laubhaufen werfen. Doch stattdessen waren sie *hier*.

Der Trauerzug bildete eine Schneise, durch die Jana und ihre Mutter zum offenen Grab gehen konnten. Jana versuchte nicht zu schnell zu gehen, und sie hielt den Kopf gesenkt, ganz so, als wäre sie in Trauer. Das war das einzige Zugeständnis, das sie ihrer Mutter machen wollte. Mehr nicht.

Der Pfarrer begann mit leiernder Stimme zu reden,

und Jana schielte aus den Augenwinkeln zu den Leuten, die sich seitlich von ihr aufgestellt hatten. Die Verwandtschaft stand dort, hauptsächlich Geschwister ihres Vaters. In der Mitte ihre dicke Tante Ulla, sonst immer gut gelaunt und mit roten Bäckchen, herzlich lachend und mit wippendem Busen. Nun aber war sie leichenblass, und ihr Gesicht schien vor Kummer erstarrt. Trauert die wirklich?, fragte sich Jana. Tante Ulla hatte ihren Bruder auch nicht sonderlich gemocht.

Ein Geräusch ließ sie aufhorchen, es kam aus der Richtung, in der Landgraf stand. Ein unterdrücktes Fiepen, das er eilig in seiner Manteltasche ersterben ließ. Er zog sein Handy hervor und blickte aufs Display. Dann trat er zurück, ging ein paar Meter und nahm das Gespräch entgegen.

Typisch, dachte sie. Wahrscheinlich wieder irgendeine blöde Sitzung, und alles andere war plötzlich egal. Das kannte sie von ihrem Vater noch zu gut.

Landgraf verschwand, und es dauerte eine Weile, bis er zurückkehrte. Doch er kam nicht allein, in seinem Gefolge war Hans Brohr. Er trug Schwarz und passend dazu ein betroffenes Gesicht.

Jana bemerkte, wie sich der Blick ihrer Mutter verfinsterte. Trotzdem trat sie zur Seite und machte Platz, damit sich Brohr zu ihr stellen konnte. Natürlich gab sie nach, sie würde keinen Skandal wollen. Brohr berührte tröstend ihren Arm, und plötzlich wirkte alles, als hätte es niemals einen Streit oder eine Unstimmigkeit gegeben.

Jana vermutete, dass Brohr am Friedhofstor gestanden hatte und von den Sicherheitskräften nicht durchgelassen worden war. Schließlich hatten sie Anweisungen von ihrer Mutter bekommen. Brohr hatte wahrscheinlich mitten in der Pressemeute gestanden und kaum begriffen, dass er tatsächlich nicht aufs Gelände durfte. Eigentlich schade, dass Landgraf dem ein Ende bereitet hatte. Es wäre ein schöner Eklat gewesen. Doch nun würde nach außen alles wieder ganz harmonisch aussehen. So, wie es immer war.

Jana wünschte sich, die Feier hätte bald ein Ende. Sie wollte nur noch nach Hause in ihr Zimmer, die Tür zumachen und alles andere vergessen.

Sie sah sich wieder um. Abseits der Trauergesellschaft entdeckte sie den Hauptkommissar, der die Ermittlungen im Todesfall ihres Vaters führte. Es musste zu seiner Routine gehören, dass er hierherkam. Wenn berühmte Leute einen Unfall hatten, dann konnte man wohl nicht einfach sagen: Schade, dumm gelaufen, und damit hatte es sich dann. Man musste so lange Ermittlungen führen, bis die Öffentlichkeit das Interesse verlor und nicht mehr ganz so genau hinsah.

Neben ihm stand ein weiterer Polizist, den Jana bislang noch nicht gesehen hatte. Es war ein kleiner schmächtiger Mann mit dunklen Haaren und blassem Gesicht. Sieht gar nicht aus wie ein Polizist, dachte sie.

Im selben Moment sah er unerwartet auf und blickte ihr direkt in die Augen. Sein Blick war stechend. Es war, als blickte er ihr auf den Grund der Seele. Es verschlug ihr den Atem. Sie riss sich los und sah schnell zum Sarg.

Er kann in mich hineinsehen! Er weiß alles über mich!

Aber dann beruhigte sie sich langsam wieder. Sie verwarf den Gedanken, es war absurd. Wie sollte dieser Fremde wissen, was sie dachte? Er würde kaum Gedanken lesen können. Und ihrem Gesicht konnte man keines ihrer Geheimnisse ablesen, da war sie sicher. Keiner kannte ihre Geheimnisse, auch dieser Mann nicht. Sie hatte sich das alles nur eingebildet. Es wurde Zeit, dass sie nach Hause gehen konnte.

Der Mann, der abseits im Schutze einer Hecke stand, nahm ebenfalls die Anwesenheit der Polizei wahr. Er drückte sich tiefer in das Laubwerk hinein, damit ihn niemand entdecken konnte. Er brauchte sich keine Sorgen machen, in seinem Versteck war er sicher.

Jenseits der Hecke konnte er Jana Tieneck am Grab sehen. Sie war blass, doch er hätte nicht sagen können, ob sie echte Trauer empfand. Sie war blass, seit er begonnen hatte, sie zu beobachten. Und das war lange bevor ihr Vater gestorben war.

Sein Blick wanderte über ihren Körper. Er stellte sich vor, wie er mit seiner Hand über ihr Gesicht strich. Über die Wangen und dann hinunter zum Hals. Er würde unter ihren Pulli gleiten, ganz schnell, und sich vortasten bis zu den Wölbungen ihrer Brüste, die nur noch vom dünnen Stoff des BHs bedeckt wären. Wie würde sich das anfühlen? Was würde er riechen?

Hör auf damit! Er schloss die Augen. Er wollte nicht mehr daran denken. Es sollte vorbei sein, für immer.

Nach einer Weile atmete er durch und blickte wieder zu der Trauergesellschaft. Niemand sah herüber. Mit einer geschmeidigen Bewegung hatte er sein Versteck verlassen und erreichte den Weg hinter den Büschen. An der Kapelle würde er sich in die Sonne setzen und darauf warten, dass alles vorbei war. Wenn der Wachschutz den Friedhof wieder freigegeben hätte, würde er ungesehen zu seinem Wagen gelangen können.

Niemand brauchte zu wissen, dass er hier gewesen war.

14

Ein paar Tage später machte Michael Schöne als Letzter aus Herzbergers Team Feierabend. Um kurz nach vier fuhr er seinen Rechner herunter, lange nachdem alle anderen ins Wochenende aufgebrochen waren. Es wurden Überstunden abgebaut, und eine ungewohnte Stille hatte sich übers Präsidium gelegt. Kaum zu glauben, dass schon wieder eine Woche rum war.

Mit dem Mantel im Arm stand er eine Weile am Fenster und blickte hinaus. Er wusste noch nicht so recht, was er jetzt mit seiner Zeit anfangen sollte. Keinesfalls wollte er in seine Wohnung, zumindest nicht sofort. Dort war es ähnlich still und leer wie hier im Büro, und er würde noch das ganze Wochenende dort sein.

Unschlüssig verließ er das Büro. Im Erdgeschoss saß der Pförtner in seinem Häuschen und las eine Zeitung. Als er Michael im Treppenhaus entdeckte, schob er die Zeitung beiseite und winkte ihm zu.

»Hallo, Herr Schöne. Sie machen auch endlich Feierabend?«

Michael nickte und versuchte ein Lächeln.

»Sie sind zu beneiden! Ich wünschte, ich könnte mit Ihnen tauschen.«

Der Pförtner lachte freundlich und hob die Hand zum Gruß. Michael wünschte ihm ein schönes Wochenende und eilte hinaus auf die Straße.

Nach kurzem Zögern schlug er den Weg zum Bahnhof Zoo ein. Er mochte es, dort in den Menschenmengen umherzulaufen und einfach nur zu beobachten. Das war besser, als nach Hause zu gehen.

Vor der Halle des Bahnhofs drängte sich eine Gruppe Obdachloser. Seit das Bahnhofsgelände von Überwachungskameras und Sicherheitsdiensten sauber gehalten wurde, reihten sich die Penner und Junkies draußen rund um das Gebäude auf. Dass sie nicht mehr ins Innere durften, schien der Anziehungskraft des Bahnhofs keinen Abbruch zu tun.

Michael spazierte durch die Halle, betrachtete die Menschen, blieb am Zeitschriftenstand stehen, ließ seinen Blick über japanische Tageszeitungen schweifen, über Anglermagazine und Heftromane. Ging weiter zum Espressostand und trank dort am Stehtisch eine Tasse Kaffee und beobachtete.

Er ließ sich treiben, hinunter in die U-Bahn-Schächte. Ein unterirdisches Labyrinth von verzweigten Gängen, von Rolltreppen, Bahnsteigen und Fahrstühlen. Er schlenderte immer weiter und war schließlich so in seinen Gedanken vertieft, dass er die Gruppe Jugendlicher zunächst gar nicht bemerkte, die sich in einem der schmutzigen Gänge zusammengerottet hatte, weitab von Kameras und Sicherheitspersonal. Ein Haufen Halbstarker, die mit einer Flasche Bier in der Hand lauthals herumpöbelten.

Michael beobachtete sie. Es war erstaunlich, wie viel Aggression eine Handvoll Jungen ausstrahlen konnte, wie viel Platz sie beanspruchten.

Als zwei junge Türken den Gang hinunterkamen,

breitbeinig und ebenfalls angriffslustig, eskalierte die Situation. Ein paar herausgespuckte Beleidigungen, und dann gingen sie auch schon aufeinander los. Die beiden Türken schien es dabei nicht zu interessieren, dass sie in der Minderheit waren.

Michael trat einen Schritt zurück und machte sich unsichtbar. Ganz instinktiv, so wie früher im Wohnzimmer seiner Eltern, damit sein Vater nicht auf ihn aufmerksam wurde. Er rutschte einfach in den Raum hinein, löste sich in der Umgebung auf und beobachtete.

Er erinnerte sich an die erstickten Schreie seiner Mutter. Er sah seinen Vater, der sie packte und wie eine Puppe durchs Zimmer schleuderte. Das aufgeregte Schreien seines kleinen Bruders, der ihr zu Hilfe eilen wollte und dann ebenfalls von seinem Vater verprügelt wurde. Die Gewaltexzesse, das Geschrei, das Blut, sein Entsetzen.

Michael war selten zum Opfer geworden. Der Zorn seines Vaters hatte sich nie auf ihn gerichtet. Weil er wusste, wie man sich unsichtbar machte.

Die beiden türkischen Jungen lagen am Boden, hustend und spuckend. Die Gruppe der Angreifer jubelte, dann packten sie ihre Sachen und verschwanden eilig über den Gang und die Rolltreppe hinaus ins Freie.

Michael trat hervor. Keiner hatte ihn gesehen.

Er hätte etwas unternehmen müssen. Er war Polizist und hatte tatenlos bei einem Übergriff zugesehen. Er blickte zu den Jungen am Boden, doch sie schienen nicht ernstlich verletzt zu sein. Sie rappelten sich bereits wieder auf und verfluchten die anderen.

Besser, er verschwand ebenfalls von hier.

Als er aufblickte, sah er Jana Tieneck. Die Politikertochter, die er von der Beerdigung ihres Vaters kannte. Sie stand am anderen Ende des Gangs und starrte ihn erschrocken an.

Sie musste alles gesehen haben. Kein Wunder, dass sie so dreinblickte. Da hatte er ja einen tollen Eindruck als Polizist hinterlassen.

Er machte einen Schritt auf sie zu, doch sie drehte sich bereits um und lief weg.

»Jana!«, rief er, doch da war sie schon in einem anderen Gang verschwunden.

Er seufzte und machte sich auf den Weg zu seinem Auto. Beim nächsten Mal würde er ihr erklären, weshalb er nicht eingegriffen hatte. So ließe sich die Situation sicher aus der Welt schaffen.

An der Straßenecke bemerkte er, dass er sein Handy nicht dabeihatte. Er musste es im Präsidium auf dem Schreibtisch liegengelassen haben. Da er ohnehin nur herumspazierte, konnte er auch noch mal dort vorbeischauen.

Der Pförtner blickte verwundert von seiner Zeitung auf.

»Ich habe nur etwas im Büro liegen lassen«, sagte Michael knapp.

Der Pförtner winkte ab. »Da ist eben ein Anruf eingegangen«, sagte er. »Ein Mann, der jemanden aus Ihrem Team sprechen wollte.«

»Hat er einen Namen hinterlassen?«

»Thomas Jakob«, sagte er mit Blick auf einen kleinen

Zettel. »Muss irgendein Zeuge gewesen sein. Der war ganz überrascht, dass keiner mehr im Haus war.«

Der Auffindungszeuge.

»Hat er eine Nachricht hinterlassen?«

»Er möchte zurückgerufen werden.«

»Dann mach ich das mal schnell.«

Michael ging hinauf ins Büro, nahm sein Handy vom Tisch und steckte es ein. Dann suchte er die Nummer von Thomas Jakob heraus und rief ihn an.

»Ich dachte, es wäre niemand mehr da«, begrüßte Jakob ihn am anderen Ende.

»Der Fall Tieneck ist so gut wie abgeschlossen«, erwiderte Michael. »Hier werden gerade Überstunden abgebaut, deshalb.«

»Schon verstanden.« Jakob seufzte. »Die ganze Sache lässt mir keine Ruhe. Vielleicht liegt es daran, dass ich mich mit diesen Lücken in meiner Erinnerung nicht abfinden kann. Es ist so, als wären ein paar Minuten völlig verschwunden.«

»Ist Ihnen denn irgendetwas wieder eingefallen?«

»Nein, leider. Es ist wie verhext. Ich erinnere mich genau, wie mein Auto im Schlamm stecken geblieben ist. Aber dann wird alles verschwommen.«

»Und was ist mit dem Unbekannten?«

»Ich habe keine Ahnung. Ich könnte ihn nicht beschreiben. Die Ärzte meinen, dass es den nur in meiner Phantasie gibt.«

»Ja, ich weiß. Und wie kann ich Ihnen jetzt weiterhelfen?«

Jakob räusperte sich. »Also, ich habe gestern im Fernsehen einen Bericht gesehen. Es ging darum, wie das FBI einen Fall durch Hypnose gelöst hat. Da konnte sich ein Zeuge auch an nichts mehr erinnern. Und unter Hypnose war dann alles wieder da. Ich habe schon häufiger von dieser Methode gehört. Wäre das nicht eine Möglichkeit, mit der man auch meine Erinnerungen zurückholen könnte?«

»Ich weiß nicht«, sagte Michael vorsichtig. »Wir sind hier nicht beim FBI. Ganz so einfach ist das leider nicht.«

»Aber so etwas wird doch auch in Deutschland gemacht? Zumindest haben die das im Fernsehen gesagt.«

»Schon«, räumte er ein. »Doch das sind eher Ausnahmen. Wir haben hier eine Strafprozessordnung, die verbietet ›jegliche unzulässige Beeinflussung von Zeugen und Verdächtigen‹. Es geht um den Schutz von Zeugen vor den Ermittlungsbehörden.«

»Aber ich brauche keinen Schutz«, beharrte Jakob. »Das ist schließlich meine Idee. Sie würden mich zu nichts zwingen.«

Michael musste lächeln. »Ich werde mit meinem Vorgesetzten darüber sprechen. Wenn er keine Bedenken hat, können wir nächste Woche mal mit einem Psychologen reden. Versprechen möchte ich allerdings nichts.«

»Das wäre super!«, rief Jakob begeistert. »Ich arbeite in der nächsten Woche nur vormittags. Ich könnte also nachmittags jederzeit zu Ihnen kommen.«

Michael versprach, ihn zurückzurufen, und legte auf.

Im Grunde konnte er sich nicht vorstellen, dass Wolfgang etwas gegen solch eine Maßnahme einzuwenden hätte. Ganz im Gegenteil. Es wäre zwar ein bisschen exotisch, aber er schien sich mit der Unfallthese ohnehin nicht zufriedengeben zu wollen. Wahrscheinlich würde ihm die Idee sogar gefallen.

Also konnte Michael jetzt doch noch ein bisschen arbeiten. Das freie Wochenende wäre ein wenig aufgeschoben. Er zog den Mantel aus, setzte sich an den Schreibtisch und wählte Wolfgangs Nummer.

Jana war den Gang hinuntergelaufen und über den Treppenaufgang hinaus ins Freie. Ein kühler Herbstwind blies ihr Nieselregen ins Gesicht, aber das störte sie nicht. Sie lief einfach weiter, über den belebten Platz, durch den Lärm, die Menschenmenge, die Autokolonnen. Immer weiter, Hauptsache, dieser Kommissar würde sie nicht einholen.

Was sie da im U-Bahn-Schacht gesehen hatte, war irgendwie verstörend gewesen. Der kleine Polizist stand dort am Rande dieser prügelnden Jugendlichen. Sie hatte ihn erst auf dem zweiten Blick entdeckt. Zunächst wirkte es so, als gehörte er dazu, doch dann war klar, dass er nur beobachtete. An irgendetwas hatte die ganze Szene sie erinnert, doch sie hätte nicht sagen können, woran. Es war jedenfalls keine gute Erinnerung gewesen.

Die Fußgängerampel schaltete auf Grün, und Jana lief über den breiten Bürgersteig. Die Leute kamen ihr mit eingezogenen Schultern entgegen, rempelten sie an, schimpften. Sie wusste nicht, wohin sie wollte, sie lief einfach immer weiter.

Blow it, Jana! Darunter die Zeichnung eines erigierten

Penis. Auf dem Tisch im Deutschraum. Sie konnte all das nicht mehr sehen.

Kevin verdankte sie das, dass jetzt alle über sie herzogen. Dieses Arschloch hatte natürlich überall geprahlt: Jana hat mir einen geblasen! In Minuten hatte es sich in der ganzen Schule herumgesprochen. Die anderen Mädchen zerrissen sich nun das Maul über sie, und in der Kantine konnte sie kaum mehr zu Mittag essen, ohne dass von irgendwoher eine zischte: »Pass auf, dass du den Mund nicht zu voll nimmst!«

Ein Auto hupte, und sie sprang von der Straße. Was soll ich nur tun?, fragte sie sich. Wo soll ich nur hin?

Ein Lkw fuhr donnernd heran. Am liebsten wäre sie einfach auf die Straße gelaufen. Ein kurzer Knall, und all die quälenden Gedanken wären mit einem Schlag weg gewesen.

Ein Streifenwagen hielt vor ihr auf dem Bürgersteig. Zwei Polizisten sprangen aus dem Wagen und zogen einen Mann von der Rückbank. Es war ein Junkie. Er war vollgedröhnt, seine vernarbten Arme waren voller Tätowierungen. Die Polizisten mussten ihn mühsam über den Bürgersteig schleifen.

Jana sah auf. Sie hatte gar nicht bemerkt, dass sie vor der Citywache stand, einer Polizeistation, die für den Bereich rund um den Bahnhof Zoo zuständig war.

Sie dachte nicht nach. Dies hier muss so etwas wie ein Zeichen sein.

Sie zog die Tür auf und ging hinein. Der Junkie wurde auf einer Bank im Eingang festgehalten, er brabbelte vor sich hin und spuckte mehrmals auf den Boden. Jana ging an ihm vorbei und bahnte sich ihren Weg durch das Durcheinander auf der belebten Wache.

An der Theke kam ihr eine junge Polizistin mit blonden Haaren entgegen. Sie lächelte sie freundlich an.

»Guten Tag«, sagte sie. »Kann ich etwas für dich tun?«

»Ja«, sagte Jana. »Ich möchte eine Anzeige aufgeben.«

»Eine Anzeige? In welcher Sache?«

»Ich bin überfallen worden. Jemand hat versucht, mich zu vergewaltigen.«

15

Am Dienstagnachmittag wurde es verdächtig ruhig auf dem Flur der sechsten Mordkommission. Michael ahnte schon, was los war, und tatsächlich dauerte es nicht lange, bis Anke in ihr gemeinsames Büro stürmte und ihn ungläubig anblickte.

»Thomas Jakob wird hypnotisiert? Und du hast das in die Wege geleitet?«

»Im Moment passiert noch gar nichts«, sagte Michael. »Dr. Roth vom Institut für forensische Psychiatrie redet jetzt mit ihm. Wenn sich Jakob danach immer noch unter Hypnose setzen lassen will, dann wird es wohl dazu kommen, ja.«

»Und warum erzählst du mir das nicht?« Sie deutete über den Flur in Richtung Beobachtungsraum. »Die anderen hocken alle vor der Glaswand und gucken, was passiert.«

Michael verzog das Gesicht. »Ich glaube nicht, dass das besonders interessant ist. So ein Vorgespräch kann sehr lange dauern. Außerdem kommt es darauf an, wie suggestibel Thomas Jakob ist. Da kann man vorher nichts Genaues sagen.«

»Wenn ich es richtig verstanden habe, geht es aber gerade los«, sagte sie und zog ihn am Ärmel. »Komm mit, das lassen wir uns nicht entgehen.«

Unwillig folgte Michael ihr in den Beobachtungsraum.

Tatsächlich hatte sich bereits eine Traube von Ermittlungsbeamten vor dem venezianischen Spiegel versammelt, um von dort die Sitzung zu verfolgen.

Dr. Roth wollte die Hypnose lieber in einer anderen Umgebung vornehmen, da der Vernehmungsraum kühl und abweisend wirke. Da aber zwei Kameras und ein Tonband die Sitzung mitschneiden sollten, war letztlich kein anderer Raum infrage gekommen.

Michael stellte sich mit Anke zu den anderen und blickte in den Nebenraum. Dr. Roth saß mit Thomas Jakob am Vernehmungstisch. Der Psychiater, der mit seiner Haltung und seiner ganzen Ausstrahlung nichts als Freundlichkeit und Zugewandtheit vermittelte, erklärte Jakob gerade, wie die nächsten Schritte aussehen würden.

Von dem würde ich mich wahrscheinlich auch hypnotisieren lassen, dachte Michael. Diesem kleinen und dicken Mann musste man einfach Vertrauen entgegenbringen. Mit seinen Lachfältchen, der randlosen Brille und dem sauber gestutzten Bart wirkte er auf Anhieb sympathisch.

»Wenn Sie so weit sind«, sagte Roth, »dann machen Sie es sich bequem, soweit das diese grässlichen Vernehmungsstühle zulassen.«

»In Ordnung.« Jakob lehnte sich zurück und blickte Roth erwartungsvoll an. Der hielt einen Kugelschreiber zwanzig Zentimeter von seinem Gesicht entfernt in die Luft.

»Schauen Sie jetzt fest auf die Spitze dieses Kugelschreibers. Können Sie sie sehen? Gut. Lassen Sie die

Spitze keinen Moment aus den Augen. Sie atmen ruhig und gleichmäßig …«

»Der sieht aus wie der Weihnachtsmann«, flüsterte Anke in die Stille des Beobachtungsraums. »Ist der so nett, oder ist das nur seine Masche?«

Roth redete mit ruhiger und fester Stimme weiter. Sein freundlicher Blick ruhte auf Jakob.

»Ich werde nun anfangen, bis zwanzig zu zählen«, sagte er. »Sie werden währenddessen erleben, dass Sie noch tiefer in den angenehmen Zustand der Trance fallen. Nachdem wir die zwanzig erreicht haben, werden Sie imstande sein, Dinge herausfinden zu können, die Ihnen jetzt noch verborgen sind. Sie werden sie herausfinden, ohne den wohltuenden Zustand der Trance verlassen zu müssen, in den Sie nun langsam und schrittweise hineinfinden. Eine Trance, die mit jeder Zahl noch tiefer wird. Eins … tief entspannt … zwei … mit jeder Zahl … drei … immer tiefer … vier … in den Zustand … fünf …«

Michael beobachtete, wie Jakob aufrecht und mit geschlossenen Augen im Vernehmungsstuhl saß. Er wirkte völlig entspannt, fast als würde er schlafen, wenn das in dieser Haltung möglich gewesen wäre. Fast ein bisschen unheimlich.

»Was ist denn hier los?« Wolfgang stand plötzlich in der offenen Tür. »Habt ihr nichts zu tun?«

Die Kollegen protestierten, doch er hörte gar nicht hin. Er deutete auf den Ausgang. »Los, an die Arbeit!«

»Mensch, Wolfgang, jetzt sei doch nicht so!« Anke stieß ihm in die Seite. »Wann bekommt man so etwas schon zu sehen? Ist doch eh kaum was zu tun.«

Ihr Chef blickte sie missmutig an, dann gab er sich geschlagen und verschwand ohne ein weiteres Wort auf dem Flur.

Die Kollegen wandten sich sofort wieder dem Spiegel zu.

Dr. Roth führte Jakob in Gedanken zurück zu dem Abend, an dem der Tote aufgefunden wurde.

»Sie sind auf der Suche nach dem Jagdschlösschen«, suggerierte er.

»Ich kann es nicht finden«, erwiderte Jakob mit geschlossenen Augen.

»Sie biegen in einen Waldweg …«

»Es ist der falsche. Der Weg führt ins Nichts.« Seine Augen blieben geschlossen, seine Haltung völlig entspannt.

»Weshalb nehmen Sie diesen Weg?«

»Ich habe mich verfahren. Aber jetzt nehme ich einfach diesen. Irgendwann muss ich ja ankommen. Schlammig ist es hier, aber das ist kein Wunder nach all dem Regen. Der Weg ist viel zu eng. Kiefernzweige schlagen gegen die Windschutzscheibe.«

»Sie fahren weiter …?«

»Ja. Obwohl ich langsam Angst bekomme. Aber was soll schon passieren? Wenn es nur nicht so dunkel wäre.«

»Sie brauchen keine Angst zu haben. Ihnen kann nichts geschehen. Was passiert als Nächstes?«

»Ich bleibe stecken. Die Reifen drehen durch. So ein Mist. Jetzt muss ich raus in die Dunkelheit. Ich blicke mich im Wagen um. Da liegen Kekse auf dem Sitz. Eine Prinzenrolle, nur noch halb voll. Die muss meine Freundin dahin gelegt haben, ich sehe sie zum ersten Mal. Ich suche nach meiner Taschenlampe. Im Handschuhfach. Fasse in ein Bounty-Papier. Dann in einen zerknüllten Briefumschlag. Ich lasse meinen Müll immer im Auto liegen, das nervt mich selber. Es ist dunkel, ich kann die Taschenlampe nicht finden. So viel Müll im Handschuhfach. Ich bekomme Angst. Da endlich ist sie. Die Batterien funktionieren noch. Dabei waren die ganz billig. Alkaline-Power, mit einem violetten Aufdruck. Ein Blitz ist das. Albern sieht das aus, denke ich. Aber es sind halt Billigprodukte. Geben kein Geld fürs Design aus.«

»Unglaublich«, flüsterte Anke. »In der Befragung wusste er nicht einmal mehr genau, wo er stecken geblieben war. Und jetzt erinnert er sich sogar an die Batterie ... Dabei war doch kaum etwas zu erkennen gewesen in dem schwachen Mondlicht.«

Michael spürte Unbehagen. »Vielleicht hat es ja einen Grund, dass wir uns nicht an alles erinnern, was geschehen ist.«

Anke runzelte die Stirn. »Jetzt sei doch nicht so verkniffen«, sagte sie und wandte sich wieder der Sitzung zu.

Jakob erzählte detailgenau, wie er das Auto verlassen hatte und zur Straße gelaufen war, um Hilfe zu holen. Dann tauchte das Auto im Wald auf. Ein Unfallwagen. Der Fahrer saß nicht mehr hinterm Lenkrad, und die Wagentür stand weit offen. In seiner Stimme schwang nun Aufregung mit.

»Da ist jemand, hinter den Büschen ...«, sagte er.

Seine Atmung beschleunigte sich, wurde unregelmäßig. Von wohltuender Trance schien nun keine Rede mehr zu sein. Michael trat näher. Das war der Moment, wo der Unbekannte ins Spiel kommen würde.

Roth beugte sich vor, beobachtete Jakob genau.

»Sie brauchen keine Angst zu haben«, sagte er eindringlich. »Ihnen wird nichts passieren. Sie sind in Sicherheit, ganz egal, was geschieht.«

Jakob schien sich wieder zu beruhigen, sein Atem normalisierte sich.

»Sie sind vollkommen sicher«, wiederholte Roth. »Ihnen kann nichts geschehen.« Er betrachtete eine Weile seinen Patienten, dann fuhr er fort: »Der Fahrer des Wagens ist tot, nicht wahr? Er liegt hinter den Büschen.«

»Ich weiß nicht, ob er tot ist«, sagte Jakob. »Vielleicht lebt er noch. Er ist gestürzt. Er muss den Wagen verlassen haben. Er ist verletzt.«

»Was tun Sie?«

»Ich laufe zu ihm. Ich muss sehen, ob ich helfen kann. Er sieht schrecklich aus. Aber ich erkenne ihn. Es ist Günther Tieneck, der Innensenator. Ich muss mich beeilen, ich muss schnell handeln, ehe es zu spät ist. Aber mein Handy ist leer. Es liegt im Auto. Aber vielleicht hat ja dieser Tieneck ein Handy. Seine Jacke liegt noch im Auto, ich laufe hin.«

Jakob beschrieb, wie er nach dem Telefon suchte, wie er den Notruf wählte und auf die Einsatzkräfte wartete.

Doch kein Wort über den Unbekannten.

Dr. Roth ließ sich die Ereignisfolge an dieser Stelle einige weitere Male schildern, doch es blieb dabei: Von einem weiteren Zeugen am Wegesrand war keine Rede.

Schließlich änderte Roth seine Strategie und fragte gezielt danach. Und erst da begann Jakob von dem Unbekannten zu erzählen.

»Sein Auto steht am Straßenrand«, sagte er. »Der Mann kommt aus dem Wald und setzt sich hinters Lenkrad. Er fährt weg.«

»Was ist das für ein Mann?«, fragte Roth.

»Ich weiß es nicht. Ich habe Angst vor ihm. Es ist gut, dass er weg ist.«

Roth zögerte einen Moment. »Was sehen Sie? Können Sie das Auto erkennen?«

»Es ist zu dunkel. Das Auto ist schwarz. Wie die Nacht.«

»Können Sie das Nummernschild erkennen?«

»Das Auto kommt aus Berlin.«

»Was sehen Sie noch? Konzentrieren Sie sich auf das Nummernschild.«

»Da ist ein Dreieck. Und eine Null.«

»Ein Dreieck und eine Null … Noch etwas?«

»Das Auto ist schon weg. Es fährt zu schnell, ich kann nichts sehen.«

Roth fragte noch einige Male nach, doch allen war klar, dass die Sitzung hiermit beendet war.

»Also gut«, sagte Roth nach einer Weile und atmete durch. »Ich werde Sie nun …«

»Ein Hund!«

Roth blickte überrascht auf.

»Wie bitte?«

»Dort bellt ein Hund«, sagte Jakob. »Zweimal, jetzt ist es wieder still.«

Roth wusste offenbar nicht, was er sagen sollte. Er betrachtete seinen Patienten nachdenklich und wartete. Tatsächlich fuhr Jakob nach einer Weile fort.

»In der Nähe muss ein Hund sein«, sagte er. »Hier irgendwo im Wald.«

Die Kantine im Keller des Roten Rathauses war an diesem Nachmittag völlig überfüllt. Jenny stand mit ihren neuen Kollegen aus der Senatskanzlei in der Schlange vor der Essensausgabe. Die anderen diskutierten lebhaft über das neue Kabinett, während Jenny eine Tomatensuppe an der Kasse bezahlte. Gemeinsam blickten sie sich nach einem Tisch um, doch es war alles besetzt.

An einem Ecktisch entdeckte Jenny Ludwig Staagenborg. Er saß aufrecht da, eine Stoffserviette auf dem Schoß, und aß eine Quarkkartoffel. In einer so vornehmen Weise, als säße er bei einem Staatsbankett. Sie musste lächeln.

Mit einem Mal schien es ihr viel attraktiver zu sein, sich zu dem einsamen alten Herrn zu setzen, als gemeinsam mit den Kollegen zu essen.

»Komm, Jenny! Wir gehen nach nebenan«, sagte die eine Kollegin.

»Geht schon mal vor«, antwortete Jenny. »Ich komme gleich nach.«

Sie blickten sie fragend an, dann zuckten sie mit den Schultern und verschwanden hinter der Schwingtür.

Jenny bahnte sich einen Weg zu dem Ecktisch und sprach Staagenborg an.

»Frau Noel!«, sagte er mit aufrichtiger Freude. »Das ist ja eine Überraschung!«

»Darf ich mich zu Ihnen setzen?«, fragte sie höflich. »Alle Plätze sind besetzt.«

»Aber natürlich! Wie läuft der neue Job?«

»Sehr gut. Danke der Nachfrage.« Sie probierte die Tomatensuppe, die erstaunlich gut schmeckte. »Im Moment macht die Pressearbeit wirklich Spaß. Keine Krisen und kein Wahlkampf. Alles läuft wie geschmiert, und die Regierungspolitik steht gut da.«

»Es ist jedes Mal wieder erstaunlich«, meinte Staagenborg, »wie schnell die Öffentlichkeit vergisst.«

»Ja, das stimmt. Man könnte fast glauben, Günther Tieneck hätte es nie gegeben. Keiner spricht mehr von ihm, alle beschäftigen sich nur noch mit dem neuen Kabinett. Das kann einen wirklich traurig machen.«

Er lächelte unergründlich und konzentrierte sich auf seine Quarkkartoffel.

»Verstehen Sie mich nicht falsch«, fügte sie eilig hinzu. »Ich bin froh, dass wir die Krise überwunden haben. Außerdem war Tieneck ein Egomane und ein selbstgerechter Sturkopf. In der Politik müssen wir ihm sicher nicht nachtrauern.«

»Und dennoch hat er es nicht verdient, nicht wahr?«, fügte Staagenborg hinzu und legte seine Serviette beiseite. »Ich weiß genau, was Sie meinen. Er musste Opfer bringen für den Job. Keine Freizeit mehr, keine Freunde, kein Privatleben. Die Familie auf ein Minimum zurechtgestutzt. Und am Ende bleibt nichts. Kein Hahn kräht mehr nach dir. Ein paar atmen erleichtert durch, dass du aus dem Weg geräumt bist, und dann geht es auch schon weiter.«

Jenny zögerte. Aber dann fragte sie, was ihr seit Tagen durch den Kopf ging.

»Glauben Sie, dass Tieneck tatsächlich verunglückt ist?«,

Staagenborg sah überrascht auf.

»Ich habe mich das gefragt ...« Sie räusperte sich. »Was meinen Sie? Oder kann es auch etwas anderes als ein Unfall gewesen sein?«

Staagenborg lächelte wieder dieses unergründliche Lächeln, dann deutete er auf ihren Teller.

»Essen Sie Ihre Suppe«, sagte er sanft. »Sonst wird sie noch kalt.«

Wolfgang sah sich gemeinsam mit Dr. Roth die Videoaufzeichnung der Hypnose an. Der Psychiater sagte die ganze Zeit über nichts und machte sich lediglich Stichpunkte. Nachdem die Videosequenz beendet war, griff er mit einem Seufzer nach der Fernbedienung und spulte das Band zurück.

»Sie sind nicht zufrieden?«, fragte Wolfgang.

»Nein. Bin ich nicht.«

Roth drückte erneut auf Play und ließ die Aufzeichnung von vorne laufen. Dieses Mal stellte er den Ton etwas leiser. Mit einem Kopfschütteln betrachtete er die Videosequenz. »Es ist nicht besonders gut gelaufen.«

Wolfgang wusste nicht, was er darauf sagen sollte.

»Die Angaben sind vage«, räumte er ein. »Trotzdem haben wir einige Informationen bekommen. Über den Unbekannten, der am Unfallort gewesen sein muss. Es ist besser als nichts.«

»Diesen Unbekannten können Sie vergessen«, sagte Roth missmutig, nahm seine Brille ab und massierte sich die Nasenwurzel.

»Wie darf ich das verstehen?«

Der Psychiater atmete durch, dann setzte er wieder sein freundliches Gesicht auf. »Die Angaben des Patienten, also zumindest was diesen Unbekannten angeht, das sind wohl nur fremdsuggestive Gedächtnisverzerrungen. Leider.«

Wolfgang verstand nicht. »Wie kommen Sie zu dieser Annahme?«

»Der Zeuge war sehr motiviert. Ihm lag viel daran, bei den Ermittlungen zu helfen. Das ist einerseits eine Chance für die Hypnose, andererseits aber auch eine Gefahr.«

»Eine Gefahr? Inwiefern?«

»Er könnte in dem Bedürfnis, wichtige Hinweise zu geben, eigenständig Erinnerungslücken schließen. Indem er Geschichten frei erfindet. Wenn der Zeuge vom Hypnotiseur beeinflusst und in eine gewisse Richtung gelenkt wird, dann vergrößert sich auch die Wahrscheinlichkeit, dass er Dinge hinzudichtet.«

»Ich verstehe. Sie meinen, Sie hätten nach dem Unbekannten nicht fragen dürfen?«

»Ganz richtig. Das war mein Fehler. Er hat von sich aus nichts von einem Unbekannten gesagt. Erst als ich ihn danach gefragt habe. Das heißt zwar nicht, dass wir den Unbekannten ausschließen müssen. Aber es ist eben möglich, dass er sich ihn nur ausgedacht hat.«

Wolfgang nickte bedächtig. »Also gut«, sagte er. »Wir werden das berücksichtigen.«

Er wollte sich seine Enttäuschung nicht anmerken lassen. Aber ihm war klar: Damit waren sie genau da, wo sie schon vor der Hypnose waren. Mal abgesehen davon, dass sie jetzt wussten, welche Kekse Jakobs Freundin im Wagen vergessen hatte.

Dr. Roth folgte konzentriert dem Geschehen auf dem Bildschirm.

»Das ist nicht alles, womit Sie unzufrieden sind«, stellte Wolfgang fest.

Roth nickte. »Sie haben recht.«

Er spulte das Band bis zu der Stelle vor, an der Jakob Angst bekommen hatte. Roth hatte ihn beruhigt, und nur Sekunden später war er wieder völlig entspannt.

Roth ließ das Band noch eine Weile weiterlaufen, dann drückte er auf die Stopptaste und blickte Wolfgang erwartungsvoll an.

»Und? Was habe ich verpasst?«

»Haben Sie es nicht bemerkt? An dieser Stelle habe ich einen gewissen Zeitraum übersprungen. Eine Lücke ist in der Abfolge entstanden.«

»Sie mussten ihm suggerieren, dass er geschützt ist und ihm nichts geschehen kann. So habe ich das zumindest verstanden.«

»Das ist richtig.« Er ließ das Bild an dieser Stelle einfrieren und setzte sich. »Thomas Jakob hat ein Gedächtnistrauma erlitten. Wahrscheinlich infolge des Schocks. Das war der Grund, weshalb er sich an nichts mehr erinnern konnte. Eine ganz natürliche Reaktion. Indem ich ihm suggeriere, dass er sich in Sicherheit befindet, kann ich ihm die Angst nehmen und die Situation neu erleben lassen. Das Trauma selbst jedoch bleibt weiter ein sensibler Punkt, mit dem ich auch in der Hypnose vorsichtig umgehen muss.«

Er seufzte. »Ich gehe davon aus, dass das Unfallopfer noch lebte, als der Zeuge die Stelle erreicht hat. Das Opfer hat den Wagen nach dem Unfall verlassen und ist, glaubt man der Rechtsmedizin, örtlich verwirrt in den Wald gelaufen, bevor es tot zusammenbrach. Der Zeuge wird diesen Moment miterlebt haben. Daher rührt wohl auch das Trauma.«

Diese Vermutung hatte Wolfgang bereits angestellt.

»Halten Sie es für möglich«, fragte er, »dass er sich nur aus dem Grund nicht von allein an den Unbekannten erinnert hat? Weil der innerhalb dieses engen Zeitfensters, von dem Sie gesprochen haben, aufgetaucht und wieder verschwunden sein könnte?«

Roth machte ein skeptisches Gesicht. »Denkbar wäre es durchaus«, sagte er. »Aber die Möglichkeit der Fremdsuggestion ist wahrscheinlicher.«

»Wahrscheinlicher also …«

Aber wenn es diesen Unbekannten tatsächlich gegeben hatte, dann wäre er in diesem Fall kein unbeteiligter Unfallzeuge gewesen. Dieser Unbekannte hätte sich mitten im Geschehen befunden. Ganz so, ging es Wolfgang durch den Kopf, als habe er sich von dem tödlichen Ausgang des Unfalls persönlich überzeugen wollen.

16

Polizeiobermeisterin Christina Helbig hatte Kopfschmerzen. Und sie war spät dran. Am liebsten hätte sie sich heute krank gemeldet, aber das war nicht drin. Zu wenige Leute waren im Dienst. Und auf der Wache war die Hölle los.

Zu allem Überfluss wartete noch eine Vergewaltigung auf sie. Oder eine versuchte Vergewaltigung. Ein Kollege hatte deshalb angerufen. Sie brauchten eine Frau, um die Anzeige aufzunehmen. Und außer ihr war keine da. Also half alles nichts. Sie musste zur Arbeit.

Als sie die Tür zum Wachlokal aufstieß, schwappten ihr Lärm und Hektik entgegen. Sie massierte sich die Schläfen.

»Christina!«, rief ein Kollege. »Da bist du ja endlich!«

»Wartet dieses Mädchen noch?«, fragte sie, während sie ihre Lederjacke ablegte und nach dem Anzeigenformular griff.

Er nickte. »Sie ist nebenan. Ihre Mutter ist auch dabei.«

Sie warf einen Blick auf das Formular. »Jana Tieneck? Ist die mit dem Politiker verwandt?«

»Keine Ahnung. Frag sie doch. Tieneck ist aber kein so ungewöhnlicher Name, glaube ich.«

Sie brummte gleichmütig, schnappte sich eine Tasse und goss sich Kaffee ein. Dann atmete sie durch und öffnete die Tür zum Vernehmungsraum. Ein junges Mädchen saß am Tisch. Sie warf Christina einen feindseligen Blick zu, bevor sie sich wieder wortlos abwandte und zu Boden starrte. An der Wand stand eine Frau mittleren Alters, offenbar die Mutter des Mädchens. Sie hielt die Arme über die Brust verschränkt und begrüßte die Polizistin mit einem knappen Nicken.

Christina konnte die Spannung zwischen den beiden geradezu spüren.

»Guten Tag«, sagte sie und setzte sich. »Ich bin Polizeiobermeisterin Helbig.«

»Margot Tieneck«, sagte die Frau. »Und das ist meine Tochter Jana.«

Wieder dieser feindselige Blick. Das Mädchen sah aus wie eine dieser pubertierenden Zicken, die morgens auf dem Schulhof gegenüber ihrer Wohnung zu beobachten waren. Die mit gelangweilten Gesichtern herumstanden, an den Straßenecken rauchten und Mitschülerinnen herumstießen, die eine Zahnspange hatten oder denen das Geld für Markenklamotten fehlte. Christina kannte diese Art Mädchen nur zu gut.

»Also gut«, begann sie und setzte sich Jana gegenüber. »Eine grobe Schilderung ist am Freitag auf der Citywache aufgenommen worden. Und die Kollegin hat mit dir vereinbart, dass du zu uns nach Zehlendorf kommst, weil dein Wohnort wie auch der Tatort in unseren Bereich fällt.«

Sie blickte auf das Formular und stockte.

»Der Vorfall ist in der letzten Septemberwoche passiert?«

Das Mädchen blickte sie an und nickte. Mehr nicht.

»Das ist ja schon eine Weile her«, sagte Christina.

Jana zuckte nur mit den Schultern und sah wieder zu Boden.

»Also gut«, sagte die Polizistin. »Dann erzähl doch mal genau, was alles geschehen ist an diesem Abend …«

Sie ließ das Mädchen zunächst ihre Geschichte in Ruhe erzählen, dann fragte sie noch einmal gezielt nach. Es war jedoch nicht leicht, sich einen Überblick zu verschaffen, da diese Jana nur kurz und einsilbig antwortete. Sie benahm sich, als ob diese Fragen eine einzige Zumutung wären. Als wäre es unter ihrem Niveau, mit der Polizei zu sprechen und Fragen zu beantworten.

Christina spürte ihren Kopf pochen. Es fiel ihr schwer, sich zu konzentrieren. Kinder reicher Leute, dachte sie. Diese verwöhnten Gören erfanden doch alles Mögliche, um Aufmerksamkeit zu bekommen. Und ihre Arbeitszeit wurde dann damit blockiert.

»Kannst du mir erklären, weshalb du einfach weggefahren bist?«, fragte sie. »Der Zeuge hat dir nachgerufen, wenn ich das richtig verstanden habe.«

Jana fixierte das Linoleum. »Keine Ahnung«, spuckte sie verächtlich aus.

»Sie müssen meine Tochter entschuldigen«, sagte Margot Tieneck. »Wir sind momentan ein wenig durcheinander. Ihr Vater, mein Mann, ist ums Leben gekommen. Günther Tieneck, Sie haben bestimmt davon gehört.«

»Der Innensenator? Natürlich. Das tut mir sehr leid. Es muss eine schwere Zeit für Sie sein.«

Margot Tieneck nickte knapp. Ihr Gesicht war versteinert, doch Trauer konnte Christina nicht ausmachen. Es kam ihr eher vor wie Wut.

Auch sie glaubte ihrer Tochter also nicht.

Christina blickte die beiden Frauen an. Sie wurde ärgerlich. Für wie blöd haltet ihr mich eigentlich?

»Jana«, sagte sie mit betont sanfter Stimme. »Gibt es noch irgendetwas, was du mir sagen möchtest?«

Doch Jana blickte weiter zu Boden und schwieg beharrlich.

Christina hatte nun keine Geduld mehr.

Sie wandte sich an die Mutter. »Ihr Kind hat jetzt die Chance, zu sagen, dass die ganze Geschichte erfunden ist. Wir vergessen dann den Vorfall, und das Formular wandert in den Papierkorb.«

Die Frau hob hilflos die Schultern und seufzte.

Christina versuchte es noch einmal mit dem Mädchen.

»Jana, jeder kann verstehen, warum du so etwas machst. Es ist sehr schwer, wenn man den Vater verliert. Manchmal weiß man nicht, wohin mit seiner Trauer.«

Sie massierte sich die Schläfen. »Wenn du also jetzt sagst, dass alles gelogen ist, dann ist das kein Problem für mich. Verstehst du? Wenn du aber schweigst, dann wird ein Verfahren aufgenommen, und die Sache kommt ins Rollen. Dann wird es erhebliche strafrechtliche Folgen haben, falls sich dann herausstellt, dass alles nur ausgedacht war.«

Es dauerte kaum mehr als eine Minute, bis das Mädchen nachgab. Mit einer typischen Mischung aus Langeweile und Verachtung zog es seine Jacke vom Tisch und verließ den Raum. Ein Schuldeingeständnis. Margot

Tieneck entschuldigte sich nochmals bei der Polizistin und lief ihr dann hinterher.

Christina Helbig blickte ihnen nach, bis sie durch den Ausgang auf der Straße verschwunden waren.

Ihr Kollege betrat den Raum. »Bist du frei? Wir haben eine Einbruchmeldung. Kannst du das übernehmen?«

Christina warf das Formular in den Papierkorb und seufzte. »Ja, natürlich. Schick die Leute rein.«

Sie wühlte sich eilig durch die Schubladen und fand eine Packung Aspirin. Während sie eine Tablette einwarf und das nächste Formular hervorzog, hatte sie Margot und Jana Tieneck bereits wieder vergessen.

17

Am nächsten Morgen betrat Michael um kurz nach acht mit kleinen Augen sein Büro. Er zog den Mantel aus und hängte ihn an den Haken, dann nahm er seinen Kaffeebecher und machte sich auf den Weg zum Automaten.

Auf dem Flur konnte er Wolfgang durch dessen offene Bürotür am Schreibtisch sitzen sehen, er nickte ihm im Vorbeigehen zu.

»Michael! Warte doch mal!«

Michael machte kehrt und schlüpfte in sein Büro.

»Was sagst du zu der Hypnosesitzung gestern?«, wollte Wolfgang wissen.

»War doch ganz gut, oder? Immerhin haben wir Hinweise zu dem Unbekannten und seinem Wagen bekommen. Sogar was über das Nummernschild.«

»Falls es diesen unbekannten Zeugen überhaupt gegeben hat. Dr. Roth ist nämlich nicht unbedingt dieser Ansicht.«

»Nein? Wieso nicht?«

»Er denkt, dass Jakob den Unbekannten erfunden hat, weil er uns unterschwellig helfen wollte. Offenbar kommt so was öfter vor.«

»Und jetzt? Denkst du, er hat recht?«

»Keine Ahnung. Wirklich nicht.«

»Es war ein Berliner Kennzeichen. Mit einer Null in der Zahlenfolge. Was bedeutet das Dreieck?«

»Das wird ein A gewesen sein«, sagte Wolfgang. »Die Null kann aber auch ein O sein, wie Otto. Wir hätten also was mit A wie Anton, vielleicht O wie Otto und eine Zahlenfolge mit oder ohne Null.«

»Für eine Fahndung reicht das nicht«, gab Michael zu. »Aber was ist mit diesem Hund, von dem Jakob gesprochen hat? Er hat ein Bellen gehört. Ganz in der Nähe.«

Wolfgang winkte ab. »Da gibt's überall Wanderwege. Offenbar hat da jemand einen Spaziergang mit seinem Hund gemacht. Das muss nicht heißen, dass einer den Unfall gesehen hat.«

»Stimmt. Und wenn, dann wären wir bei der Ermittlung wohl auch auf diesen Zeugen gestoßen.«

»Genau. Also gut, wir sehen uns dann gleich in der Besprechung.«

Michael stand auf und holte sich einen Kaffee. Als er in sein Büro zurückkehrte, bemerkte er, dass Anke gekommen sein musste. Ihre Jacke hing über dem Bürostuhl, und der Rechner war hochgefahren. Es dauerte ein paar Minuten, dann schlug die Tür auf, und sie stürmte herein, mit Filtertüten in der Hand.

»Warst du etwa beim Automaten?«, fragte sie empört, als sie seinen Becher sah. »Meiner schmeckt doch viel besser! Wofür hab ich denn das Teil gekauft?«

Etwas beleidigt trat sie an die neue Maschine und hantierte mit dem Filter herum. Michael sah ihr nachdenklich dabei zu. Er musste an die Begegnung mit Jana Tieneck denken, die ihn im U-Bahn-Schacht beobachtet hatte. Nach dem Zwischenfall hatte er das Bedürfnis gehabt, ihr die Situation zu erklären, um den schlechten Eindruck aus der Welt zu schaffen, den er zwangsläufig hinterlassen haben musste.

»Was ist eigentlich mit den Tienecks?«, fragte er. »Muss da noch mal jemand von uns hin?«

»Keine Ahnung. Wieso fragst du?«

»Ach, nur so.«

»Ich glaub nicht. Wir sind da durch.«

»Wo waren die beiden eigentlich am Unfallabend?«

»Zu Hause in ihrer Villa, den ganzen Abend über.«

»Hast du die beiden befragt?«

»Nein. Aber wenn es dich interessiert: Ich habe den Bericht hier liegen.« Sie griff in ihre Ablage, zog einen dünnen Hefter hervor und warf ihn über den Schreibtisch. Michael fing ihn auf und begann darin zu blättern.

»Mutter und Tochter geben sich gegenseitig ein Alibi«, sagte er. »Das klingt ja nicht besonders glaubwürdig.«

»Solange wir keinen Täter suchen, brauchen wir uns auch keine Gedanken über Alibis machen, die fragwürdig aussehen. Oder meinst du nicht?«

Michael überflog den Text, doch es schien nichts Ungewöhnliches darin zu stehen. Er wollte den Hefter schon zuklappen und zurückwerfen, als er auf eine Aussage von Margot Tieneck stieß. Nun sah er doch genauer hin.

»Ist ja interessant«, sagte er. »Sag mal, wie weit ist die Villa von dem Unfallort entfernt?«

Sie zuckte mit den Schultern. »Zweieinhalb bis drei Kilometer, schätze ich mal.«

»Man könnte den Unfallort also zu Fuß erreichen.«

»Schon. Zumindest wenn man gut zu Fuß ist. Wieso?«

»Wie du weißt, haben die Tienecks einen Schäferhund«, sagte er und deutete auf den Hefter. »Margot Tieneck gibt hier an, dass ihre Tochter bei Einbruch der Dunkelheit das Haus verlassen hat, um mit ihm Gassi zu gehen.«

Es war nicht mehr als ein Gedankenspiel. Trotzdem beschloss er, Jana darauf anzusprechen.

Vielleicht gab es ja doch noch einen Grund, zur Villa zu fahren. Solange die Ermittlungen noch nicht ganz offiziell eingestellt waren.

Es war so weit. Sie hatte eine Entscheidung getroffen. Sie wollte sich Gewissheit verschaffen. Jenny atmete durch, wandte sich vom Fenster ab und setzte sich an ihren Schreibtisch. Sie nahm den Hörer und wählte. Das Spiel konnte beginnen. Mal sehen, wie sie sich dabei schlagen würde.

Eine dunkle Stimme meldete sich am anderen Ende.

»Buchner, Kanal 5.«

»Joachim«, säuselte sie. »Wie schön, deine Stimme zu hören! Ich störe doch hoffentlich nicht?«

»Jenny!«, sagte er mit einem Lächeln in der Stimme. »Ich würde gerne glauben, dass du es auch so meinst. Aber ich schätze mal, du willst was von mir. Deshalb rufst du an.«

»Na ja. Ich will halt wissen, wie es meinem alten Kumpel geht. Das ist nämlich so bei Freundschaften. Da interessiert man sich füreinander.«

Er lachte. »Ich glaub dir kein Wort.«

»Komm schon, Joachim. Sei mal nicht so. Ich dachte, heute wäre ein schöner Tag, um dich zum Abendessen einzuladen. Was hältst du davon? Du darfst das Restaurant aussuchen.«

»Warte. *Hast* du Informationen, oder willst du welche haben? Wahrscheinlich Letzteres, wenn du die Rechnung zahlst.«

»Vielleicht ja auch beides«, räumte sie lächelnd ein.

Joachim hatte über den Fall Tieneck recherchiert. Letztens auf ihrer Party hatte er seltsame Andeutungen gemacht. Er wusste irgendwas, davon war sie überzeugt. Auch wenn er keine Beweise dafür hatte. Sie musste erfahren, was da los war. Eher würde sie keine Ruhe finden.

»Was ist?«, fragte sie. »Treffen wir uns heute Abend?«

Er zögerte einen Moment. »Also gut. Zwanzig Uhr dreißig im La Cocotte an der Apostel-Paulus-Kirche.«

»Alles klar, ich werde da sein.«

»Hervorragend.«

Sie legte auf und trug den Termin in ihr Filofax ein. Dann schob sie den Kalender zurück und stand auf. Mal sehen, was der Flurfunk sendet, dachte sie. Sie würde ein bisschen herumlaufen und mit Tienecks Mitarbeitern plaudern. Die meisten Menschen drängten nur so darauf, tratschen zu können.

Jenny war fest entschlossen herauszufinden, ob Tienecks Tod tatsächlich ein Unfall gewesen war. Was auch immer da los gewesen war, sie würde das Geheimnis lüften.

18

Hohe Hecken umgaben Villa und Garten und schotteten das Gelände nach außen hin ab. Michael drückte die Klingel. Irgendwo begann ein Hund zu bellen, doch sehen konnte er ihn nirgends.

Die Familie Tieneck lebte in einer geschmackvoll hergerichteten Villa aus den Zwanzigerjahren. Jugendstilarchitektur, alles in dezenten Farben gehalten. Auf den ersten Blick wirkte das Haus einladend und nicht zu protzig. Kein teurer Schnickschnack, sondern typisches Understatement, wie so häufig bei altem Geldadel.

Am Haus öffnete sich die Eingangstür. Ein Schäferhund quetschte sich durch den entstehenden Spalt, sprang auf die Auffahrt und lief Michael bellend entgegen. Margot Tieneck erschien in der Tür. Sie trat auf die Freitreppe, rief den Hund zurück und nahm ihn an die Leine. Dann ging sie zum Tor und blickte auf die andere Seite. Sie zögerte einen Moment, doch dann schien ihr wieder einzufallen, woher sie Michaels Gesicht kannte.

»Sie sind von der Polizei«, stellte sie fest.

»Das ist richtig«, sagte er. »Michael Schöne. Ich hoffe, ich störe nicht. Ich würde gern kurz mit Ihrer Tochter sprechen, wenn das möglich ist. Wegen der Unfallnacht.«

Sie blickte ihn misstrauisch an und nahm den Hund kürzer an die Leine.

»Nur ein paar Routinefragen«, sagte er.

»Ist das denn wirklich nötig?«

»Es geht ganz schnell, versprochen.«

Sie zögerte, öffnete dann jedoch das Tor. »Also gut. Kommen Sie mit.«

Die Einrichtung des Hauses war schlicht und geschmackvoll, aber vermutlich sehr kostspielig.

»Jana ist oben in ihrem Zimmer«, sagte Margot Tieneck. »Ich werde sie holen.«

»Machen Sie sich keine Umstände. Ich gehe einfach zu ihr hinauf. Sie müssten mir nur sagen, wo ich sie finde.«

Margot Tieneck zögerte einen Moment, doch dann deutete sie zum Treppenhaus. »Gehen Sie einfach hoch, es ist die zweite Tür links. Wenn Sie etwas brauchen, rufen Sie mich.«

Damit ging sie hinaus und ließ ihn in der Halle stehen.

Michael ging ins erste Stockwerk und klopfte an Janas Tür. Aus dem Zimmer drang kein Laut. Er klopfte ein weiteres Mal und öffnete die Tür.

Jana saß mit Kopfhörern auf dem Bett und starrte an die Decke. Als sie bemerkte, dass jemand eingetreten war, fuhr sie herum. Vorwurfsvoll sah sie zur Tür. Doch dann erkannte sie Michael, und der Ausdruck verwandelte sich in Überraschen. Offenbar hatte sie mit ihrer Mutter gerechnet. Sie stellte den MP3-Player aus und warf die Kopfhörer auf das Kissen.

»Hallo«, sagte Michael. »Darf ich reinkommen? Ich hoffe, ich störe nicht.«

Sie strich sich erstaunt die Haare aus dem Gesicht. Sagte jedoch nichts. Michael schloss die Tür. Er sah sich um. Das Zimmer des Mädchens erschien ihm seltsam gesichtslos. Zwar war es perfekt eingerichtet, wie der Rest des Hauses, doch er glaubte nicht, dass Jana die Möbel ausgesucht hatte. Sie passten eher zu ihrer Mutter. Es gab nirgends Poster oder Ansichtskarten wie bei anderen Mädchen in dem Alter. Der einzige Unterschied zum Rest des Hauses war die furchtbare Unordnung, die in dem Zimmer herrschte.

»Darf ich?«, fragte Michael und deutete auf den Stuhl.

Jana richtete sich auf. Unsicher zuckte sie mit den Schultern und nickte.

Michael war sich nicht ganz sicher, wie er anfangen sollte.

»Vielleicht sollte ich dir zunächst die Situation in der U-Bahn erklären«, begann er. »Das muss seltsam ausgesehen haben, als ich …«

»Sie haben sich tot gestellt.«

Damit hatte er nicht gerechnet. »Wie bitte?«

»Sie haben sich tot gestellt. Zuerst habe ich das nicht begriffen. Dabei kenne ich das von mir. Ich mache das auch. Immer dann, wenn mein Vater rumtobt und alles zusammenbrüllt.« Sie unterbrach sich. »Ich meine natürlich, also in der Vergangenheit. Er ist ja jetzt tot.«

Michael war sprachlos.

Sie streckte das Kinn vor. »Und ich bin froh, dass er tot ist«, sagte sie herausfordernd. »Er war nämlich ein richtiges Arschloch. Schockiert Sie das?«

Er sagte nichts. Mal sehen, wohin das Gespräch führte.

»Er hat uns hier zu Hause nämlich genauso herumkommandiert wie die Leute in seinem Büro. Seine Mitarbeiter sind ihm alle in den Arsch gekrochen und haben sich nicht mal weggeduckt, wenn er ausgeflippt ist. Wie kann man sich freiwillig tyrannisieren und demütigen lassen? Und wir sollten genauso spuren. Er war Gott, und alle hatten zu machen, was er sagt. Das einzig Gute war, dass er nie da war. Solange er abwesend war, ließ sich alles irgendwie ertragen.« Sie rutschte zurück in die Kissen. »Ich hoffe, er schmort jetzt in der Hölle.«

Michael erkannte sofort, dass ihre Worte um einiges stärker waren als die Überzeugung, die dahinterstand.

Ganz so einfach ist es eben doch nicht, dachte er.

»Es tut mir leid, das mit deinem Vater. Dass er dich tyrannisiert hat. Ich bin hier, weil ich noch einige Fragen habe, Jana. Es dauert nicht lange. Es sind nur Routinefragen.«

Sie zuckte mit den Schultern und starrte die Decke an.

Michael betrachtete sie. Sie wirkte enttäuscht. Es war, als hätte sie etwas anderes von ihm erwartet.

»Deine Mutter hat gesagt, dass du am Unfallabend mit dem Hund spazieren gegangen bist.«

Sie seufzte. »Ja, kann schon sein.«

»Kannst du dich an die genaue Uhrzeit erinnern?«

Sie blickte ihn gelangweilt an. »Nein, kann ich nicht. Ich konnte ja nicht ahnen, dass das mal jemand von mir wissen will. Dann hätte ich auf die Uhr gesehen. Aber so …«

»Deine Mutter sagt, du warst zwischen sieben und halb acht draußen.«

»Schon möglich. Um halb neun hat dieser Arsch von der Presse angerufen. Da war ich jedenfalls wieder zu Hause.«

Michael erinnerte sich, dass ein Journalist in der Villa angerufen hatte, um sich den Tod des Senators bestätigen zu lassen. Jana war am Apparat gewesen, und zu dem Zeitpunkt waren sie und ihre Mutter noch nicht von der Polizei in Kenntnis gesetzt worden. Keine schöne Art, vom Tod seines Vaters zu erfahren.

»War es noch hell, als du das Haus verlassen hast?«, fragte er.

»Keine Ahnung. Es wurde schon dunkel, glaub ich. Die Laternen auf der Straße waren eingeschaltet.«

Wahrscheinlich also um kurz nach sieben.

»Welchen Weg hast du genommen?«

Sie schien die Lust zu verlieren. »Weshalb wollen Sie das denn wissen?«

»Reine Routinefragen, wie gesagt. Versuche dich bitte zu erinnern.«

»Ich bin aus der Siedlung raus und dann in den Wald. Da ist ein Moor, das Riemeisterfenn. Da bin ich entlang, bis zur Krummen Lanke. Dann einmal um den See herum und wieder zurück nach Hause.«

Genau die entgegengesetzte Richtung. Der Unfallort lag weit oberhalb des Sees.

»Bist du jemandem begegnet?«

»Ich denke schon, da sind ja immer irgendwelche Leute unterwegs. Erinnern kann ich mich aber nicht.«

»Wann warst du wieder zu Hause?«

»Keine Ahnung. Es war aber inzwischen stockdunkel.«

»Lief die Tagesschau schon?«

»Nein. Aber sie fing kurze Zeit später an. Mama hatte

den Fernseher laufen, da ging es um die Abgeordnetenhauswahl.«

Ein enges Zeitfenster, dachte Michael. Aber es wäre zu schaffen gewesen, in der fraglichen Zeit am Unfallort zu sein.

Er wusste, dass er mit Jana darüber sprechen sollte, weshalb sie ihren Vater so gehasst hatte. Doch etwas ließ ihn zögern. Er hatte noch immer das Gefühl, das Mädchen enttäuscht zu haben. Vielleicht, dachte er, glaubt sie etwas in mir zu erkennen. Eine Gemeinsamkeit. Wegen dieser Begegnung im U-Bahn-Schacht.

Er würde sie später dazu befragen. Falls das überhaupt nötig sein sollte.

»Hast du keine Angst, im Dunkeln durch den Wald zu gehen?«, fragte er.

»Ich habe doch den Hund dabei. Was soll mir schon passieren?«

»Gehst du oft mit dem Hund spazieren?«

»Außer mir tut es niemand. Jack wäre den ganzen Tag nur im Garten. Mein Vater hat ihn sich aus Imagegründen angeschafft. Es gab ein hübsches Bild für die Presse.«

Michael stand auf. Fürs Erste hatte er genug erfahren.

»Das war es schon«, sagte er und ging zur Tür. »Tut mir leid, dass ich dich beim Musikhören gestört habe.«

Er war bereits im Flur, als sie ihm nachrief.

»Herr Schöne?«

Er blieb stehen und drehte sich um.

»Das mit meinem Vater …« Sie stockte, sah ihn etwas hilflos an. »Sie wissen doch, wovon ich spreche?«

»Tut mir leid, ich weiß nicht, was du meinst.«

Eine Sekunde lang blickte sie ihn ungläubig an, dann legte sie wieder ihr gleichgültiges Gesicht auf und zuckte mit den Schultern. Sie nahm die Kopfhörer vom Kissen und achtete nicht weiter auf ihn.

»Auf Wiedersehen, Jana«, sagte er, schloss die Tür und machte sich auf den Weg zurück zu seinem Wagen.

Jenny war spät dran, als sie vor dem Rathaus ein Taxi heranwinkte und dem Fahrer die Adresse sagte. Doch sie kamen gut durch den Verkehr, und so betrat sie mit nur fünf Minuten Verspätung das Restaurant, in dem sie verabredet waren.

Buchner saß bereits an der Bar und wartete mit einem Whiskey auf ihr Eintreffen. Als er sie sah, stand er auf und begrüßte sie mit einer Umarmung. Dann winkte er den Kellner heran, der sie zu dem reservierten Tisch führte.

Jenny hatte zwar keinen Hunger, dennoch bestellte sie, was der Kellner ihr empfahl.

Während des Essens erzählte sie ausführlich von ihrem neuen Job. Ihre Rolle als stellvertretende Pressereferentin erwähnte sie mit gewissem Kalkül. Es konnte nicht falsch sein, ihm die Vorteile einer guten Zusammenarbeit klarzumachen.

Nach dem Essen lehnte Buchner sich zurück und lächelte.

»Raus damit«, sagte er. »Was willst du von mir wissen?«

»Du erinnerst dich, dass wir neulich über Günther

Tieneck geredet haben? Ganz egal, ob es ein Unfall war oder nicht, ich will wissen, was da vor der Wahl gelaufen ist.« Sie fixierte ihn. »Du hast doch Recherchen angestellt. Bestimmt hast du irgendwas erfahren, oder?«

»Möglich. Aber sag mir doch erst mal, was du *glaubst*, was da gelaufen ist.«

Eine Gegenfrage, natürlich.

»Bleibt das hier vertraulich?«

»Na klar. Du kannst dich auf mich verlassen.«

»Also gut.« Jenny beugte sich leicht über den Tisch. »Ich habe die Vermutung, dass Tieneck mit seinem gesammelten Wissen Fraktions- und Kabinettsmitglieder erpresst haben könnte, die seinen Rücktritt gefordert haben. Vielleicht ist da etwas dran, vielleicht auch nicht.«

Jenny hatte bislang kaum was erfahren. Selbst die Sekretärinnen, mit denen sie gesprochen hatte, wussten nicht viel. Das Einzige, was sie in Erfahrung gebracht hatte, war, dass Jürgen Steinbach vor der Wahl angeblich den Bürgermeister bearbeitet hatte, damit er sich von Tieneck trennte. Und nicht nur er, das halbe Kabinett sollte das versucht haben. Doch Brohr war der Einzige, der an der Loyalität des Senators niemals gezweifelt hatte.

Wenn Jenny ehrlich war, hatte sie kaum mehr als einen unbegründeten Verdacht, aber das wollte sie gegenüber Buchner nicht zugeben.

Buchner lehnte sich zurück und grinste sie breit an.

»Du hast doch bestimmt gute Quellen«, sagte er. »Erfahre ich mehr davon, wenn ich dir weiterhelfe?«

»Du bist der Erste, dem ich Bescheid geben werde.«

»Nun ja. Ich habe die Info, dass es einen Zirkel gegeben

hat, der Tienecks Absetzung zum Ziel hatte. Ziemlich konspirativ. Es ging dabei nicht um die üblichen Intrigen und Spielchen. Das war ernst. Und fast keiner wusste von seiner Existenz.«

»Ein Zirkel also. Wer gehörte dazu?«

»Das weiß ich leider nicht. Aber es muss ein kleiner Kreis gewesen sein. Höchstens vier, fünf Mitglieder, wenn sie nicht Gefahr laufen wollten aufzufliegen.«

Von wem konnte er das haben?, fragte sie sich.

Sie holte Luft, doch Buchner schnitt ihr das Wort ab, bevor sie etwas sagen konnte.

»Ich werde meinen Informanten nicht preisgeben«, sagte er.

Jenny lächelte und gab sich geschlagen. Sie blickte auf und winkte dem Kellner.

»Für mich noch einen Weißwein«, sagte sie und wandte sich dann wieder an Buchner. »Hast du Namen? Wer könnte diesem Zirkel angehört haben?«

Er grinste. »Denk doch mal nach. Wer hätte den größten persönlichen Gewinn gehabt, wenn Tieneck aus dem Amt gedrängt worden wäre? Wer wäre der Gewinner gewesen ... oder die Gewinnerin?«, fügte er nach einer kurzen Pause hinzu.

»Herwig-Stamm!«, raunte Jenny.

Sie war zur Innensenatorin aufgestiegen. Natürlich. Tieneck wollte Landgraf zum Staatssekretär machen. Für Herwig-Stamm wäre Schluss gewesen nach der Wahl. Durch Tienecks Verschwinden war nicht nur ihr Job gerettet. Sie hatte darüber hinaus einen Karrieresprung machen können und war nun sogar Senatorin.

»Was können sie geplant haben?«, dachte Buchner laut. »Auf welche Weise wollten sie Tieneck aus dem Weg schaffen?« Er blickte Jenny an. »Das Konto? Ein Tipp an die Presse?«

»Nein, das war Zufall.« Jenny hatte das bereits überprüft. »Es hat keinen Hinweis gegeben. Tieneck hat das selbst verschuldet, durch eine Unachtsamkeit. Es war seine eigene Dummheit.«

Der Kellner brachte den Wein, und sie unterbrach sich für einen Moment. »Sie müssen andere Pläne gehabt haben«, sagte sie, als er wieder verschwunden war. »Vielleicht ist ihnen ja auch der Unfall dazwischengekommen. Und plötzlich waren die Probleme wie von allein aus der Welt geschafft.«

»Wenn nicht der Unfall Teil dieses Plans war«, fügte Buchner hinzu.

Jenny sagte nichts.

Herwig-Stamm wäre zweifelsfrei zu einigem imstande gewesen. Doch hätte sie auch einen Mord geplant und durchgeführt? Unmöglich.

»Ich glaube, es ist tatsächlich ein Unfall gewesen«, behauptete sie. »Nicht mehr und nicht weniger.«

»Ja, wahrscheinlich. Auch wenn mir dadurch eine traumhafte Schlagzeile entgeht.«

Sie tranken aus, und Jenny bestellte die Rechnung.

»Trotzdem«, sagte er. »Wenn du etwas erfährst und ich kann der Herwig-Stamm eins auswischen, du weißt schon, ohne gleich der gesamten Partei Schaden zuzufügen, dann gib mir Bescheid.«

Sie waren bereits vor der Tür, und ihre Taxen fuhren

vor, als Jenny eine letzte Frage stellte. Sie wollte in dieser Sache Gewissheit haben.

»Sag mal, Joachim. Hat dein Informant Jürgen Steinbach erwähnt? Kann es sein, dass er mit dieser Sache zu tun hat?«

»Mein Informant hat überhaupt keine Namen genannt«, sagte er und öffnete die Tür. »Das musst du schon selber herausfinden. Halte mich auf dem Laufenden.«

Mit diesen Worten verschwand er auf der Rückbank und zog die Autotür hinter sich zu.

19

Jenny sah auf die Uhr. Kurz nach vierzehn Uhr. Renate Herwig-Stamm befand sich in einer Kabinettssitzung in der Senatskanzlei. Außer der Sekretärin würde sich keiner in den Räumen der Senatorin im Alten Stadthaus aufhalten. Jenny kannte zwar ihre Sekretärin, Frau Wortmann, doch sie pflegte keinen näheren Kontakt zu ihr.

Deshalb hatte sich Jenny mit ihr und einigen Frauen aus der Senatsverwaltung, die sie bereits besser kannte, zum Mittagessen verabredet. Um mit Frau Wortmann alleine sprechen zu können, hatte sie ihr angeboten, sie abzuholen und gemeinsam mit ihr zum Restaurant zu gehen.

Auch wenn sich an diesem Tag noch nicht die Gelegenheit bieten würde, über Tieneck und Herwig-Stamm zu sprechen, so konnte das Treffen doch der Grundstein für ein solches Gespräch zu einem späteren Zeitpunkt sein.

Jenny glaubte immer mehr, dass sowohl die Innensenatorin als auch Jürgen Steinbach zu diesem Zirkel gehörten, von dem Buchner gesprochen hatte. Herwig-Stamm war die große Gewinnerin, nachdem Tieneck aus der Politik ausgeschieden war. Und Steinbach war einer ihrer engsten Freunde und gleichzeitig ein intimer Feind Günther Tienecks.

Frau Wortmann wartete bereits auf sie. Sie musste nur noch ihre Jacke vom Haken nehmen, dann war sie bereit zum Gehen. Jenny ließ sich etwas Zeit und blickte sich im Büro um. Es war ein wenig verändert worden durch die neuen Bewohnerinnen, doch nicht so viel, dass sie das Vorzimmer Günther Tienecks nicht wiedererkannt hätte.

»Schön haben Sie's hier«, sagte sie. »Haben Sie schon Zeit gehabt, sich ein wenig einzuleben?«

»Kaum«, sagte Frau Wortmann. »Wir haben so viel zu tun. Da bleibt einfach keine Zeit, das alles auch mal ein wenig zu genießen.« Sie sah sich mit einem etwas hilflosen Blick in der neuen Umgebung um. »Wenn ich ehrlich bin, wünschte ich mir manchmal, sie wäre Staatssekretärin geblieben. Dann wäre das alles nicht so stressig.« Sie lächelte verlegen. »Aber behalten Sie das bitte für sich.«

»Ich kann das gut verstehen«, erwiderte Jenny. »Mein neuer Job ist auch alles andere als stressfrei. Aber so ist das nun mal. Wir werden uns daran gewöhnen müssen. Manchmal frage ich mich, was gewesen wäre, wenn Tieneck keinen Unfall gehabt hätte. Es ist kaum denkbar, dass er im neuen Kabinett Innensenator geworden wäre. Aber Brohr schien ja trotz allem zu ihm stehen zu wollen. Was glauben Sie? Wären Sie und Ihre Chefin trotzdem hier?«

Die Sekretärin zuckte mit den Schultern. »Wer weiß? Vorstellen könnte ich es mir. Tieneck wäre nicht mehr zu halten gewesen, das wäre auch Brohr bald klar geworden.« Sie zögerte. »Und wenn ihm jemand einen kleinen Schubs hätte geben müssen.«

»Wer denn? Steinbach?«

»Ich weiß nicht. Man darf die Herwig-Stamm nicht unterschätzen.«

»Hatte sie etwas gegen Tieneck in der Hand?«

Frau Wortmann musste lachen. »Natürlich hatte sie das. Aber Sie können drauf wetten, dass auch Tieneck einiges in der Hand hatte.« Sie wurde wieder ernst. »Sie hat irgendwas geplant. Ich weiß zwar nicht, was, denn sie hat es vor mir geheim gehalten. Doch irgendwas muss da gewesen sein. Ich glaube, wir wären trotzdem heute hier.« Sie fuhr den Computer herunter. »So, meinetwegen können wir.«

Jenny wollte sich nicht so leicht zufriedengeben. »Und Sie haben wirklich keine Ahnung, was Herwig-Stamm geplant haben könnte?«

»Keinen Schimmer. Ich weiß nur, dass sie gegen Tieneck vorgehen wollte. Und sie war nicht allein. Mehr weiß ich nicht. Heute habe ich einen der letzten Kartons ausgepackt, in dem ihre Sachen verstaut waren. Randvoll mit Unterlagen aus der heißen Wahlkampfphase. Ich wollte alles schon ins Altpapier werfen, aber dann habe ich es vorsichtshalber noch einmal durchgeblättert. Hätte ja sein können, dass was Wichtiges dazwischengerutscht war. Gefunden habe ich aber was anderes. Eine merkwürdige Telefonnotiz auf einem gelben Klebezettel.«

Jenny versuchte, ihre Aufregung zu unterdrücken. »Was stand denn darauf?«, fragte sie ruhig.

»Irgendetwas mit Tieneck und möglichen Szenarien. Ich kann mich nicht mehr genau erinnern. Jedenfalls zeigt es, dass Herwig-Stamm was vorhatte.« Sie nahm ihre Tasche und öffnete die Tür. »Vielleicht beantwortet das Ihre Frage. Es gab einige, die Tieneck loswerden wollten. Schon zum Wohle der Partei. Auch wenn es keinen Unfall gegeben hätte – Innensenator wäre er heute wohl nicht mehr. Das ist jedenfalls meine Meinung.«

»Und wo ist dieser Zettel jetzt?« Jenny hoffte, dass ihre Frage kein Misstrauen wecken würde.

»Im Altpapier«, antwortete Frau Wortmann leichthin und ging hinaus auf den Flur.

Sie hatte keinen Verdacht geschöpft.

Bevor Jenny ihr ins Treppenhaus folgte, ließ sie ihre Handtasche auf einem Stuhl neben dem Schreibtisch zurück.

Unten in der Halle blieb sie dann stehen und blickte erschrocken auf.

»Meine Handtasche! Ich muss sie oben vergessen haben.«

»Kein Problem«, sagte Frau Wortmann. »Dann gehen wir eben noch mal hoch.«

Jenny machte eine wegwerfende Handbewegung. »Lassen Sie mal, warten Sie hier. Ich beeile mich.«

Sie ließ die Sekretärin in der Halle stehen und eilte im Stechschritt zurück zum Vorzimmer der Herwig-Stamm.

Sorgfältig schloss sie dort die Tür hinter sich und durchsuchte rasch den Raum. Es dauerte nicht lange, da hatte sie das Altpapier gefunden. Frau Wortmann lagerte es in einer Postkiste unter ihrem Schreibtisch.

Jennys Herz schlug schneller. Hastig blätterte sie die Unterlagen durch. Die Sekretärin konnte jeden Moment auf der Schwelle erscheinen. In diesem Fall hätte Jenny wohl keine Ausrede, die überzeugen konnte.

Endlich fand sie den kleinen, gelben Post-it, um den es sich handeln musste. Er war mit »Tie« überschrieben, offenbar die Abkürzung für Tieneck.

Jenny zog den Zettel von der Werbesendung ab, an der er klebte. Drei Punkte waren darauf notiert. Dass es sich dabei um Szenarien handelte, war wohl eher eine Interpretation von Frau Wortmann. Auf dem Zettel war davon jedenfalls nicht die Rede, und sie selbst hätte diesen Schluss wohl auch nicht gezogen. Auf dem Post-it stand:

1. *Beweise an Presse – Glaubwürd.*
2. *Immunität aufh.*
3. *Einschüchterung*

Jenny zog ihr Smartphone hervor und fotografierte den Zettel, dann klebte sie ihn wieder an die Werbesendung und schob den Papierstapel zurück in die Postkiste.

Sie stand auf, schnappte ihre Handtasche und lief hinaus auf den Flur. Sie würde später eingehend über den Inhalt dieser Notiz nachdenken. Nun musste sie erst einmal die Kollegin einholen und gemeinsam mit ihr zu den anderen aufschließen. Alles Weitere hatte Zeit.

Niemand sollte Verdacht schöpfen.

Jana Tieneck hielt das Gesicht der Sonne entgegen und ließ sich von den hellen Strahlen wärmen. Es hatte bereits zum Ende der Mittagspause geläutet. Die meisten Schüler waren wieder zurück im Schulgebäude, in wenigen Minuten würde der Nachmittagsunterricht beginnen.

Ganz leicht spürte Jana noch die Wirkung des Joints,

den sie gemeinsam mit den Jungs hinter der Turnhalle geraucht hatte. Die anderen waren danach in die Kantine gelaufen, doch Jana hatte es vorgezogen, allein am Rande des Schulhofs zu bleiben und zu entspannen.

Sie schloss die Augen und lauschte. Von der nahen Stadtautobahn wehte ein dumpfes Grollen zu ihr herüber. Aus der Aula drangen die gedämpften Schreie der jüngeren Schüler. Und hoch über ihrem Kopf hörte sie das ferne Rufen von Zugvögeln, die auf dem Weg in den Süden waren.

Das Leben schien ihr plötzlich unendlich leicht zu sein.

All die anderen Menschen waren mit einem Mal unwichtig und sehr weit weg. Ihre Mitschülerinnen, die Jungs hinter der Turnhalle, ihre Mutter, Tobias Landgraf. Keiner konnte ihr noch etwas anhaben. Hier in der Novembersonne, am Rand des Schulhofs, hier war sie mit einem Mal völlig frei.

Selbst ihr grausamer und tyrannischer Vater war nicht mehr in ihrer Nähe. Sie alle waren weit weg.

Sie hätte nicht sagen können, wie lange sie dort gestanden hatte. Irgendwann schob sich eine Wolke vor die Sonne, und statt wärmender Sonnenstrahlen war augenblicklich die Kälte der Luft zu spüren. Sie öffnete die Augen und blickte über den Schulhof.

Das Gefühl war vorbei. Als wäre es niemals da gewesen.

Die letzten Schüler waren im Gebäude verschwunden, und sie musste sich beeilen, wollte sie rechtzeitig zum Unterricht gelangen. Sie schnappte sich ihre Tasche und machte sich auf den Weg.

Da verließ ein Junge den Fahrradhof und steuerte ebenfalls auf das Gebäude zu. Sie erkannte ihn zu spät. Sonst wäre sie ihm aus dem Weg gegangen. Es war Tim, und er hatte sie bereits entdeckt.

»Jana!«, rief er ihr hinterher. »Jana, warte doch mal!«

Sie blieb stehen und blickte ihn gelangweilt an. »Was willst du?«

Er holte auf, ein wenig außer Atem.

Seine Bewegungen waren unsicher, und ein leiser Zweifel erfasste sie. War es wirklich Angst, was sie in seinen Augen zu erkennen glaubte? Verfügte sie etwa über die Macht, ihn zu verletzen?

Nein. Das war unmöglich.

Es war nur seine Masche.

Und die Zeiten waren vorbei, in denen sie sich von Jungen hatte verarschen lassen. Sie hatte es so satt. Sie würde auf dieses ewiggleiche Spielchen nicht mehr reinfallen. Sollte Tim ruhig auf lieb und verletzlich machen. Letztlich war er nicht anders als Kevin und die anderen auch. Das wusste sie genau.

»Warum rufst du nie zurück?«, fragte er, wieder mit diesem Blick. »Ich habe so oft bei euch angerufen«, fuhr er fort. »Hat es dir denn überhaupt nichts bedeutet? Ich dachte, da wäre was zwischen uns.«

Sie verdrehte die Augen. »Was soll das für eine Nummer sein, die du hier abziehst? Spar dir den Hundeblick für eine, die drauf reinfällt.«

Sie beachtete ihn nicht weiter und ging auf das Gebäude zu.

»Jana!« Er hielt sie am Ärmel fest.

Sie wurde wütend, schüttelte seine Hand einfach weg.

»Verpiss dich!«, zischte sie. »Verstanden?«

»Aber du kannst mich doch nicht einfach …«

»Was soll das? Was erwartest du? Du weißt doch, ich treib es mit jedem! Du warst nur einer von vielen!«

Tim wich zurück.

»Frag Kevin. Oder guck dir die Tische in meinen Kursen an. Es steht auf jedem drauf! Ich bin eine Nutte.«

Er wirkte erschrocken. Schien zu überlegen, ob er etwas erwidern sollte. Doch dann schlich er einfach davon und verschwand wortlos im Schulgebäude.

Jana blickte ihm nach.

Diese Party im Frühjahr. Sie war zwar furchtbar betrunken gewesen, konnte sich aber noch genau erinnern. Tim war plötzlich aufgetaucht, und es hatte nicht lange gedauert, da saßen sie gemeinsam in einer Sofaecke und knutschten herum. Alle anderen hatten es natürlich gesehen, und der schlechte Ruf, den sie hatte, war wieder einmal bestätigt worden.

Es war richtig gewesen, ihn jetzt davonzujagen. Sie nahm ihre Schultasche und drückte sie gegen die Brust. Sie würde niemandem mehr eine Angriffsfläche bieten, das hatte sie sich fest vorgenommen.

Die Stimme in ihrem Rücken ließ sie zusammenfahren.

»Ein Freund von dir?«

Sie wirbelte herum. Dieser Polizist war hinter ihr aufgetaucht. Michael Schöne. Er blickte an ihr vorbei zu Tim, der gerade durch die Türen ins Innere des Gebäudes trat.

Sie wusste nicht, was sie sagen sollte. »Was machen Sie hier?«

Er lächelte. »Entschuldige, ich wollte dich nicht erschrecken. Ich würde gern noch einmal mit dir reden. Hast du frei, oder musst du jetzt in den Unterricht? Ich kann auch später wiederkommen.«

Sie blickte über den ausgestorbenen Schulhof.

Nichts lieber als weg von hier, dachte sie.

Doch sie wollte den Kommissar nicht anschwindeln.

»Eigentlich habe ich jetzt Geschichte«, sagte sie und lächelte verlegen. »Aber ich hätte wirklich große Lust, den Unterricht zu schwänzen.«

Zu ihrer Überraschung fand er das nicht weiter schlimm.

»Dann komm mit. Ich lade dich zu einem Kaffee ein. Gibt es ein nettes Café hier in der Nähe?«

Jana führte ihn in ein ruhiges Restaurant nahe der U-Bahn-Station. Im Grunde fand sie den Laden total spießig, aber was anderes war ihr nicht eingefallen. Zum Glück war in den Nachmittagsstunden kaum etwas los in dem Lokal. Die Geschäftsleute, die dort für gewöhnlich ihre Mittagspausen verbrachten, waren längst in ihre Büros zurückgekehrt.

Sie setzten sich an einen eingedeckten Tisch am Fenster und bestellten Kaffee, der ihnen von einem Kellner in bodenlanger Schürze serviert wurde. Michael Schöne lächelte sie ermutigend an.

»Du hast eine Anzeige wegen versuchter Vergewaltigung aufgegeben?«

Sie war baff. »Woher wissen Sie das?«

»Reiner Zufall, muss ich zugeben.« Er nippte an seiner Tasse. »Ein Kollege war wegen einer ganz anderen Sache in der Citywache. Zufällig kam das Gespräch auf Tieneck. Und dadurch auch auf dich.« Er schwieg eine Weile. »Die Anzeige ist fallen gelassen worden.«

Jana wandte sich ab. Das Ganze hätte längst vergessen sein sollen. Sie hatte keine Lust, darüber zu sprechen.

»Vielleicht ist ja gar nichts passiert«, sagte sie gelangweilt. »Vielleicht habe ich mir das alles nur ausgedacht.«

Nach der Beerdigung hatte Jana irgendwie geglaubt, dass dieser Schöne sie auf eine Weise verstand, die sie nicht begreifen konnte. Sie hatte geglaubt, dass er ein Seelenverwandter sei. Dass er wissen würde, was in ihr vorging, ohne dass viele Worte fallen mussten.

Aber das war natürlich Quatsch. Dieser Schöne war genauso ein Idiot wie alle anderen auch.

»Erzähl mir von deinem Vater«, forderte er sie auf.

Jana stöhnte lustlos. Wäre ich nur zum Geschichtsunterricht gegangen, dachte sie.

»Ich glaube, dass er kein sonderlich guter Vater war«, fuhr Schöne unbeirrt fort. »Das ist zumindest mein Gefühl. Täusche ich mich?«

»Ich war nun mal kein Junge. Und den hätte er sich gewünscht.«

»Hat er dir das übel genommen? Dass du kein Junge warst?«

»Nicht nur das. Ich war auf ganzer Linie eine Enttäuschung. Er hat sich einfach ein völlig anderes Kind gewünscht.«

»Was für eins?«

»Keine Ahnung. Ein Kind, das sich für Politik interessiert. Das sich von anderen nicht unterkriegen lässt. Ein Kind, das er ernst nehmen und mit dem er lustvoll streiten kann.« Sie blickte durchs Fenster ins Nichts. »Eigentlich wollte er einen Macker. So wie er selbst einer war. Einen, der den anderen sagt, wo's langgeht. Der ebenfalls Karriere in der Politik macht.«

Und nicht so ein träges und verweichlichtes Mädchen, dachte sie, das schlecht in der Schule ist und nicht schnell genug denken kann, um sich gegen andere zu wehren.

Er wollte kein Opfer als Kind.

Doch genau das war sie nun einmal. Und sie hasste sich dafür, genau so sehr, wie ihr Vater es getan hatte.

Michael Schöne rührte langsam mit dem Löffel in seiner Kaffeetasse. Es schien, als wäre er mit seinen Gedanken weit weg.

»Ich überlege«, sagte er, »ob es einen Grund dafür gab, dass dein Vater in der Unfallnacht mit dem Wagen von der Straße abgekommen ist. Vielleicht wollte er einem Hindernis ausweichen. Oder er wurde von der Straße gedrängt. Auch wenn es keine Spuren dafür gibt, heißt das nicht, dass es unmöglich ist.« Der Löffel in seiner Tasse erstarrte. Er sah auf. Sein Blick war durchdringend. »Hast du etwas mit diesem Unfall zu tun, Jana?«

»Nein! Ich habe nichts damit zu tun.«

Sie war fassungslos. War das sein Ernst? Sie hatte geglaubt, sie könne ihm vertrauen. Aber er sah sie jetzt genauso an wie ihre Mutter, als sie von dem Überfall auf dem Waldweg erfahren hatte. Oder wie diese Polizistin, die keine Anzeige gegen Unbekannt aufnehmen wollte.

Niemand glaubte ihr, ganz egal was sie sagte.

»Woher hätte ich denn wissen sollen, dass er da unterwegs ist? Und dann in diesem Auto, das ihm nicht gehört hat. Das ist doch totaler Quatsch.«

Schöne ließ seinen Blick unbeirrt auf ihr ruhen. »Stimmt. Wahrscheinlich ist es Quatsch.«

»Halten Sie mich etwa für eine Mörderin?«

»Nein«, sagte er. »Aber es gibt Umstände, in denen Menschen kopflos handeln. Da kann vieles geschehen, was ihnen später leidtut.«

Mir hätte es nicht leidgetan, schoss es ihr durch den Kopf.

Aber trotzdem wäre sie nie dazu imstande gewesen, ihren Vater umzubringen. Nicht, dass sie nie mit dem Gedanken gespielt hätte. Im Gegenteil. Sie hatte sich oft ausgemalt, wie es wäre, ihn zu töten. Ihn im Schlaf zu erstechen oder im Keller in der Sauna einzusperren. Aber so leicht war es nun mal nicht, einen Menschen zu ermorden. Schon gar nicht einen Vater, der sie mit einem einzigen Blick in die Knie zwingen konnte.

Und hätte sich dadurch überhaupt etwas geändert? Sie hatte ihn töten wollen, um frei zu sein. Sie hatte immer geglaubt, wenn er nur endlich fort wäre, dann würde sie Luft zum Atmen haben. Und nicht mehr in diesem Käfig sitzen, wo er jederzeit auftauchen und sie demütigen konnte.

Sie hatte geglaubt, frei sein zu können.

Aber bislang hatte sich nichts dergleichen eingestellt. Eine Art Erleichterung spürte sie, das musste sie zugeben. Doch Freiheit?

»Jana?« Schöne riss sie aus ihren Gedanken. »Alles klar?«

Sie nickte. »Natürlich. Tut mir leid.«

Er beugte sich zu ihr vor. »Was hast du an diesem Abend gesehen? Du bist diesen Weg gegangen, nicht wahr? Du warst in der Nähe des Unfallortes. Habe ich recht?«

Sie schob die Kaffeetasse von sich fort. »Mir ist nicht gut. Ich würde gern nach Hause gehen.«

Schöne schien zu überlegen, dann nickte er.

»Also gut. Reden wir ein andermal weiter.«

Er zog eine Karte mit seiner Durchwahl im Präsidium hervor und schrieb seine Privatnummer daneben.

»Ruf mich an, wenn du reden möchtest. Ganz egal zu welcher Zeit.«

Er winkte den Kellner herbei und zahlte.

Jana stand auf und zog ihre Jacke über. Gerade wollte sie sich abwenden, als Schöne noch etwas sagte.

»Du solltest dir überlegen, auf dieser Anzeige zu bestehen.«

Sie sah ihn irritiert an. »Wie bitte?«

»Die Anzeige gegen Unbekannt.« Ein freudloses Lächeln spielte um seine Mundwinkel. »Man muss sich wehren, Jana. Nur wer kämpft, hat eine Chance, die Dinge zu ändern.«

Auf dem Rückweg zum Präsidium dachte Michael über das Gespräch mit Jana nach. Inzwischen war er sich sicher, dass sie mit dem Tod ihres Vaters nichts zu tun hatte. Auch wenn sie sich verstockt gab, er traute ihr eine solche Tat nicht zu. Selbst eine Affekttat schloss er bei ihr aus.

Trotzdem. Irgendwie hatte er das Gefühl, dass dieses Mädchen noch eine Rolle spielen würde. Vielleicht wusste sie etwas über jene Nacht im Grunewald, das sie für sich behielt.

Er würde ein weiteres Mal mit ihr reden. Wenn etwas Zeit verstrichen war, hoffte er, würde er leichter einen Zugang zu ihr finden.

Im Präsidium fing ihn Wolfgang auf dem Flur ab.

»Wo warst du? Ich habe dich überall gesucht.«

»Ich habe mir die Beine vertreten. Bei dem schönen Wetter wollte ich meine Mittagspause ein bisschen verlängern.« Er deutete zum Zimmer der Sekretärin. »Ich habe Frau Schrade Bescheid gegeben. Hat sie nichts gesagt?«

Wolfgang blickte ihn skeptisch an. Er roch, dass Michael ihn anlog.

»Du wolltest doch, dass ich ein paar Überstunden abbaue, wenn es möglich ist«, schob Michael hinterher. »Oder etwa nicht?«

»Schon gut, schon gut«, brummte er.

Frau Schrade tauchte in der Tür auf.

»Herr Herzberger? Herr Jakob ist da und will dringend jemanden aus der Kommission sprechen.«

»Herr Jakob?«, fragte Wolfgang überrascht. »Hat er gesagt, was er will?«

»Ja. Er sagte, ihm wäre noch etwas eingefallen.«

20

Jenny musste nicht lange auf einen Vorwand warten, um unauffällig in Steinbachs Büro zu kommen. Noch am selben Abend sollte eine wichtige Pressemappe zum Büro des Fraktionsvorsitzenden gesandt werden, und da der Kurierdienst überlastet war, bot Jenny sich kurzerhand an, die Mappe persönlich vorbeizubringen. Steinbachs Büro lag ohnehin auf ihrem Heimweg, das wussten auch die Kollegen in der Kanzlei. Niemand schöpfte also Verdacht, im Gegenteil. Alle waren dankbar für das Angebot.

Mit etwas Glück wäre zu dieser späten Stunde keiner mehr dort, und sie könnte ungestört einen Blick in sein Büro werfen. Nach dem Treffen mit den Sekretärinnen hatte sie sich die Stichworte auf dem kleinen Zettel genauer angesehen. Mit dem Smartphone in der Hand hatte sie lange drüber nachgegrübelt. Und inzwischen glaubte sie deren Bedeutung zu kennen.

Unter Punkt eins hatte die Senatorin »Beweise an Presse / Glaubwürd.« geschrieben. Zweifellos wollte sie den Medien Informationen zuspielen, die Tieneck belastet hätten: seine ungeklärte Rolle im Bankenskandal, seine zwielichtigen Geschäfte mit der Berliner Baumafia und der Verkauf der landeseigenen Wohnungen. Bislang hatte niemand in der Partei von diesem Wissen Gebrauch gemacht, vermutlich weil Günther Tieneck selbst ausreichend belastbares Material über alle wichtigen Fraktions-

und Kabinettsmitglieder hatte, um jederzeit zu einem Gegenschlag ausholen zu können.

Doch was hatte sie mit »Glaubwürdigkeit« gemeint? Herwig-Stamm musste dafür sorgen, dass im Falle einer Auseinandersetzung Tienecks kraftvolle Waffen unbrauchbar wurden. Offenbar wollte sie ihn in der Öffentlichkeit als unglaubwürdig darstellen, sodass die Informationen, die er an die Presse weiterleiten konnte, weniger schwer wogen. Ein Spiel mit dem Feuer, dachte Jenny. Die Medien waren schwer zu lenken, und niemand konnte vorhersagen, ob solch ein Plan überhaupt glücken würde.

Doch wenn ihr das gelungen wäre, dann erklärte sich das zweite Szenario: »Immunität aufh.«. Offenbar hatte sie genug Material gegen Tieneck zusammengetragen, um die Strafermittlungsbehörden auf den Plan zu rufen, damit letztlich seine Immunität als Regierungsmitglied aufgehoben worden wäre.

Blieb nur noch der dritte Punkt auf der Liste. »Einschüchterung«. Womit hätte sich Tieneck einschüchtern lassen? In ihrer Phantasie malte sie sich alles Mögliche aus, doch ein realistisches und überzeugendes Szenario entwickelte sie dabei nicht.

Während sie mit dem Wagen zu Steinbachs Büro fuhr, dachte sie an Ludwig Staagenborg. Bestimmt wusste dieses Fossil der Landespolitik genau, wie das alles einzuordnen wäre. Vielleicht sollte sie ihn um Rat bitten? Er würde wissen, was Jenny mit all diesen neuen Erkenntnissen am besten anstellte.

Als sie sich mit dem Wagen dem Abgeordnetenhaus näherte, bemerkte sie, dass in Steinbachs Büro noch Licht brannte. Mist. Er war noch da. Einen Moment lang stand sie mit laufendem Motor mitten auf der Straße und blickte unschlüssig hinauf. Doch dann beschloss sie, ihre Niederlage hinzunehmen. Sie würde ein andermal Zugang zu seinem Büro bekommen, sagte sie sich, parkte den Wagen am Straßenrand und schnappte sich die Pressemappe.

Als der Pförtner sie kommen sah, verließ er seinen Platz, zückte einen gewaltigen Schlüsselbund und öffnete die Eingangstür. Sie wechselten ein paar Worte, dann betrat sie das Gebäude. An Steinbachs Vorzimmer angelangt klopfte sie an der Tür. Da niemand antwortete, trat sie einfach ein.

Im Innern war es dunkel. Die Sekretärin hatte bereits Feierabend gemacht. Jenny blickte hinüber zu Steinbachs Bürotür. Sie stand einen Spalt weit offen.

Da waren Stimmen im Nebenraum. Steinbach war nicht allein. Sie spähte zaghaft durch den Spalt. Auf der anderen Seite erkannte sie einen dunkel gekleideten Mann auf einem der Besucherstühle. Er hatte ein grobschlächtiges Gesicht, und sein Anzug wirkte billig. Steinbach selbst konnte sie nicht sehen.

Sie lauschte angestrengt, doch die Männer sprachen sehr leise, und sie verstand kaum mehr als Satzfetzen.

Sie versuchte, in dem wenigen einen Sinn zu erkennen und bemerkte dabei nicht, dass der Mann von seinem Stuhl aufstand. Plötzlich wurde die Tür aufgerissen, und Steinbach stand ihr gegenüber.

Er blickte sie überrascht an.

»Frau Noel?« Misstrauen schlich sich in seine Stimme.

»Was machen Sie denn hier im Dunkeln vor meinem Büro?«

Sie versuchte sich an einem Lächeln. »Ich wollte gerade anklopfen«, sagte sie und hielt die Umlaufmappe hoch. »Die hier wollte ich nur kurz vorbeibringen. Es geht um die neue Richtlinie für Angestellte des öffentlichen Dienstes. Sobald Sie die Erklärung abgezeichnet haben, kann sie an die Presse gehen.«

Steinbach bedachte sie mit einem nachdenklichen Blick. Bevor Jenny weiterreden konnte, tauchte der etwas unheimlich aussehende Mann hinter dem Fraktionsvorsitzenden auf.

»Ich gehe dann mal«, sagte er und drückte sich an Jenny vorbei ins Vorzimmer. »Mach's gut, Jürgen. Wir sehen uns.« Ohne Jenny überhaupt zu beachten, war er im Flur verschwunden.

Steinbach nahm die Mappe entgegen. »Das war alles?«, fragte er.

»Ja, das war alles. Ich mache jetzt Feierabend.« Jenny ging ein paar Schritte rückwärts. »Schönen Abend noch. Arbeiten Sie nicht zu lange!«

Steinbach nickte. Er verabschiedete sich, trat in sein Büro und schloss die Tür.

Jenny atmete tief durch. Das war gerade noch gut gegangen. Unschlüssig blickte sie auf seine Bürotür.

Es ist zu gefährlich, mahnte sie sich, trat aber dennoch vor und lauschte am Türblatt. Sie konnte Steinbach im Innern telefonieren hören. Seine Stimme war gedämpft, und sie verstand nur ein einziges Wort: Renate.

Er telefonierte mit Herwig-Stamm!

Es war eine einmalige Gelegenheit. Sie drückte ihr Ohr fest an die Tür, doch es half nichts. Es war nur ein gedämpftes Murmeln zu hören.

Eilig blickte sie sich im Vorzimmer um. Auf dem Schreibtisch der Sekretärin stand die Telefonanlage.

Ihr Herz machte einen Satz. Im Büro des Fraktionsvorsitzenden waren noch die veralteten Telefonanlagen installiert, die sie aus ihrer Zeit in der Landesgeschäftsstelle kannte. Bei den Geräten gab es noch kein Kontrolllämpchen, das aufleuchtete, wenn von einem anderen Apparat der Anlage mitgehört wurde.

Sie würde dem Gespräch folgen können, ohne dass Steinbach etwas davon bemerkte. Mit schweißnasser Hand griff sie nach dem Hörer.

Das leise Knacken, das in der Leitung entstand, als sie sich in das Telefonat einklinkte, schienen die beiden nicht zu bemerken. Weder Steinbach noch Herwig-Stamm horchten auf, als Jenny den Hörer ans Ohr legte. Sie redeten ganz einfach weiter.

»Was hat denn nun dein Mann gesagt?«, fragte Herwig-Stamm gerade. »Du hast doch eben mit ihm gesprochen. Hat er sich diesen Wahnsinnigen zur Brust genommen? Ist er ihn losgeworden?«

Steinbachs Stimme war ruhig. »Ja, es sieht so aus. Die Sache ist bereinigt. Wir können froh sein, dass es keine weiteren Konsequenzen gab.«

Herwig-Stamm seufzte schwer. »Ich hatte gedacht, man könnte sich auf ihn verlassen. Das hast du mir versichert. Mit diesen Komplikationen hatte ich wirklich nicht gerechnet.«

»Das Problem ist aus der Welt geschafft«, sagte Steinbach. »Dieser Wahnsinnige wird das Mädchen nicht mehr belästigen.«

»Bist du ganz sicher?«

»Ja, das bin ich. Weiß der Himmel, wieso mein Mann ausgerechnet diesen Wahnsinnigen engagiert hat. Doch er hat sich darum gekümmert, und es wird keinen weiteren Ärger mehr geben.«

Die Senatorin schwieg. Jenny glaubte ihr Unbehagen spüren zu können.

»Wir hätten das niemals tun dürfen«, sagte sie. »Wir haben eine Grenze überschritten. Um ein Haar hätten wir uns eines Verbrechens schuldig gemacht. Ich hätte dem niemals zustimmen dürfen.«

»Es ist nichts geschehen, Renate«, beruhigte er sie. »Jana Tieneck ist unversehrt. Ihr ist nichts zugestoßen, und es wird ihr auch in Zukunft nichts zustoßen. Es ist alles noch mal gut gegangen.«

Jenny stutzte. Was konnte die Tochter von Günther Tieneck mit dieser Sache zu tun haben? Vielleicht wollte Herwig-Stamm ein intimes Detail über sie an die Öffentlichkeit bringen, mutmaßte sie. Vielleicht ein Familiengeheimnis, das Günther Tieneck bloßgestellt und ihn für die Politik unmöglich gemacht hätte.

Doch weshalb hätte dem Mädchen etwas zustoßen können?

»Wir hätten Günther auch ohne diese Maßnahme bezwungen«, beharrte die Senatorin. »Es war falsch, dass wir diese Möglichkeit in Betracht gezogen haben.«

»Die Vergewaltigung ist missglückt.« Steinbachs

Stimme wurde härter. »Ein Mann ist dazwischengegangen, und das Mädchen konnte fliehen.«

»Aber er wollte es wieder versuchen. Nachdem wir den Auftrag zurückgezogen hatten. Er war wie besessen davon, das Ganze durchzuziehen. Wir haben einen Wahnsinnigen auf das Mädchen gehetzt. Da hätte alles Mögliche passieren können.«

»Es ist aber nichts passiert. Und jetzt lass gut sein, Renate. Bitte.«

Jenny traute ihren Ohren nicht. Sie wagte nicht zu atmen. Die beiden hatten einen Mann damit beauftragt, Jana Tieneck zu vergewaltigen? Sie hatten ihn auf die Tochter von Günther Tieneck gehetzt, mit dem Ziel, den Politiker zu erpressen? Sie musste sich verhört haben.

Das dritte Szenario auf dem Zettel: Einschüchterung. Das war es also gewesen, womit sie den Senator einschüchtern wollten. Sie wollten sich an seiner Tochter vergehen, um ihn zum Rücktritt zu bewegen…

»Es ist nichts geschehen«, sagte Steinbach. »Tieneck ist auf einem anderen Weg aus seinem Amt geschieden. Wir haben keine Schuld auf uns geladen.«

»Wahrscheinlich hast du recht mit dem, was du sagst. Wir sollten Vergangenes vergangen sein lassen. Konzentrieren wir uns auf das politische Geschäft. Damit haben wir genug zu tun.«

Jenny konnte nicht glauben, dass dies in der Partei geschah, der sie aus tiefer innerer Überzeugung angehörte. Es war ein Skandal.

Sie würde mit Staagenborg reden müssen. Gleich am nächsten Tag wollte sie zu ihm gehen. Und danach musste sie zu Hans Brohr. Auch er sollte wissen, was da im Namen der Partei geschehen war.

Steinbach und Herwig-Stamm beendeten das Telefonat.

Jenny legte ebenfalls auf. Sie blickte sich um und huschte eilig aus dem Vorzimmer. Unten winkte sie dem Pförtner noch einmal zu, dann trat sie auf die Straße und atmete die frostige Nachtluft ein.

Die Kälte klärte den Kopf. Sofort fühlte sie sich ein wenig besser. Sie ging zu ihrem Wagen, stieg ein und startete den Motor. Sie wollte zunächst nach Hause fahren und darüber nachdenken, was sie gehört hatte. Morgen würde sie weitersehen.

Sie bemerkte nicht, dass Steinbach am Fenster stand und ihr nachdenklich hinterherblickte.

Jenny konnte nicht wissen, dass in den Fraktionsbüros schon vor einiger Zeit modernere Telefone installiert worden waren. Auch Steinbachs Vorzimmerdame würde ihren Apparat am nächsten Morgen wiederbekommen. Nach der Reparatur. Das alte Telefon hatte sie nur vorübergehend als Ersatz erhalten, weil es immer noch funktionierte.

Im gleichen Moment, in dem Jenny den Hörer abgenommen hatte, war ein kleines Lämpchen auf Steinbachs Anlage aufgeleuchtet. Er hatte es während des Telefonats nicht bemerkt, denn er hatte dem Apparat den Rücken zugekehrt. Erst als er den Hörer hatte auflegen wollen, war ihm klar geworden, dass vom Nebenraum mitgehört worden war.

Doch da war es bereits zu spät gewesen.

Thomas Jakob wurde von den beiden Kommissaren freundlich in Empfang genommen.

»Ihnen ist also noch etwas eingefallen?«, fragte Wolfgang und bot ihm einen Platz an.

»Ja, und ich denke, es könnte wichtig sein.«

Jakob setzte sich, öffnete seine Tasche, holte eine Karte heraus und faltete sie umständlich auseinander.

»Da war ein Mann mit einem Hund«, murmelte er und versuchte sich auf der Karte zu orientieren. »Ich habe ihn nach dem Weg gefragt, als ich mich verfahren habe. Er stand am Straßenrand.«

»Ich erinnere mich«, sagte Wolfgang. »Und weiter?«

Thomas Jakob breitete die Karte auf seinem Schreibtisch aus. Michael trat zu Wolfgang an den Tisch und blickte ihm über die Schulter. Es war eine Übersicht über den Grunewald, auf der neben den Straßen auch Wanderwege eingezeichnet waren.

»Ich habe es mir auf dieser Karte noch einmal angesehen.« Jakob deutete auf den Hüttenweg, einen Fingerbreit unterhalb des Jagdschlösschens. »Sehen Sie, genau hier muss ich diesem Mann begegnet sein. Da habe ich gewendet, und in diesen Waldweg bin ich danach eingebogen.«

Er zeigte auf eine dünne Linie, die blassrosa vom Hauptweg abführte.

»Wenn ich hier entlanggefahren bin«, sagte er und fuhr mit dem Finger über die Karte, »und wenn dort unten der Unfall war …« Er blickte auf. »Verstehen Sie, worauf ich hinauswill?«

Wolfgang nickte bedächtig. »Sie meinen, falls dieser

Mann, den Sie nach dem Weg gefragt haben, die Straße nicht verlassen hat, dann müsste er den Unfallort passiert haben.«

Jakob sah von einem zum anderen. »Ich habe mich doch in der Hypnose an ein Hundebellen erinnert«, sagte er. »Das muss der Hund von diesem Mann gewesen sein. Zumindest wäre das gut möglich. Er müsste den Unfall gesehen haben.«

Wolfgang betrachtete nachdenklich die Karte.

Die Zwischentür öffnete sich, und Frau Schrade betrat das Zimmer. »Entschuldigen Sie die Störung. Ich benötige eine Unterschrift.«

Sie reichte Wolfgang ein Schreiben, das dieser neben die aufgeschlagene Karte legte und unterzeichnete. Dann huschte sie eilig zurück nach nebenan.

Wolfgang wandte sich wieder der Karte zu.

»Ich weiß nicht«, meinte er. »Was denkst du, Michael?«

»Da sind sehr viele Jagd- und Wanderwege. Und wer nachts mit einem Hund dort spazieren geht, wird nach Möglichkeit Abstand von der Hauptstraße halten. Die ist im Dunkeln viel zu gefährlich. Sollte der Zeuge von dort aus einen der ruhigeren Wege genommen haben, dann hätte er sich in jedem Fall vom Unfallort entfernt.«

Wolfgang nickte. »Das halte ich auch für wahrscheinlich.«

»Aber es hat ein Hund gebellt«, beharrte Jakob. »Ganz in der Nähe. Es wäre doch eine Möglichkeit.«

Die Kommissare blickten sich an.

»Können Sie den Mann beschreiben?«, fragte Wolfgang.

Thomas Jakob beschrieb diesen Zeugen überraschend detailliert, und das, obwohl das Ereignis inzwischen mehrere Wochen zurücklag.

»Also gut«, sagte Wolfgang schließlich. »Könnten Sie mir die Frau beschreiben, die gerade aus dem Büro gegangen ist?«

»Ihre Sekretärin?«, fragte Jakob erstaunt.

Wolfgang nickte.

»Natürlich kann ich das.« Er schloss die Augen und dachte nach. »Sie ist circa eins siebzig groß und schlank. Eher dürr, wenn ich das sagen darf. Sie hat blonde, halblange Haare. Eine Dauerwelle. Dann trägt sie noch eine Brille, hat blaue Augen und eine schmale, spitze Nase. An der Brille sind kleine Strasssteinchen, wie sie in den Siebzigern modern waren.« Er sah auf. »Soll ich weitermachen?«

Ein Lächeln tauchte in Wolfgangs Gesicht auf.

»Nein, schon gut«, sagte er. »Das reicht mir.«

»Könnten Sie sich vorstellen, gemeinsam mit einem Kollegen die Beschreibung dieses Mannes auszuarbeiten?«, fragte Michael. »Es wäre ein Kollege, der sich auf die Anfertigung von Phantombildern spezialisiert hat.«

Jakob schien begeistert. »Ein Phantombild? Natürlich kann ich mir das vorstellen. Ist doch spannend!«

Michael musste über den Eifer lächeln, mit dem dieser Jakob jede polizeiliche Maßnahme mitmachte.

»Könnten Sie draußen kurz Platz nehmen?«, fragte Wolfgang. »Ich werde mich mit dem besagten Kollegen in Verbindung setzen. Wenn wir Glück haben, können wir gleich loslegen. Ein Streifenwagen könnte Sie zum LKA hinüberfahren.«

Jakob grinste. »Hervorragend. Ich warte draußen.«

Nachdem er die Tür hinter sich geschlossen hatte, rief Wolfgang in seinem Computer die Telefonliste vom LKA auf.

»Du willst wirklich ein Phantombild von diesem Spaziergänger anfertigen lassen?«, fragte Michael.

Wolfgang hatte die Durchwahl des Spezialisten gefunden.

»Es ist die einzige Chance«, sagte er. »Wenn bei diesem Autounfall Fremdeinwirken vorliegt und dieser Zeuge irgendetwas beobachtet hat, dann will ich keine Mühen scheuen.«

Mit diesen Worten nahm er den Hörer und wählte die Durchwahl des Spezialisten beim LKA.

21

Noch am selben Abend konnte das Phantombild angefertigt werden. Es lag bereits in seinem Posteingangsfach, als Wolfgang am nächsten Morgen das Büro betrat. Ein Mann um die sechzig mit einem äußerst prägnanten Gesicht. Es würde nicht schwer sein, ihn ausfindig zu machen. Er beschloss, für den Bereich rund um den Grunewald eine ortsbezogene Fahndung einzuleiten.

Zunächst machte er ein paar Kopien, dann legte er eine Skizze des Ereignisortes und eine Kurzfassung der Zeugenaussage dazu, ging damit zum Faxgerät und packte die Unterlagen in den Einzug.

Aus dem Computer suchte er die Faxnummer des zuständigen Kollegen vom Dezernat 2 heraus und schickte die Unterlagen ab. Dann nahm er sein Telefon, wählte die Durchwahl des Kollegen und erklärte ihm die Situation persönlich.

»Das Fax müsste gleich ankommen«, sagte er. »Der Gesuchte ist Zeuge in einer Ermittlung. Er wurde in der fraglichen Nacht mit seinem Hund in der Nähe des Ereignisorts gesehen. Eine genaue Beschreibung ist dabei. Die Kollegen sollen sich das Bild ansehen und die Augen offen halten. Das Gleiche gilt für die Verkehrskontrollen.«

»Kein Problem«, sagte der Kollege. »Das Fax kommt gerade an. Ich werde eine Personenfahndung einleiten und melde mich, wenn sie irgendetwas ergeben hat.«

Wolfgang dankte ihm und legte auf.

Nachdenklich blickte er zur Uhr. Es war bereits acht, die morgendliche Besprechung würde gleich beginnen. Er nahm seine Unterlagen und trat in den Flur. Am Treppenhaus entdeckte er Michael, der gerade die Glastür aufdrückte.

»Das hast du ja gerade noch geschafft«, begrüßte Wolfgang ihn. »Keine Sekunde zu früh.«

»Ich bin mit der U-Bahn gekommen«, verteidigte er sich. »Mein Wagen ist nicht angesprungen. Hat die Sache mit dem Phantombild noch was ergeben?«

»Wir haben ein gutes Porträt. Ich habe es schon an die Kollegen weitergeleitet. Aber jetzt beeil dich. Wir fangen gleich an.«

Wolfgang ging weiter zum Besprechungsraum.

Michael hängte seinen Mantel an den Haken und warf einen kurzen Blick in sein Posteingangsfach. Wolfgang hatte ihm eine Kopie des Phantombilds hineingelegt.

Er nahm die Zeichnung heraus und betrachtete sie. Dann legte er das Blatt beiseite und griff nach dem Hörer. Die Nummer von Familie Tieneck hatte er mit einem Bleistift auf seine Schreibtischunterlage notiert. Er wählte sie und wartete auf das Freizeichen.

Vielleicht hatte Jana diesen Mann in der Unfallnacht gesehen. Er wollte ihr zumindest das Bild zeigen und beobachten, wie sie reagierte. Vielleicht stimmte, was das Mädchen sagte, und sie war tatsächlich mit dem Hund am See gewesen. Doch allzu schnell wollte er sich mit diesen Antworten nicht zufriedengeben.

Margot Tieneck ging nach dem dritten Klingeln an den

Apparat. Ihre Stimme klang säuerlich und ein wenig schroff, und Michael fragte sich, ob sie Ärger mit ihrer Tochter hatte.

»Ich würde gern noch einmal mit Jana sprechen«, sagte er. »Ist sie noch zu Hause? Oder schon auf dem Weg zur Schule?«

Margot Tieneck seufzte schwer. »Ich fürchte, sie ist weder hier noch in der Schule zu erreichen.«

»Was bedeutet das? Ist sie etwa verreist?«

»Sie ist verschwunden«, presste sie hervor.

Michael traute seinen Ohren nicht.

»Ich weiß nicht, was sie sich dabei gedacht hat«, fügte sie hinzu. »Gestern Abend war sie auf einer Schulveranstaltung. Ich habe nicht auf sie gewartet und bin früh zu Bett gegangen. Heute Morgen war sie nicht mehr da, und das Bett war unberührt. Abgemeldet hat sie sich nicht.«

»Ist es möglich, dass sie bei einer Freundin übernachtet hat?«

»Ich weiß es nicht, möglich ist vieles. Aber ich bin ziemlich sauer, das kann ich Ihnen sagen. Wenn sie wiederkommt, dann gnade ihr Gott.«

Michael beendete das Gespräch.

Jana Tieneck war also verschwunden. Auch wenn ihre Mutter sich keine großen Sorgen zu machen schien, ihn beunruhigte diese Tatsache. Ein ungutes Gefühl erfasste ihn. Es war wie eine Vorahnung.

Er konnte nur hoffen, dass ihre Mutter recht behielt und dem Mädchen nichts zugestoßen war.

Die Schulglocke ertönte zweimal. Es dauerte nicht lange, da wurden die Eingangstüren von innen aufgedrückt, und Kinder strömten massenweise hinaus auf den Schulhof. Die große Pause hatte begonnen.

Michael stand abseits auf einem Parkplatz, der an das Schulgelände grenzte. Er lehnte sich gegen den alten Astra, mit dem er gekommen war. Der einzige Dienstwagen, den er so kurzfristig bekommen konnte. Unschlüssig blickte er zu den Schülern hinüber, die lärmend auf den Hof stürmten. Er wusste nicht, worauf er noch wartete. Jana war an diesem Morgen nicht in der Schule erschienen, das hatte er bereits im Lehrerzimmer erfahren. Sie hatte sich weder offiziell abgemeldet, noch hatte sie einem Mitschüler Bescheid gegeben. Sie war ganz einfach nicht erschienen. Niemand wusste, wo sie war.

Plötzlich entdeckte er in der Menge ein bekanntes Gesicht. Es war der Junge, den er bereits bei seinem ersten Besuch in der Schule gesehen hatte. Er hatte sich mit Jana unterhalten wollen, aber die hatte ihn fortgejagt. Michael glaubte sich auch an seinen Namen zu erinnern: Tim.

Er beobachtete, wie der Junge hinüber zur Turnhalle schlich. Dort blickte er kurz zurück und vergewisserte sich, dass ihn die Pausenaufsicht nicht sehen konnte. Dann verließ er rasch das Schulgelände und verschwand auf einem Weg hinter den Sträuchern.

Michael zögerte nicht lange. Er ging ihm hinterher.

Es war eine Sackgasse, die bis zur Brachfläche unterhalb der Autobahn reichte. Tim hatte sich etwas abseits auf eine Bank in die Sonne gesetzt. Er streckte die Beine von sich und zündete eine Zigarette an. Tief inhalierend schien er für einen Moment die Zeit zu vergessen, dann schlug er den Kragen hoch und verschränkte die Arme.

Michael steuerte auf ihn zu.

»Darfst du so einfach das Schulgelände verlassen?«

Der Junge blickte überrascht auf.

»Geht Sie das was an?«

Michael lächelte. Er verschränkte die Arme.

»Auf dem Schulgelände ist Rauchverbot«, sagte der Junge. »Außerdem bin ich achtzehn. Ich kann tun und lassen, was ich will.«

»Natürlich«, sagte Michael und blieb vor der Bank stehen. »Du bist Tim, nicht wahr?«

Der Junge zog die Stirn in Falten.

»Ich habe dich mit Jana auf dem Schulhof gesehen. Ich gehöre zu den Polizisten, die den Tod von Günther Tieneck untersuchen.« Er deutete zur Schule hinüber. »Eigentlich bin ich hier, weil ich mit Jana sprechen wollte, aber ich kann sie nicht finden. Hast du sie heute schon gesehen?«

»Nein«, sagte Tim. »Ich glaube auch nicht, dass sie heute überhaupt da war. Ich habe sie weder in Mathe noch in Französisch gesehen. Die beiden Kurse haben wir gemeinsam.«

»Zu Hause ist sie auch nicht.« Michael blickte ihn forschend an. »Tim, hast du vielleicht eine Ahnung, wo ich sie finden könnte? Es ist wichtig.«

Er schüttelte den Kopf. »Nein. Tut mir leid.«

Michael dachte kurz nach. »Darf ich mich setzen?«

Der Junge zuckte die Achseln, und Michael setzte sich neben ihn.

»Du magst Jana, nicht wahr?«

Tim sagte eine Weile nichts, dann blies er den Rauch in die kühle Luft, schnippte die Kippe weg und seufzte.

»Jana steht nur auf Arschlöcher«, sagte er. »Wenn ein Typ sie nicht wie ein Stück Scheiße behandelt, dann will sie nichts mit ihm zu tun haben. Verstehen Sie das? Nette Kerle interessieren sie nicht.«

Michael nickte verständnisvoll. Er ließ sich Zeit mit der nächsten Frage. »Wart ihr einmal zusammen?«

Tim lachte freudlos. »Nein, waren wir nicht. Wir haben nur auf einer Party herumgeknutscht. Das war auch schon alles.« Bitter fügte er hinzu: »Jana war wohl ziemlich besoffen.«

»Wie gut kennst du sie denn?«

»Seit der Siebten sind wir zusammen in einer Klasse. Und auch jetzt in der Oberstufe haben wir viele Kurse gemeinsam. Da weiß man schon eine Menge übereinander, denke ich. Auch wenn sie so tut, als würde sie mich nicht weiter kennen.«

»Glaubst du, Jana fühlt sich wohl an der Schule?«

Die Antwort kam zögernd. »Sie wird nicht gut behandelt von den anderen. Die Mädchen zerreißen sich das Maul über sie, und die Jungen interessieren sich nur dann für sie, wenn sie Jana flachlegen wollen. Ich glaube nicht, dass sie hier sehr glücklich ist.«

»Jana ist seit gestern Abend verschwunden«, sagte Michael. »Hast du eine Idee, wo sie sein könnte?«

Tim schloss für einen Moment die Augen und atmete durch.

»Könnte es sein, dass sie sich etwas angetan hat?«, hakte Michael nach.

Tatsächlich schien Tim von der Frage nicht überrascht zu sein. »Ich habe keine Ahnung«, seufzte er.

»Hat sie schon mal von Selbstmord gesprochen? Oder irgendeine Andeutung gemacht?«

Tim blinzelte gegen das Sonnenlicht. »Es gab da mal einen Vorfall«, sagte er unsicher. »Auf der Damentoilette. Jana hat wohl Tabletten genommen. Aber sie wurde von einer Lehrerin gefunden, und so ist nichts passiert. Es hat eine Menge Stress gegeben deshalb.«

Michael hatte schon mit so etwas gerechnet.

»Wie lange ist das her?«

»Etwas mehr als ein Jahr. Sie war eine Zeit lang in Behandlung, und danach schien es, als wäre das alles kein Thema mehr.«

»Gibt es jemanden, der darüber Bescheid weiß? Vielleicht jemand aus der Jahrgangsstufe?«

Tim schüttelte langsam den Kopf. »Im Grunde hat Jana keine engen Freunde hier an der Schule. Es gibt ein paar Jungen, mit denen sie abhängt, doch ich glaube nicht, dass die irgendetwas Persönliches über sie wissen.«

Michael nickte knapp und stand auf.

Er würde nochmals bei Margot Tieneck vorbeischauen. Vielleicht hatte sie wider Erwarten inzwischen etwas von ihrer Tochter gehört.

»Kann ich denn irgendwie helfen?«, fragte Tim.

Michael gab ihm seine Karte. »Wenn du etwas von Jana hörst oder wenn sie hier in der Schule auftaucht, dann ruf mich bitte sofort an.«

Er ließ den Jungen auf der Bank zurück, ging zu seinem Wagen und startete den Motor.

Wenige Minuten später hatte er die Villa am Grunewald erreicht. Er hielt direkt in der Auffahrt und läutete am Tor. Margot Tieneck drückte den Summer und ließ ihn damit aufs Grundstück. Sie selbst blieb an der Haustür stehen und wartete.

Auf dem Weg zum Gebäude bemerkte Michael einen schwarzen Corsa, der auf dem Kiesweg stand. Das Nummernschild sprang ihm sofort ins Auge: B-AD-777. Er erinnerte sich an die Beschreibung, die Thomas Jakob unter Hypnose gegeben hatte. Ein dunkler Kleinwagen sei am Unfallort gewesen, auf dessen Nummernschild sich ein A und eine Null befunden hätten.

Michael fragte sich, ob es möglich war, dass Jakob ein D für eine Null gehalten hatte. Ein kleiner Fehler, der bei der Entfernung zum Wagen durchaus denkbar wäre.

Margot Tieneck zog ihre Strickjacke eng um den Körper und blickte Michael abweisend an.

»Haben Sie in der Zwischenzeit etwas von Jana gehört?«, begrüßte er sie.

»Nein«, sagte sie konsterniert. »Ich habe nichts gehört. Und wenn sie klug ist, dann wartet sie auch noch ein paar Stunden, bevor sie sich meldet. Vielleicht ist dann meine Wut ein wenig verraucht.«

»Machen Sie sich denn gar keine Sorgen?«

Margot Tieneck seufzte schwer. »Sie macht das doch nur, um sich wieder in den Mittelpunkt zu stellen. Ich weiß auch nicht, was ich bei dem Kind falsch gemacht habe. Aber das ist typisch für sie, dass sie einfach davonläuft, wenn ihr etwas nicht passt.«

»Was hat ihr denn nicht gepasst?«

Sie machte eine wegwerfende Handbewegung. »Wir haben uns gestern Abend gestritten. Und sie hat sich nicht durchsetzen können.«

»Worum ging es dabei?«

Sie sah kühl auf ihn herab.

»Ich glaube kaum, dass Sie das etwas angeht.«

»Es könnte doch etwas passiert sein. Was, wenn Jana was zugestoßen ist?«

»Sie kennen Jana nicht«, erwiderte sie knapp. »Das Mädchen macht so was, um mich zu ärgern. Sie sitzt wahrscheinlich gerade bei einem dieser Jungen, die sie wie ihre Unterhemden wechselt, und lacht sich über mich tot.«

Mit einem hatte die Frau recht, dachte Michael. Er kannte Jana tatsächlich nicht. Trotzdem wurde seine Befürchtung, sie könnte sich etwas angetan haben, immer größer. Hier stimmte definitiv etwas nicht.

»Dort steht ein schwarzer Corsa auf der Einfahrt«, sagte er. »Gehört der Wagen Ihnen?«

Sie schüttelte den Kopf. »Er gehört Jana.«

Er sah sie überrascht an. »Jana?«

»Sie wird in einem Monat achtzehn. Den Führerschein hat sie bereits gemacht, und der Wagen sollte das Geschenk zu ihrer Volljährigkeit sein. Ihr Vater wollte es so.«

Michael erreichte das Präsidium um halb zwölf. Als er auf den Flur der dritten Etage trat, standen Wolfgang und zwei Kollegen im Korridor und diskutierten miteinander. Michael grüßte, doch sie nickten nur knapp, wandten sich dann ab und gingen eilig in ihre Büros.

Mit einem Stirnrunzeln öffnete er seine Zimmertür. Anke saß über eine Akte vertieft und stopfte dabei gedankenverloren Gummibärchen in sich hinein. Sie schien gar nicht bemerkt zu haben, dass Michael eingetreten war.

»Ist hier irgendetwas passiert?«, fragte er mit Blick auf den Flur.

Anke sah von der Akte auf. »Sie haben den Mann vom Phantombild. Den mit dem Hund.«

»Das ging ja schnell.«

»Ja. Das Phantombild ist an die Streifenbeamten vor Ort gegangen. Und siehe da, das Bild zeigte den Leuten ein altbekanntes Gesicht. Der Mann wohnt in einer abgelegenen Hütte im Grunewald. Er ist nicht gemeldet, wird da aber geduldet. Die Kollegen sehen ab und zu bei ihm nach dem Rechten.«

»Ist er schon befragt worden?«, wollte Michael wissen.

»Nein. Ein Streifenwagen bringt ihn gerade hierher.« Damit wandte sie sich wieder der Akte zu. »Gleich werden wir mehr wissen«, murmelte sie.

Michael blieb unschlüssig im Raum stehen.

»Hat Jana Tieneck sich hier gemeldet?«, fragte er.

Anke sah mit leichter Verwirrung auf. »Weshalb sollte sie das tun?«

»Keine Ahnung. Sie ist von zu Hause ausgerissen. Bei unserem letzten Treffen hatte ich das Gefühl, sie vertraut mir.«

»Hier hat sich keiner gemeldet, tut mir leid.«

Michael ging hinüber zu Wolfgangs Büro, um über Jana zu sprechen. Als er anklopfte, drang aus dem Innern ein missmutiges Brummen. Wolfgang hatte sicher gerade keinen Kopf für so was, aber Michael wollte es trotzdem versuchen.

Er öffnete die Tür und trat ein.

»Jana Tieneck ist seit gestern Abend verschwunden«, sagte er. »Wenn du nichts dagegen hast, würde ich sie zur Fahndung ausschreiben. Ich mache mir ein wenig Sorgen.«

»Eine Fahndung?« Wolfgang zog verwundert eine Augenbraue hoch.

»Das Mädchen ist wahrscheinlich depressiv. Vor einiger Zeit hat sie einen Suizidversuch unternommen. Ich halte es nicht für ausgeschlossen, dass sie es wieder versucht.«

»Was heißt denn vor einiger Zeit? Hast du Anhaltspunkte dafür, dass sie konkret gefährdet ist?«

»Nein, das nicht. Aber es besteht die Möglichkeit.«

»Hat sie einen Brief hinterlassen oder eine Bemerkung fallen lassen, die jemanden stutzig gemacht hat?«

»Nein. Hat sie nicht.«

»Und was sagt die Mutter dazu?«

Michael seufzte resigniert. »Sie glaubt, dass Jana sie nur ärgern will. Trotzdem. Ich habe das Gefühl, dass mehr dahintersteckt.«

»Und du willst gleich eine Fahndung ausschreiben?«

»Ich denke, das könnte …«

Weiter kam er nicht. Unruhe machte sich im Flur breit. Zwei Streifenbeamte waren aufgetaucht, in ihrer Mitte ein alter Mann in einem schmutzigen Parka. Michael erkannte ihn sofort. Es war der Mann von dem Phantombild.

»Herr Herzberger?«, rief einer der Beamten.

Wolfgang drückte sich an Michael vorbei, ging in den Flur und begrüßte die Kollegen. Er bat sie, schon mal im Vernehmungsraum Platz zu nehmen, dann ging er zurück in sein Büro und nahm seine Unterlagen vom Schreibtisch.

»Was ist jetzt mit der Fahndung?«, fragte Michael.

Wolfgang blickte ihn unwillig an. »Wir reden später darüber«, sagte er und folgte den anderen in den Vernehmungsraum.

Michael blieb ratlos im Türrahmen stehen und blickte ihm nach. Anke tauchte auf, stieß ihm in die Rippen und grinste.

»Komm, das sehen wir uns an«, sagte sie. »Der Typ ist die letzte Chance. Wenn von dem auch nichts kommt, werden die Ermittlungen morgen endgültig eingestellt.«

Widerwillig ließ sich Michael in den Beobachtungsraum ziehen. Während Anke sich an den Vernehmungsspiegel stellte, ging er zum Automaten und zog sich einen Becher Kaffee.

»Michael!«, sagte sie vorwurfsvoll. »Ich habe doch im Büro gerade einen frisch gekocht.«

Wolfgang führte die Befragung. Er setzte sich dem Mann am Vernehmungstisch gegenüber. Der Zeuge hieß Anton Döbler. Seine Hütte befand sich etwa zwei Kilometer oberhalb des Unfallortes am Grunewaldsee. Die Unterkunft war im Prinzip nicht als Dauerwohnsitz geeignet, doch die Kollegen vor Ort drückten da ein Auge zu.

»Kann sein, dass er manchmal ein wenig ruppig wirkt«, hatte einer der Streifenpolizisten erklärt, bevor sie ihn in den Vernehmungsraum gebracht hatten. »Trotzdem ist er ein durch und durch anständiger Kerl.«

Dieses Urteil hätte Michael nicht ohne Weiteres unterschrieben. Döbler blickte die Kollegen feindselig an, antwortete knapp und einsilbig und gab zu Beginn der Befragung demonstrativ vor, sich gar nicht mehr an den Unfallabend zu erinnern.

Erst als Wolfgang auf Thomas Jakob zu sprechen kam, den Autofahrer, der nach dem Weg zum Jagdschlösschen gefragt hatte, kam Bewegung in das Gespräch.

»An diesen Städter erinnere ich mich tatsächlich«, murrte Döbler. »Ich hab ihm ganz genau gesagt, wo er abbiegen soll, und dann fährt der Idiot einfach an der Abfahrt vorbei.«

»Sie erinnern sich also daran«, stellte Wolfgang fest. »Können Sie mir sagen, in welche Richtung Sie weitergegangen sind, nachdem dieser Städter verschwunden war?«

Döbler schien eine Weile darüber nachdenken zu müssen. »In südliche Richtung«, sagte er dann bestimmt. »Allerdings bin ich nicht die Straße entlanggegangen. Ich bin durch den Wald. Es wurde mir zu gefährlich da oben in der Dunkelheit. Am Ende wird man noch überfahren, wissen Sie.«

»Kurz nachdem Sie den Städter getroffen haben, hat sich auf dem Hüttenweg ein Unfall ereignet. Können Sie sich daran erinnern? Sie müssen ganz in der Nähe gewesen sein.«

»Ein Unfall?« Der Mann kratzte sich an den Bartstoppeln. »O ja, einen Unfall hat es gegeben. Ich kann mich daran erinnern. Aber es ist ja nichts passiert, nicht wahr? Ich habe mich nicht weiter drum gekümmert.«

Die Kollegen tauschten einen irritierten Blick.

»Was meinen Sie damit: Es ist nichts passiert?«

»Es hat einen furchtbaren Knall gegeben, den habe ich wohl gehört. Selbst die kleinsten Auffahrunfälle hören sich ja ganz schrecklich an. Es macht einen entsetzlichen Lärm, wenn Blech beult. Ich bin zur Straße hoch, um nachzusehen. Aber dem Wagen ist nichts geschehen. Er ist ja sofort weitergefahren. Deshalb bin ich einfach wieder in den Wald und bin weitergegangen.«

Wolfgang fragte irritiert: »Sie wissen gar nichts davon?«

»Wovon genau weiß ich nichts?«

»Günther Tieneck ist an diesem Abend tödlich verunglückt.«

Döbler blickte begriffsstutzig von einem zum anderen.

»Wer ist Günther Tieneck?«

»Der Innensenator. Die ganze Stadt spricht davon. Haben Sie das gar nicht mitbekommen?«

»Ich habe weder Fernsehen noch Radio. Und eine Zeitung bekomme ich auch nur selten zu Gesicht.«

»Günther Tieneck war Innensenator von Berlin. An diesem Abend ist er am Hüttenweg tödlich verunglückt. Und Sie waren nur wenige Meter von der Unfallstelle entfernt.«

Michael blickte nachdenklich durch den Spiegel. Er

verstand jetzt, weshalb dieser Döbler nichts von dem Unfall gesehen hatte. Der Wagen war von seiner Position aus gar nicht zu sehen gewesen. Döbler hätte die Straße überqueren und auf der anderen Seite Ausschau halten müssen. Er musste ein anderes Auto gesehen haben.

»Aber ich habe doch extra nachgesehen«, verteidigte er sich. »Was immer bei dem Knall passiert ist, der Wagen konnte danach noch fahren. Deshalb dachte ich, es wär nicht so schlimm gewesen.«

»Was meinen Sie damit: Der Wagen konnte noch fahren?«

»Das Auto hatte mich kurz zuvor überholt. Ich habe noch gedacht, der ist wahnsinnig, ohne Licht durch den Wald zu fahren. Da fordert man das Schicksal ja heraus. Dann war das Auto hinter einer Kurve verschwunden. Und zack: der Knall. Als hätt ich es geahnt. Ich bin zur Straße hoch und dann weiter bis zur Biegung. Der Wagen stand am Straßenrand. Ich habe nicht gesehen, wogegen er gefahren ist. Doch dann gingen die Scheinwerfer an, und der Wagen fuhr weiter.«

Einen Moment lang herrschte Stille im Vernehmungsraum. Auch auf der anderen Seite des Spiegels hielten sie die Luft an. Michael starrte den Zeugen ungläubig an.

Wolfgang fand seine Stimme wieder.

»Der Wagen hatte kein Licht, sagen Sie?«

»Ganz richtig. Er ist einem anderen Wagen hinterhergefahren. Ich habe erst nur den einen Wagen gesehen, der hatte nämlich Licht. Den zweiten habe ich erst bemerkt, als er schon vorbei war, und ich war gottfroh, die Straße rechtzeitig verlassen zu haben.«

»Können Sie die beiden Wagen beschreiben?«

Döbler machte ein skeptisches Gesicht. »Ich kenne mich mit Autos nicht besonders gut aus. Außerdem war da nur das bisschen Mondlicht.«

»Versuchen Sie es bitte.«

»Der erste war ein Kombi, so viel weiß ich noch. Es war ein altes Modell, und der Motor hat geknattert. Aber beschwören könnte ich das nicht.«

»Das war der Wagen von Tieneck«, flüsterte Anke.

»Den zweiten habe ich kaum gesehen. Ein Kleinwagen. Dunkel, würd ich sagen, vielleicht grau oder braun oder dunkelblau. Aber vielleicht lag es auch einfach an der Nacht.«

Niemand sagte etwas. Im Beobachtungsraum blickten alle ungläubig durch den Spiegel.

Ein zweiter Wagen ohne Licht. Er war Tieneck dicht gefolgt, trotz der hohen Geschwindigkeit. Hinter einer Kurve kam es dann zu einem Unfall.

»Ein unsichtbares Auto«, flüsterte Anke neben ihm. »Und Tieneck denkt, er ist allein auf der Straße.«

Der Senator hatte die Kontrolle über seinen Wagen verloren. Das hatten sie bei der Unfallrekonstruktion erfahren.

»Was muss geschehen, um einen betrunkenen Fahrer zu erschrecken?«, fragte er. »Nur für einen kurzen Augenblick.«

»Nicht viel«, murmelte Anke. »Das ist sicher.«

Tieneck hatte gar nicht von der Straße abgedrängt werden müssen. Ein plötzliches Hupen hätte in diesem Fall schon gereicht. Oder das Aufblenden der Scheinwerfer. Tieneck hatte dann die Kontrolle über den Wagen verloren und war von der Straße abgekommen.

»Herr Herzberger! Ich muss Sie leider stören.«

Frau Schrade war im Vernehmungsraum aufgetaucht. Wolfgang entschuldigte sich bei Döbler und ging mit der Sekretärin in den Flur. Anke und Michael folgten ihnen neugierig.

»Wir sind hier sehr konzentriert, Frau Schrade. Was gibt es denn?«

Sie seufzte. »Ein neuer Einsatz. Es gibt eine Tote.«

»Verflucht. Was haben wir denn?«

»Offenbar einen Suizid«, sagte sie. »Fremdeinwirken kann nicht ausgeschlossen werden. Deshalb haben die Kollegen den Fall an die Kripo weitergegeben.«

Suizid. Das bedeutete, dass es wahrscheinlich nicht allzu viel Arbeit werden würde.

Wolfgang wandte sich an Michael. »Kann ich dich hinschicken? Nimm Lohmann mit, der müsste frei sein.«

»Klar«, sagte er, auch wenn er lieber geblieben wäre. Er warf seinen leeren Kaffeebecher in den Mülleimer und wandte sich an Frau Schrade. »Wo ist es denn?«

»Wieder im Grunewald«, sagte sie.

Im Grunewald. Er blickte überrascht auf. Jana kam ihm in den Sinn. Der Verdacht war naheliegend.

»Eine junge Frau, sagen Sie? Hat man schon ihre Identität?«

»Noch nicht«, sagte Frau Schrade. »Man weiß nur, dass sie sich erhängt hat. In der Nähe des Teufelsbergs. Vor Ort erfahren Sie mehr.«

22

Lohmann schien keinen Anstoß an Michaels Schweigsamkeit zu nehmen. Er blickte auf die Straße und konzentrierte sich auf den Berufsverkehr. Michael spürte einen Kloß im Hals. Er hoffte, dass es nicht Jana war.

Lohmann setzte den Blinker und bog auf den schmalen Waldweg, der zum Teufelsberg führte. Birken- und Kiefernwäldchen säumten den Weg. Michael beugte sich vor und sah hinauf in den Himmel. Über ihnen erhob sich die Spitze des Berges. Die weißen Kugeln der Abhörstation, einer zerfallenen amerikanischen Militäranlage aus dem Kalten Krieg, leuchteten im blassblauen Himmel. Schon war der Dienstwagen wieder in einer Nebelbank verschwunden, und um sie herum war nur noch trübes Grau.

Michael sackte in den Sitz zurück.

Er hatte Abstand zu Jana gehalten, obwohl sie doch so offenkundig hilfsbedürftig war. Hätte er sich um sie kümmern müssen? Würde er eine Mitschuld tragen an ihrem Tod?

Ein Streifenwagen erschien. Er stand an einer Biegung, der Widerschein des Blaulichtes huschte über den Asphalt. Ein Polizist stand mit einer Kelle am Weg und bedeutete ihnen anzuhalten. Lohmann kurbelte das Fenster herunter und wies sich aus. Der Polizist nickte und deutete zum Hang hinauf.

»Dort hoch bis zum Parkplatz«, sagte er. »Die Kollegen warten bereits. Der Fundort liegt ein wenig zurück, hundert Meter etwa.«

Lohmann hob dankend die Hand und fuhr weiter. Sie tauchten wieder im Nebel ab. Alles war grau. Für Michael fühlte es sich an, als wären sie plötzlich allein auf der Welt.

Doch dann tauchte der Parkplatz auf und mit ihm die Streifen- und Zivilwagen der Polizei. Ein paar Uniformierte standen an einer offenen Autotür und rauchten. Eine Zivile entdeckte den Wagen der Mordkommission und kam ihnen entgegen.

Lohmann stieg aus. Michael folgte ihm nur zögerlich.

»Guten Tag, die Herren!«, rief die Kommissarin. »Sie sind von der Mordkommission, nehme ich an? Der Fundort liegt knapp hundert Meter weiter im Wald. Wir müssen über den schmalen Weg da vorne. Wenn Sie mir folgen wollen?«

Sie führte die beiden Männer zu einem schmalen Waldweg. Die Sicht reichte nur noch wenige Meter, und Michael musste sich auf jeden seiner Schritte konzentrieren. Schlamm und Blätter waren gefährlich glatt, und immer wieder ragten morsche Äste und Dornengestrüpp über den Weg. Die Natur war auf gutem Wege, sich den Weg zurückzuerobern.

»Das vermeintliche Auto der Toten steht seltsamerweise ganz woanders«, sagte die Kommissarin. »Wir haben es auf dem Parkplatz unten am Teufelssee gefunden. Das heißt, wenn es wirklich zu der Toten gehört. Aber das werden wir später herausfinden.«

Vor ihnen im Nebel zeichnete sich schemenhaft eine Ansammlung von Menschen ab.

»Da ist es«, sagte sie. »Ein Spaziergänger hat die Leiche gefunden.«

Michael erkannte die Beamten der Spurensicherung, den Polizeifotografen und die Notärztin, die gerade die Handschuhe auszog und ihren Koffer zusammenklappte.

Dann erblickte er die Tote. Man hatte sie an dem kräftigen Ast, der über den Weg ragte, hängen lassen. Zunächst sollte die Mordkommission den Fundort begutachten, dann würden sie die Leiche abnehmen.

Das Gesicht der Toten war abgewandt, der leblose Körper schwebte starr in der Luft. Michael hielt den Atem an.

»Wenn Sie sich alles angesehen haben«, fuhr die Kommissarin fort, »können wir die Leiche abnehmen.«

»Haben Sie Fotos gemacht?«, fragte Lohmann.

»Wir haben über hundert Bilder auf der Kamera. Da ist uns nichts entgangen.«

Sie ist viel zu dünn angezogen, ging es Michael durch den Kopf. Sie muss furchtbar gefroren haben in ihrer dünnen Bluse. Er blieb stehen und schob einen verdorrten Hagebuttenzweig zur Seite. Dann zwang er sich, die Frau genauer anzusehen.

Es war nicht Jana.

Das Haar war dunkel, auch die Frisur stimmte nicht.

Er umrundete die Tote, blickte ihr ins Gesicht.

Es war nicht Jana.

Ein Stein fiel ihm vom Herzen. Er atmete auf.

»Kennen wir inzwischen ihre Identität?«, fragte er,

ohne den Blick von dem unbekannten Gesicht der Toten abzuwenden.

»Ich denke schon«, sagte die Kommissarin. »Wir haben einen Kontoauszug bei ihr gefunden. Wir gehen davon aus, dass die Tote Jenny Noel heißt.«

23

Tobias Landgraf wusste nicht, wie lange er schon geschlafen hatte, als die Autohupen ihn aus dem Schlaf rissen. Mit dem Schlaf war es nun vorbei, das wusste er. Es war schon bemerkenswert gewesen, dass er überhaupt geschlafen hatte nach den zahllosen Nächten, die er nun bereits wach lag.

Eine Weile blieb er liegen und starrte in die Dunkelheit, dann schlug er die Decke zur Seite, setzte sich auf und griff nach dem Morgenmantel. Mit einem Gähnen trat er ans Fenster. Er schob den Vorhang zur Seite. Über den Dächern ließ sich schon ein blauer Schimmer erkennen. Es würde nicht mehr lange dauern, bis die Dämmerung heraufzog.

Sie hatten Jenny Noel tot aufgefunden. Die Nachricht hatte sich wie ein Lauffeuer verbreitet. Jenny tot im Grunewald, erhängt an einer Eiche.

Es war die Sensation des Tages gewesen. Der Tod des Senators lag nur wenige Wochen zurück, da gab es schon wieder eine Tote. Diesmal die stellvertretende Pressesprecherin des Regierenden Bürgermeisters. Er wollte sich lieber nicht vorstellen, was die Presse in den kommenden Tagen daraus machen würde. Es wurde eng, und seine nächsten Schritte mussten wohlbedacht sein.

Er ging hinüber in die Küche und setzte eine Kanne Kaffee auf. Dann nahm er den Telefonhörer.

Margot Tieneck war Frühaufsteherin, bestimmt würde er sie nicht wecken, wenn er um diese Zeit anrief. Tatsächlich meldete sich schon nach dem zweiten Läuten eine klare und aufgeräumte Stimme.

»Hallo, Margot«, sagte er. »Ist Jana wieder aufgetaucht?«

»Nein.«

»Hat sie denn angerufen?«

»Auch nicht. Ich weiß nicht, was sie sich dabei denkt. Sie macht das nur, um mich zu ärgern.« Nach einer Pause fragte sie unsicher: »Oder muss ich mir Sorgen machen?«

»Aber nein. Ich bin überzeugt, es wird sich alles finden. Sie muss ein wenig rebellieren. Wenn sie duschen muss und was Warmes essen will, dann wird sie schon wieder auftauchen.«

Sie schwieg. Dann fragte sie: »Hast du die Sache mit Jenny Noel gehört? Was ist denn da los?«

»Ich weiß es nicht. Doch wie es aussieht, hat sie ihrem Leben ein Ende gesetzt. So etwas kommt vor.«

Sie zögerte. »Es war doch ein Unfall, bei dem Günther ums Leben gekommen ist, Tobias?«

»Natürlich. Du solltest dir nicht so viele Gedanken machen.«

»Ich bin nur so durcheinander. Jetzt ist schon wieder jemand aus der Partei tot. Wie soll ich da wissen, was ich denken soll?«

»Es ist ein Zufall, Margot. Ein schlimmes Schicksal.«

»Wenn du meinst …«

»Ich bin mir sicher.« Er wartete einen Moment, bevor

er nachschob: »Wenn Jana heute nicht auftaucht, solltest du trotzdem zur Polizei gehen.«

»Das hätte sie wohl gerne. Damit sie wieder der Mittelpunkt sein kann.«

»Du darfst nicht vergessen, dass du in der Öffentlichkeit stehst. Wenn Jana länger verschwunden bleibt und du das nicht meldest, dann kann das ein falsches Bild auf dich werfen. Wir wollen doch jetzt nicht auch noch schlechte Schlagzeilen provozieren.«

»Also gut«, sagte sie. »Ich warte bis heute Abend. Spätestens morgen früh gehe ich zur Polizei. Bist du zufrieden?«

»Ich will nur dein Bestes, Margot. Das weißt du doch.«

Er beendete das Gespräch und ging mit dem Kaffee hinüber ins Arbeitszimmer. Dann griff er nach seinem Smartphone und sah nach, ob die E-Mail eingetroffen war, auf die er schon so sehnsüchtig wartete. Doch wieder nichts.

Eine Weile blickte er unschlüssig auf das Display, dann schrieb er selbst eine E-Mail.

Olaf, weißt Du etwas Neues? Lange halte ich es nicht mehr aus. Wann kann ich endlich raus aus dieser Hölle?
Tobias

Er verschlüsselte die Botschaft, so wie sie es vereinbart hatten, und schickte sie ab.

Er machte sich zunehmend Sorgen. Noch glaubten alle im Senat, dass Jenny Noel Selbstmord begangen hatte. Auch die Polizei schien davon auszugehen. Doch es konnte nicht mehr lange dauern, bis die Ermittler auf Indizien stießen, die etwas anderes vermuten ließen.

Die Zeit drängte.

Er musste das sinkende Schiff so schnell wie möglich verlassen. Keinesfalls wollte er mit untergehen, wenn die Zeit gekommen war und alles an die Öffentlichkeit drängen würde.

Nicht nach alldem, was er aufgegeben hatte.

Seine nächsten Schritte mussten gut überlegt sein. Er durfte seinen Vorteil keinesfalls verspielen.

24

Gut, dass sie nicht in so einem Wohnsilo lebte. Anke blickte über den leeren Flur bis zum Notausgang. Was für ein Albtraum.

Überall Türen. Von nirgends drang ein Geräusch. Das Treppenhaus war ausgestorben und sämtliche Wohnungsflure verwaist. Es war wie in einem Grab.

Mit einem Seufzer wandte sie sich an den Mann vom polizeilichen Schlüsseldienst.

»Wie lange dauert das noch?«

Doch der ließ sich nicht aus der Ruhe bringen. Er hockte bequem vor der verschlossenen Wohnungstür und hantierte in aller Gemütlichkeit am Schloss herum.

»Nur noch eine Sekunde«, murmelte er, ohne aufzusehen.

Lohmann stand neben ihr und gähnte. Er wirkte nur mäßig interessiert. Anke wünschte sich, sie wäre mit einem anderen Kollegen eingeteilt worden.

Schließlich sprang das Schloss auf, und die Tür glitt lautlos zur Seite.

»Na also«, sagte der Kollege vom Schlüsseldienst und steckte das Werkzeug wieder ein.

Anke streifte sich die Plastikhandschuhe über und trat ein. Sie gelangte durch einen engen Flur in ein geschmackvoll eingerichtetes Wohnzimmer. Große Couchmöbel, ein gemütlicher Lesesessel und dahinter Regale, vollgestopft mit Büchern. Auf dem Teppich vor dem Sessel lag eine aufgeschlagene Konrad-Adenauer-Biografie. Daneben eine Schale mit Gummibärchen. Es sah aus, als wäre Jenny Noel nur kurz einkaufen gegangen.

Anke blickte sich nachdenklich um.

»Zieh deine Handschuhe über«, wies sie Lohmann an, der hinter ihr hertrottete. »Und achte darauf, wohin du trittst. Kann gut sein, dass wir im Anschluss noch die Spurensicherung herschicken.«

Er zog zwar eine Grimasse, streifte sich aber ohne weiteren Widerspruch die Handschuhe über.

»Wenn du mich fragst, ist das ein völlig unnötiger Aufwand hier«, meinte er. »Diese Pressereferentin hat halt Suizid begangen. Was denn sonst!«

Anke betrachtete die Buchrücken im Regal. »Es ist egal, was du von der Sache hältst«, sagte sie. »Wolfgang hat uns nun mal hergeschickt. Und ich will mir nicht vorwerfen lassen, wir hätten hier Spuren plattgetrampelt.«

Sie trat zurück und ließ die Wohnung noch mal in ihrer Gesamtheit auf sich wirken. Alles war aufgeräumt, nirgends gab es Anzeichen auf irgendwelche Kampfhandlungen. Auch das Türschloss war bei ihrer Ankunft unversehrt gewesen.

Sie trat an den Schreibtisch und sah die Papiere durch. Presseerklärungen, Stellungnahmen, kopierte Zeitungsartikel. Jenny Noel hatte offenbar nicht selten Arbeit aus dem Büro mit nach Hause gebracht. Daneben fand Anke einen Stapel mit Rechnungen: Gasag, Telekom, Mietnebenkosten. Ein Notebook und einen Terminkalender.

Sie nahm den Kalender und blätterte ein wenig darin herum, fand jedoch keine Eintragung, die ungewöhnlich erschien.

Mit spitzen Fingern öffnete sie die oberste Schreibtischschublade und blickte hinein. Tesafilm, Pritt-Stift, Büroklammern. Dahinter ein Stapel mit CDs und ein paar USB-Sticks. Die Beschriftungen ließen darauf schließen, dass es auch Dokumente aus dem Büro waren. Sie würde sich die Datenträger später genauer ansehen, wenn die Spurensuche abgeschlossen war.

In der zweiten Lade entdeckte sie einen dicken Stapel Briefe. Mit aller Vorsicht zog sie die Umschläge hervor. Sie alle waren an denselben Adressaten gerichtet: Matthias Kroner in Rostock. Der Absender war jedes Mal Jenny Noel.

Anke zog einen einzelnen Brief hervor und begann zu lesen.

Lieber Matthias,
Hans Brohr hat mich heute in sein Büro gebeten – um mir ein unglaubliches Angebot zu machen. Ich soll seine stellvertretende Pressereferentin werden! Du kannst Dir vorstellen, wie es mir die Sprache verschlagen hat. Ein Riesenschritt für meine Karriere. Natürlich habe ich Ja gesagt. Und am Montag fange ich schon an.

Ich bin ganz aus dem Häuschen. Weiß gar nicht, was ich mit mir anfangen soll. Ich habe eine Flasche Sekt geöffnet und mir ein Gläschen gegönnt.

Und dann ziehe ich den Briefbogen hervor und schreibe Dir.

Ach, Matthias, ich wünschte, Du wärest bei mir. Ich wünschte, wir könnten gemeinsam auf meinen Erfolg anstoßen. Aber ich weiß natürlich, dass das nicht geht.

Morgen Abend richte ich für die Kollegen aus der Landesgeschäftsstelle eine Party aus. Spätestens da werde ich vergessen haben, wie sehr ich Dich vermisse.

Ich weiß, dass Du das nicht hören willst. Aber ich liebe Dich.

Jenny

Anke las den Brief ein weiteres Mal, dann legte sie ihn zur Seite und zog einen anderen hervor. Der Tonfall war ähnlich, dieses Mal berichtete sie von ihrem ersten Arbeitstag im Büro des Regierenden Bürgermeisters.

Ein ganzer Stapel nicht abgeschickter Briefe. Dienten sie als eine Art Tagebuch? Gab es diesen Matthias Kroner wirklich? Und wenn ja, wer mochte das sein? Ein Verflossener?

»Anke? Kannst du mal kommen?«, rief Lohmann aus dem Badezimmer.

Sie legte die Briefe in die Schublade zurück und trat zu ihrem Kollegen in das enge Badezimmer. Lohmann stand am Waschbecken vor dem Spiegelschrank und hielt ihr eine Medikamentenpackung entgegen.

»Sieh dir mal die hier an!«, sagte er.

»Was ist das?«, fragte sie.

»Melatonin. Ein starkes Schlafmittel.«

Sie nahm die Packung und betrachtete sie. »Melatonin«, murmelte sie. »Das sagt mir doch was. Das kriegt man in Deutschland aber nur auf Rezept, oder?«

»Genau.« Er zog drei weitere Packungen aus dem Schrank und drückte ihr eine nach der anderen in die Hand.

»Das hier sind alles rezeptfreie Medikamente«, sagte er. »Baldrianpräparate hauptsächlich. Johanniskraut.«

Er stockte, dann griff er tiefer in den Schrank hinein.

»Sieh mal einer an«, murmelte er und zog eine weitere Schachtel hervor. »Wer hätte das gedacht? Reboxetin.«

»Was ist das?«, fragte Anke.

»Ein Antidepressivum.«

Er reichte ihr die Packung und gähnte. »Also doch«, sagte er. »Ich habe gleich gesagt, dass es sich um Suizid handelt.«

»Das beweist noch gar nichts«, sagte Anke wenig überzeugt. »Das kann alles Mögliche heißen.«

Lohmann wollte etwas erwidern, doch in diesem Moment läutete sein Handy. Er zog die Handschuhe aus, holte das Telefon aus seiner Jackentasche hervor und nahm das Gespräch entgegen. Selbst auf die Entfernung erkannte Anke sofort die schrille Stimme von Frau Schrade. Es gab also Neuigkeiten im Büro.

»Und?«, fragte sie, nachdem er das Gespräch beendet hatte.

»Wir sollen zurück ins Büro.«

»Ist was passiert?«

»Nein. Wolfgang hat eine Sondersitzung anberaumt.« An diesem Tag war die übliche, morgendliche Sitzung ausgefallen. Anke hatte schon mit so etwas gerechnet. »Er will sich einen Überblick verschaffen. Alle Teams sollen zurück, soweit das möglich ist.«

Sie blickte sich um. »Ich denke, wir haben hier ohnehin das Wichtigste gesehen.«

»Also gut. Brechen wir die Zelte ab.«

Eine halbe Stunde später betrat Wolfgang mit großen Schritten den Besprechungsraum. Er warf einen knappen Gruß in die Runde und schleuderte seine Unterlagen auf das Pult.

»Also gut«, begann er. »Wir müssen gar nicht drum herumreden: Ich weiß ganz genau, dass alle hier im Raum beim Todesfall Jenny Noel an Suizid denken. Ich kann's euch nicht mal verübeln. Trotzdem erwarte ich, dass völlig objektiv und ohne Vorannahmen ermittelt wird. Verstanden?«

Er ließ sich auf seinen Stuhl fallen. »Wir befinden uns in Teufels Küche«, fuhr er fort. »Erst haben wir diesen vermeintlichen Autounfall, bei dem nun doch von Fremdeinwirken gesprochen werden muss. Und dann der Tod dieser Referentin. Bei ihr sieht es momentan nach Selbsttötung aus.« Er schüttelte den Kopf. »Ihr könnt euch vorstellen, was Verschwörungstheoretiker darüber denken. Und auch bei der Presse beginnt man zu stutzen. Wer denkt schon an Zufall. Tut bitte euer Bestes.«

Er sortierte seine Unterlagen. »Fangen wir also an. Die Obduktion von Jenny Noel wird morgen stattfinden. Der rechtsmedizinische Bericht kommt dann sofort.« Er blickte Michael an. »Was sagt denn die Spurensicherung?«

»Der Bericht ist noch nicht fertig, aber kurz schon mal das Wichtigste: Die Leiche weist keine Kampfspuren auf.

Es gibt keine Anhaftungen von Blut oder Sekretspuren. Keine Hautabschürfungen unter den Fingernägeln. Bislang überhaupt keine Hinweise auf Fremdeinwirken.«

Mit einem Blick zu Wolfgang fügte er eilig hinzu: »Aber das kann natürlich noch kommen. Die Tote hatte Schmutzanhaftungen an der Kleidung, deren Ursprung bislang nicht geklärt ist. Dann wurden Materialspuren im Mikrobereich sichergestellt. Umweltpartikel, Vegetationsspuren, Kleidungsfasern und so weiter. Bis Ende der Woche soll alles da sein. Am Leichenfundort sind außerdem Fußabdruck- und Fußeindruckspuren gesichert worden. Bis jetzt gibt es aber noch keine Altersbestimmung der Spuren.«

Er warf einen Blick auf seine Notizen. »Im Wagen der Toten sind Fingerspuren gesichert worden. Es wurden bereits Vergleichsabdrücke der Toten genommen. Ich werde heute Nachmittag weitere Vergleichsabdrücke von Kollegen und Freunden machen.«

»Das ist gut«, sagte Wolfgang. »Hör dich in der Landesgeschäftsstelle um. Vielleicht lässt sich eingrenzen, wer alles in den vergangenen Tagen von Frau Noel im Wagen mitgenommen worden ist. Was ist mit dem Strangwerkzeug?«

»Ein handelsübliches Seil«, sagte Michael. »Man kann so etwas in jedem Baumarkt bekommen. Null Komma neun Zentimeter Durchmesser, bestehend aus Kunststofffasern. Die Schlinge hat einen Henkersknoten mit sechsfacher Umschlingung. Der ist nicht weiter schwer, im Internet gibt es massig Anleitungen dazu.«

»Ich möchte trotzdem, dass ein Fachmann sich das

Ganze ansieht. Er soll sagen, wie professionell dieser Knoten geknüpft ist.« Dann wandte Wolfgang sich an Anke. »Was ist mit der Wohnung der Toten?«

»Keine Kampfspuren, kein Hinweis auf einen Einbruch. Aber auch kein Abschiedsbrief. Stattdessen habe ich einen Stapel nicht abgeschickter Briefe an einen unbekannten Freund gefunden. Vielleicht eine Art Tagebuch. Ich würde mir das gerne näher ansehen, wenn die Spurensicherung alles freigegeben hat.«

Wolfgang nickte. »Habt ihr bereits mit den Angehörigen gesprochen?«

»Heute Nachmittag reden wir mit der Mutter.«

»Gut. Habt ihr sonst noch irgendwas in der Wohnung gefunden?«

Sie zögerte. »Eine ganze Batterie von Schlaftabletten und Antidepressiva.«

Der Hauptkommissar räusperte sich.

»Auf die Gefahr hin, dass ich mich wiederhole«, sagte er und blickte jedem in die Augen. »Ich möchte, dass diese Ermittlung ergebnisoffen geführt wird. Selbsttötung ist nur eine Hypothese.«

Es folgte zustimmendes Gemurmel, doch Wolfgang schien davon wenig überzeugt.

»Die Justizsenatorin hat sich eingeschaltet«, sagte er. »Sie hat für morgen ein Treffen mit dem Generalstaatsanwalt, dem Oberstaatsanwalt und den Spitzen der Senatsverwaltung für Justiz einberufen. Ich bin auch eingeladen, um Bericht zu erstatten. Bis dahin möchte ich mir ein klares Bild vom Fall Jenny Noel machen können. Tut also, was ihr könnt.«

Nach der Sitzung gingen die meisten Mitglieder des Teams hinunter in die Kantine des Präsidiums. Es stand Hirschgulasch mit Apfelrotkohl auf dem Plan, und das wollte sich niemand entgehen lassen.

Wolfgang kehrte allein in sein Büro zurück. Mit einem Seufzer warf er die Unterlagen auf seinen Schreibtisch. An das morgige Treffen im Justizministerium wollte er lieber gar nicht erst denken.

Er trat müde ans Fenster und sah hinaus. Die Straße vor dem Präsidium war verwaist. Herbstlaub und Regen verwandelten die Bürgersteige in Rutschbahnen. Er blickte auf die Uhr. Die Sitzung hatte länger gedauert als geplant. Er war spät dran.

Wolfgang war mit Benno Eiseler verabredet gewesen. Aber sein Freund war nirgendwo zu sehen. Da draußen auf dem Bürgersteig musste es ungemütlich sein. Vielleicht war ihm die Zeit zu lang geworden, und er war wieder gegangen.

Frau Schrade hatte bemerkt, dass Wolfgang zurückgekehrt war. Sie steckte den Kopf durch die Zwischentür.

»Ein Herr Eiseler hat für Sie eine Nachricht hinterlassen. Ich soll Ihnen ausrichten, dass er in der Kantine auf Sie wartet.«

Wolfgang zog die Stirn kraus. »Er ist im Präsidium?«

Sie blickte ihn verwundert an. »Ist das denn so ungewöhnlich? Sind Sie nicht mit ihm verabredet?«

»Doch, doch. Das schon.«

Wolfgang machte sich auf den Weg hinunter in die Kantine. Dort herrschte großer Andrang. Tellerklappern,

Küchenlärm, Stimmengewirr und vereinzeltes, lautes Lachen schlugen ihm entgegen.

Es dauerte, bis er Benno gemeinsam mit Lohmann, dem Kommissaranwärter, an einem der hinteren Ecktische entdeckte. Lohmann schien sich blendend mit dem Journalisten zu verstehen. Von seiner schlechten Laune, mit der er den anderen auf die Nerven gefallen war, schien nichts mehr erkennbar.

Die beiden waren so in ihrer Plauderei vertieft, dass sie Wolfgang nicht einmal bemerkten, als er sich mit skeptischem Gesichtsausdruck an ihren Tisch stellte.

»Was ist denn hier los?«, unterbrach er sie.

Lohmann strahlte ihn unbekümmert an.

»Hallo, Chef! Setz dich zu uns!« Er rutschte zur Seite und zog einen Stuhl vom Nachbartisch heran. »Ich habe gerade deinen Freund kennengelernt. Herr Eiseler meinte, wir bräuchten mit dem Essen nicht auf dich zu warten. Ich hoffe, das war okay.«

»Wir haben uns über das letzte Hertha-Spiel unterhalten«, sagte Benno, dem Wolfgangs Gesichtsausdruck nicht entgangen war. »Und dabei haben wir festgestellt, dass wir beide im Stadion waren, nur einen Block voneinander entfernt.«

Wolfgang blickte auf das schmutzige Geschirr und die zerknüllten Servietten.

»Du und Anke«, sagte er zu Lohmann, »ihr wolltet doch nach dem Mittagessen die Mutter der Toten befragen. Oder irre ich mich? Wird das nicht langsam Zeit?«

Lohmann räusperte sich. »Natürlich.« Er stand auf, verabschiedete sich und verließ eilig die Kantine.

»Was bist du unfreundlich!«, meinte Benno amüsiert, nachdem Lohmann verschwunden war.

Wolfgang setzte sich und schob die Teller zur Seite.

»Du hast freiwillig ein Präsidium betreten?«, fragte er misstrauisch. »Da stimmt doch was nicht.«

Benno blickte ihn überrascht an, dann lachte er herzlich. »Du bist und bleibst ein Polizist!«

»Dann kannst du mir auch sagen, was du vorhast.«

»Keine Angst, Wolfgang. Ich bin jetzt seit zwei Jahren im Ruhestand. Denkst du nicht auch, dass es längst überfällig ist, sich von alten Prinzipien zu trennen? Warum sollte ich mich eigentlich nicht in eure Kantine setzen? Wo es draußen doch so kalt ist.«

Wolfgang betrachtete ihn und sagte nichts.

»Ich freue mich doch darüber, überhaupt noch gebraucht zu werden.« Benno beugte sich vor und drückte ihm freundschaftlich den Arm. »Also, mein Lieber. Was kann ich für dich tun?«

»Ich würde gern noch einmal über Günther Tienecks Parteifreunde sprechen.«

»Ich habe gelesen, dass die Polizei im Fall Tieneck nun Mord oder Totschlag nicht mehr ausschließen kann. Eine ziemliche Geschichte! Was bedeutet das denn konkret?«

»Das bedeutet«, sagte Wolfgang, »dass die Polizei im Fall Tieneck Mord oder Totschlag nicht mehr ausschließen kann.«

»Du traust mir nicht über den Weg.« Benno lächelte.

»Nimm es nicht persönlich. Aber wie du weißt, habe ich so meine Erfahrungen mit der Presse.«

Benno quittierte es mit einer wegwerfenden Handbewegung. »Schwamm drüber«, sagte er freundlich. »Sag mir einfach, was du wissen willst.«

»Benno, du beobachtest das politische Geschäft seit Jahrzehnten. Welcher der Akteure hatte eine Rechnung mit Tieneck offen, die über das Übliche hinausging? Wer könnte zu diesem drastischen Mittel gegriffen haben?«

Benno hob die Augenbrauen und zwirbelte nachdenklich an seinem Bart. »Schwer zu sagen«, meinte er. »Vielleicht hängt es mit dem Spendenkonto zusammen. Jemand könnte Wind von der Prüfung bekommen haben. Plötzlich war klar, dass die ganze Sache auffliegt. Es könnte jemand sein, der bis zum Hals mit drinsteckt und Angst um seine gesamte politische Existenz haben muss. Mit Tienecks Ableben werden alle Ermittlungen eingestellt, die mit seiner Person zu tun haben. Da könnte einiges unentdeckt bleiben.«

»Weil diese Briefkastenfirma, auf die das Konto gelaufen ist, Tieneck gehörte.«

»Ganz richtig. Die Staatsanwaltschaft war informiert, und Ermittlungen wurden aufgenommen. Günther Tieneck wäre dran gewesen, das war unserem Mann wohl sofort klar. Tienecks Kopf würde rollen. Wenn der Mörder mit dringesteckt hat, dann hatte er nur dann eine Chance zu entkommen, wenn Tieneck aus dem Weg geräumt ist.«

Wolfgang nickte. »Natürlich. Die Ermittlungen wurden gegen die Privatperson Günther Tieneck aufgenommen. Durch seinen Tod sind sie wieder eingestellt worden. Kein Staatsanwalt der Welt ermittelt gegen einen Toten.«

»Und somit wird niemals ans Licht kommen, was es mit diesem Konto auf sich hat. Und auch nicht, wer sonst noch darin verwickelt war. Wenigstens eine politische Existenz ist dadurch gerettet worden. Die unseres Mörders. Aber wahrscheinlich war es gleich ein halbes Dutzend.«

»Sag mal, ist dir in dieser Hinsicht irgendetwas zu Ohren gekommen, was du mir nicht sagen willst?«

»Aber nein«, sagte Benno. »Der Gedanke ist mir eben erst gekommen. Es könnte auch sein, dass sich diese Mitwisser anders abgesichert haben. Oder sie konnten ganz sicher sein, dass Tieneck im Verfahren niemals ihre Namen genannt hätte. Es ist nur eine Idee, mehr nicht. Aber man kann darüber nachdenken.«

Wolfgang nickte. »Es ist eine Möglichkeit.«

25

Nach dem Mittagessen ging Michael Schöne zurück in sein Büro. Er musste sich mit seinen Berichten beeilen. Der Fall Günther Tieneck war nun doch nicht abgeschlossen, und dann war da noch die Tote aus dem Grunewald, die alles durcheinanderwirbelte. Michael hoffte, dass zumindest der Fall Jenny Noel möglichst schnell zu den Akten gelegt werden konnte.

Gerade wollte er einen seiner Berichte weiterschreiben, als die Bürotür aufgestoßen wurde und Wolfgang Herzberger in den Raum trat. Er setzte sich schweigend auf den Besucherstuhl. Dann blickte er durchs Fenster zum Himmel.

»Es wird heute Nacht Frost geben«, sagte er nach einer Weile. »Zumindest haben sie das im Wetterbericht gesagt.«

Michael ahnte bereits, was seinem Chef auf der Seele lag.

»Du hast wohl noch keine Idee, was du der Justizsenatorin und dem Generalstaatsanwalt morgen sagen wirst?«

»Nein.« Wolfgang seufzte. »Wenn wir bis morgen keinen Durchbruch in unseren Ermittlungen haben, dann habe ich tatsächlich nicht die geringste Ahnung, was ich den Herrschaften sagen soll. Vielleicht müssen wir in eine ganz andere Richtung denken. Vielleicht machen wir einen Fehler, wenn wir uns an Tienecks Feinde heften. Vielleicht sollten wir vielmehr seine Freunde ins Visier nehmen.«

»Wie meinst du das?«, fragte Michael.

Er stand auf und stellte sich ans Fenster. »Es ist nur eine vage Idee. Und sie ist nicht einmal zu Ende gedacht. Aber es wäre doch denkbar, dass Tienecks Freunde am Ende viel mehr Angst vor ihm haben mussten als seine Feinde. Tienecks Verbündete steckten nämlich bis zum Hals mit drin in seinen Machenschaften. Zum Beispiel das Spendenkonto: Wer kann schon sagen, wie viele Köpfe gerollt wären, wenn es ein Verfahren gegeben hätte? Nach alldem, was wir bislang wissen, muss der Senator ein ganzes System schmutziger Geschäfte etabliert haben. Nicht auszudenken, was geschehen wäre, wenn dieses System aufgeflogen wäre.«

»Ich verstehe das Problem«, sagte Michael. »Wir brauchen einen, der sich in dem Geschäft auskennt. Und der mit uns redet. Ehrlich die Karten auf den Tisch legt. Aber da ist das Problem, oder?«

»Ganz richtig. Alles, was wir kriegen, sind Verlautbarungen. Jeder geht strategisch vor.«

»Und was willst du jetzt machen?«, fragte Michael.

»Ich werde es noch mal mit Landgraf probieren.«

Tobias Landgraf. Michael erinnerte sich an das ungute Gefühl, als er ihn im Vernehmungsraum beobachtet hatte. Und ihm fiel die Sache mit dem Verstoß gegen das Betäubungsmittelgesetz wieder ein.

»Ausgerechnet Landgraf? Das ist doch der Letzte, der mit offenen Karten spielt, oder?«

»Mag sein. Aber Landgraf hatte genauen Einblick in Tienecks Geschäfte. Zwischen Politiker und persönlichen Referenten passt in der Regel kein Blatt Papier. Landgraf muss über alles Bescheid gewusst haben.«

»Und er redet genauso wenig mit uns wie alle anderen.«

»Aber jetzt kann er sich nicht mehr dahinter verstecken, dass es nur ein Unfall war. Vielleicht war es auch ein Schock für ihn, dass sein Chef ermordet worden ist. Möglich, dass er jetzt doch mit uns spricht.«

Michael sah Landgraf vor sich. Seine Augen. Er hatte den gleichen Blick wie Michaels Vater gehabt.

»Vielleicht hat er selbst was damit zu tun. Er könnte verdächtig sein.«

»Jeder könnte das. Aber Landgraf ist der große Verlierer nach Tienecks Tod. Seine politische Karriere ist erst mal beendet.« Wolfgang seufzte. »Tobias Landgraf weiß mehr über die Geschäfte Tienecks als irgendjemand sonst. Das reicht, um sich ihn noch einmal vorzunehmen. Kannst du dich ein bisschen freimachen und Recherchen über Landgraf anstellen? Oder bist du zu eingespannt?«

Michael stieß einen Seufzer aus. Sein Chef wusste nur zu gut, dass er bis zum Hals in Arbeit steckte. Wie alle in der Kommission.

»Ach, irgendwie wird es schon gehen«, meinte er.

Wolfgang nickte zufrieden.

»Hervorragend. Sobald du mich über deine Ergebnisse in Kenntnis gesetzt hast, werde ich mir diesen Referenten vorknöpfen.«

Eine Stunde später begegnete Michael im Treppenhaus zwei Kollegen in Uniform, die offenbar gerade einen Gefangenen hergebracht hatten.

Als der eine aufblickte, stellte Michael fest, dass es eine Frau war. Nicht irgendeine, sondern Anna. Für einen Moment geriet er ins Straucheln, griff nach dem Treppengeländer und hielt sich fest. Auch Anna blieb wie angewurzelt stehen.

Dreiundzwanzigtausend Mitarbeiter gab es bei der Berliner Polizei. Und ausgerechnet Anna Proschinski lief ihm hier im Treppenhaus über den Weg.

Sie sahen sich an. Sofort lag etwas in der Luft. Wie in dem Augenblick, als er in das Lokal getreten war und Anna quer durch den Raum angeblickt hatte. So als würden beide genau wissen, was der andere dachte. Ihre gemeinsame Nacht schien gegenwärtig. Die Stunden in Annas kleiner Wohnung über den Dächern von Kreuzberg. Michael hatte dort eine Nähe gespürt, wie er sie kaum für möglich gehalten hatte.

Anna blieb in der offenen Glastür stehen und blickte ihn wortlos an. Die Zeit schien sich zu verlangsamen. Wartete sie darauf, dass Michael etwas sagte? Dann räusperte sich ihr Kollege und drückte sich an Anna vorbei ins Treppenhaus.

»Ich warte unten, Anna«, sagte er. »Du kannst ja gleich nachkommen.«

Er nahm zwei Stufen auf einmal und war kurz darauf verschwunden.

Anna und Michael blieben unbewegt stehen. Keiner sagte etwas. Er spürte ihre Nähe. Und mit einem Mal schien alles ganz einfach zu sein. Worüber hatte er sich nur so viele Gedanken gemacht? Wovor hatte er Angst gehabt? Er konnte sich kaum mehr daran erinnern. Alle Probleme schienen weit weg. Er fühlte sich von ihr angezogen. Er hätte sie am liebsten in den Arm genommen.

Aber so einfach war das nicht. Er musste ihr erklären, weshalb er sich so sonderbar verhalten hatte. Würde sie ihm überhaupt verzeihen können?

Er räusperte sich, seine Hand lag noch immer auf dem Geländer. Er musste nun etwas sagen, ganz egal was.

»Ich wollte mich melden«, sagte er verlegen.

»Und wieso hast du es dann nicht getan?«, fragte sie.

Er versuchte zu lächeln. »Ich … wusste nicht, ob dir das recht ist.«

»Kannst du dir vorstellen, wie sich das für mich anhören muss? Wieso hätte mir das denn nicht recht sein sollen? Ich verstehe dich nicht. Du verschwindest, ohne einen Grund zu nennen. Ich rufe dich an, doch du rufst nicht zurück. Da muss ich doch denken, dass du nichts von mir willst!«

Anna hatte sich Hoffnungen gemacht, dass aus ihnen etwas werden würde? Sie hatte darüber nachgedacht? Er wusste, dass er jetzt etwas sagen musste. Womöglich ließ sich die Situation noch retten. Doch ihm kam kein Wort über die Lippen.

Anna lächelte resigniert. »Du wolltest dich also bei mir melden«, sprang sie ein.

Sein Herz schlug höher. »Ja, ehrlich.« Nun schaffte auch er es zu lächeln. »Weil ich dich gern wiedersehen würde. Ich dachte, wir könnten uns ein andermal treffen. Vielleicht an einem Abend, an dem ich nicht Bereitschaft habe.«

»Ich weiß nicht. Ist das wirklich eine gute Idee?«

»Aber ja«, sagte er. »Warum denn nicht?«

An ihrem Lächeln erkannte er, dass sie einverstanden war.

»Anna, wir müssen los!« Die Stimme ihres Kollegen schallte durch das Treppenhaus. »Wir haben gerade einen Einsatz hereinbekommen.«

Anna ließ Michael nicht aus den Augen. Sie hob einen Zeigefinger und richtete ihn auf seine Brust. »Du meldest dich bei mir!«, sagte sie. Dann lief sie die Stufen hinab und verschwand aus seinem Blickfeld.

Michael verharrte auf dem Treppenabsatz. Sein Herz hämmerte in der Brust. Plötzlich kam ihm alles ganz einfach vor, er brauchte sich nur bei Anna zu melden, und damit könnte er alles wiedergutmachen.

Elke Noel saß am Tisch ihrer schmalen Siebzigerjahreküche. Sie hatte die Hände vor sich auf der Tischplatte gefaltet und blickte an den Polizeibeamten vorbei ins Nichts.

Anke und Lohmann wollten mit ihr über das Leben ihrer Tochter sprechen, doch Elke Noel wiederholte immer nur den einen Satz: »Meine Tochter hat sich nicht umgebracht.«

Anke seufzte. Diese Reaktion war ihr allzu vertraut. Wem fiel es schon leicht zu glauben, dass sich ein Angehöriger das Leben genommen hatte? Manche Menschen planten ihren Suizid heimlich. Es waren einsame Entscheidungen, die allein und entschlossen in die Tat umgesetzt wurden. Andere gaben versteckte Hilferufe von sich, die keiner verstand. Verhielten sich manisch. Oder aggressiv. Es war immer schwer zu begreifen, weshalb so etwas passierte. Vor allem für die Angehörigen.

»Frau Noel«, sagte Anke behutsam. »War Ihnen bekannt, dass Ihre Tochter unter Depressionen gelitten hat?«

Sie reagierte nicht.

»Wie hat sich diese Krankheit zuletzt bei ihr geäußert? Hat Ihre Tochter vor ihrem Tod vielleicht eine Andeutung gemacht?«

Erstmals sah Elke Noel sie durch ihren Tränenschleier direkt an.

»Es ging ihr gut!«, sagte sie nachdrücklich. »Es ging ihr schon sehr lange wieder gut. Sie hatte keinen Rückfall.«

Anke verstand. Sie würde hier nicht weiterkommen. Also wollte sie die nächste Frage stellen. Doch Frau Noel ließ sie nicht zu Wort kommen.

»Meine Tochter hatte keine Depressionen mehr«, sagte sie bestimmt. »Ich weiß nicht, woher Sie Ihre Informationen haben. Aber es ist sehr lange her, dass Jenny in Behandlung war.« Sie strich mit der Hand über die Tischplatte. »Das war, als ihr Vater, Jacques Noel, gestorben war. Kurz darauf hat ihr Freund sie verlassen, und das war zu viel für sie. Es ging ihr nicht gut. Aber das hat sie überwunden. Es ist lange her.«

Die Worte duldeten keinen Widerspruch.

Anke wechselte einen Blick mit ihrem Kollegen. Er nickte. Sie sollten besser mit dem behandelnden Arzt von Jenny Noel sprechen.

»Frau Noel, sagt Ihnen der Name Matthias Kroner etwas?«, fragte Anke.

Jennys Mutter blickte überrascht auf. »Ja. Wieso fragen Sie?«

»Sie kennen Herrn Kroner?«

»Natürlich. Matthias war der Freund meiner Tochter. Aber wie gesagt, das alles ist schon sehr lange her. Ich bin davon ausgegangen, dass die beiden keinen Kontakt mehr hatten. Schon lange nicht mehr. Hat er denn mit der Sache was zu tun?«

»Wann haben sich die beiden getrennt?«, fragte Lohmann.

Elke Noel wischte sich die Tränen aus den Augen. »Das muss ungefähr drei Jahre her sein. Matthias ist nach dem Ende der Beziehung nach Rostock gezogen. Ich glaube, er wohnt immer noch da. Aber sicher bin ich mir nicht.« Sie schüttelte den Kopf. »Ich dachte immer, dass Jenny nichts mehr von ihm hören wollte.«

»Wir wissen noch nicht, ob sie in Kontakt standen«, sagte Lohmann. »Ihre Tochter hat Briefe geschrieben, die an Matthias Kroner adressiert sind. Nicht abgeschickte Briefe. Zunächst dachten wir, dass es sich um eine Art Tagebuch handelt. Doch … es liest sich, als hätte sie ihn noch geliebt.«

Frau Noel starrte ihn mit offenem Mund an.

»Sie hat ihm Briefe geschrieben?«

»Nahezu täglich«, sagte Anke. »Der letzte Brief ist

vom ersten November. Das war drei Tage vor ihrem Tod.«

»Sie wissen also nichts darüber?«, fragte Lohmann.

Frau Noel blickte lange aus dem Fenster. Nach einer Weile deutete sie ein Kopfschütteln an.

»Sie hat ihm immer noch Liebesbriefe geschrieben«, sagte sie wie zu sich selbst. »Geschrieben und nicht abgeschickt.«

Es war, als hätte sie die Anwesenheit der Polizisten vergessen. Sie verstand plötzlich etwas. Nämlich, weshalb Jenny sich vielleicht das Leben genommen hatte.

»Sie hat ihn immer noch geliebt«, flüsterte sie. »Nach all dem, was geschehen ist.«

Es war bereits dunkel, als Michael sich auf den Heimweg machte. Er stellte das Autoradio ein und fuhr vom Hof des Präsidiums. In seinem Kopf herrschte Chaos, nach allem, was im Laufe des Tages passiert war. Er fühlte sich wie gerädert. Dass es sich bei der Toten im Grunewald nicht um Jana Tieneck handelte, war eine gute Nachricht. Trotzdem steckte ihm der Schreck noch in den Knochen. Außerdem musste das nichts heißen. Das Mädchen konnte längst in der Spree treiben, oder Jana hatte sich irgendwo versteckt und eine Überdosis Pillen geschluckt.

Dann ließ ihn die Begegnung mit Anna nicht los. Er verstand nicht so recht, was sie von ihm wollte. Er stellte sich vor, wie sie zusammen durch die Stadt gehen würden. Ein ungleiches Paar. Anna war ein paar Zentimeter größer und sah sehr attraktiv aus. Und dann er, klein und blass und hager. Belastet mit einer Vergangenheit, die keinem zuzumuten war. Anna könnte andere haben. Bessere. Das stand außer Frage.

Wieso trifft sie sich überhaupt mit mir?, dachte er. Wieso sieht sie mich so an? Oder bilde ich mir das alles bloß ein? Ist da vielleicht gar nichts?

Beinahe hätte er seine Abfahrt verpasst. Im letzten Moment ordnete er sich ein und setzte den Blinker. Es war nicht mehr weit bis zur alten Fabrikantenvilla, in der er eine Einliegerwohnung gemietet hatte. Er nahm sich vor, früh zu Bett zu gehen. Einfach schlafen und nicht mehr nachdenken.

Er parkte seinen Golf am Gartenzaun und ging über den Kiesweg zum Haus. Durch den Lieferanteneingang gelangte er zu der schmalen Treppe, die hinauf in seine Wohnung führte. Das Haus war still, nirgends brannte Licht. Die Eigentümer waren offenbar unterwegs. Vor seiner Wohnungstür zog er den Schlüssel.

»Hallo.« Eine dünne Stimme hinter ihm.

Er wirbelte herum. Es war Jana Tieneck. Sie saß auf dem Treppenabsatz und hatte auf ihn gewartet. Unterm Arm hielt sie einen Rucksack. Neben ihr auf der Stufe stand eine halbleere Flasche Cola.

»Mein Gott, Jana! Wo warst du denn?«

Sie sah müde aus. Offenbar hatte sie sich lange nicht gewaschen. Die Haare waren fettig und zerzaust. Aber sonst schien alles in Ordnung. Michael spürte Erleichterung. Ihr war nichts geschehen.

»Ich habe mir solche Sorgen um dich gemacht!«

Sie blickte ihn skeptisch an. Offenbar war sie nicht davon überzeugt, dass er sich tatsächlich um sie gesorgt hatte. Trotzdem war sie zu ihm gekommen. Und dieses Mal, so hoffte er, würde er es richtig machen. Sie sollte ihm vertrauen können.

»Komm erst einmal herein«, sagte er und schloss die Tür auf. »Woher hast du denn meine Adresse?«

»Aus dem Telefonbuch.«

Sie hob ihren Rucksack auf, nahm die Colaflasche und trottete ins Innere der Wohnung. Michael beobachtete, wie sie ihre Sachen sorgfältig an der Garderobe ablegte.

»Wo warst du denn?«, fragte er. »Wieso bist du weggelaufen?«

Sie sagte nichts.

»Und warum hast du niemandem Bescheid gesagt? Du hättest doch deine Mutter anrufen können. Oder jemanden von der Schule. Meinetwegen auch mich.« Der Satz war ihm herausgerutscht. »Schließlich ist die Polizei zu deinem Schutz da«, fügte er hinzu.

»Kann ich meine Jacke hier aufhängen?«, fragte sie mit Blick auf einen leeren Bügel.

»Natürlich. Und dann wärm dich erst einmal auf.« Michael deutete auf die Zimmertür am anderen Ende des Flurs. »Das Wohnzimmer ist dort geradeaus. Möchtest du etwas trinken? Ich kann dir eine heiße Schokolade machen.« Er hatte sich bereits zur Küche gewandt, als er innehielt. »Oder lieber ein Bier?«

Ein zaghaftes Lächeln stahl sich in ihr Gesicht. »Ein Bier wäre toll.«

Michael nickte, ging in die Küche und holte zwei Flaschen aus dem Kühlschrank. Dann setzte er sich zu ihr ins Wohnzimmer. Sie redeten anfangs über belangloses

Zeug, und nach einer Weile schien Jana sich zu entspannen. Schließlich antwortete sie auf seine Frage, ohne dass er sie erneut hätte stellen müssen.

»Ich war unterwegs«, sagte sie. »In der Stadt. Mal hier und mal da.«

Michael wählte seine nächste Frage mit Bedacht. Er wusste, dass er sie nicht drängen durfte. »Wo hast du übernachtet?«

»In Jugendherbergen. Das ist billig und problemlos.«

»Ich weiß, wie es ist, wenn man es zu Hause nicht erträgt«, sagte er langsam. »Auch wenn ich schon über dreißig bin. Ich kann mich noch gut erinnern. Meine Familie … Zum Glück bin ich da früh raus. Die Fürsorge hat mich in eine Pflegefamilie gesteckt.«

Sie betrachtete den Flaschenhals.

»Hat Ihr Vater Sie geschlagen?«, fragte sie.

»Du kannst mich ruhig duzen«, sagte er und dann: »Ja, er hat mich geschlagen.« Er ließ ein paar Sekunden verstreichen, bevor er fragte: »Bist du auch von deinem Vater geschlagen worden?«

»Fast nie«, sagte sie, ohne aufzusehen. »Aber ich glaube, dass seine Worte ohnehin viel schlimmer waren. Das war sein Beruf, kraftvolle Worte zu finden. Wenn er mich schlagen wollte, dann damit. Das war viel besser.«

»Was ist mit deiner Mutter?«

»Keine Ahnung. Ich denke, für sie ist es am wichtigsten, dass sie ein passendes Blumenarrangement für jeden Raum hat. Wenn die Fassade stimmt, ist alles in Ordnung. Manchmal glaube ich, sie ist aus Plastik.«

»Bist du ihretwegen weggelaufen?«

Sie verstummte sofort. Michael musste vorsichtig sein. Er durfte nicht zu viele Fragen stellen.

Mit einem großen Schluck leerte Jana ihr Bier und stellte die Flasche auf den Couchtisch.

»Kann ich noch eins bekommen?«, fragte sie.

»Na klar«, sagte er und holte zwei weitere Flaschen aus der Küche.

Als er sich wieder gesetzt hatte, blickte sie ihn nachdenklich an.

»Versprichst du, nicht zu lachen?«, fragte sie.

»Versprochen.«

»Ich hatte einen Grund wegzulaufen.« Sie starrte zu Boden. »Ich glaube nämlich, dass ich verfolgt werde.«

»Verfolgt?«, fragte Michael verwundert.

Sie funkelte ihn an. »Du glaubst mir nicht!«, stellte sie fest. »Ich wusste es. Hätte ich nur nicht damit angefangen.«

»Doch, doch!«, sagte er schnell. »Natürlich glaube ich dir. Vertrau mir, Jana, bitte.« Er atmete durch. »Du wirst also verfolgt. Hast du eine Ahnung, wer dieser Verfolger sein könnte?«

»Nein, aber da ist jemand. Ich bin mir sicher. Ich weiß nicht, wie ich es beschreiben soll.«

»Hast du ihn gesehen?«

»Ein paarmal vielleicht. Ein Mann, der sich abwendet, wenn ich mich umdrehe. Oder einer, der abhaut und in einer Seitenstraße verschwindet. Das Gesicht bleibt dabei immer im Dunkeln.«

»Bist du dir sicher, dass es jedes Mal derselbe ist?«

»Das weiß ich nicht«, gab sie offen zu. »Ich weiß überhaupt nichts. Vielleicht spinne ich ja auch. Kann man sich so etwas einfach einbilden?«

Michael betrachtete sie nachdenklich. Es hörte sich sehr nach Einbildung an. Trotzdem steckte mehr dahinter, davon war er überzeugt. Und so wie sie aussah, hatte sie bereits einen Verdacht.

»Jana, du weißt noch etwas über diesen Verfolger, nicht wahr? Etwas, das du mir nicht erzählt hast.«

Sie sah überrascht auf, dann sackte sie auf der Couch zusammen und ließ die Schultern hängen.

»Nein, ich weiß nichts. Es ist nur …«

Sie zog die Knie an den Oberkörper und umschlang sie mit den Armen.

»Was willst du sagen, Jana?«

»Ich …« Sie schien plötzlich mit den Tränen zu kämpfen. »Ich habe nur Angst …«

»Wovor hast du Angst?«

Sie vergrub das Gesicht zwischen ihre Knie und presste die Lippen aufeinander. Doch schließlich sagte sie: »Ich habe Angst, dass es dieser Typ ist, der mich auf dem Waldweg überfallen hat.« Sie wischte sich eine Träne aus dem Auge. »Irgendwo muss der ja sein. Ich schließe meine Schlafzimmertür ab, ich verriegele die Fenster. Ich fahre nur noch mit dem Bus. Doch was, wenn er trotzdem zu mir reinkommt? Wenn er es auf mich abgesehen hat, dann wird er einen Weg finden. Oder etwa nicht?« Sie strich sich die Haare aus dem Gesicht. »Jetzt hältst du mich bestimmt für überspannt, oder?«

»Nein, das tue ich nicht. Glaub mir.«

Das war es also. Wie es aussah, litt Jana noch unter

dem Trauma. Sie erlebte das Gleiche wie zahllose andere Frauen, die Opfer eines Übergriffs geworden waren. Sie glaubte vom Täter verfolgt zu werden, obwohl das Unsinn war. Es passierte in ihrem Kopf. Aber Michael wusste, wie wichtig es für Jana war, dass er ihr glaubte.

»Ich glaube dir, Jana«, log er deshalb. »Aber hier bist du in Sicherheit.«

Sie lächelte. »Danke. Das bedeutet mir viel.«

Er wünschte, er könnte ihr tatsächlich glauben. Doch seine Vernunft sagte ihm, dass dieser unbekannte Verfolger nur in ihrer Vorstellung existieren konnte.

Auf der Straße vor der Villa stand ein dunkler Kleinwagen im Schutze einer Kiefer. Die nächste Laterne war zwanzig Meter entfernt, und so war der Mann, der im Wageninnern wartete, nahezu unsichtbar. Er trommelte mit den Fingern gegen das Lenkrad und blickte hinüber zu der heruntergekommenen Villa, in der Jana bereits am frühen Abend verschwunden war.

Er würde noch herausbekommen, wer dort wohnte. Vor einer knappen Stunde war ein Mann gekommen. Doch in dem Zwielicht hatte er ihn nicht erkannt. Auf diesen Mann musste Jana gewartet haben, bei ihm suchte sie Zuflucht.

Wen konnte Jana hier in Karlshorst kennen?, fragte er sich. Dieses Viertel war am anderen Ende der Stadt, fast eine Autostunde vom Grunewald entfernt.

Am Nachmittag hatte er Jana durch Zufall wiedergefunden. Sie war ihm auf einer Kreuzung in Schöneberg fast vor das Auto gelaufen. Tagelang hatte er nichts mehr von ihr gesehen, und dann traf er sie zufällig in der Stadt auf der Straße. Es war kaum zu glauben. Er hatte sie wieder.

Er würde nun warten, bis sie das Haus wieder verlassen hatte. Noch einmal würde er sich nicht abhängen lassen. Er hatte Zeit.

26

Nachdem Michael Schöne sein zweites Bier getrunken hatte, spürte er allmählich die Wirkung des Alkohols. In dieser Verfassung würde er sich kaum mehr hinters Steuer setzen können, um Jana nach Hause zu bringen. Er beschloss, eine Kanne Kaffee aufzusetzen. Mit einem Seufzer stand er auf.

»Ich mach uns mal einen Kaffee«, sagte er. »Und danach werde ich deine Mutter anrufen. Damit sie weiß, dass du wieder aufgetaucht bist.«

Das Mädchen blickte erschrocken auf.

»Nicht meine Mutter! Bitte nicht.«

Michael verharrte in der offenen Tür. »Ich muss sie anrufen. Ich bin Polizist. Das geht nicht anders.«

Sie schwieg, und er fügte hinzu: »Außerdem ist es schon spät. Wie willst du denn heute Nacht noch eine Unterkunft bekommen? Ich fahre dich natürlich nach Hause.«

Sie fixierte einen Punkt auf dem Teppichboden. »Kann ich heute Nacht nicht hierbleiben? Und du sagst ihr einfach gar nichts?«

Michael wollte sich lieber nicht ausmalen, was Wolfgang von dieser Idee halten würde. Jana Tieneck war eine Zeugin in einem laufenden Ermittlungsverfahren. Vielleicht war sie sogar tatverdächtig.

»Es ist nicht so einfach, wie du glaubst«, sagte er. »Auch

wenn dies meine Wohnung ist, bin ich trotzdem keine Privatperson. Ich bin ein Polizist, und du bist …«

Er brach ab. Jana saß auf der Kante des Sofas und klammerte sich an ihre Bierflasche. Die Enttäuschung war ihr deutlich anzumerken.

Michael wusste nicht, was er machen sollte. Er fühlte sich immer noch mies, weil er ihr die Sache mit dem Verfolger nicht glauben konnte. Für Jana war dieser Mann sehr real, ganz egal, was alle anderen denken mochten.

»Also gut. Du kannst hier übernachten.« Sie blickte freudig auf, und er fügte eilig hinzu: »Vorausgesetzt, deine Mutter ist einverstanden.«

Michael sollte wohl auch Wolfgang anrufen. Er überlegte, was er seinem Chef sagen konnte. Mit einem Blick zur Uhr beschloss er, noch ein wenig mit dem Telefonat zu warten. In ein oder zwei Stunden ließe sich leichter erklären, wieso die Zeugin einer laufenden Ermittlung bei ihm zu Hause übernachten würde.

»Musst du denn wirklich meine Mutter anrufen?« Jana blickte ihn mit einem Flehen in den Augen an.

»Das geht nicht anders. Sie muss Bescheid wissen.«

»Aber sie ist um diese Uhrzeit immer schon im Bett.«

Er dachte nach. Jana war nicht einmal volljährig. Dann rief er sich wieder die Gleichgültigkeit von Frau Tieneck in Erinnerung. Sie schien sich wirklich nicht übermäßig Sorgen um ihre Tochter zu machen. »Also gut«, gab er sich geschlagen. »Ich werde sie morgen früh anrufen. Dann fahre ich dich vor der Arbeit zur Schule. Und nach Schulschluss gehst du sofort nach Hause. Einverstanden?«

Sie strahlte ihn an. »Einverstanden.«

»Hast du eine Zahnbürste dabei?«

»Ich habe alles im Rucksack.«

Er blieb einen Moment unschlüssig in der Tür stehen.

»Tja«, sagte er schließlich. »Wenn das so ist, dann mach ich jetzt keinen Kaffee.«

Wieder schlich sich ein Lächeln in ihr Gesicht, und Michael hoffte, die richtige Entscheidung getroffen zu haben.

Sie saßen im Anschluss noch eine Weile beisammen und redeten über meist belanglose Dinge. Doch Michael spürte zunehmend sein Schlafdefizit, und schließlich beschloss er mit einem Gähnen, aufzustehen und das Gästebett zu beziehen.

»Du glaubst, dass ich meinen Vater umgebracht habe, nicht wahr?«

Michael sah sie verblüfft an.

Sie zupfte nervös am Etikett ihrer Bierflasche.

Er zögerte. Ihm war bewusst, dass sich das Mädchen mit einer ausweichenden Antwort nicht zufriedengeben würde. Er wollte versuchen, ehrlich zu sein.

»Mein Vater war Alkoholiker«, sagte er.

Jana blickte erstaunt auf. Sie ließ den Papierfetzen aus der Hand gleiten.

»Wir lebten in einem kleinen, schmutzigen Haus am Stadtrand. Meine Eltern, mein kleiner Bruder und ich. Wir lebten da bis zu dem Tag, an dem alles auseinandergebrochen ist.«

Das Bild seines Vaters drängte sich in seine Gedanken. Das wütende Monster, die schweren Schritte vor dem Kinderzimmer. Die Faust, die gegen Türblatt und Schränke donnerte. Die Gegenstände, die durch die Luft flogen. Und dann, wenn das Toben und Schreien nicht genügte, die Prügel, der sie alle ausgeliefert waren. Es war für sie die Hölle. Wieder und wieder.

»Auch wenn er keinen Alkohol trank, war er wütend und voller Hass«, sagte Michael. »Und wenn er besoffen war, dann schlug seine Wut in Gewalt um. Ich kann nicht sagen, woher dieser Hass kam. Doch er war immer da. Sein Hass begleitete uns an jedem einzelnen Tag. Bis …«

Plötzlich waren die Toten wieder da.

Michael wusste nicht, wie ihm geschah. Sein Wohnzimmer verwandelte sich. Es wurde zu der Küche ihres kleinen Hauses, wo seine Mutter auf den dreckigen Küchenfliesen lag. Mit aufgesprungenen Lippen, einer blutigen Nase und einem gebrochenen Genick. Ihre Schreie waren verklungen, alles war still. Aber Michael kauerte immer noch unter dem Küchentisch, die Knie fest an den Oberkörper gedrückt.

Dann war er in der Rechtsmedizin. Er sah seinen Bruder, der vor ihm auf dem Obduktionstisch lag. Daniel war der Familie entkommen. Michael hatte ihn erst viele Jahre später wiedergefunden. Aber da lag er bereits in der Rechtsmedizin, und Michael hatte sich gefragt, ob der Fluch, der auf seiner Familie lastete, letztlich nicht auch Daniel erwischt hatte.

Und schließlich sah er seinen Vater. Die Beisetzung am Urnengrab. Michael musste alles bezahlen, weil sonst nirgends mehr Geld vorhanden war. Das Monster hatte sich in seiner Hinterhofwohnung zu Tode gesoffen. Michael war der Einzige gewesen, der zu dieser schaurigen Beerdigung gekommen war. Er, der letzte Überlebende.

»Mein Vater hat meine Mutter umgebracht«, sagte er. »Er hat sie im Suff erschlagen. Ihre Schreie höre ich noch immer, nachts in meinen Träumen. Genauso wie die meines Bruders. Es waren Martyrien. Nur ich bin damals meist mit einem blauen Auge davongekommen. Manchmal frage ich mich, weshalb.«

»Du hast dich unsichtbar gemacht«, sagte sie.

Er blickte sie an und lächelte. Der U-Bahn-Schacht. Sie hatte ihn beobachtet.

»Mein Bruder war erst neun«, fuhr er fort. »Und es gab kaum einen Knochen in seinem Körper, der nicht irgendwann mal gebrochen war.«

Michael hatte damals geglaubt, ihn beschützen zu können. Er hatte ihm beibringen wollen, wie er dem Vater aus dem Weg gehen konnte. Daniel hätte nur seinem Rat folgen müssen. Aber er hatte es einfach nicht verstanden. Michael hatte ihm nicht helfen können.

»Er war doch noch so klein …«, sagte er.

Ein vertrauter Schmerz kehrte zurück.

Michael war wieder zwölf Jahre alt, und er lebte in ständiger Angst. Er hatte längst verstanden, wie er seinem Vater entkommen konnte. Es war ganz einfach. Der Blick des Vaters durfte keinen Halt finden. Wenn er ins Kinderzimmer spähte, durfte dort kein Spielzeug liegen, keine Schulsachen, nichts. Am besten war es, wenn auch von den Kindern nichts zu sehen war. Dann blieb er nicht stehen, sondern ging weiter. Den Flur hinunter bis in die

Küche, wo ihre Mutter war. Die es so wie Daniel auch nie schaffte, unsichtbar zu werden.

Es war im Grunde ganz einfach. Doch Daniel hatte das Prinzip nicht verstanden. Er bemühte sich, doch es gelang ihm nicht. Auf eine bestimmte Weise passierte es immer wieder, dass er den Blick des Monsters auf sich zog. Und wenn das erst einmal geschehen war, dann gab es keine Hilfe mehr. Dann konnte Michael ihm nicht mehr zur Seite stehen. Er durfte schließlich sein Versteck nicht verlassen. Er durfte sich dann nicht mehr bewegen. Konnte nur noch erstarrt den Schreien seines Bruders lauschen. Dem dumpfen Geräusch, das entstand, wenn sein Kopf gegen die Schrankwand schlug. Dem Quieken, wenn der Schmerz für Daniel zu groß wurde. Einmal hörte Michael sogar, wie die Haut aufplatzte, als sein Bruder gegen die Wand donnerte, und danach die hellen panischen Schreie, die nur noch vom Brüllen des Monsters übertönt wurden.

Es war zu viel. Er musste zurück in die Gegenwart. Mühsam drängte er die Bilder zur Seite. Er hätte sie nicht heraufbeschwören dürfen. Sie waren noch immer zu stark. »Ich wünschte, ich hätte meinen Vater getötet«, sagte er.

Jana lauschte mit angehaltenem Atem. Michael betrachtete sie. Ihm wurde klar: Sie hatte ihren Vater nicht umgebracht. Genauso wenig wie er seinen Vater getötet hatte.

Sie schwiegen eine Weile.

»Ich habe es nicht getan«, sagte Jana schließlich. »Ich war das nicht.«

»Nein«, sagte er. »Ich weiß. Vielleicht ist es auch besser so.«

Das Weckerklingeln war wie ein Faustschlag ins Gesicht. Michael fühlte sich grässlich. Er hatte in dieser Nacht wieder kaum Schlaf bekommen. Es war bereits halb zwei gewesen, als er schließlich Janas Gästebett bezogen und ihr eine gute Nacht gewünscht hatte. Als dann um sechs Uhr morgens der Wecker losging, waren es gefühlte fünf Minuten gewesen, die er geschlafen hatte.

Er musste sich beeilen, um Jana rechtzeitig nach Zehlendorf zu bringen. Während sie duschte, ging er zum Bäcker und holte Brot und Käse. Doch Jana hatte wie er keinen Hunger, und so tranken sie beide nur Kaffee.

Jana packte ihre Sachen zusammen und machte das Bett. Dann folgte sie Michael zu seinem Golf und setzte sich auf den Beifahrersitz. Das Auto sprang ohne Murren an.

Jana ließ die Stadtlandschaften schweigend an sich vorüberziehen, und erst als Michael die Autobahn wieder verließ, wandte sie sich vom Fenster ab.

»Du glaubst nicht daran, dass es diesen Verfolger wirklich gibt, oder?«

Michael sah sie erstaunt an, sagte jedoch nichts.

»Du denkst, ich bilde mir das alles nur ein, richtig?«

Er versuchte, ihr auszuweichen. »Ich weiß nicht, ob es diesen Mann tatsächlich gibt«, sagte er vorsichtig. »Was ich aber weiß, ist, dass ich dir glauben *möchte*. Verstehst du?«

Michael versuchte, sich in dem Zehlendorfer Villenviertel zu orientieren. Auf dem Stadtplan hatte die Route ganz einfach ausgesehen.

»Du musst rechts abbiegen«, sagte sie wieder in ihrem gewohnt schroffen Tonfall. »Und dann die Straße hinunter. Da ist es dann schon.«

Vor der Schule stellte Michael den Motor ab.

Jana griff nach ihrem Rucksack und öffnete die Wagentür, als Michael sie am Arm fasste. »Warte bitte.«

Zunächst schien es, als wolle sie Widerstand leisten. Doch sie zog die Tür wieder zu.

»Ich weiß, wie es ist, wenn man Angst hat«, sagte er. »Ich werde versuchen, Polizeischutz für dich zu organisieren. Es wird nicht einfach werden, aber ich will es versuchen. Du musst auf diese Anzeige bestehen. Hast du noch meine Visitenkarte?«

Als sie den Kopf schüttelte, zückte er ein Kärtchen von der Berliner Polizei und schrieb auf die Rückseite nicht nur seine Festnetznummer, sondern auch die Handynummer.

»Du kannst mich rund um die Uhr erreichen. Wenn du meine Hilfe brauchst, dann ruf mich an. Egal wann. Ich werde dann sofort kommen.«

Jana betrachtete nachdenklich die Visitenkarte.

Michael glaubte, dass sie nun aussteigen und in der Schule verschwinden würde. Doch stattdessen blieb sie reglos sitzen.

»Als ich die Nachricht vom Tod meines Vaters bekommen habe«, sagte sie schließlich, »da habe ich keine Trauer empfunden. Bis heute empfinde ich keine Trauer. Muss ich mich deswegen schämen?«

Michael zuckte mit den Schultern. »Ich weiß nicht.«

»Es ist noch mehr als das. Ich … ich war sogar erleichtert.«

Sie zupfte nervös am Riemen ihres Rucksacks.

»Was ich gefühlt habe, als ich das mit meinem Vater gehört habe, ist schwer zu beschreiben. Alles ging durcheinander. Es war unglaublich. Ich dachte, jetzt wird alles anders. Ich werde mich nicht mehr verstecken. Ich dachte sogar, dass ich nie wieder Angst haben muss.«

Michael konnte das verstehen. Er erinnerte sich daran, wie sein Vater von der Polizei in Handschellen abgeführt worden war. Es sollte das letzte Mal sein, dass er ihn lebend sah. Er dachte: Vielleicht bin ich jetzt frei.

»Es hat sich gar nichts geändert«, sagte Jana leise. »Nicht mal die Angst ist weg. Es ist alles so wie vorher.« Sie blickte ihn hilflos an. »Was ist, wenn dieser Mann mich tatsächlich verfolgt? Was, wenn es der ist, der mich auf dem Waldweg überfallen hat? Wenn er es dieses Mal zu Ende bringen will?«

Es sah aus, als würde sie in Tränen ausbrechen. Aber bevor Michael reagieren konnte, hatte sie sich wieder gefasst. Sie räusperte sich, strich die Haare aus der Stirn und packte ihren Rucksack.

»Wie auch immer«, sagte sie. »Wir werden sehen.«

Sie drückte die Wagentür auf und trat auf den Bürgersteig. Kalte Novemberluft drang ins Innere.

Er beugte sich zur Beifahrertür. »Jana, warte!«

Sie blieb stehen und drehte sich um.

»Du musst keine Angst haben«, sagte er. »Ich werde

dafür sorgen, dass dir nichts passiert. Du kannst dich auf mich verlassen.«

Sie versuchte ein Lächeln. »Ist das ein Versprechen?«

»Ja«, sagte er. »Das ist ein Versprechen.«

Nachdem er Jana an der Schule abgesetzt hatte, machte er sich auf den Weg zur Arbeit. Als er in den Besprechungsraum trat, waren schon alle versammelt.

An diesem Morgen schien aber niemand Anstoß an seiner Verspätung zu nehmen. Sie blickten nur kurz auf, als er zu seinem Platz huschte. Er merkte schnell: Die Stimmung im Raum war auf einem Tiefpunkt angelangt. Es gab also keine Fortschritte.

Wolfgang arbeitete sich lustlos durch die Fakten. Er trug alle bisherigen Ergebnisse zusammen und moderierte im Anschluss eine lahmende Diskussion über Ermittlungshypothesen. Das alles konnte nicht darüber hinwegtäuschen, dass es nichts gab, was eine Besprechung wert gewesen wäre.

Nach der Sitzung bot sich für Michael die Gelegenheit, Wolfgang über Janas Besuch in Kenntnis zu setzen. Er wusste, dass er das so früh wie möglich tun sollte. Doch sein Chef wirkte abwesend und schlecht gelaunt, und Michael beschloss, das Gespräch lieber auf den Nachmittag zu verschieben.

Stattdessen folgte er Anke in ihr gemeinsames Büro. Sie schloss sorgfältig die Tür, als wollte sie das Präsidium aussperren.

»Herrje«, seufzte sie und machte sich sofort an der Kaffeemaschine zu schaffen. »Ich weiß nicht, wann das letzte Mal so viele negative Energien im Sitzungsraum waren.«

»Wolfgang hat im Moment keinen leichten Job.«

»Wir alle nicht.« Anke stopfte den Papierfilter ins Fach. »Den Kaffee stark?«

»Gerne«, sagte Michael und ließ sich auf seinen Stuhl fallen.

»Ich bin froh, dass wir gleich einen Außeneinsatz haben«, meinte Anke. »Dann können wir wenigstens hier weg.«

Michael rang sich dazu durch, Anke von Janas Auftauchen zu erzählen und von seiner Entscheidung, sie bei sich aufzunehmen. Er konnte schon mal testen, wie das Ganze bei Wolfgang ankommen würde.

Anke lachte nur und schüttelte den Kopf.

»Sag mal, bist du eigentlich von allen guten Geistern verlassen?«, fragte sie. »Dieses Mädchen ist eine zentrale Figur in einem Ermittlungsverfahren. Außerdem hat sie kein Alibi für die Tatzeit, und wenn man das Verhältnis bedenkt, das sie zu ihrem Vater hatte, dann gibt es sogar ein Motiv. Und du machst mit ihr einen drauf und lässt sie dann bei dir übernachten?«

»Wenigstens nimmst du es mit Humor.«

»Ach, Michael. Das ist wieder typisch.«

Der Kaffee war inzwischen durchgelaufen. Anke griff nach der Glaskanne und goss ihm ein.

»Ich kann nur für dich hoffen, dass du nicht vor Gericht aussagen musst, wenn Jana als Täterin überführt wird.«

»Vergiss es am besten«, sagte er und deutete auf die

Berliner Zeitung, die auf Ankes Schreibtisch lag. »Gibst du mir den Sportteil?«

»Den lese ich zuerst!«

Sie stellte die Kanne ab und schnappte nach der Zeitung. Doch sie war nicht schnell genug, Michael nahm den Sportteil, zog eine Grimasse und warf den Rest der Zeitung zurück auf ihren Tisch.

»Heute bin ausnahmsweise ich als Erster dran«, meinte er und legte die Füße wieder hoch.

Anke nahm den Rest der Zeitung und begann zu blättern. Sie hatten etwa eine halbe Stunde Zeit. Danach würden sie zur Rechtsmedizin fahren, um über die Obduktion von Jenny Noel zu sprechen. Doch nach einer Weile blickte Anke von der Zeitung auf und schob ihre Lesebrille ins Haar.

»Tobias Landgraf«, sagte sie. »War das nicht der persönliche Referent von Günther Tieneck?«

Michael blickte verwundert auf.

»Ja, klar. Wie kommst du jetzt darauf?«

Sie deutete auf ihren Zeitungsteil. »Hier ist eine Kurzmeldung. Landgraf wird Leiter der Kommunikationsabteilung bei Bardor.«

»Bardor?« Michael kratzte sich am Kopf. »Das sagt mir doch was.«

»Die Investmentgesellschaft, die vor ein paar Jahren groß in den Berliner Wohnungsmarkt eingestiegen ist. Der Kauf von landeseigenen Wohnungen, falls du dich erinnerst. Ziemlich dicke Nummer.«

Michael verstand den Zusammenhang. Er ließ den Sportteil sinken.

»Zeig mal her«, sagte er und griff nach der Zeitung.

Und tatsächlich, da stand es. Tobias Landgraf verabschiedete sich aus der Politik. Es musste für den ehemaligen Referenten einen ziemlichen Karrieresprung darstellen, glaubte man dem Verfasser des Artikels.

Dass der Kauf der landeseigenen Wohnungen in die Zeit fiel, in der Günther Tieneck Bausenator war, und dass Tieneck bei dem Geschäft mit Bardor federführend gewesen sein musste, stand nicht in der Meldung.

»In welchem Jahr ist Landgraf in das Büro von Tieneck gewechselt?«, fragte er.

»Keine Ahnung. Das muss aber irgendwo in den Akten stehen.«

»Ja, natürlich.« Er starrte gedankenverloren auf die Meldung. »In den Akten.«

Michael hatte zwar für Wolfgang über Landgraf recherchiert, doch das Einzige, was er dabei herausgefunden hatte, war die Tatsache, dass er der große Verlierer nach dem Tod des Senators war. Landgraf, der Protegé Günther Tienecks, der nach seinem Ausscheiden ohne Freunde dastand. Sonst nichts.

Sah man von dieser Sache mit dem Verstoß gegen das Betäubungsmittelgesetz ab. Ein kleiner Sprung in der sonst makellosen Oberfläche. Aber hatte der irgendwas zu bedeuten?

Und dann war da die Sache mit Bardor. Was, wenn Landgraf gar nicht der große Verlierer war? Vielleicht hatte der Referent gar kein Interesse daran gehabt, zum Staatssekretär aufzusteigen. Er könnte von Anfang an viel größere Pläne gehabt haben.

Michael legte die Zeitung weg und ging zum Aktenschrank.

Tobias Landgraf, dachte er und zog einen Ordner hervor. Er begann sich zu fragen, ob er nicht viel früher seinem Gefühl hätte folgen sollen. Vielleicht hätten sie in der Richtung schneller Fortschritte gemacht.

Sein Kaffee erkaltete derweil neben dem Sportteil. Das Bedürfnis nach einer Pause hatte Michael längst vergessen.

Tobias Landgraf betrachtete sich im Badezimmerspiegel. Ein neuer Maßanzug, eine edle Krawatte und ein blütenweißes Hemd. Alles ziemlich teuer. Und perfekt für den Anlass.

Sogar die Ringe unter seinen Augen waren beinahe verschwunden. In der vergangenen Nacht hatte er so gut wie schon lange nicht mehr geschlafen. Sein Körper hatte sich den Schlaf zurückgeholt, der ihm gefehlt hatte.

Er zog die Krawatte zurecht und drehte sich vor dem Spiegel. Genauso wie man am ersten Arbeitstag aussehen sollte.

Die lange ersehnte Mail von seinem Freund Olaf war endlich gekommen. Die Antwort auf seine drängende Frage.

Lieber Tobias!

Der Deal hat geklappt!

Du hast den Posten. Wenn Du willst, kannst Du zu uns stoßen. Und zwar mit den besten Kontakten in die Senatsverwaltung. Etwas Besseres kann sich die Firmenleitung nicht wünschen. Weiß der Himmel, weshalb sie solange gezögert haben.

Herzlichen Glückwunsch und willkommen bei Bardor!

Olaf

Tobias Landgraf hatte es geschafft.

In der Politik hatte er allen bis zum Schluss die Treue gehalten. Selbst das demütigende Angebot der neuen Innensenatorin hatte er angenommen. Niemand würde ihm etwas vorwerfen können.

Nun wollte er davon profitieren. Er trat in Würde von der politischen Bühne ab und war gleichzeitig ausgestattet mit den besten Kontakten, die man sich in der Wirtschaft nur wünschen konnte.

Er blickte auf die Uhr. Es wurde höchste Zeit.

Es gab nur noch eines, das ihm nicht aus dem Kopf ging. Der Tod dieser Pressereferentin. Noch immer gingen alle von einem Suizid aus. Selbst die Polizei schien keine anderen Vermutungen zu haben.

Irrte er denn mit seinem Verdacht? Konnte es sich tatsächlich um Selbstmord handeln?

Er wusste ja nichts Genaues. Schließlich waren seit Tienecks Tod die bestgehüteten Geheimnisse für ihn nicht mehr zugänglich. Trotzdem hatte er in dem Moment, in dem er von ihrem Tod erfahren hatte, sofort an einen Mord gedacht. Es war ihm wie eine Gewissheit vorgekommen. In der Fraktion hatten jetzt die Skrupellosesten die Macht ergriffen. Da war alles denkbar.

Er verließ das Bad, ging in den Flur und schnappte sich seinen Autoschlüssel. Ganz egal, was geschehen ist, sagte er sich, das alles muss mich nicht mehr interessieren.

Die politischen Intrigen gehörten nun der Vergangenheit an. Für ihn begann ein neues Leben.

27

Wolfgang Herzberger verließ das Präsidium. Er war auf dem Weg zum Treffen mit der Justizsenatorin. Diesiges Novemberwetter herrschte. Jenseits der Windschutzscheibe mischten sich Schneeflocken in den Sprühregen. Die Menschen auf den Bürgersteigen eilten mit eingezogenen Schultern in alle Richtungen davon.

Er fand einen Parkplatz gegenüber dem Gebäudekomplex aus der Kaiserzeit, in dem die Senatsverwaltung für Justiz untergebracht war. Eilig betrat er das Gebäude über die Steintreppe, nickte dem Pförtner im Eingangsportal zu und ließ sich den Weg hinauf ins Büro der Senatorin weisen.

In den Arbeitsräumen jenseits der prachtvollen Wandelhallen war von dem Glanz der großzügigen Architektur nichts mehr zu spüren. Die Decken waren tiefer gezogen, Leuchtstoffröhren und Linoleum prägten das Bild. In dem Büro, in das Wolfgang vom Pförtner geschickt worden war, saßen bereits alle beisammen. Generalstaatsanwalt Vosswinkel, der ihn mit undurchdringlichem Blick begrüßte. Oberstaatsanwalt Zahn, der vor Beginn der Sitzung noch hektisch in den Unterlagen wühlte, die Wolfgang ihm am Vortag zusammengestellt hatte. Und am Fenster die Justizsenatorin, Elke Hürling, eine attraktive Endfünfzigerin im eleganten Kostüm. Sie ging mit großen Schritten auf ihn zu und reichte ihm die Hand.

»Herr Herzberger«, sagte sie. »Schön, dass Sie kommen konnten.«

Als hätte ich eine andere Wahl gehabt, dachte Wolfgang.

»Ich hoffe, Sie mussten nicht auf mich warten«, antwortete er artig. Er war fünf Minuten zu früh gekommen.

Sie deutete auf den freien Stuhl neben dem Oberstaatsanwalt. »Nehmen Sie doch Platz. Die Herren dürften Ihnen ja bereits bekannt sein.«

Wolfgang nickte und grüßte in die Runde.

»Gut«, sagte die Senatorin. »Dann können wir ohne Umstände anfangen. Es geht um die Ermittlung im Fall Tieneck. Und damit natürlich auch um den Fall Jenny Noel.«

Sie zog eine Zeitung aus ihrer Tasche und legte sie auf den Tisch. Die aktuelle Ausgabe der Berliner Morgenpost.

»Ich kann davon ausgehen, dass Sie alle den Artikel auf Seite drei gelesen haben?«, fragte sie.

Wolfgang musste passen. Er hatte sich an diesem Morgen noch nicht mit dem Pressespiegel beschäftigt. In der Hektik war einiges untergegangen, um das er sich später kümmern wollte.

Die Senatorin schlug die Zeitung auf und strich mit der flachen Hand darüber. Die gesamte Seite drei war einem einzigen Artikel gewidmet. Die Schlagzeile sprang Wolfgang förmlich entgegen: »Fundort Grunewald – Über das rätselhafte Ableben eines Senators und seiner Pressereferentin«.

Der Mund blieb ihm offen stehen. Wieso war das keinem im Präsidium aufgefallen? Das hätte man ihm zeigen müssen.

»Sieh an, sieh an.« Es war Vosswinkel, der Generalstaatsanwalt, der Wolfgang spöttisch betrachtete. »Der Herr Hauptkommissar hat also noch keine Zeit gefunden, sich mit der Presse auseinanderzusetzen?«

Wolfgang versuchte, ihn zu ignorieren. Er war ohnehin in die Defensive geraten. Da konnte er sich auch die Zeit nehmen, den Artikel querzulesen. Er zog die Zeitung heran und überflog die Seite mit wachsender Unruhe. Sehr schnell wurde klar, dass der Verfasser sehr genaue Einblicke in die Ermittlung hatte. Die Hypnose des Auffindungszeugen, der unbekannte Spaziergänger, das zweite Auto mit den abgeschalteten Scheinwerfern und schließlich die Vermutung, dass Tieneck von der Straße abgedrängt worden war.

Aber das war nicht alles. Es folgten Einzelheiten über den Fall Noel, die ebenfalls unter Geheimhaltung standen. Zu Wolfgangs Erstaunen wurden diese Erkenntnisse in ein suggestives Licht gesetzt, sodass eine Verbindung zwischen den Fällen entstehen musste. Die Pressereferentin hatte Tieneck als Letzte lebend gesehen, sie war eine der wenigen, die wusste, in welchen Wagen er am Tatabend gestiegen war. Als wichtige Figur im Wahlkampf, so der Artikel, besaß sie zudem Insiderwissen über die Affären des Senators. Die Verbindungen schienen allesamt bemüht, trotzdem blieb ein Nachgeschmack. Bei oberflächlicher Lektüre konnte man von einem Zusammenhang der beiden Todesfälle überzeugt sein.

Er schaute verblüfft auf. Jeder in der Runde betrachtete ihn aufmerksam. Wolfgang war stocksauer. Wieso hatte denn heute keiner in die Morgenpost gesehen? So was sprach sich doch sonst in Windeseile herum. Jetzt saß er hier wie ein Volltrottel.

Und offensichtlich gab es ein Leck. Irgendwo im Präsidium. Wie sonst sollte das alles in die Presse gekommen sein?

Hürling bedachte alle in der Runde mit einem langen Blick.

»Bevor wir beginnen, möchte ich wissen, ob das wahr ist, was da in diesem Artikel steht.«

»Der Artikel ist völlig unseriös«, sagte Oberstaatsanwalt Zahn und blätterte wieder nervös in seinen Unterlagen. »Die Fakten sind aus dem Zusammenhang gerissen. Die Leser werden manipuliert. Es ist kaum möglich, zwischen Wahrheit und Dichtung zu unterscheiden.«

»So funktioniert nun mal Meinungsmache«, sagte Hürling. »Was ich wissen will, ist, ob die Fakten stimmen, die dem Artikel zugrunde liegen.«

Der Oberstaatsanwalt sackte ein wenig zusammen. »Die Fakten stimmen«, gab er kleinlaut zu.

Hürling trommelte mit den Fingern auf der Tischplatte.

»Und woher hat diese Zeitung ihre Informationen?«, fragte sie.

Wolfgang hob abwehrend die Hände. »Nicht von uns. Für meine Gruppe lege ich die Hand ins Feuer.«

Vosswinkel klang gereizt. »Wollen Sie denn behaupten, in der Staatsanwaltschaft gebe es eine undichte Stelle?«

»Ich behaupte gar nichts«, sagte Wolfgang und suchte nach dem Namen des Journalisten unter dem Artikel. Es war Emma Paul.

Er hatte das Gefühl, den Boden unter den Füßen zu verlieren. Nicht Emma Paul! Nur nicht das!

Der Name war ein Pseudonym, und Wolfgang wusste genau, wer sich dahinter verbarg. Es war sein alter Freund Benno Eiseler.

Benno Eiseler, der vorgab, kein Interesse mehr am Journalismus zu haben und sich auf sein Altenteil zurückzuziehen. Wolfgang hätte es sich denken können.

Doch woher hatte er seine Informationen? War Wolfgang selbst zu unachtsam gewesen? Oder hatte Frau Schrade den Journalisten in sein Büro gelassen, während er im Außeneinsatz war? Beides schwer denkbar. Er erinnerte sich an das Treffen in der Polizeikantine. Benno hatte gemeinsam mit Lohmann an einem Tisch gesessen, und die beiden hatten sich prächtig verstanden. Es war um den Hertha BSC gegangen, doch Wolfgang konnte sich gut vorstellen, wie Benno dem Kommissaranwärter en passant ein paar Ermittlungsergebnisse aus der Nase gezogen hatte. Mit seiner charmanten und scheinbar harmlosen Art.

Du alter Teufel!, dachte er. Du hast mich wieder an der Nase herumgeführt!

Die Senatorin mischte sich in das Gespräch.

»Sie können sich später um die undichte Stelle kümmern, meine Herren«, sagte sie. »Wichtig ist jetzt nur, dass die Fakten stimmen und dass sie in die Öffentlichkeit gelangt sind. Lassen Sie mich die Situation zusammenfassen. Wir haben zunächst einen Autocrash, bei dem Kollege Tieneck ums Leben kommt. Alles deutet auf einen unglücklichen Unfall hin. Ein paar Wochen wird ermittelt, der Fall ist schon so gut wie abgeschlossen, da taucht plötzlich ein Zeuge auf, der einen zweiten Wagen gesehen hat. Jemanden, der Günther Tieneck gefolgt ist, mit hohem Tempo und ohne Licht quer durch den Grunewald. Plötzlich sieht es so aus, als wäre Tieneck von der Straße abgedrängt worden.«

Die Senatorin sah Wolfgang ungläubig an.

»Gab es denn wirklich vorher keinen Hinweis auf diesen Unbekannten?«

Wolfgang wollte etwas erwidern, doch da tat sie es bereits mit einer Handbewegung ab. »Egal. Ich werde die Akten genau studieren«, sagte sie. »Ich komme zum nächsten Fall. Eine Pressereferentin der Landesgeschäftsstelle ist ebenfalls tot. Bei ihr ist es nun eine Selbsttötung. Auch hier wurde ermittelt, und auch hier sollen die Akten geschlossen werden. Wird auch in diesem Fall ein Zeuge auftauchen, der uns alle wie Amateure aussehen lässt?«

Vosswinkel sah sie unwillig an. »Was soll denn das jetzt?«

»Das soll eine Frage sein«, erwiderte sie ungerührt. »Ich weiß nämlich nicht mehr, wie viel Vertrauen ich noch in meine Ermittlungsbehörden setzen kann.«

Das Gesicht des Generalsstaatsanwalts verdunkelte sich.

»Bei allem Respekt, Frau Hürling«, gab er zurück. »Aber sehen wir uns die Fakten doch bitte nüchtern an. Zuerst diese Referentin. Wenn sich ein Mensch das Leben nimmt, ist das immer sehr bedauerlich. Es gibt aber jedes Jahr Tausende, die das tun. Diese Referentin war *depressiv*. Sie war psychisch labil. Und in therapeutischer Behandlung. Es gibt *keinen* Hinweis auf Fremdverschulden. Weder am Fundort noch in ihrem Auto, ihrer Wohnung oder sonst wo. Auch die Obduktion hat ergeben: Kein Fremdeinwirken.«

Wolfgang blickte überrascht auf. Anke und Michael waren gerade auf dem Weg in die Rechtsmedizin, um die Obduktion zu besprechen. Er nahm zur Kenntnis, dass Vosswinkel offenbar schon lange vorher über das Obduktionsergebnis informiert worden war.

»Bei dieser Obduktion gibt es eine Besonderheit«, sagte Vosswinkel. »Sie wurde nämlich von Prof. Dr. Bernd Fischer durchgeführt. Fischer ist einer der bekanntesten Mediziner der Freien Universität und genießt ein internationales Renommee.«

»Sie sehen mich tief beeindruckt«, gab die Senatorin trocken von sich.

Vosswinkel ignorierte die Spitze. »Das wird bei den Medien Eindruck machen. Ein Mediziner mit untadeligem Ruf. Wir machen alles transparent. Damit keiner auf die Idee kommt, hier wird was vertuscht.«

»Schon gut, schon gut«, sagte sie. »Belassen wir es vorerst dabei. Aber was ist mit dem Fall Tieneck?«

»Wenn wir uns den Unfallablauf ansehen«, meinte Vosswinkel, »dann wird deutlich, dass Tienecks Tod nicht absehbar war. Eigentlich war es ein Riesenpech, mehr nicht. Ein Zusammentreffen von unglücklichen Umständen. Selbst wenn er abgedrängt worden ist, lag sicher keine Tötungsabsicht vor. Wir haben es eher mit einem verrückten Autofahrer zu tun. Oder einem besoffenen Jugendlichen. Alles wahrscheinlicher als die Verschwörungstheorien aus der Morgenpost.«

Das schien die Justizsenatorin einzusehen. Sie wandte sich an Wolfgang.

»Ein Autounfall mit Fahrerflucht. Da muss die Polizei doch in der Lage sein, den Täter zu finden. Das sollte eine Kleinigkeit sein.«

Womit sie im Grunde recht hatte. Nur war in diesem Fall alles anders. Tieneck war in viele Sachen verstrickt. Das Luxemburger Konto, die Baumafia, Verdacht auf Vorteilsnahme und Ämterpatronage. Und zu dem Zeitpunkt, als er für seine Partei zur ernsthaften Bedrohung wurde, kam wie aus dem Nichts dieser Unfall. Perfektes Timing.

Er schilderte der Senatorin kurz und sachlich die Ermittlungsergebnisse. Sie hörte aufmerksam zu, aber ihre Mundwinkel sackten immer weiter nach unten.

»Ich werde mir die Akten noch mal in Ruhe durchlesen«, war alles, was sie dazu sagte.

Wolfgang wusste genau: Wenn sich ein Fehler finden ließ, wäre er dran.

»Wir dürfen uns jetzt keine Patzer mehr erlauben«, sagte sie. »Und das bedeutet, es wird weiterermittelt. Sowohl im Fall Tieneck als auch im Fall Noel. Ich will Ermittlungsergebnisse. Senator Tieneck hat bereits zu Lebzeiten genug Schaden für die Partei angerichtet. Dabei soll es bleiben. In spätestens zwei Wochen müssen die Fälle abgeschlossen sein. Bis dahin wird weitergearbeitet. Und zwar mit Hochdruck. Ich möchte am Ende ein lückenloses Ergebnis.«

Zum Oberstaatsanwalt sagte sie: »Sorgen Sie dafür, dass die Kommission alle notwendigen Ressourcen erhält, Herr Zahn. Wir schießen mit allem, was wir haben, verstanden?«

Und damit war die Sitzung beendet. Wolfgang erhob sich mühsam von seinem Platz. Noch konnte er nicht erkennen, wie er zu dem lückenlosen Ergebnis gelangen sollte, das die Senatorin von ihm verlangte.

Hürling bemerkte seinen Blick. »Sie werden das schon hinbekommen, Herr Herzberger«, sagte sie kühl und öffnete die Tür. »Da bin ich mir ganz sicher.«

28

Auf dem Weg von der Rechtsmedizin zum Roten Rathaus sprachen sie nicht viel. Anke steuerte den Wagen durch den Stadtverkehr, während Michael über Landgraf nachgrübelte. Über die Sache mit Bardor kam er nicht an ihn heran. Da schien alles sauber zu sein. Vorteilsnahme und Lobbyismus ließen sich nicht belegen. Landgraf hatte alles sauber getrennt. Er wirkte immer noch wie der große Verlierer, den Tienecks Tod am härtesten getroffen hatte. Trotz allem. Aber Michael hatte das Gefühl, dass das nicht die ganze Wahrheit war. Er wollte weitermachen, wenn er zurück im Präsidium wäre. Da musste noch was über Landgraf zu finden sein. Er spürte es geradezu.

»Ich bin gespannt, welchen Raum wir kriegen«, murmelte sie irgendwann. »Bestimmt irgendeine Besenkammer.«

Man hatte ihnen ein Büro im Verwaltungstrakt zugesagt, wo sie die Befragungen im Haus durchführen konnten.

»Warte es doch erst mal ab«, sagte Michael.

»Die Frau am Telefon war schon wieder so unfreundlich. Heute ist der Tag der Idioten. Die sind heute alle so, das hab ich im Gefühl.«

»Nur weil der Rechtsmediziner ein Trottel war?«

»Ach, hör mir bloß mit dem auf.«

Dieser Prof. Dr. Bernd Fischer hatte sie wie lästige Studenten aus dem Proseminar behandelt. Als wäre seine Zeit zu kostbar, um sie an Polizisten zu verschwenden. Der Generalstaatsanwalt hatte auf diesem Mediziner bestanden, weshalb auch immer. Der Befund stand für ihn ohne Zweifel fest: Keine Hinweise auf Fremdverschulden.

»Das können Sie doch gar nicht wissen«, hatte Anke gesagt, als Fischer sich bereits zum Gehen gewandt hatte.

Sein Blick war eisig gewesen. »Sie meinen?«

»Wenn eine Frau mit vorgehaltener Waffe gezwungen wird, sich einen Strick umzulegen, Herr Professor, welche Spuren wären dann am Körper der Toten zu finden?«

Fischer hatte sich ein gequältes Lächeln abgemüht. »Tun Sie einfach Ihren Job. Ich tue den meinen.« Damit hatte er sie im Sektionssaal stehen lassen.

»Blasierter Arsch«, murmelte Anke. »Als wenn der einen besseren Job machen würde als die Freythal.«

»Seine Art ändert auch nichts daran, dass es sich hier wohl tatsächlich um Selbsttötung handelt«, sagte Michael.

Daraufhin verfiel Anke wieder in Schweigen.

Im Roten Rathaus wurden sie dann zu ihrer Überraschung sehr freundlich empfangen. Die Sekretärin führte sie in einen großzügigen Büroraum im ersten Obergeschoss, nur ein paar Meter vom Büro des Regierenden Bürgermeisters entfernt. Dort, so wurde ihnen versichert, konnten sie ungestört ihre Befragungen durchführen.

»Na, wer sagt's denn?«, meinte Michael, als sie allein waren.

Anke trat ans Fenster und schob die Gardine ein Stück zur Seite. »Wahnsinn. Guck dir mal diese Aussicht an.«

Michael trat zu ihr. Unter ihnen eröffnete sich ein Panoramablick über die Brachfläche am Schlossplatz, den Berliner Dom bis hin zu dem Viertel rund um den Hackeschen Markt.

»Das ist was anderes als der Hof des Präsidiums«, meinte Michael.

Sie grinste. »Vielleicht sollten wir doch in die Politik gehen. Drei Meter hohe Decken, Holzfußböden und ein Blick auf den Dom.«

»Als einfache Referentin würdest du wohl kaum so ein Büro haben.«

»Wer sagt denn, dass ich es nur zu einer Referentin bringen würde?«

Die Tür öffnete sich, und die Sekretärin trat ein.

»Wenn Sie so weit wären …?«

»Natürlich«, sagte Anke. »Fangen wir an.«

Eine junge Frau mit roten Haaren in einem blassgrünen Kostüm erschien hinter der Sekretärin.

»Darf ich vorstellen? Frau Verena Dietrich.« Die Sekretärin deutete auf ein Blatt Papier, das auf dem Tisch lag. »Frau Dietrich steht ganz oben auf der Liste, um die Sie mich gebeten haben.«

Anke ging auf die junge Frau zu und reichte ihr die Hand. »Sie waren eine Mitarbeiterin von Jenny Noel? Vielen Dank, dass Sie sich die Zeit genommen haben.«

Die Sekretärin verließ geräuschlos den Raum. Alle anderen nahmen Platz.

»Frau Dietrich«, begann Anke. »Sie haben gemeinsam mit Jenny Noel in der Pressestelle des Regierenden Bürgermeisters gearbeitet. Ist das richtig?«

»Schon.« Sie lächelte unsicher. »Allerdings kenne ich … *kannte* ich Jenny erst seit ein paar Wochen. Sie hat ja erst nach der gewonnenen Wahl hier angefangen. Vielleicht fragen Sie besser jemand anderen, der sie besser kannte?«

»Wir haben eine Liste mit allen Mitarbeiterinnen und Mitarbeitern von Frau Noel bekommen«, sagte Anke. »Wir werden der Reihe nach alle befragen müssen, ganz gleich, wie lange sie mit Frau Noel zusammengearbeitet haben.«

»Ach so. Das verstehe ich natürlich.«

»Was ist Ihre Aufgabe hier in der Pressestelle?«

»Die Pflege des Internetauftritts und das Zusammenstellen des Pressespiegels. Wir sind insgesamt fünf im Team. Dazu kommen dann noch der Pressesprecher des Regierenden und seine Stellvertreterin.«

»Wie war Ihre Beziehung zu Frau Noel? In der kurzen Zeit, in der Sie zusammengearbeitet haben?«

»Gut. Jenny war nett. Sehr nett sogar. Das hat man nicht so oft. Viele sind nur auf ihre Karriere aus. Es wird viel taktiert und intrigiert. Das Menschliche bleibt oft außen vor.«

»Und Frau Noel war da anders?«

»Ja. Natürlich hat sie auch taktisch agiert. Aber sie hatte sich was Menschliches bewahrt.«

»Wie eng war Ihr Kontakt zu Frau Noel?«, fragte Anke.

»Wir haben einige Male zusammen zu Mittag gegessen. Dabei ging es natürlich immer um die Arbeit. Persönlich habe ich Jenny leider nicht näher kennengelernt.«

»Hatten Sie den Eindruck, Frau Noel war labil? Kam sie Ihnen unglücklich oder vielleicht traurig vor?«

»Wer weiß schon, was in einem Menschen wirklich vorgeht? Jenny schien immer gut gelaunt zu sein, so als wäre sie mit ihrem Leben zufrieden. Deshalb war ich auch ziemlich erschrocken über ihren Tod. Aber letztlich kannte ich sie nicht so gut wie die anderen. Es gibt da viele Gerüchte, wissen Sie.«

»Gerüchte?«, fragte Anke.

Verena Dietrich lächelte traurig. »Es war nicht das erste Mal, heißt es. Sie hat schon einmal versucht, sich das Leben zu nehmen. Und es war nicht nur das. Sie soll in letzter Zeit Fehler gemacht haben. Kleine Unachtsamkeiten. Fehler aus Zerstreutheit. Und das war offenbar nicht typisch für sie.« Nach kurzem Zögern fügte sie hinzu: »Aber vielleicht lag das auch nur daran, dass sie mit der neuen Stelle ein bisschen überfordert war.«

»Woher haben Sie das?«, fragte Anke. »Wer redet darüber?«

»Alle. Das ist doch kein Wunder. Wir sind völlig geschockt von ihrem Tod. Da wird auf den Fluren viel geredet.«

Anke versuchte mehr zu erfahren, doch offensichtlich gab es nicht mehr aus der Frau herauszuholen.

»Das ist schon mal ein Anfang«, sagte Anke, nachdem Verena Dietrich verschwunden war.

»Denke ich auch.« Michael nahm die Liste vom Tisch. »Wenn an diesen Gerüchten etwas dran ist. Mal sehen, was die anderen sagen. Wer kommt denn als Nächster?«

»Christian Küppers. Das ist der Pressesprecher des Regierenden.«

Michael überlegte. »Wahrscheinlich wäre es besser, zuerst die Mitarbeiter aus der Landesgeschäftsstelle zu befragen?«

»Warte ab«, sagte Anke. »Wenn in diesem Laden hier einer etwas über Jenny sagen kann, dann ist das dieser Küppers. Sie war seine engste Mitarbeiterin.«

Sie brauchten nicht lange zu warten, bis es an der Tür klopfte und ein Mann mit fliehendem Kinn und Glatze eintrat. Auf den ersten Blick hätte er für fünfzig durchgehen können, aber er war erst fünfunddreißig. Das lag wohl an der Glatze, außerdem wirkte er müde und abgearbeitet. Seit dem Tod seiner Mitarbeiterin war er allein auf seinem Posten.

»Es ist mir sehr wichtig, Ihnen bei den Ermittlungen zu helfen«, sagte Küppers mit traurigem Blick. »Ich stehe Ihnen gerne zur Verfügung. Trotzdem hoffe ich, dass es nicht zu lange dauern wird. Sie können sich nicht vorstellen, was hier los ist. Da ist jede Sekunde unendlich kostbar.«

»Wir werden uns bemühen, Ihre Zeit nicht länger als nötig zu beanspruchen«, versicherte Anke. »Sie haben sich mit Jenny Noel das Büro geteilt, ist das richtig?«

»Und die Arbeit. In der Regel haben wir jeden Tag zwölf Stunden und mehr gearbeitet. Ich kannte sie aber auch schon aus der Landesgeschäftsstelle. Wir hatten immer einen guten Kontakt zueinander.«

Obwohl dieser Küppers sie am besten kannte, war auch er völlig überrascht von ihrem Tod.

»Nichts hat auf den Selbstmord hingedeutet«, sagte er. »So was merkt man doch, oder nicht?«

»Sie haben keinerlei Stimmungsschwankungen beobachtet?«, fragte Anke.

Er schüttelte den Kopf.

»War Frau Noel vielleicht unaufmerksam?«, fragte Michael. »Hat sie bei der Arbeit Fehler gemacht?«

Christian Küppers blickte ihn kraftlos an. Die Anspannung der vergangenen Tage war ihm deutlich anzusehen.

»Das allerdings muss ich bestätigen.« Er strich sich durch die Haare. »Sie hat Sachen, die dringend rausmussten, auf dem Schreibtisch liegen gelassen. Sie hat vergessen, Nachrichten weiterzuleiten, und war immer wieder unaufmerksam. Es hat Ärger gegeben deshalb.«

»Würden Sie sagen, dass es für Frau Noel ein untypisches Verhalten war?«

»Absolut. Sie hat sonst immer zuverlässig gearbeitet. Sonst hätte ich niemals Hans Brohr zugestimmt, als er ihren Namen ins Spiel gebracht hatte.«

Anke machte sich eine Notiz. »Wie erklären Sie sich dieses untypische Verhalten von Frau Noel?«

»Etwas muss sie belastet haben. Sie muss unter emotionalem Stress gestanden haben. Ich dachte, das liegt an dem neuen Job. Dass sie … Auf diese Idee wäre ich niemals gekommen.«

»Ist Ihnen zu Ohren gekommen, dass Jenny Noel bereits früher einmal einen Suizidversuch unternommen hat?«, fragte Anke.

Er blickte überrascht auf. »Wer hat das gesagt?«

»Ich muss Sie leider bitten, meine Frage zu beantworten.«

»Ich hätte es wissen müssen«, sagte er wie zu sich selbst. »Hätte ich doch niemandem davon erzählt.«

»Sie wissen von diesem Suizidversuch?«

Er reagierte heftig. »Es war kein Suizidversuch! Das ist ein Gerücht!«

»Würden Sie uns dann erklären, was es mit diesem Gerücht auf sich hat?«

»Mir hätte klar sein müssen, dass getratscht wird. Natürlich werden Geschichten ausgeschmückt, und am Ende heißt es, sie hätte mehrere Selbstmordversuche hinter sich.«

Anke zog fragend eine Augenbraue hoch.

»Jenny hatte einmal einen Freund«, erklärte er. »Matthias hieß er, glaube ich. Er hat sie sitzen lassen, und kurz zuvor war ihr Vater gestorben. Dieser Typ war wohl ihre große Liebe. Damals muss es ihr sehr, sehr schlecht gegangen sein. Was jeder gut verstehen kann.« Er seufzte. »Zu dieser Zeit hat sie viel über Selbstmord nachgedacht. Sie muss es wirklich ernst gemeint haben. Doch was sie letztlich davon abgehalten hat, das weiß ich nicht.«

Zerknirscht blickte er auf. »Als ich von Jennys Tod erfahren habe, war ich natürlich völlig von der Rolle. Ich habe versucht, das Geschehene zu begreifen. Wir alle haben das versucht. Deshalb habe ich diese Geschichte wohl erzählt. Ich hätte diskreter mit dieser Sache umgehen müssen, die Jenny mir anvertraut hat.«

Anke fragte nach weiteren Einzelheiten, aber viel mehr erfuhren sie von diesem Suizidversuch nicht.

»Vielen Dank«, sagte sie schließlich. »Sie haben uns sehr geholfen.«

»Sollte mir noch etwas einfallen, werde ich Sie anrufen.«

»Das wäre gut, danke.«

Christian Küppers gab Anke zum Abschied die Hand, dann nickte er Michael zu. Er trat durch die Tür und zog sie sorgsam hinter sich ins Schloss.

Am frühen Nachmittag kehrte Wolfgang Herzberger zurück ins Präsidium. Die Geschichte mit Emma Paul lag ihm noch immer schwer im Magen. Er wollte sich als Erstes bei Frau Schrade erkundigen, ob sie Benno in seiner Abwesenheit ins Büro gelassen hatte. Danach würde er sich Lohmann zur Brust nehmen. Er wollte schnellstmöglich herausfinden, ob er die undichte Stelle war.

Doch die Sekretärin war noch in der Mittagspause, und so blieb er unschlüssig auf dem Flur stehen. Im Büro von Michael und Anke brannte Licht. Also trat er näher und streckte den Kopf durch die Tür. Die beiden saßen an ihren Schreibtischen zwischen Bergen von Akten und Papierstapeln. Vor ihnen flirrten die Monitore. Anke kaute an einem Käsebrötchen, und Michael hatte eine aufgerissene Schachtel Pralinen vor sich liegen. Sie blickten kurz zu Wolfgang auf und murmelten einen Gruß, dann wandten sie sich wieder ihrer Arbeit zu.

»Habt ihr kurz Zeit, mich auf den neuesten Stand zu bringen?«, fragte er.

Anke legte das Brötchen beiseite. »Klar. Setz dich doch. Möchtest du einen Kaffee?«

Wolfgang lehnte dankend ab und setzte sich im Mantel auf den Besucherstuhl.

»Wie war es denn bei der Justizsenatorin?«, fragte Michael. »Bestimmt hattet ihr eine Menge Spaß?«

»Den hatten wir«, sagte er trocken. »Sie hat natürlich Druck gemacht. Die Fälle sollen abgeschlossen werden. Beide. Am besten mit einem lückenlosen Ergebnis.«

»Ist das alles?«, fragte Anke.

»Na ja. Es spricht keiner offen darüber. Aber ich habe gemerkt, dass die Herrschaften allesamt davon ausgehen, dass es sich um einen Selbstmord und einen Unfall handelt. Alles ohne Fremdeinwirken. Das einzige Problem sehen sie darin, dies der Öffentlichkeit zu verkaufen.«

Er schlug die Beine übereinander und zog seinen Mantel glatt. »Aber jetzt zu euch. Gibt es etwas Neues im Fall Noel?«

Anke zuckte mit den Schultern. »Das Gespräch mit der Rechtsmedizin war sehr eindeutig. Es gibt …«

»… keinen Hinweis auf Fremdverschulden«, beendete Wolfgang den Satz. »Das hat mir schon der Generalstaatsanwalt verraten. Der war nämlich schon vor uns in Kenntnis gesetzt worden.«

»Im Grunde wundert mich das überhaupt nicht«, meinte Michael. »Natürlich hat sich dieser blasierte Professor Doktor nicht an den Dienstweg gehalten. Er redet zuallererst mit denen, die wichtig sind.«

»Wie auch immer.« Wolfgang machte eine wegwerfende Handbewegung. »War das schon alles im Fall Noel? Oder gibt es noch etwas anderes zu berichten?«

Michael fasste die Ergebnisse ihrer Befragung in der Senatskanzlei zusammen, und Wolfgang hörte aufmerksam zu.

»Aber vergessen wir nicht etwas Wesentliches?«, sagte Anke. »Gehen wir mal davon aus, dass Jenny Noel Selbstmord begehen will. Was tut sie also? Sie setzt sich in den Wagen und fährt in den Grunewald. Dass es eiskalt ist und ungemütlich, stört sie dabei nicht. Sie trägt nur eine dünne Bluse. Ihren Mantel lässt sie im Wagen. Sie klettert mit einem Seil aus dem Baumarkt durchs Unterholz, baut sich einen Galgen – und dann: Zack.« Sie schüttelte den Kopf. »Ich meine: Geht's noch?«

»Du denkst, auf so eine Weise würde sich eine Frau niemals umbringen?«

»Ganz genau«, sagte Anke. »Und am allerwenigsten diese Frau. Wir dürfen nicht vergessen, dass sie den Schrank voller Tabletten hatte. Wie soll das denn zusammenpassen?«

»Du meinst, sie hätte ihren Tablettenschrank ausgeräumt und sich damit aufs Sofa gesetzt«, meinte Michael. »Dazu eine Flasche Rotwein auf und ein Foto von ihrer großen Liebe. Eine Kerze an, und im CD-Player läuft André Rieux.«

»Genau so hätte sie es gemacht.«

Wolfgang dachte nach. »Ein gutes Argument. Trotzdem beweist es wenig. Es kann tausend Gründe geben, weshalb sich Jenny Noel für diesen Weg entschieden hat.

Vielleicht war das ihr Lieblingsplatz, wo sie immer mit Kroner gewesen ist. Oder es gibt einen ganz anderen Grund, auf den wir von alleine gar nicht kommen. Trotzdem ist der Einwand gut, und wir sollten dem nachgehen.«

»Das übernehme ich«, sagte Anke. »Ich fahre morgen ohnehin zu diesem Kroner nach Rostock. Und Jennys Mutter kann ich heute Abend noch mal befragen. Vielleicht weiß sie ja etwas darüber.«

»Also gut«, sagte Wolfgang und erhob sich schwerfällig. »Dann mach ich mal weiter.«

Auf dem Flur fiel ihm noch etwas ein. Er drehte sich um und steckte den Kopf durch die Tür. »Ach, Michael?«

»Ja?«

»Was ist mit diesem Landgraf? Hast du dich schon darum kümmern können?«

»Ich bin dabei«, sagte er. »In der Zeitung stand, dass er zu Bardor gewechselt hat. Hochinteressant, wenn du mich fragst. Heute am späten Nachmittag habe ich einen Termin bei Günther Tienecks ehemaliger Sekretärin. Mal sehen, was die zu sagen hat. Ich habe mir gedacht, dass es nicht schaden kann, das Pferd von hinten aufzuzäumen. Außerdem … ich weiß, das muss nichts bedeuten, aber in einem Blog habe ich gelesen, dass man Landgraf beinahe wegen Verstoß gegen das Betäubungsmittelgesetz rangekriegt hätte. Da war wohl Koks im Spiel. Ist aber zu keiner Anzeige gekommen.«

Wolfgang runzelte die Stirn. »Ein Politiker, der kokst. Ist das jetzt so ungewöhnlich?«

»Ich weiß nicht. Es passt nicht zu Landgraf, finde ich.«

»Erinnerst du dich noch an diese Sache mit den Kokainspuren, die man im Bundestag auf den Toiletten gefunden hat? Was da los war! Aber insgeheim haben alle darüber gekichert.«

»Ich sag ja, es muss nichts heißen. Aber ich bleib an der Sache dran.«

»Also gut«, sagte Wolfgang. »Halt mich auf dem Laufenden.«

Es war bereits kurz vor einundzwanzig Uhr, und die meisten in der Kommission hatten bereits Feierabend gemacht. Wolfgang Herzberger fuhr seinen Rechner herunter, löschte die Schreibtischlampe, stand auf und reckte sich. Er glaubte jeden einzelnen Knochen in seinem Körper zu spüren.

Du brauchst dringend mehr Bewegung, sagte er sich. Doch allein der Gedanke an Sport erschöpfte ihn unsäglich.

Er wollte jetzt nur noch beim Italiener etwas essen und danach so schnell wie möglich ins Bett fallen. Er trat hinaus auf den ausgestorbenen Flur.

Bei Michael brannte noch Licht. Er trat näher. Sein Mitarbeiter saß vorm Computer.

»Du bist noch hier?«, fragte er.

Michael gähnte. »Wie du siehst. Ich häng noch an dieser Sache mit Landgraf.«

»Und? Gibt es da irgendetwas Interessantes?«

Michael blickte nachdenklich auf den Computerbildschirm.

»Nichts, was mit Günther Tieneck in Verbindung

stünde. Und trotzdem …« Er griff nach einem Ausdruck, der auf dem Schreibtisch lag. »Hör dir das mal an. Das habe ich über Peter Landgraf gefunden, den Vater von Tobias Landgraf. Der war hoher Sportfunktionär in der DDR.«

»Peter Landgraf? Nie gehört.«

»Mitte der Neunziger war der vor Gericht im Zusammenhang mit den Dopingfällen im DDR-Schwimmsport. Angeklagt wegen gemeinschaftlich begangener Körperverletzung. Es kam aber zu keinem Urteil, da Landgraf bereits schwer krank war. Kurz darauf ist er in einem Pflegeheim gestorben.«

»Was hat das mit unserem Fall zu tun?«, fragte Wolfgang.

»Das war noch nicht alles. Es hat Anfang der Neunziger eine Medienjagd auf ihn gegeben. Da kam raus, dass Landgraf als inoffizieller Mitarbeiter der Stasi Freunde und Bekannte denunziert hat. Unter anderem hat er Friedrich von Brandt für acht Jahre in den Knast gebracht.«

»Den Schauspieler?«, fragte Wolfgang verdutzt. »Der war im DDR-Knast? Das wusste ich gar nicht.«

»In den Sechzigern, bevor er vom Westen freigekauft worden ist. Er war nicht der Einzige, der von Landgraf denunziert wurde. Es gibt eine ganze Reihe von Opfern. Nach der Wende kam das dann alles raus.« Michael legte das Papier zurück auf den Schreibtisch. »Wie auch immer. Landgraf ist in dieser Zeit von den Medien regelrecht hingerichtet worden. Und das war nicht ohne, kann ich dir sagen.«

Wolfgang gähnte erneut. »Interessante Geschichte. Aber was hat das mit unserem Fall zu tun?«

»Ich weiß nicht«, sagte Michael. »Es verstärkt mein Gefühl, dass irgendetwas mit diesem Landgraf nicht stimmt. Wie du dich erinnerst, hatte ich vorhin einen Termin mit Tienecks Sekretärin.«

»Richtig. Was ist dabei herausgekommen?«

Michael hob nachdenklich die Schultern. »Tobias Landgraf hat den Kontakt zu seinen Eltern abgebrochen. Er war so etwas wie der Ziehsohn von Günther Tieneck geworden, und von seiner eigenen Sippschaft wollte er nichts mehr wissen. Landgrafs Mutter ist offenbar sehr krank. Sie hat sich immer wieder um einen Kontakt bemüht. Aber die Sekretärin hatte die Anweisung, keine Gespräche durchzustellen.«

»Und was hat Tobias Landgraf dazu gesagt?«, fragte Wolfgang.

»Noch gar nichts. Ich wollte erst mit seiner Mutter sprechen. Mal sehen, was sie zu sagen hat. Und nun noch diese Geschichte mit der DDR-Vergangenheit«, murmelte er.

»Es geht hier um seinen Vater«, erinnerte Wolfgang. »Wir wollen doch niemanden in Sippenhaft nehmen.«

»Trotzdem«, sagte Michael nachdenklich. »Ich habe ein komisches Gefühl, und ich glaube, es ist besser, wenn ich dieser Sache nachgehe.«

29

Die Praxis von Dr. Katrin Funkel befand sich in einem tristen Fünfzigerjahrebau in einer Nebenstraße unweit des Ku'damms. Eingezwängt zwischen zwei prachtvollen Gründerzeitgebäuden wirkte die Fassade noch grauer und trostloser, als sie es ohnehin schon war.

Anke klingelte und wurde sofort ins Gebäude gelassen. Außerhalb der Sprechzeiten war die Ärztin allein in der Praxis. Die Sprechstundenhilfe hatte bereits Feierabend, und Dr. Funkel öffnete ihr persönlich die Tür.

»Kommen Sie in mein Büro«, sagte sie freundlich und führte Anke in einen großen und gemütlich eingerichteten Raum, der um ein Vielfaches heller und einladender war, als die Außenfassade des Hauses vermuten ließ.

Unwillkürlich blickte Anke sich nach einer Couch um. Doch sie entdeckte nicht einmal eine Chaiselounge. Nur ein paar stoffbezogene Sessel mit weichen Polstern standen herum.

Dr. Funkel wies auf einen der Sessel. »Setzen Sie sich doch, Frau Suhl.«

»Danke sehr.« Anke nahm Platz und zückte ihren Notizblock.

»Sie haben bereits von Jenny Noels Tod erfahren?«

»Natürlich.« Die Ärztin blickte sie bekümmert an. »Das hat mir sehr zu schaffen gemacht.«

»Wir versuchen herauszufinden, ob es sich bei dem

Todesfall um Selbstmord oder Mord handelt. War Frau Noel in den letzten Wochen bei Ihnen in Behandlung?«

»Nein, schon seit einiger Zeit nicht mehr. Aber ich erinnere mich noch gut an sie. Ich habe mir meine Notizen von damals noch mal angesehen, nachdem Sie angerufen haben.«

»Wann war sie das letzte Mal hier?«, fragte Anke.

»Nach dem Tod ihres Vaters. Ich habe sie wegen einer Depression behandelt.«

»In Form von Therapiesitzungen?«

»Genau. Gesprächstherapie unterstützt durch ein Antidepressivum. Die Behandlung dauerte ein knappes Jahr. Die Medikamente konnten abgesetzt werden, und dann haben wir die Sitzungen beendet.«

Anke wusste nicht genau, wie sie ihre nächste Frage formulieren sollte. »Frau Noel war also wieder völlig gesund?«

Dr. Funkel lächelte. »Sie litt zu diesem Zeitpunkt nicht mehr unter einer Depression, wenn Sie das meinen.«

»Aber so eine Depression kann wiederkommen, oder?«

»Natürlich. Sie kann jederzeit wiederkommen. Das geht von heute auf morgen.«

»Es könnte also sein, dass sie einen Schub bekommen und sich dann das Leben genommen hat?«

»So einfach ist das wohl nicht«, sagte die Ärztin. »Ich bekomme nicht heute eine Depression und werfe morgen einen Strick in den Kofferraum.«

»Wie muss ich mir das denn vorstellen?«, fragte Anke.

»Es ist eine Entwicklung. Das alles passiert nach und nach. Es gibt immer weniger Licht, immer weniger

Freude. Die Patientin ist nicht mehr fröhlich, sie schafft die Arbeit nicht mehr so gut, sie zieht sich immer mehr zurück, meidet soziale Kontakte.«

So ähnlich hatte es auch der Kollege aus der Senatskanzlei berichtet.

»Sie rutscht da immer tiefer rein«, fuhr die Ärztin fort. »Sie denkt: Mir kann sowieso keiner helfen. Das alles passiert aber nicht, ohne dass es jemand aus dem engen sozialen Umfeld mitbekommt. Am besten fragen Sie da nach.«

»Sie hat außerhalb ihrer Arbeit kein nennenswertes soziales Umfeld«, sagte Anke.

»Sie hatte doch einen engen Kontakt zu ihrer Mutter, wenn ich mich nicht irre.«

»Das stimmt«, sagte Anke. »Ihre Mutter hat in den letzten Wochen allerdings kaum etwas von ihr gehört. Sie hat gedacht, es wäre wegen ihrer Beförderung gewesen. Sie hat sich also keine Gedanken gemacht.«

»So ein Rückzug könnte allerdings auch andere Gründe haben«, sagte die Ärztin. »Was sagen denn die Arbeitskollegen?«

»Unkonzentriertheit, Abwesenheit, Vergesslichkeit. Außerdem hat sie einem Kollegen gegenüber die Selbstmordabsichten erwähnt, die sie damals mit sich herumgetragen hatte.«

»Ich verstehe.« Dr. Funkel sah sie bedrückt an. »Es ist dieser Nihilismus. Sie hätte doch wissen müssen, dass sie Hilfe bekommen kann. Wir hatten eine so gute und vertrauensvolle Beziehung.«

Kurz darauf verabschiedete sich Anke von der Ärztin

und ging hinunter zum Wagen. Sie blickte auf die Uhr. Es war noch nicht zu spät, um nach Rostock zu fahren. Sie hatte große Lust, das alles möglichst schnell hinter sich zu bringen. Sie nahm ihr Handy und vereinbarte einen Termin mit Matthias Kroner, der mit einem spontanen Treffen einverstanden war.

Danach rief sie bei Wolfgang an. Es war jedoch besetzt, und sie versuchte es stattdessen bei Michael.

»Hallo, Anke. Was gibt's?«

»Bist du im Büro?«

»Nein. Ich bin auf dem Weg zu Landgrafs Mutter. Was ist denn?«

»Kannst du Wolfgang ausrichten, dass ich nach Rostock fahre? Ich möchte das möglichst heute noch hinter mich bringen. Vielleicht komme ich dann nicht mehr ins Büro. Wer weiß, wie spät es ist, wenn ich wieder in Berlin bin.«

»Klar, ich sage Wolfgang Bescheid. Gab es bei der Ärztin etwas Neues?«

»Sie hat die Selbstmordthese gestützt. Ist das etwas Neues?«

»Nein, eigentlich nicht. Also, bis morgen dann.«

Anke ließ den Motor anspringen. Wenn sie nicht in einen Stau geriet, konnte sie am frühen Abend wieder in der Stadt sein.

Michael fragte sich, wann er das letzte Mal in Hohenschönhausen gewesen war. Hier hatte sich viel verändert. Die ehemals grauen Gartenstadtanlagen aus den Zwanzigerjahren waren liebevoll saniert, alles war hell und bunt und einladend. Dieser Zipfel der Stadt hatte damals schon zu den besseren Gegenden gehört. Trotzdem hatte es hier vor der Wende ziemlich grau ausgesehen.

Christine Landgraf wohnte ein wenig außerhalb in einer Parterrewohnung. Von ihrem Wintergarten aus hatte man einen Blick auf eine nebelverhangene Rasenfläche und auf ein dahinter gelegenes, kleines Waldstück. Die alte Frau bewegte sich sehr langsam, und Michael konnte ihr ansehen, dass sie unter Schmerzen litt. Mit einer Handbewegung lud sie ihn ein, sich auf einen der Rattansessel zu setzen. Sie selbst ließ sich in den großen Schaukelstuhl sinken, von dem aus sie in den Garten blicken konnte. Sie warf sich eine Wolldecke über die Knie und deutete hinaus in den Nebel.

»Meine Tochter kümmert sich um den Garten«, sagte sie. »Mir fehlt leider die Kraft dazu. Die Arbeit wächst mir über den Kopf. Aber Angelika kommt gern, um mir zu helfen. Sie sagt, dass es ein guter Ausgleich zur Arbeit im Büro ist.«

»Es muss sehr schön sein, einen so großen Garten zu besitzen.«

»Ja, auch wenn es sehr viel Arbeit macht.« Sie sah ihn an. »Am Telefon haben Sie nicht genau gesagt, weshalb Sie mich sprechen wollen. Ich fürchte ja, dass ich Ihnen nicht sehr viel über Günther Tieneck erzählen kann. Ich weiß nicht mehr, als in den Zeitungen steht. Da müssen Sie schon meinen Sohn fragen, schließlich hat der mit ihm zusammengearbeitet.«

»Ich möchte mir ein Bild von dem Fall in seiner Gesamtheit machen. Da ist es hilfreich, auch die Menschen aus dem Umfeld des Senators besser kennenzulernen. Wir möchten einfach alles mit einbeziehen.«

Sie hatte sofort verstanden. »Sie kommen wegen Tobias?«, fragte sie erstaunt. »Verdächtigen Sie ihn etwa?«

»Nein, das nicht. Wie gesagt: Ich möchte mir lediglich ein genaues Bild machen. Man kann häufig nicht sagen, was in einem Fall wichtig ist und was nicht. Deshalb interessiere ich mich auch für Ihren Sohn, Frau Landgraf.«

»Ich verstehe. Wie kann ich Ihnen denn weiterhelfen?«

»Bitte sagen Sie mir, wie Ihre Beziehung zu Ihrem Sohn ist.«

Christine Landgraf antwortete nicht sofort, sondern blickte schweigend hinaus in den Nebel.

Eine Krähe landete auf einem Obstbaum. Eine Weile pickte sie auf dem Ast herum, auf dem sie saß, dann flatterte sie mit einem Krächzen davon.

»Unsere Beziehung ist nicht einfach«, sagte sie. »Tobias hat den Kontakt zu mir schon vor Jahren abgebrochen.« Sie versuchte ein Lächeln. »Und er ist nun einmal unglaublich stur. Das hat er von seinem Vater. Wenn er sich einmal etwas in den Kopf gesetzt hat, dann lässt er nicht mehr davon ab.«

»Was war der Grund, weshalb er den Kontakt abgebrochen hat?«

»Es gab einen Streit«, sagte sie kühl. »Aber das ist eine innerfamiliäre Angelegenheit.«

Michael dachte daran, was er über den Vater von Tobias herausgefunden hatte. Er glaubte bereits zu wissen, was der Grund für diesen Familienstreit gewesen war.

»Hatte der Streit etwas mit Ihrem verstorbenen Mann zu tun?«

Ihre Augen verengten sich. Sie fixierte Michael feindselig, und von dem Eindruck einer alten, kränkelnden Frau blieb nicht mehr viel übrig.

»Wie kommen Sie darauf?«, fragte sie scharf.

»Ich weiß natürlich von der Vergangenheit Ihres Mannes«, sagte Michael vorsichtig. »Und von den Menschen, die er ins Gefängnis gebracht hat …« Weiter kam er nicht.

»Nichts von dem ist wahr!«, wütete sie.

»Aber Frau Landgraf …«

»Die Dinge, die behauptet wurden, sind nicht wahr.« Ihre Stimme duldete keine Widerrede.

»Die Menschen reden irgendwas daher«, sagte sie heftig. »Aus Bosheit oder um einer eigenen Bestrafung zu entgehen. Es ist nichts bewiesen. Schließlich sind die Namen in den Akten geschwärzt. Die Leute wollen so offene Rechnungen begleichen. Oder die Medien legen einem etwas in den Mund.« Michael senkte den Blick. Sie wollte sich also der Wahrheit nicht stellen.

»Er war ein guter Ehemann!« Sie hob die Stimme. »Und ein guter Vater!«

»Natürlich. Mir geht es nur um die Beziehung zwischen ihm und …«

Sie schlug mit der Faust auf die Lehne ihres Schaukelstuhls. »Was nehmen Sie sich heraus! Wie können Sie es wagen, über unsere Familie zu urteilen? Glauben Sie alles, was in der Zeitung steht?«

»Ich wollte nicht urteilen … Es tut mir leid.«

Christine Landgraf sackte zusammen und schüttelte

unglücklich den Kopf. Ihre Wut schien mit einem Mal verraucht zu sein.

»Sie sind genau wie Tobias«, sagte sie. »Da kommen ein paar Leute und behaupten ganz abscheuliche Dinge, und Sie glauben ganz einfach alles, ohne sich selbst ein Bild gemacht zu haben. Mein Mann hat diese Dinge niemals getan. Es ist alles so zurechtgelegt worden.«

Michael schwieg. Sie hatte sich ihre eigene Wahrheit geschaffen. Vielleicht war Verleugnen der einzige Weg, mit den Verbrechen ihres Mannes fertigzuwerden.

»Tobias glaubt nur, was diese fremden Menschen reden«, sagte sie leise. »Seiner eigenen Familie glaubt er nicht. Er müsste es doch besser wissen.«

Michael begriff, er würde hier nicht mehr über Tobias Landgraf erfahren. Er verabschiedete sich und ließ Christine Landgraf allein in ihrem Wintergarten zurück. Als er auf die Straße trat, wurde es bereits dunkel. Das trübe Licht des Novembernachmittags ging unmerklich in die Dämmerung über. Es wurde kühl, und Frost lag in der Luft.

Er setzte sich in den Wagen und startete den Motor.

Sein Handy klingelte. Er zog es hervor und blickte auf das Display. Unbekannte Nummer. Mit einem Stirnrunzeln nahm er das Gespräch entgegen.

Straßenlärm war zu hören. Dann eine Stimme: »Hallo?«

Es war Jana Tieneck. Sofort machte sich sein schlechtes Gewissen bemerkbar. Er hatte sie gestern Abend anrufen wollen, doch dann war er nicht dazu gekommen.

Und nun war bereits ein weiterer Tag vergangen, ohne dass er sich gemeldet hatte.

»Hallo, Jana. Schön, dass du anrufst.«

Ihre Stimme klang gehetzt. »Er ist hier! Ich bin ganz sicher. Er ist hier.«

Michael stutzte. »Wer ist hier? Wen meinst du?«

»Der Mann, der mich verfolgt«, sagte sie.

30

Er war hinter ihr her, sie war sich ganz sicher.

Jana blickte sich um. Er war nirgends mehr zu sehen.

»Wo bist du gerade, Jana?«

Die Stimme des Kommissars drang wie durch Watte.

»Ich bin am Alex. An der Bushaltestelle unter der S-Bahn-Brücke. Ich habe ihn eben noch gesehen. Er folgt mir mit dem Auto.«

»Also gut. Hör mir jetzt zu.« Die Ampel schaltete auf Grün, und die Stimme des Kommissars ging in dem Lärm einer Tram unter, die donnernd und quietschend durch eine Kurve fuhr.

»Wie bitte?«, rief sie.

»Es gibt da ein Touristencafé«, wiederholte er. »Unterhalb des Fernsehturms. Kannst du das sehen?«

Sie drehte sich um und sah die erleuchteten Fenster des Cafés, knapp dreißig Meter entfernt.

»Ja. Ich sehe es.«

»Hör zu. Ich möchte, dass du dort hingehst. Bleib im Licht der Laternen. Wenn du im Café bist, setz dich an die Theke. Bestell dir eine Cola und warte auf mich. Geh nicht allein auf die Toilette. Hast du verstanden?«

Sie nickte verstört, bis ihr klar wurde, dass er das nicht sehen konnte. »Ja«, sagte sie. »Ich hab verstanden.«

»Es ist nur zur Sicherheit. Mach dir keine Sorgen. Am Alex bist du nicht in Gefahr. Da sind viel zu viele Menschen. Es kann dir nichts passieren.«

Sein ruhiger Tonfall blieb nicht ohne Wirkung. Jana merkte, wie ihr Herzschlag sich verlangsamte. Sie hatte das Gefühl, jetzt wieder atmen zu können.

»Ich bin in zwanzig Minuten bei dir«, sagte er. »Ich mache mich sofort auf den Weg.«

»Danke«, sagte sie leise und beendete dann das Gespräch.

Ein Doppeldeckerbus hielt direkt vor ihrer Nase, die Türen öffneten sich, und es wimmelte von Menschen auf dem Bürgersteig. Jana nutzte das Durcheinander und lief eilig durch die Menge zu dem Touristencafé.

Als sie die Glastür aufstieß, schlug ihr ein Schwall warmer und stickiger Luft entgegen. In dem überfüllten Lokal duftete es nach Kaffee und Kuchen, und die vielen freundlichen und aufgeheizten Gesichter gaben ihr ein Gefühl von Sicherheit.

Jana ging zur Theke und ließ sich auf einen Barhocker sinken. Der Mann hinterm Tresen lächelte sie an.

»Was darf es denn sein, junge Frau?«

»Eine heiße Schokolade, bitte.«

Der Barkeeper wandte sich ab, und Jana zog ihren Mantel aus. Sie legte ihn quer über den Schoß und hielt sich am klammen Stoff fest.

Draußen lag der Platz unterhalb des Fernsehturms. Nur vereinzelt schlenderten Menschen durch das schwache Laternenlicht. Es war nichts Auffälliges zu sehen. Nicht der dunkle Kleinwagen, von dem sie verfolgt worden war. Und auch kein einzelner Mann, der das Café beobachtete.

Dennoch wusste sie, dass die Gefahr nicht vorüber war.

Er ist da draußen, dachte sie. Ganz in der Nähe.

Er ist da draußen, ich spüre es genau.

Ein sonderbares Geräusch ließ Wolfgang Herzberger aufschrecken. Zunächst konnte er es nicht einordnen, doch dann wurde ihm klar, dass es die Rotoren eines Hubschraubers waren, der über das Gebäude flog. Ein Rettungsflieger.

Er gähnte langgezogen und rieb sich die Augen. Seit Stunden blätterte er sich durch die angesammelten Berichte der beiden Mordfälle, ohne etwas zu finden, was der Sache eine neue Richtung geben könnte. Er stieß weder auf neue Hinweise noch auf unentdeckte Verbindungen.

Schwerfällig stand er auf, ging zum Fenster und blickte in den dunklen Nachthimmel. Die Lichter des Hubschraubers verschwanden gerade hinter den Dächern. Wahrscheinlich auf dem Weg zur Charité.

Missmutig betrachtete Wolfgang den Aktenstapel auf seinem Schreibtisch und entschloss sich, zunächst einen Becher Kaffee zu holen, bevor er sich wieder darin vertiefte.

Auf dem Flur begegnete er Anke, die gerade im Mantel aus dem Treppenhaus kam und auf ihr Büro zusteuerte. Er sah auf die Uhr.

»Du bist schon wieder da? Das ging ja schnell.«

Michael hatte ihm ausgerichtet, dass sie nach Rostock fahren wollte, um den Exfreund von Jenny Noel zu befragen.

»Ja, ich bin gut durchgekommen«, meinte sie. »Die Autobahn war ziemlich leer. Ich bring jetzt nur noch mein Zeug hier rein, dann bin ich weg. Feierabend. Wenn ich mich beeile, schaff ich es noch ins Kino.«

Wolfgang folgte ihr. »Wie ist es denn gelaufen in Rostock?«

»Der Typ wusste von nichts«, sagte sie mit einem Seufzen. »Der war total überrascht, als er von den Briefen hörte. Konnte es gar nicht glauben. Weil diese Geschichte mit Jenny schon so lange her ist. Er hatte gedacht, dass Jenny längst einen Neuen hätte.«

»War er glaubwürdig?«

»Ich denke schon. Er hat auch ein gutes Alibi. Er war mehrere Tage bei seinen Eltern in Stuttgart.«

Wolfgang verschränkte die Arme. »Das war schon alles?«

»Ja. Das war schon alles.«

»Was ist mit der Stelle, wo Jenny sich erhängt hat? Hatten er und sie da vielleicht ... Schäferstündchen?«

Anke blickte ihn ironisch an. »Schäferstündchen?«

»Du weißt, was ich meine. Oder hatte der Ort irgendeine Bedeutung für sie?«

»Na ja, sie haben früher gern Ausflüge in den Grunewald gemacht. Aber sie haben auch gern Ausflüge in den Tiergarten gemacht. Der Fundort sagte ihm weiter nichts.«

Wolfgang brummte. Er hätte sich eine andere Antwort gewünscht. Aber es konnte tausend andere Gründe geben, weshalb Jenny diesen Ort im Grunewald gewählt hatte.

»Was hat denn die Ärztin gesagt?«, fragte er.

»Dass ein Rückfall durchaus möglich gewesen wäre. Die Indizien, die sie genannt hat, passen auch zu dem, was uns Jenny Noels Kollegen erzählt haben.«

Wolfgang nickte. Dann hatte dieser Vosswinkel wohl recht, und der Fall war tatsächlich nur eine Selbsttötung. Mit verdammt schlechtem Timing.

Anke packte ihre Tasche aus und legte die Unterlagen auf den Schreibtisch. Sie griff nach einem Lippenstift, der über die Tischplatte rollte, steckte ihn zurück und schnürte die Tasche wieder zu.

»So. Ich verschwinde.«

Sie drückte sich an Wolfgang vorbei in den Flur.

»Viel Spaß im Kino«, sagte er.

Er blickte ihr nach, bis sie im Treppenhaus verschwunden war. Dann machte er sich auf den Weg zum Kaffeeautomaten. Auf dem Flur kam ihm Frau Schrade entgegen.

»Herr Herzberger?«

»Was gibt es denn?«

»Der Pförtner ist am Apparat. Er sagt, unten ist jemand, der gerne mit Ihnen sprechen möchte. Ein Joachim Buchner.«

»So spät noch? Wer soll das sein?«

»Joachim Buchner ist Reporter bei Kanal 5«, sagte sie. »Und offenbar war er auch ein Freund von Jenny Noel. Er sagt, es ist wichtig. Er glaubt nicht daran, dass sie Selbstmord begangen hat.«

Knapp zwanzig Minuten nach dem Telefonat mit Jana erreichte Michael Schöne das Touristencafé. Den Wagen ließ er im Halteverbot stehen. Hastig lief er zur Fensterfront des Cafés. Zu seiner Erleichterung sah er Jana bereits von Weitem an der Theke sitzen.

Ihn quälte das schlechte Gewissen. Vielleicht gab es diesen Verfolger tatsächlich. Sie hatte sich am Telefon dermaßen verängstigt angehört, dass er ins Zweifeln geraten war. Vielleicht hatte er das Ganze ja zu Unrecht als stressbedingte Einbildung abgetan.

Er stieß die schwere Glastür auf und betrat das Café. Jana entdeckte ihn und winkte ihm zu. Sichtlich erleichtert rutschte sie vom Barhocker und lief ihm entgegen.

Einen Moment lang wirkte es, als wolle sie Michael in den Arm fallen. Doch ohne es zu beabsichtigen, versteifte er sich ein wenig, und so hielt sie in der Bewegung inne und blieb unsicher vor ihm stehen.

Sie räusperte sich verlegen. »Danke, dass du gekommen bist.«

»Das war doch selbstverständlich.« Er rang sich ein Lächeln ab. »Ich habe es doch versprochen, erinnerst du dich?«

Er sah sich im Lokal um. »Am besten, wir verschwinden erst einmal von hier. Du kannst mir dann in Ruhe erzählen, was passiert ist.«

Er half ihr in den Mantel und führte sie zum Ausgang.

»Ich denke, es ist keine schlechte Idee, wenn ich dich erst mal nach Hause fahre.« Er bemerkte ihren Blick und fügte schnell hinzu: »Oder ins Präsidium. Irgendwohin, wo wir ungestört reden können.«

»Na gut«, sagte sie. Die Enttäuschung war jedoch unübersehbar. Michael ahnte schon, was sie sich erhofft hatte. Er zögerte, dann gab er sich geschlagen.

»Wenn du Lust hast, können wir auch zu mir fahren.«

Ihr Gesicht hellte sich augenblicklich auf.

»Wir können auf dem Weg beim Chinesen anhalten«, sagte er, »und uns gebratene Nudeln einpacken lassen. Dann machen wir es uns bei mir gemütlich, essen erst einmal was, und dann erzählst du mir alles in Ruhe.«

»Das wäre super!«, sagte sie.

Mit einem Seitenblick registrierte er, dass ihr ein weiterer Wunsch auf der Seele brannte. Also gut, dachte er resigniert. Jetzt ist es auch egal.

»Wenn du nicht nach Hause willst, kannst du auch bei mir übernachten. Aber diesmal brauche ich die Zustimmung von deiner Mutter. Und meinem Chef muss ich auch Bescheid geben.«

Sie strahlte. »Meine Mutter hat bestimmt nichts dagegen«, sagte sie schnell. »Da bin ich ganz sicher.«

Michael öffnete die Tür und ließ sie ins Freie treten.

Die Stimme des Barkeepers dröhnte zu ihnen hinüber. »He! Junge Frau! Willst du gar nicht bezahlen?«

Jana drehte sich erschrocken um.

»Oh, das habe ich ganz vergessen. Hast du vielleicht Geld dabei?«

»Natürlich«, sagte er. »Kein Problem, ich übernehme das.«

Er drückte ihr die Autoschlüssel in die Hand.

»Mein Wagen steht da vorn auf dem Busfahrstreifen.

Setz dich schon mal rein. Wenn die Kollegen in Grün kommen, sag ihnen, ich bin gleich wieder da.«

Dann ging er zurück zur Theke und ließ sich vom Barkeeper die Rechnung geben. Er zahlte, legte ein angemessenes Trinkgeld dazu und steckte den Bon in sein Portemonnaie. Dann ging er hinaus auf die Straße.

Er atmete die frostige Nachtluft ein und überquerte den Bürgersteig. Jana stand bereits am Wagen und fummelte am Schloss herum. Er hätte ihr sagen müssen, dass es einen Trick gibt, ging ihm durch den Kopf, als plötzlich ein dunkler Kleinwagen die Straße verließ und mit einem Ruck auf den Bürgersteig fuhr.

Michael hielt die Luft an.

Jana sah das Auto nicht kommen. Erst als sie von den Scheinwerfern erfasst wurde, blickte sie verängstigt auf. Der Wagen kam mit quietschenden Reifen vor ihr zu stehen.

Michael ahnte bereits, was als Nächstes passieren würde.

Der Typ würde sich das Mädchen schnappen. Er würde sie ins Auto zerren und davonfahren.

Michael reagierte sofort. Mit großen Sätzen rannte er los. Es waren nur fünfzig Meter. Das konnte er schaffen.

Jana schrie. Der Unbekannte trug eine Sturmmaske, er zerrte bereits an ihrem Handgelenk. Doch dann sah er Michael kommen und ließ sie augenblicklich los. Mit einer schnellen Bewegung rutschte er zurück hinters Steuer. Ohne die Wagentür zu schließen, trat er aufs Gas und schoss in einem Bogen über den Bürgersteig.

Michael erreichte gerade noch die Beifahrertür. Er fasste nach dem Griff, aber das Auto war bereits zu schnell. Sein Arm wurde von der Beschleunigung mitgerissen. Er verlor das Gleichgewicht, stolperte über den Bürgersteig und fiel hart auf den Asphalt. Er versuchte noch, sich abzurollen, doch da flammte bereits ein starker Schmerz in seiner Schulter auf.

Stöhnend sah er dem Wagen hinterher, der in hohem Tempo hinter der S-Bahn-Brücke verschwand. Im allerletzten Moment hatte Michael einen Blick auf das Nummernschild werfen können. Es war verdreckt und kaum lesbar. Zudem war eines der Lämpchen kaputt, die den Schriftzug erhellten. Dennoch hatte er die Buchstabenfolge erkennen können. Das Schild trug ein Berliner Kennzeichen. B wie Berta, gefolgt von A wie Anton und O wie Otto.

31

Joachim Buchner hatte seinen Personalausweis nicht dabei, deshalb konnte er nicht eingelassen werden, und Wolfgang musste hinunter ins Erdgeschoss und ihn persönlich beim Pförtner abholen. Nachdem er sich davon überzeugt hatte, dass Buchner kein Terrorist war, und dem Pförtner die Verantwortung abgenommen hatte, lud er ihn kurzerhand in die Kantine ein, die sich nur ein Stockwerk unter ihnen im Keller befand.

»In der Küche ist um die Zeit niemand mehr, aber vielleicht darf ich Sie zu einem Heißgetränk einladen, Herr Buchner?« Wolfgang deutete auf den schäbigen Automaten am Treppenaufgang. »Die Auswahl ist nicht zu verachten.«

»Ein Milchkaffee wäre prima«, meinte Buchner mit einem Lächeln.

Wolfgang warf eine Münze ein und beobachtete, wie eine hellbraune Brühe in den Plastikbecher plätscherte. Er reichte den Becher weiter und zog sich selbst einen Kaffee, schwarz.

Im Essraum war es bereits dunkel. Wolfgang betätigte den Schalter, und eine Reihe von Leuchtstoffröhren flackerte auf. Sie setzten sich ans Ende eines langen Tisches.

»Sie sagten, Sie waren ein Freund von Jenny Noel«, sagte Wolfgang. »Ich möchte Ihnen also zuallererst mein Beileid aussprechen.«

»Danke.« Ein Schatten legte sich über Buchners Gesicht. »Unsere Freundschaft war allerdings eher beruflich, muss ich gestehen. Privat hatten wir wenig Kontakt.«

»Sie arbeiten bei Kanal 5, ist das richtig?«

»Ja. Jenny kenne ich schon seit dem Studium, aber wir hatten uns danach aus den Augen verloren. Erst als sie im Presseteam der Landespartei angefangen hat, haben wir uns wiedergesehen. Wir sind ab und zu essen gegangen. Haben Informationen ausgetauscht. Jeder hatte seine eigenen Interessen, aber das hat gut funktioniert. Es war ein Geben und Nehmen.«

»Ich verstehe. Haben Sie sich auch in den Wochen vor ihrem Tod mit Jenny Noel getroffen?«

»Ja, einmal. Ein paar Tage vorher.«

»Ist Ihnen bei diesem Treffen etwas aufgefallen?«

»Genau das ist der Grund, weshalb ich zu Ihnen gekommen bin.« Buchner nahm einen Schluck von seinem Milchkaffee. »Jenny hat sich an diesem Abend mit mir getroffen, unter anderem weil sie etwas über meine Recherchen zum Tod von Günther Tieneck erfahren wollte.«

Wolfgang sah ihn überrascht an. »Sie wollte über Günther Tieneck sprechen?«

»Sie wollte wissen, was ich von der Unfallthese halte. Sie wusste, dass ich für Kanal 5 über Tienecks Tod gearbeitet habe.«

»Dann hatte Frau Noel einen Verdacht?«

»Keinen konkreten«, sagte Buchner. »Sie war nur misstrauisch geworden. Tieneck ist ausgerechnet zu dem Zeitpunkt ums Leben gekommen, als er unter Umständen die gesamte Bürgerliche Partei mit sich in den Abgrund gerissen hätte. Natürlich kann das Zufall sein, meinte sie. Sie wollte ganz einfach Gewissheit haben.«

»Und was haben Sie ihr geantwortet?«, fragte Wolfgang. »Sprach denn Ihrer Meinung nach etwas gegen die Unfallthese?«

Der Reporter zögerte einen Moment. Es schien, als wollte er abwägen, wie weit er sich Wolfgang anvertrauen konnte.

»Also gut. Warum sollte ich es Ihnen verschweigen?« Er beugte sich vor und blickte Wolfgang an. »Nach seinem Tod gab es Gerüchte um einen konspirativen Zirkel, der sich mit der Absetzung des Senators beschäftigt haben soll. Keine der üblichen Intrigen, sondern ein planmäßiger Verschwörungszirkel. Vielleicht hatte der nichts mit dem Unfall zu tun. Aber allein seine Existenz ist schon bemerkenswert.«

Wolfgang begriff. »Glaubte Jenny vielleicht, dass dieser Zirkel etwas mit dem Tod des Senators zu tun hatte?«

»Nein. Wir haben zwar darüber diskutiert«, sagte Buchner. »Doch am Ende waren wir in dieser Sache einer Meinung.«

»Hat sie denn gesagt, ob sie dem weiter nachgehen wollte? Ist sie vielleicht ein paar Leuten auf die Füße getreten?«

»Nein, ich glaube nicht«, sagte Buchner. Nach einer Weile fügte er hinzu: »Ich bin mir sogar ziemlich sicher.«

Im Kellerraum war nur das schwache Sirren der Leuchtstoffröhren zu hören.

»Trotzdem ein merkwürdiger Zufall«, sagte Buchner.

»Jenny nimmt sich das Leben. Kurz zuvor hat sie noch in diesen Dingen herumgestöbert.«

Er sprach den Gedanken nicht zu Ende, doch Wolfgang hatte längst verstanden.

»Weshalb kommen Sie erst jetzt zu mir?«, fragte er.

Buchner versuchte ein Lachen, doch es misslang ihm.

»Na, raten Sie mal! Heute war Redaktionssitzung. Mir glaubt keiner, und deshalb kann ich keine Story daraus machen. Mein Chef hat mich längst auf was anderes angesetzt. Ich habe nicht mehr die Zeit, weiter über Jenny nachzudenken.«

Er seufzte und leerte seinen Kaffeebecher in einem Schluck. »Bevor ich mit dieser Geschichte ganz abschließe, wollte ich einfach jemandem meine Bedenken mitteilen. Machen Sie damit, was Sie wollen. Ich bin jetzt raus aus der Sache.«

Wolfgang wollte ihn so schnell nicht gehen lassen.

»Einen Moment. Diese Geschichte mit dem Zirkel. Sie haben doch bestimmt einen Informanten. Wer ist das?«

Buchner grinste breit. »Da müssen Sie mich jetzt wohl in Beugehaft nehmen, Herr Hauptkommissar.«

Das hätte er sich denken können. »Wer waren die Mitglieder dieses Zirkels? Wenigstens das können Sie mir doch sagen.«

»Das weiß ich leider nicht, glauben Sie mir. Ich habe da auch nur Vermutungen.«

»Und die wären?«

»Na, wer hat aus dem Tod Günther Tienecks das größte Kapital geschlagen?«

»Die neue Innensenatorin, Renate Herwig-Stamm.«

Buchner nickte zufrieden. »Und Steinbach natürlich.«

»Glauben Sie, dass es eine Verbindung geben könnte zwischen diesem Zirkel und dem Tod von Jenny Noel?«

»Ich weiß es nicht«, sagte Buchner. »Ich weiß es wirklich nicht.« Nach kurzem Zögern fügte er hinzu: »Es ist nur so, dass mein Bauch mit dieser Selbstmordsache nicht ganz einverstanden ist. Das ist nicht viel. Aber in meinem Job werde ich genau dafür bezahlt: dass ich die richtige Intuition habe.«

»Jenny Noel litt unter Depressionen«, sagte Wolfgang nachdenklich. »Sie hatte eine Menge Probleme. Ihr Leben war bestimmt von Trauer und Einsamkeit. Auch die Spurenlage ist eindeutig, was diesen Suizid angeht.«

Buchner spielte mit dem leeren Becher und blickte Wolfgang an. »Jeder hat seine dunklen Seiten. Wenn Sie mich morgen erhängt im Grunewald auffinden und dann in meinem Leben rumstöbern würden, dann wären da sicher auch zahlreiche Hinweise, die einen solchen Schluss zulassen. Schau an, der Buchner hat sich also umgebracht. Na ja, war halt eine verkrachte Existenz.« In seinen Augen war keinerlei Ironie. »Was immer die Leute auch denken würden: Ich kann Ihnen versichern, so schnell werfe ich nicht alles hin. Vielleicht war's bei Jenny genauso.«

»Sie vergessen aber, dass es in diesem Fall keinen einzigen Hinweis auf Fremdverschulden gibt. Es gibt keine einzige Sachspur, die auf einen Mord hinweist. Gar nichts.«

»Das mag sein«, sagte Buchner freundlich. »Ich sage eben nur, was ich denke.«

Kurze Zeit später verabschiedete Wolfgang den Journalisten und brachte ihn zurück zum Pförtnerhäuschen. Danach kehrte er in sein Büro zurück und fuhr unwillig mit dem Aktenstudium fort.

Frau Schrade hatte inzwischen Feierabend gemacht, und so legte er ihr einen Zettel hin, auf dem er sie bat, einen Termin mit Renate Herwig-Stamm auszumachen. Als er in sein Büro zurückkehrte, klingelte erneut das Telefon. Es war Michael.

»Jana Tieneck ist bei mir. Wolfgang, ich glaube, wir haben ein Problem.«

Er schilderte seinem Chef, was am Alexanderplatz geschehen war. Er berichtete von Janas Angst vor dem unbekannten Verfolger, von seinem Entschluss, sie in dem Café abzuholen, von dem dunklen Kleinwagen, der auf den Bürgersteig gerast war, und schließlich von den Fragmenten des Nummernschildes, die er erkannt hatte.

»Das bedeutet, es gibt vielleicht eine Verbindung zwischen den Fällen«, schloss er. »Vielleicht ist der Unbekannte, der Jana Tieneck verfolgt, gleichzeitig der Mörder ihres Vaters.«

Wolfgang brauchte einen Moment, um das alles zu verdauen.

»Was ist jetzt mit dem Mädchen?«, fragte er.

»Es geht ihr gut. Sie möchte heute Nacht bei mir bleiben. Sie hat Angst, und ich kann es ihr nicht verdenken. Ich habe ihr gesagt, es geht nur, wenn du keine Bedenken hast.«

»Wäre sie nicht bei ihrer Mutter besser aufgehoben?«

»Ich habe mit Margot Tieneck bereits telefoniert. Sie ist einverstanden, dass Jana hierbleibt.«

»Muss es denn wirklich sein, dass das Mädchen bei dir übernachtet? Ich finde nicht, dass das einen besonders guten Eindruck macht. Schließlich ist sie Zeugin in der Ermittlung.«

»Wir können doch froh sein, dass sie überhaupt jemanden hat, zu dem sie Vertrauen fasst«, sagte Michael. »Gerade weil sie Zeugin ist. Ihr Vater ist ermordet worden. Sie hat schreckliche Angst. Von allen anderen hat sie sich längst zurückgezogen.«

»Ich verstehe, was du meinst«, sagte Wolfgang mürrisch. Passen tat ihm das Ganze trotzdem nicht.

»Sie ist ein verstörter Teenager«, fuhr Michael fort. »Und sie trägt vielleicht den Schlüssel zur Aufklärung eines Mordfalls in sich. Nun ist die einzige Vertrauensperson, die dieses Mädchen hat, ein Beamter der Polizei. Was könnte uns denn noch Besseres passieren?«

Wolfgang stöhnte auf. »Du hast ja gewonnen! In Gottes Namen, dann soll sie halt bei dir bleiben.«

Er fragte sich unwillkürlich, was wohl Generalstaatsanwalt Vosswinkel zu dieser Sache sagen würde. Er wischte den Gedanken beiseite.

»Ich werde dafür sorgen, dass ein Streifenwagen vor deinem Haus postiert wird«, sagte er. »Zumindest für heute Nacht. Ein bisschen Polizeipräsenz kann nicht schaden. Schließ deine Tür trotzdem ordentlich ab. Als guter Polizeibeamter hast du doch bestimmt ein Sicherheitsschloss?«

Michael zögerte, dann sagte er: »Ja, klar. Natürlich.«

Wolfgang konnte sich schon vorstellen, wie dieses Schloss aussah. Wahrscheinlich ließ es sich mit einem einzigen Tritt öffnen, und eine Kette gab es erst gar nicht.

»Dann wollen wir davon ausgehen, dass das Mädchen heute Nacht bei dir in Sicherheit ist. Und morgen sehen wir weiter.«

Nach dem Telefonat blickte er nachdenklich auf die geöffnete Akte. Mit diesen neuen Informationen würde er sich erst recht nicht mehr darauf konzentrieren können.

Er beschloss, einen Spaziergang zu machen. Dabei konnte er alles sacken lassen. In der kühlen Nachtluft, so hoffte er, würde er wieder zu klaren Gedanken kommen.

Michael Schöne ging zurück ins Wohnzimmer. Er hatte sich bemüht, leise zu sprechen, in der Hoffnung, dass Jana nichts von dem mithörte, was er und Wolfgang diskutiert hatten.

Das Mädchen saß eingewickelt in eine Wolldecke auf der Couch. Auf dem Tisch standen die leeren Schachteln vom Chinaimbiss und zwei halb volle Flaschen Bier. Der Heizkörper an der Wand glühte, und inzwischen war es angenehm warm in der Wohnung. Von Zeit zu Zeit rüttelte der Nordwind an den Fenstern, doch die Kälte blieb draußen.

Michael schloss die Tür. »Geht es dir jetzt etwas besser?«

»Ein bisschen«, sagte sie. »Danke.«

»Ich denke, für heute haben wir ihn vertrieben.«

Er setzte sich zu ihr und betrachtete sie nachdenklich.

Es musste eine Verbindung geben zwischen ihr und dem Tod ihres Vaters. Es konnte kein Zufall sein, dass sein Mörder sie verfolgte.

»Jana, ich muss dich etwas fragen«, begann er vorsichtig. »Ich möchte, dass du gut darüber nachdenkst, bevor du antwortest.«

Sie nickte und sah ihn erwartungsvoll an.

»Ist es möglich, dass du etwas über die Arbeit deines Vaters weißt, was du besser nicht wissen solltest? Hast du vielleicht mal etwas mit angehört, oder gab es Unterlagen, die du gesehen hast? Vielleicht hatte es mit dem Spendenkonto zu tun oder mit dem Verkauf der landeseigenen Wohnungen?«

Er bemerkte, wie sie auf der Couch zusammensackte. Sie schien keinerlei Lust zu haben, auch nur darüber nachzudenken. Michael konnte es ihr nicht verübeln. Schließlich ging es wieder einmal nur um ihren Vater. Aber er durfte sie nicht schonen.

»Jana, bitte denk nach. Dein Vater hatte häufig Besprechungen zu Hause. Hast du vielleicht mal gelauscht?«

»Nein, hab ich nicht«, sagte sie gequält.

»Vielleicht hast du zufällig was mit angehört, als Landgraf oder jemand anderes von der Partei zu Besuch war?«

Sie schüttelte den Kopf.

»Hast du in seinen Akten gelesen? Oder lagen wichtige Dokumente offen herum, und du hast einen Blick riskiert?«

Sie stöhnte auf. »Nein, verdammt! Ich weiß nichts!«

Sie griff nach einem Sofakissen und umschlang es wie eine Rettungsweste.

»Ich bin meinem Vater aus dem Weg gegangen, und seine blöde Politik hat mich überhaupt nicht interessiert.«

Michael wollte sie nicht weiter quälen. Das Mädchen war nach diesem ereignisreichen Tag viel zu aufgewühlt, um in Ruhe nachzudenken. Er würde es morgen noch einmal versuchen.

»Es tut mir leid«, sagte er. »Entschuldige.«

Sie starrte auf das Kissen in ihrem Arm. »Manchmal glaube ich, dass es mein Vater ist, der mich in diesem dunklen Kleinwagen verfolgt. Er kommt als Geist zurück, weil er noch nicht mit mir fertig ist.«

Michael wusste nicht, was er darauf sagen sollte.

Der Nordwind böte auf und rüttelte an den alten Schindeln der Fabrikantenvilla. Es hörte sich an, als würde er gleich das ganze Dach herunterreißen, doch dann legte er sich wieder.

»Ich weiß, dass es ein schwacher Trost ist«, sagte er. »Doch in ein paar Jahren kann alles ganz anders aussehen. Die Zukunft steht dir offen. Du kannst noch alles aus deinem Leben machen.« Nach kurzem Zögern fügte er hinzu: »Dein Vater ist tot, nicht du. Du lebst.«

Sie blickte hinaus in die Dunkelheit. »Zukunft«, sagte sie dann, als würde sie das Wort zum ersten Mal aussprechen. »Ich weiß überhaupt nicht, was ich damit machen soll. Ich will das alles einfach nur loswerden. Meinen Vater und unsere protzige Villa. Meine ekelhaften Mitschüler und die ganzen Typen, die mir doch nur an die Titten wollen. Ich will einfach, dass alle weg sind und mich in Ruhe lassen.« Sie umklammerte das Kissen.

»Aber ich weiß nicht einmal, wohin mit mir. Fast kommt es mir vor, als wäre es egal, ob ich lebendig bin oder tot.«

Michael kannte dieses Gefühl nur zu gut, es hatte ihn durch sein halbes Leben begleitet. Er wusste, manchmal half schon eine kleine Lüge.

»Du wirst deinen Weg finden«, sagte er mit fester Stimme. »Ich bin ganz sicher. Du wirst schon erkennen, wo du hingehörst. Vielleicht dauert es ein bisschen, doch dann wirst du es wissen.«

»So wie du?«, fragte sie vorsichtig.

»Vielleicht«, sagte er.

Obwohl er immer noch das Gefühl hatte, auf der Suche zu sein. Er war bei der Polizei gelandet. Aber ob er da auch hingehörte, konnte er nicht sagen. Als Jugendlicher waren es Bahnhofsgegenden gewesen, die ihn magisch angezogen hatten. Junkies, Stricher und Kleinkriminelle. Dealer und Obdachlose. Eine magische Gegenwelt, für Passanten und Reisende oftmals unsichtbar. Eine Welt voll Gestrandeter. Wusste er damals schon, weshalb ihn das alles so fasziniert hatte? Wahrscheinlich nicht. Er war ohnehin nur Beobachter geblieben, ein Zaungast.

»Wusstest du schon immer, dass du zur Polizei gehen wolltest?«, fragte Jana.

»Nein. Aber als ich auf die Idee kam, da wusste ich, dass es richtig war.« Wieder eine Lüge. »Ich wusste, dass es das Einzige war, was ich wirklich machen wollte.«

Er erinnerte sich auch an den Tag, an dem ihn seine Pflegemutter zur Berufsberatung gebracht hatte. Wie immer hatte sie ein wenig Abstand gehalten, hatte ihn nachdenklich und distanziert von der Seite betrachtet, immer dann, wenn sie glaubte, er merke es nicht. Auf die Frage des Berufsberaters, ob Michael bereits wisse, was er werden wollte, hatte sie plötzlich »Lokomotivführer!« gerufen, in einem jener seltenen Momente, in denen sich ihr Gesicht in tausend Lachfältchen auflöste und sie ihre Arme um seinen dürren Körper schlang. Es war ein Witz gewesen, denn sie hatte auch nicht verstanden, was der Junge an Bahnhofsgegenden so gemocht hatte.

Er hatte sich bei der Polizeischule angemeldet, weil er insgeheim gehofft hatte, auf diese Weise dieser Welt näherkommen zu können. Der Welt der Gestrandeten.

»Das hört sich gut an«, sagte Jana.

»Ja. Und so wird es auch dir ergehen. Warte es nur ab.«

Sie lächelte ihn unsicher an.

»Du wirst ein eigenes Leben haben«, sagte er. »Eine Wohnung in der Stadt. Eine Arbeit und Freunde, die du dir selbst ausgesucht hast.«

Er beschloss, dass es Zeit war, die Schwere des Moments zu verscheuchen. »Mit einer Sache allerdings musst du ganz dringend und zuallererst anfangen«, sagte er gut gelaunt.

Überrascht blickte sie ihn an.

»Du musst dir unbedingt nettere Männer für Verabredungen aussuchen.«

Sie war völlig perplex. »Woher ...?«

»Tim hat es mir erzählt. Der Junge aus deiner Klasse.«

»Was hat er erzählt?«

»Dass du dich nur mit Männern triffst, die dich wie Dreck behandeln. Offenbar belastet ihn das mehr als dich. Dieser Junge scheint dich zu mögen.«

In ihrem Gesicht wechselten Verwunderung und Misstrauen. Sie schien sich nicht vorstellen zu können, dass es einen Jungen gab, der sie um ihretwillen mochte.

»Das hat er wirklich gesagt?«

»Ja. Denk mal darüber nach.«

Jana war völlig irritiert von dem Kompliment.

Der arme Junge, dachte Michael. Deutlicher hätte er seine Gefühle wohl kaum mitteilen können, doch Jana misstraute dem noch immer.

»So. Es wird nun Zeit, ins Bett zu gehen. Der Tag war lang genug. Und wir müssen morgen früh aus den Federn.«

32

Die morgendliche Teamsitzung fand im Besprechungsraum im Dachgeschoss statt. Die Heizung kämpfte gegen die Kälte an, doch die Fenster waren alt und die Wände schlecht isoliert, und so saßen die Kollegen in Jacken und Mänteln herum und wärmten sich die Finger an ihren dampfenden Kaffeetassen.

Die Stimmung war auf dem Tiefpunkt. Die Ereignisse des vergangenen Abends hatten für mehr Verwirrung gesorgt, als dass sie Licht ins Dunkel gebracht hätten. Der Fall schien immer undurchschaubarer zu werden.

»Jetzt kommt schon, Leute«, mahnte Wolfgang Herzberger. »Endlich haben wir eine heiße Spur. Da möchte ich jetzt keine langen Gesichter sehen. Wenn Günther Tienecks Mörder und Jana Tienecks Verfolger ein und dieselbe Person sind, dann bekommen wir das andere Ende des Fadens in die Hand.«

Er deutete auf Michael Schöne, der mit dem Kugelschreiber auf seinem Notizblock herumkritzelte.

»Michael hat die Buchstabenfolge auf dem Nummernschild deutlich gesehen. Da gibt es keinen Zweifel, oder?«

»Berta – Anton – Otto«, sagte Michael. »Der Rest war nicht zu erkennen. Das Lämpchen über der Zahlenfolge war defekt.«

»Was war es für ein Automodell?«, fragte eine Kollegin.

Michael verzog das Gesicht. »Weiß ich leider nicht. Es ging alles sehr schnell. Es könnte ein Fiat gewesen sein, denke ich. Aber vielleicht war es auch ein Japaner.«

Niemand erwiderte etwas darauf, doch Michael wusste nur zu gut, was die anderen dachten. Es war ziemlich unprofessionell. Das wusste er selbst. Aber er hatte in dem Moment nur an Jana gedacht. Er wollte sie beschützen. Alles andere war wie weggefegt gewesen.

»Wir können von Glück reden, dass Michael in der Nähe war«, sagte Wolfgang netterweise. »Ein verschwundenes Mädchen oder gar eine weitere Leiche hätten wir nun wirklich nicht gebrauchen können.«

Er wandte sich Michael zu. »Hast du inzwischen mit Jana darüber reden können? Weiß sie etwas über den Mörder ihres Vaters? Oder darüber, weshalb er hinter ihr her ist?«

»Da kam nicht viel. Gestern Abend war sie völlig durcheinander, und heute Morgen war es auch nicht leichter, mit ihr über dieses Thema zu reden. Ich weiß nicht, vielleicht wäre es auch besser, wenn jemand anders ihr diese Fragen stellt.«

Sein Chef hob verwundert die Augenbrauen. »Wieso denn das? Du hast doch einen so guten Kontakt zu ihr, wenn ich das richtig verstanden habe.«

»Eben drum. Jana ist vereinsamt und verunsichert. Jetzt glaubt sie in mir so was wie einen Freund oder ein Vorbild zu sehen. Sie will nicht über ihren Vater reden, nicht mit mir. Und wenn ich den Polizisten gebe, reagiert sie mit großer Abwehr. Dann fängt sie an, mir zu misstrauen.«

»Also gut«, meinte Wolfgang und deutete mit dem

Finger auf Anke. »Du nimmst dir das Mädchen vor. Einverstanden?«

»Geht klar. Kein Problem.«

»Was ist mit Personenschutz?«, fragte Michael. »Ich habe Jana versprochen, es zumindest anzusprechen.«

Wolfgang dachte nach. »Ich werde heute Nachmittag mit dem Oberstaatsanwalt erörtern, ob wir ihr Personenschutz gewähren können. Schließlich entstehen dadurch nicht unerhebliche Kosten. Bis ich diese Frage geklärt habe, verstärke ich die Polizeipräsenz. Die Kollegen im Abschnitt sind informiert. Sie werden Jana mit dem Streifenwagen zur Schule bringen und vor dem Gebäude Posten beziehen. Das muss zunächst genügen. Außerdem sind da noch ...«

In diesem Moment wurde Wolfgang von einem lauten Räuspern unterbrochen. Alle im Raum blickten auf. In der Tür stand Frau Schrade.

»Was gibt es denn?«, fragte Wolfgang.

»Es tut mir leid, Sie zu stören. Doch wenn Sie pünktlich beim Termin mit Renate Herwig-Stamm sein wollen, dann sollten Sie sich langsam auf den Weg machen, Herr Herzberger.«

»Ja, schon gut«, sagte er ungehalten. »Ihr habt gehört, was Frau Schrade gesagt hat. Wir machen später weiter. Ich möchte, dass ihr nach dem verbindenden Motiv sucht, das es zwischen Vater und Tochter geben muss. Das hat absoluten Vorrang. Befragt Margot Tieneck noch mal. Und vielleicht auch die Kollegen des Senators. Es gibt eine Verbindung zwischen den Fällen. Und je eher wir diesen Zusammenhang herausfinden, umso besser.«

Eine knappe Stunde später erreichte Wolfgang Herzberger das Alte Stadthaus, in dem die Senatsverwaltung für Inneres ihren Sitz hatte. Über die Freitreppe gelangte er ins erste Stockwerk, wo Renate Herwig-Stamm ihm in einem dunklen Kostüm entgegenkam. Sie grüßte freundlich, führte ihn durch die hohen Eichentüren in ihr Büro und bat ihn, Platz zu nehmen. Hinter ihrem Schreibtisch führte eine Fensterfront zum Roten Rathaus. Sonnenstrahlen fielen durch die Butzenscheiben aufs Parkett und verliehen dem Raum eine freundliche Atmosphäre.

»Natürlich stehe ich Ihnen zur Verfügung, Herr Herzberger«, sagte sie. »Wir wollen doch, dass alles schnell und gründlich aufgeklärt wird. Aber ehrlich gesagt weiß ich nicht so recht, wie ich Ihnen weiterhelfen kann.«

»Es gibt ein paar Routinefragen, das ist alles.« Wolfgang schlug sein Notizbuch auf. »Wie würden Sie Ihre Beziehung zu Günther Tieneck beschreiben?«

»Geschäftlich. Konstruktiv. Aber wir hatten keinen persönlichen Kontakt über die Arbeitsebene hinaus.«

Wolfgang kratzte sich nachdenklich am Kopf.

»Wenn ich richtig informiert bin, sollte im Fall der Wiederwahl Tobias Landgraf Ihre Stelle als Staatssekretärin bekommen.«

»Das sind Gerüchte. Mehr nicht.«

»Ach so?«

»Es ist kaum denkbar, dass Günther Tieneck sich so was gewünscht hätte. Dafür hat die Arbeitsteilung viel zu gut funktioniert. Sie kennen hier das Innenleben nicht, daher mögen Ihnen solche Gerüchte plausibel erscheinen. Aber das ist Unsinn, glauben Sie mir. Außerdem ist ja nicht mal gesagt, ob Günther Tieneck überhaupt wieder Senator geworden wäre. Nach allem, was passiert ist. Schon deshalb lohnt es nicht, darüber zu reden.«

Sie blickte ihn an, als wäre das Gespräch damit beendet.

Wolfgang lehnte sich gemütlich in seinen Stuhl zurück.

»Ich habe mir sagen lassen, dass Günther Tieneck und Tobias Landgraf ein ausgesprochen gutes Duo waren. Da passte kein Blatt Papier dazwischen.«

»So muss es auch sein zwischen einem Senator und seinem Referenten«, erwiderte sie kühl. »Natürlich herrschte großes Vertrauen zwischen den beiden. Und deshalb wäre es dumm gewesen, Landgraf zum Staatssekretär zu machen. So wie es organisiert war, funktionierte es perfekt.«

»Es gibt da noch ein weiteres Gerücht«, sagte er freundlich und beschloss, gleich mit der Tür ins Haus zu fallen. »Es soll einen konspirativen Zirkel gegeben haben, der sich die Absetzung Tienecks zum Ziel gesetzt hatte. Hier innerhalb der Fraktion. Was sagen Sie dazu?«

Sie lachte auf. Es war aber ein künstliches Lachen.

»Das kann ich mir noch weniger vorstellen. Wer um alles in der Welt denkt sich nur solch einen Schwachsinn aus? Woher stammt denn dieses Gerücht?«

Wolfgang antwortete nicht darauf.

»Ich habe mich trotzdem gefragt«, sagte er, »was wäre, wenn es diesen Zirkel wirklich gab? Wer hätte ihm angehören können? Wer steckte da mit drin? Haben Sie eine Vorstellung, Frau Herwig-Stamm?«

»Möchten Sie, dass ich Mutmaßungen anstelle? Und bei dieser Verschwörungstheorie mitspiele? Das ist nicht Ihr Ernst.«

Wolfgang lächelte. »Nein, natürlich nicht.« Nachdenklich fügte er hinzu: »Trotzdem. Andere waren überzeugt von der Existenz dieses Zirkels. Jenny Noel zum Beispiel.«

Für einen Moment wurde es totenstill.

Wolfgang glaubte erkennen zu können, dass die Mundwinkel der Senatorin leicht zuckten. Oder irrte er sich?

»Ich fürchte, ich weiß nicht, worauf Sie hinauswollen.«

»Frau Noel hat versucht, etwas über diesen Zirkel herauszufinden.« So viel Mutmaßung durfte sein, glaubte er. »Und wenige Tage später ist sie tot. Das ist doch sonderbar, finden Sie nicht?«

Herwig-Stamm zog die Stirn in Falten. »Was wollen Sie damit andeuten? Sie hat sich doch umgebracht, oder? Sie war depressiv.«

»Wie gut kannten Sie Jenny Noel, Frau Senatorin?«

»Kaum. Ich hatte wenig Kontakt zu den Mitarbeitern der Landesgeschäftsstelle.«

»Auch nicht während des Wahlkampfes?«

Sie schüttelte den Kopf. »Die Referenten arbeiten mit dem Wahlkampfstab. Die Terminplanung machen wiederum die Sekretariate. Und die Wahlkampftermine selbst nehmen meist die Senatoren wahr. Ich hatte mit Frau Noel in der ganzen Zeit niemals persönlich zu tun.«

Er beschloss, ihr eine klitzekleine Falle zu stellen.

»Hat Jenny Noel in den Wochen vor ihrem Tod versucht, Kontakt zu Ihnen oder zu Ihrem Büro aufzunehmen?«, fragte er.

Sie zögerte. »Nein. Da muss ich Sie enttäuschen.«

»Sie enttäuschen mich keinesfalls«, sagte er freundlich. »Im Gegenteil. Ich bin froh, dass wir diese Fragen klären konnten.«

Die Suggestivkraft seiner Andeutungen hatte jedoch ihre Wirkung nicht verfehlt. Renate Herwig-Stamm war nervös, sie blickte ihn forschend an, als versuchte sie abzuschätzen, was er wissen konnte.

»War das schon alles?«, fragte sie.

»Fürs Erste ja. Vielen Dank.«

Die Senatorin verabschiedete sich und verschwand in ihrem Büro. Die Tür fiel hinter ihr ins Schloss. Ein wenig heftiger als nötig, wie Wolfgang fand.

Draußen auf der Straße atmete er durch und blickte in den grauen Himmel. Sein Handy klingelte. Es war Anke, die aus dem Präsidium anrief.

»Wo bist du gerade?«, fragte sie. »Noch in der Senatsverwaltung?«

»Ich stehe gerade unten vor der Tür.«

Ein kalter Wind kam auf, und Wolfgang trat zurück in den Hauseingang.

»Das ist gut. Du kannst nämlich gleich dort bleiben.«

»Was ist denn los?«

»Das Handy ist aus der PTU zurück. Sie haben einen Teil der Daten wiederherstellen können.«

»Welches Handy?«, fragte er verwirrt.

»Das von Jenny Noel. Wir hatten es am Fundort aufgesammelt. Es lag in einer Pfütze.«

Nun fiel es ihm wieder ein. Die Kollegen in der PTU hatten nicht versprechen können, dass sie die Daten würden retten können.

»Und? Gibt es neue Erkenntnisse?«

»Ich denke schon. Zumindest wissen wir, mit wem Jenny Noel zuletzt gesprochen hat. Die Nummer war auf dem Handy.«

Eine weitere Böe erfasste ihn. Er schlug seinen Mantelkragen hoch und drückte sich weiter in den Hauseingang hinein.

»Der Mann heißt Ludwig Staagenborg«, sagte sie.

Wolfgang hatte diesen Namen noch nie gehört.

»Und wer soll das sein?«

»Ein Ministerialdirektor in der Senatskanzlei. War wohl unter dem letzten Bürgermeister ein ganz hohes Tier, unter Hans Brohr ist er dann ein wenig weggelobt worden.«

»Hat jemand schon mit diesem Staagenborg gesprochen?«

»Nein, deshalb rufe ich an«, sagte sie. »Der ist nämlich gerade im Roten Rathaus. Du müsstest also nur über die Straße, und schon wärst du bei ihm. Er sitzt in der Kantine. Ich habe gerade mit der Sekretärin gesprochen. Es wäre kein Problem, wenn einer von uns einfach dort hereinschneien würde.«

»Also gut. Dann gehe ich kurz rüber.«

Er machte sich auf den Weg. In der Kantine der Senatskanzlei erkundigte er sich an der Essensausgabe nach Ludwig Staagenborg, und die Köchin deutete auf einen kleinen Tisch unterhalb eines Kellerfensters, an dem ein älterer Herr in einem Anzug saß und leicht vorgebeugt einen Teller Suppe löffelte.

Wolfgang ging zu dem Tisch hinüber und stellte sich vor.

»Setzen Sie sich doch, Herr Hauptkommissar«, sagte Staagenborg. »Ich freue mich, Sie kennenzulernen. Es stört Sie hoffentlich nicht, dass ich noch esse?«

»Aber nein. Ich bitte Sie.« Wolfgang setzte sich. »Ich bin ja dankbar, dass Sie bereit sind, Ihre Pause für mich zu opfern.«

»Ach was, das tue ich gern«, sagte Staagenborg und legte seinen Löffel für einen Moment beiseite. »Ich hoffe, Sie machen Fortschritte in Ihren Ermittlungen, Herr Herzberger.«

Wolfgang lächelte und lehnte sich zurück.

»Es könnte besser laufen, wenn ich ehrlich bin. Aber wir werden schon unsere Ergebnisse bekommen, da bin ich ganz zuversichtlich.«

»Was kann ich denn für Sie tun? Bestimmt kommen Sie nicht ohne Grund zu mir?«

»Wir haben bei der Leiche von Jenny Noel ihr Handy gefunden. Die Daten haben sich rekonstruieren lassen, und so wissen wir jetzt, mit wem Frau Noel das letzte Telefonat vor ihrem Tod geführt hat.«

»Ach ja?« Er griff wieder zu seinem Löffel und beugte sich über die Suppe. »Und mit wem?«

»Mit Ihnen, Herr Staagenborg.«

»Ist das wahr?« Sein Gesicht wurde blass, und er schien eine Weile nachzudenken. »Stimmt, wir haben abends noch miteinander geredet. Und kurze Zeit später war sie tot. Aber dass ich der Letzte war … Sie wirkte völlig normal. Niemals hätte ich gedacht, dass sie kurz davor war, sich das Leben zu nehmen.«

Er schüttelte den Kopf. »Ich hätte etwas sagen müssen«, meinte er hilflos. »Vielleicht hätte ich sie davon abhalten können. Sie sagen, ich war der Letzte, mit dem sie geredet hat? Mein Gott. Aber das konnte doch niemand wissen.«

»Niemand macht Ihnen einen Vorwurf.«

Staagenborg schien sich ein wenig zu beruhigen.

Wolfgang fragte: »Können Sie mir sagen, worum es in diesem Gespräch ging?«

»Es ging um eine Presseangelegenheit«, sagte Staagenborg. »Frau Noel und ich haben uns ein wenig angefreundet, seit sie in die Senatskanzlei gewechselt war. Sie war ganz neu hier, und ich habe ihr gern geholfen.« Er lächelte traurig. »Als alter Hase habe ich natürlich ein ganz anderes Erfahrungswissen.«

»Was war das für eine Presseangelegenheit?«

»Nichts Besonderes. Es ging um das neue Kabinett.«

»Und hat Frau Noel noch was anderes gewollt? Hat sie irgendeine Bemerkung gemacht? Vielleicht auch etwas, was Ihnen unwichtig vorkam oder nebensächlich.«

Staagenborg dachte nach. Doch dann schüttelte er den Kopf. »Nein, es ging nur um diese Presseangelegenheit.«

Wolfgang war sich beinahe sicher, dass er ihm etwas verheimlichte. Aber dieser Ministerialdirektor spielte politisch keine Rolle. Mit Steinbach und Herwig-Stamm hatte er nichts zu tun.

»Sie sagen, dass Sie sich ein wenig angefreundet haben?«

Staagenborg nickte. »Ja, das ist richtig.«

»Hat Frau Noel sich Ihnen gegenüber geäußert, wie sie über den Tod von Günther Tieneck dachte?«

»Nun ja. Sie war ein wenig erleichtert über sein Ausscheiden aus der Politik, aber das waren wohl die meisten in der Partei. Ich kann mich auch nicht ganz davon ausnehmen. Das hört sich nicht sehr mitfühlend an, doch man darf nicht vergessen, dass Günther Tieneck uns fast um den Wahlsieg gebracht hätte. Am Ende wollten ihn alle nur noch loswerden. Wenn auch nicht unbedingt auf diese Weise.« Er strich verlegen über das Tischtuch. »Tja, das ist nun mal die Wahrheit.«

»Hat sie über die Todesursache gerätselt?«

»Nicht mehr als alle anderen auch. Ich glaube aber, es hat sie nicht weiter interessiert.«

»Hat sie Ihnen gegenüber jemals einen innerparteilichen Zirkel erwähnt, der sich die Absetzung Tienecks zum Ziel gesetzt hat?«

Staagenborg blickte ihn erschrocken an. »Nein! Hat es denn so einen Zirkel gegeben?«

»Das kann ich nicht sagen. Wir gehen nur Hinweisen nach.«

»Das halte ich für ausgeschlossen. Hat Frau Noel denn ...?« Ein Schatten fiel über sein Gesicht. »Glauben Sie, Frau Noel könnte auf irgendetwas gestoßen sein? Und deshalb ist sie jetzt tot?«

»Nein, das glauben wir nicht.« Wolfgang stand auf. »Vielen Dank für das Gespräch. In den nächsten Tagen wird eine Kollegin Sie aufsuchen und diese Befragung noch einmal ausführlich fürs Protokoll führen müssen. Sind Sie damit einverstanden?«

»Natürlich.« Staagenborg erhob sich ebenfalls. »Ich stehe Ihnen jederzeit gerne zur Verfügung.«

33

Jürgen Steinbach eilte durch die Eingangshalle des Alten Stadthauses. Mit großen Schritten nahm er die Steintreppe hinauf in den ersten Stock. Das Büro der Innensenatorin befand sich gleich am Anfang des Flurs. Renate Herwig-Stamm wartete bestimmt schon auf ihn.

Steinbach hatte gewusst, dass er sich auf Staagenborg würde verlassen können. Er würde nichts unternehmen, was den Bürgerlichen Schaden zufügen könnte. Steinbach hatte ihm gar nicht erst erklären müssen, was genau passiert war. Und wer die Schuld daran trug. Das Wohl der Partei war in Gefahr, und Staagenborg hatte sich sofort bereit erklärt zu kooperieren.

Viel größere Sorgen machte ihm die Innensenatorin. Renate Herwig-Stamm würde irgendwann die Nerven verlieren. Lange konnte es nicht mehr dauern. Er wusste, sie war eine eiserne Politikerin und hatte bislang noch immer ihre Interessen durchgesetzt. Aber dieses Mal ging es um Mord, und dem war auch sie nicht gewachsen.

Er klopfte an die Eichentür und betrat das Büro. Die Senatorin stand einsam am Fenster und sah hinaus. Als sie ihn kommen hörte, wandte sie sich ab.

»Dieser Hauptkommissar war hier«, sagte sie mit sorgenvollem Gesicht. »Er weiß von unserem Zirkel.«

Steinbach legte den Finger an den Mund. Dann schloss er sorgfältig die Tür und trat näher.

»Was soll das heißen: Er weiß davon?«

Sie stieß einen schweren Seufzer aus. »Ich habe keine Ahnung. Er hat mich ohne Vorwarnung darauf angesprochen. Und das war noch nicht alles. Er weiß auch, dass Jenny Noel uns auf den Fersen war.«

Sie berichtete von ihrem Gespräch mit dem Hauptkommissar. Steinbach hörte aufmerksam zu, dann umrundete er den hohen Lehnstuhl und setzte sich. Es war wichtig, dass er Ruhe bewahrte.

»Bist du dir sicher, dass Staagenborg nichts gesagt hat?«, fragte sie. »Der Mann mochte Jenny Noel. Und sie hat ihm alles erzählt.«

»Ich bin mir ganz sicher. Auf Staagenborg ist Verlass. Dieser Herzberger hat nicht mehr als einen vagen Verdacht. Es war ein Manöver. Glaub mir, er weiß nichts Konkretes.«

Herwig-Stamm ging vorm Fenster auf und ab.

»So hat es auf mich aber nicht gewirkt, wenn ich ehrlich bin.«

»Wenn er einen Beweis gehabt hätte, wäre er ganz anders aufgetreten. Dann hätte er es nicht dabei belassen, das Thema einfach nur anzusprechen und zu beobachten, wie du reagierst.«

Die Senatorin blieb stehen und dachte darüber nach. Dann ließ sie sich ebenfalls auf ihren Bürostuhl sinken.

»Wahrscheinlich hast du recht«, sagte sie. »Mein Gott, es hat mich alle Kraft gekostet, ruhig zu bleiben. Damit hatte ich wirklich nicht gerechnet.«

Sie begann, mit den Fingern auf der Tischplatte zu trommeln.

»Jürgen, wo haben wir uns da nur hereingeritten?«

Er bemühte sich um eine ruhige Stimme. »Wir müssen die Nerven bewahren. Dann kann uns nichts passieren. Glaub mir, Renate.«

In plötzlich aufflammender Wut schlug die Senatorin mit der flachen Hand auf den Schreibtisch.

»Die Nerven bewahren! Du hast gut reden!«

Mit einer fahrigen Geste deutete sie zum Fenster hinaus.

»Da draußen läuft noch immer dieser Mann herum, der hinter Jana Tieneck her ist. Gestern hätte er sie fast erwischt! Jürgen, wir haben einen Wahnsinnigen von der Kette gelassen. Und er ist jetzt kurz davor, uns alle in den Abgrund zu reißen.«

»Wie bitte? Was redest du da, Renate?«

»Ich habe diese Information aus der Justizverwaltung.« Sie kämpfte um ihre Fassung. »Jana Tieneck wird seit dieser Sache mit der fehlgeschlagenen Vergewaltigung offenbar von einem Unbekannten verfolgt. Gestern wäre sie ihm fast ins Netz gegangen. Und jetzt ist die Polizei hinter ihm her.«

»Das wusste ich nicht.«

»Dieser Wahnsinnige hat es angekündigt, erinnerst du dich? Er wollte die Sache zu Ende bringen und seinen Fehler aus der Welt schaffen. Er hat es noch immer auf Jana abgesehen.«

Sie fuhr sich erschöpft mit der Hand durchs Gesicht.

»Dein Mann hat wirklich ganze Arbeit geleistet, Jürgen. Eine Zeitbombe hat er uns und der Kleinen auf den

Hals gejagt. Das bedroht unsere ganzen Pläne. Vielleicht sogar unser politisches Überleben.«

Steinbach hörte mit wachsender Sorge zu. Es fiel ihm schwer zu glauben. »Er war es nicht, Renate.«

»Wie bitte?«

Er blickte verwirrt auf, und für einen Moment war er entschlossen, ihr zu sagen, was er wusste. Aber dann gewann er die Kontrolle über sich zurück.

»Schon gut«, sagte er. »Ich werde mich darum kümmern.«

Dabei wollte er es bewenden lassen. Es hatte keinen Sinn, sie in Dinge einzuweihen, die er ohnehin allein regeln musste.

»Das hoffe ich auch«, sagte sie scharf. »Kümmere dich. Wir sitzen nämlich bis zum Hals in Problemen.«

Steinbach stand auf und ging zur Tür.

Er versicherte ihr, dass er die Sache unter Kontrolle habe und schon bald alles ins Reine käme. Dann verabschiedete er sich und trat ins Treppenhaus.

Die Senatorin hatte unrecht. Es handelte sich bei dem Unbekannten nicht um diesen Wahnsinnigen, den sie auf die Politikertochter angesetzt hatten. Dieser Mann, das wusste Steinbach genau, war es ganz bestimmt nicht.

Der war inzwischen aus dem Weg geräumt worden. Es waren Fehler gemacht worden, doch das sollte nicht wieder passieren.

Die größte Gefahr war jetzt, dass Renate Herwig-Stamm gänzlich die Nerven verlor.

Ansonsten stand fest: Wer auch immer die Verfolgung von Jana Tieneck aufgenommen hatte – der Mann, der sie auf dem Waldweg überfallen hatte, war es mit Sicherheit nicht.

Tobias Landgraf. Michael schrieb diesen Namen auf einen Schmierzettel und unterstrich ihn anschließend dreimal. Dann malte er ein Kästchen darunter und schrieb Bardor hinein.

Michael fragte sich, ob er Lohmann mit einer Recherche über die Investmentgesellschaft beauftragen konnte. Er könnte sich dann gleich mit dem Einstieg von Landgraf bei Bardor auseinandersetzen.

Er malte ein weiteres Kästchen und schrieb den Namen Günther Tieneck hinein. Darunter Renate Herwig-Stamm. Sie war diejenige, die mit der Wahl um ihren Posten als Staatssekretärin gebracht werden sollte. Hinter ihren Namen setzte er ein Fragezeichen.

Was wusste sie über Tienecks Geschäfte? Hatte sie Einblicke in die Verhandlungen, die damals mit der Investmentgesellschaft geführt wurden?

Er betrachtete den Zettel. Dann malte er ein weiteres Kästchen. Bevor er jedoch einen Namen hineinschreiben konnte, klopfte es an seiner Tür. Eine hochgewachsene Frau, Mitte dreißig und in einem eleganten Kostüm, tauchte in der Tür auf. Unter ihrem Arm trug sie eine schmale Aktentasche, in der Hand teuer aussehende Lederhandschuhe.

»Sind Sie Michael Schöne?«, fragte sie.

Er nickte. »Und Sie sind …?«

»Angelika Landgraf«, sagte die Frau. »Sie haben gesagt, dass Sie mich sprechen wollten.«

Die Schwester von Tobias Landgraf. Er sprang auf und gab ihr die Hand.

»Vielen Dank, dass Sie extra vorbeigekommen sind.«

»Nicht der Rede wert«, sagte sie. »Wie Sie wissen, arbeite ich am Wittenbergplatz. Es ist also nur ein kurzer Fußweg hierher.«

Sie nahm auf dem Besucherstuhl Platz.

»Möchten Sie vielleicht einen Kaffee?«

»Nein danke.« Sie lächelte schmal. »Ich wäre Ihnen dankbar, wenn wir gleich zur Sache kämen. Ich möchte bald zurück ins Büro.«

»Natürlich. Es sind nur einige Routinefragen. Es geht um Ihren Bruder Tobias. Da er ein enger Mitarbeiter von Günther Tieneck war und wir in alle Richtungen ermitteln, möchten wir natürlich auch etwas über ihn in Erfahrung bringen.«

Frau Landgraf zog eine Augenbraue hoch. »Sie halten ihn für verdächtig.« Sie schien diesen Gedanken nicht ungewöhnlich zu finden.

»Nein. Wie gesagt, es handelt sich nur um Routinefragen. Wenn ich es richtig verstanden habe, hat Ihre Mutter keinen Kontakt mehr zu Tobias. Wie ist das bei Ihnen?«

»Ich habe noch Kontakt. Wenn auch nur sporadisch.«

»Hat sich Ihr Bruder in irgendeiner Weise zum Tod des Senators geäußert?«

»Nein. Obwohl der ja so was wie sein Ziehvater war. Tobias war eine Art Wurmfortsatz vom Innensenator. Ich hatte trotzdem nicht den Eindruck, dass er sich Sorgen um seine Karriere machte, jetzt nach seinem Tod.«

»Sie wissen, dass er bei Bardor anfängt?«

»Ja, das habe ich in der Zeitung gelesen.«

»Wissen Sie, ob er schon vor Tienecks Tod Jobverhandlungen mit Bardor geführt hat?«

»Er hat mir jedenfalls nichts davon erzählt.« Sie zögerte. »Als ich das gelesen habe, da habe ich gedacht, es war einfach Glück. Zufall. Passt eigentlich zu ihm. Trotzdem hätte ich nicht damit gerechnet, dass er nach dem Tod des Senators noch mal Oberwasser bekommt.«

»Sie mögen Ihren Bruder nicht sonderlich, richtig?«

Sie zuckte gleichgültig mit den Schultern. »Tobias ist arrogant und selbstgerecht. Haben Sie ihn schon kennengelernt? Es ist nicht leicht, mit ihm auszukommen. Seine Überheblichkeit macht einen rasend.«

»Ist es das, was den Bruch mit seiner Mutter verursacht hat?«

Angelika Landgraf schnaubte. »Dieser ignorante Arsch. Er hat einfach beschlossen, nicht mehr mit unserer Mutter zu reden. Er verzeiht ihr nicht, wie sie mit der Vergangenheit unseres Vaters umgeht. Und deshalb ist Funkstille. Als hätte er keine Mutter mehr.«

»Wie darf ich das verstehen? Was tut Ihre Mutter denn?«

»Ach! Unser Vater war ein Tyrann. Und ein Verbrecher noch dazu, auch wenn seine Taten erst kurz vor seinem Tod ans Licht gekommen sind. Er war ein Stasidenunziant. Er hat selbst enge Freunde nach Bautzen gebracht. Dann kam auch noch raus, dass er als Sportfunktionär Doping angeordnet hat, und zwar auf gefährliche Art und Weise. Menschenleben spielten keine Rolle für ihn.« Sie schüttelte heftig den Kopf. »Wissen Sie, wie es ist, solch einen Vater zu haben? Natürlich nicht. Ist auch besser so. Meine Mutter verleugnet seine Verbrechen. Sie kann es ganz einfach nicht akzeptieren. Wer will es ihr auch verübeln? Sie ist alt und krank und wird nicht mehr lange leben. Lassen wir ihr doch ihre Lügen.«

»Ihr Bruder sieht das aber anders?«, fragte er.

»Tobias duldet nicht, dass sie die Wahrheit leugnet. Andere anklagen, das kann er sehr gut. Dabei ist er selbst keinen Deut besser als unser Vater. Er verübt seine Verbrechen nur in einer Demokratie. Und das ist eine viel größere Schande. Ich weiß doch genau, welche Aufträge er für Tieneck erledigt hat. Ich weiß, dass er …«

Sie stockte. Mit einem Mal schien ihr bewusst zu werden, dass sie im Begriff war, Dinge auszuplaudern, die sie besser für sich behielt.

»Wie auch immer«, sagte sie. »Das sind Familiengeschichten. Ich glaube kaum, dass das etwas mit dem Tod des Senators zu tun haben könnte.«

»Wir versuchen nur, uns ein Bild zu machen.«

Offenbar wusste sie über illegale Geschäfte, die Tobias Landgraf im Auftrag von Tieneck unternommen hatte. Er würde später darauf zurückkommen.

»Ihr Bruder war im kirchlichen Widerstand, ist das richtig?«, fragte er stattdessen. »So steht es auf seiner Website.«

Sie schnaubte. »So ein Quatsch!«

Er blickte verwundert auf. »Dann stimmt das nicht?«

»Sehen Sie genau hin. Denken Sie nach. Da war er siebzehn. Er wollte gegen unseren Vater rebellieren, das war alles. Das Schlimmste, was ein Jugendlicher in den Augen unseres Vaters machen konnte, war, sich dem kirchlichen Widerstand anzuschließen.« Sie verschränkte die Arme. »Außerdem war das während der Wende. Da war doch jeder, der was auf sich hielt, im sogenannten Widerstand.« Mit einem Anflug von Zynismus fügte sie hinzu: »Jeder, der an seine Zukunft gedacht hat.«

Michael blickte sie skeptisch an. Er selbst hatte diese Zeit in anderer Erinnerung.

»Glauben Sie mir«, fuhr sie fort. »Bei Tobias war es eine Mischung aus Rebellion und der Sehnsucht nach Westprodukten. Mit demokratischer Überzeugung hatte das wenig zu tun.«

Sie deutete auf den Computermonitor. »Dass er es auf seine Website packt, sagt doch alles. Das Engagement im demokratischen Widerstand strahlt über jeden späteren Vorwurf von Korruption und Vorteilsnahme hinweg.«

»Halten Sie Ihren Bruder für fähig, einen Mord zu begehen?«, fragte er.

»Natürlich. Aber er war es nicht.«

»Wie bitte?«

»Er hat Günther Tieneck nicht umgebracht.«

»Was macht Sie so sicher?«

»Dafür war der Senator viel zu wichtig für seine Karriere. Tobias ist nicht blöd.«

Michael nickte. Er fragte sich, was wäre, wenn Günther Tieneck plötzlich nicht mehr wichtig gewesen wäre. Wenn er stattdessen zu einer Bedrohung für Landgrafs Karriere geworden war.

»Bei aller berechtigter Kritik«, sagte sie, »aber diesen Mord hat mein Bruder bestimmt nicht begangen.«

Als Michael wieder allein in seinem Büro war, blickte er nachdenklich auf den Schmierzettel, der vor ihm auf dem Tisch lag. Er beschloss, sich Landgraf am nächsten Morgen noch mal zur Brust zu nehmen.

Dann legte er seine Berichte in die Ablage und verließ das Präsidium. Er hielt kurz bei einem Italiener und ließ sich eine Pizza einpacken, dann fuhr er weiter nach Hause. Er hatte es sich gerade mit dem Essen vorm Fernseher gemütlich gemacht, als das Telefon klingelte und Frau Schrade sich bei ihm meldete, um den Termin mit Landgraf zu bestätigen.

Nachdenklich blickte er auf das Telefon in seiner Hand. Dann schob er die Pizza beiseite und wählte Janas Nummer. Er wollte sich schnell nach ihrem Tag erkundigen. Wahrscheinlich wartete sie schon den ganzen Nachmittag auf seinen Anruf.

Jana war sofort am Apparat. Im Hintergrund hörte Michael ihre Mutter. Sie sagte etwas in strengem Tonfall. Jana erwiderte jedoch nichts darauf und warf eine Tür lautstark ins Schloss.

»Alles in Ordnung bei dir?«, fragte Michael.

»Ja, schon. Meine Mutter nervt nur wieder. Warum kann ich denn nicht bei dir bleiben?«

»Darüber haben wir doch bereits gesprochen. Ich bin Polizist. Das Ganze ist nicht unproblematisch. Und deine Mutter ist im Übrigen auch nicht damit einverstanden.«

Bevor sie protestieren konnte, fügte er hinzu: »Du bist bei ihr in Sicherheit. Und das ist im Moment das Wichtigste.«

»In größerer Sicherheit als bei einem Polizisten?«

»Jana, mach es mir doch nicht so schwer. Ich kann es nun mal nicht ändern.«

Am anderen Ende wurde es still. Er konnte sich schon vorstellen, wie sie darüber dachte. Die Enttäuschung war ihr deutlich anzumerken. Genau wie die Angst.

»Erinnerst du dich, was ich dir gesagt habe? Es wird dir nichts passieren. Ich habe es dir versprochen. Du bist in Sicherheit.«

Sie sagte nichts, und er konnte nur hoffen, sie damit ein wenig beruhigt zu haben.

»Ich komme dich morgen Nachmittag besuchen. Irgendwie werde ich mich schon loseisen können. Dann komme ich zur Villa. Einverstanden?«

Jana brummte missmutig, doch er spürte, dass sich ihre Stimmung bereits verbessert hatte.

»Meine Mutter kann dich nicht ausstehen«, sagte sie.

»Dann geht es ihr wie mir«, meinte er leichthin. »Ich kann sie nämlich auch nicht sonderlich leiden.«

Jana kicherte. Er hatte es also geschafft.

»Ich hole dich ab, und dann gehen wir einen Kaffee trinken. Wenn du möchtest, nehmen wir den Hund mit und fahren raus zum See. Wie hört sich das an?«

»Super!«, sagte sie. »Dann sehen wir uns morgen!«

Er verabschiedete sich und stellte das Telefon zurück in die Anlage. Als er sich seiner Pizza wieder zuwenden wollte, zögerte er erneut.

Ein unschöner Gedanke drängte sich ihm auf.

Jana betrachtete ihn als Vorbild. Sie glaubte, dass sie es nur wie er machen musste, um eines Tages von ihren Zwängen befreit zu sein. Dabei war er ihr kaum einen

Schritt voraus. Sein Leben war alles andere als vorzeigbar.

Wenn er wirklich ein Vorbild sein wollte, musste er zuerst sein eigenes Leben in Ordnung bringen.

Er schnappte sich wieder das Telefon. Er wusste, was er tun musste. Seit Tagen hatte er es aufgeschoben, doch nun gab es kein Zurück.

In einem Moment der Entschlossenheit wählte er die Nummer von Anna Proschinski. Gut möglich, dass es bereits zu spät war. Dass er den Zeitpunkt verpasst hatte, in dem sich noch alles hätte geradebiegen lassen. Doch er musste es zumindest versuchen.

Sein Puls begann zu rasen. Er spürte, wie sich Schweiß in seinen Handflächen bildete. Als Anna sich am anderen Ende meldete, hatte er einen Kloß im Hals, doch nun war es zu spät. Er musste es durchstehen.

»Hallo, Anna«, sagte er. »Hier ist Michael.«

34

Am nächsten Morgen erwachte Michael mit schrecklichen Kopfschmerzen. Graues Licht fiel ins Zimmer, und durch das Fenster blickte er in dichte Nebelschwaden.

Es dauerte einen Moment, bis ihm klar wurde, dass etwas nicht stimmte.

Es war bereits hell.

Er schoss hoch und sah zur Uhr. Es war halb neun. Er hätte längst im Büro sein müssen. Sein Wecker. Er hatte ihn ausgeschaltet. Hatte sich noch einmal auf die andere Seite gelegt.

»Scheiße!«, entfuhr es ihm.

Mit einem Satz sprang er aus dem Bett. Sein Kreislauf geriet durcheinander, ihm wurde schwarz vor Augen. Er hielt sich am Bettpfosten fest und atmete durch. Der Schwindel ging vorüber, er lief weiter in den Flur und griff zum Telefonhörer. Frau Schrade meldete sich beim zweiten Läuten, und er erklärte ihr, dass er zwar nicht zur Teamsitzung kommen, zur Vernehmung von Tobias Landgraf aber rechtzeitig im Haus sein würde.

Das hoffte er zumindest.

Dann schlüpfte er in seine Kleidung und verließ ohne Kaffee und ohne Frühstück die Wohnung. Er verfluchte sich. Jetzt würde er abgehetzt und verschlafen und mit Kopfschmerzen die Befragung führen müssen.

Im Präsidium lief er die Treppe hinauf ins dritte Obergeschoss. Wolfgang Herzberger erwartete ihn bereits im Flur.

»Du machst es ja spannend!«, sagte er. »Fünf Minuten bevor Tobias Landgraf kommt, tauchst du hier auf. Ich kann nur hoffen, dass du dich gut vorbereitet hast. Das soll schließlich nicht schiefgehen.«

»Entschuldige«, sagte er außer Atem.

»Verheb dich da nur nicht. Ich vertraue dir. Und jetzt hol besser deine Unterlagen.«

Damit wandte er sich ab und ging davon.

Michael holte eilig seine Unterlagen und ging in den Vernehmungsraum. Er bereitete den Platz vor und überprüfte die Technik. Es funktionierte alles reibungslos. Da hörte er schon die Stimme von Frau Schrade, die sagte: »Einfach geradeaus, Herr Landgraf. Es ist die dritte Tür links.«

Er trat hinaus in den Flur.

Tobias Landgraf stand ihm gegenüber, einen guten Kopf größer als er, in einem eleganten Anzug und mit akkurat gebundener Krawatte.

Und dann diese Augen. Es war derselbe Blick, der Michael schon beim ersten Mal aufgefallen war. Der ihn an seinen Vater erinnerte. Düster, streng und doch auf seltsame Weise undurchdringlich. Ein Ausdruck von Hass, Verachtung und Überheblichkeit.

Michael schob seine Erinnerungen beiseite. Die hatten hier nun wirklich keinen Platz.

»Guten Morgen, Herr Landgraf. Ich … Darf ich Sie hereinbitten? Ich hole mir nur schnell einen Kaffee. Wenn Sie möchten, bringe ich Ihnen auch einen.«

Landgraf taxierte ihn mit kühlen Blicken, dann schritt er an ihm vorbei ins Innere.

»Nein danke«, sagte er und nahm Platz.

Michael versuchte sich zu konzentrieren. Sein Kopf dröhnte. Am Kaffeeautomaten rief er sich das Telefonat mit Anna gestern Abend in Erinnerung. Das sollte ihm Kraft geben. Sie würde sich nämlich noch einmal mit ihm treffen. Sie hatte letztlich eingewilligt, und in ihrer Stimme hatte er zu hören geglaubt, dass sie ihn wirklich sehen wollte. Dass es ihr ernst war. Sie wollte bei ihm sein. Er spürte eine wärmende Zuversicht. Anna wollte sich mit ihm treffen. Was sollte ihm also noch passieren?

Schließlich fühlte er sich gewappnet, Landgraf entgegenzutreten. Es hatte funktioniert. Er hatte seine Unsicherheit verloren.

Vorsichtig schloss er die Tür und setzte sich an den Vernehmungstisch. Er schaltete das Aufnahmegerät ein.

»Vielen Dank, Herr Landgraf, dass Sie sich die Mühe gemacht haben, ins Präsidium zu kommen. Ich hoffe, ich werde Ihre Zeit nicht zu lange in Anspruch nehmen müssen.«

Landgraf nickte. »Ich helfe gern, wenn ich kann.«

»Das freut mich zu hören. Fangen wir an. Sie wissen ja, worum es geht. Um den Todesfall Günther Tieneck. Gestatten Sie mir zunächst die Frage: Weshalb sind Sie in die Politik gegangen?«

Landgraf schlug die Beine übereinander und verschränkte die Arme. Seine ganze Haltung drückte Herablassung und Distanz aus. »Wie Sie sicherlich wissen, bin ich in der DDR aufgewachsen. Ich habe meine ganz eigenen Erfahrungen mit dem herrschenden Regime gemacht.« Er lächelte, ohne dass dieses Lächeln seine Augen erreichte. »Ich wollte schon immer aktiv in der Demokratie mitarbeiten. Nach der Wende ging es jedoch erst mal darum, einen Platz zu finden. Die Welt war völlig verändert. Ich habe schnell gelernt und in der freien Wirtschaft Fuß gefasst. Als sich später die Wirren des Umbruchs gelegt hatten und ich die Möglichkeit bekam, in der Politik mitzuarbeiten, habe ich natürlich zugegriffen.«

Landgrafs Schwester hätte an dieser Stelle wahrscheinlich herzlich gelacht.

»Das ist schön gesagt«, erwiderte Michael. »Und dann sind Sie bei Günther Tieneck gelandet, einem Flaggschiff für Demokratie, Transparenz und Mitbestimmung.«

Tobias Landgraf sah ihn mit gerunzelter Stirn an.

»Wenn Sie mir etwas unterstellen wollen, sagen Sie es bitte.«

Michael versuchte, klar zu denken. Er war zu weit gegangen. Das waren die Kopfschmerzen.

»Der Tod des Senators ereignete sich kurz nachdem die Sache mit dem Spendenkonto aufgeflogen war«, sagte er. »Viele Beobachter und sogar einige Mitglieder der Fraktion halten das für einen seltsamen Zufall. In der Zeit vor seinem Tod wurde der Senator immer unberechenbarer und despotischer. Selbst für Parteifreunde und Geschäftspartner wurde er zunehmend zu einer Bedrohung …«

Landgraf blickte ihn verächtlich an. »Ich wäre Ihnen dankbar, wenn Sie Ihre Fragen offen stellen würden und nicht mithilfe von Mutmaßungen und Verleumdungen.«

»Hatten Sie Kenntnis von dem illegalen Spendenkonto in Luxemburg?«

Landgraf sagte klar und deutlich: »Nein.«

Michael wusste, dass es eine Lüge war.

»Die Organisation dieses Kontos muss ein hohes Maß an Logistik erfordert haben, Herr Landgraf. Da wurden Scheinfirmen gegründet, Mittelsmänner rekrutiert, zahlreiche kleine Bareinzahlungen wurden betreut. Und Sie haben von alledem nichts gewusst?«

»Wie ich bereits sagte: Nein.«

»Würden Sie mir zustimmen, wenn ich sage: Der persönliche Referent eines Senators ist dessen rechte Hand und steht ihm bei all seinen Amtsgeschäften beratend und ausführend zur Seite?«

»Das ist richtig. Aber wie Sie schon sagten, gilt dies für seine Amtsgeschäfte. Sie können mir glauben, ich war erschüttert, als ich von den illegalen Geschäften des Senators erfahren habe. Von seinen Machenschaften, muss man wohl sagen. Aber es waren die Geschäfte der Privatperson Tieneck. Er hat über eine seiner Briefkastenfirmen dieses Konto eröffnet, um Spenden illegal zu verbuchen. Das war in seinen Augen zum Wohl der Partei, er hat das nicht zur persönlichen Bereicherung getan. Aber er hat sich da natürlich total verrannt. Er hat das Gefühl für Recht und Unrecht völlig verloren mit dieser Schattenwirtschaft. Als sein Verwaltungsmitarbeiter war ich da natürlich nicht eingeweiht. Er hat es vor mir verborgen gehalten. So klug war er.«

Glaubte dieser Landgraf tatsächlich, dass er ihm das abnehmen würde?

»Sie haben also nichts bemerkt.« Michael legte all seine Skepsis in diese Aussage, doch Landgraf blieb unbeeindruckt.

»Im Wesentlichen sind die Ermittlungen fallen gelassen worden«, fuhr Michael fort. »Sie betrafen vornehmlich die Person Günther Tieneck, und gegen einen Toten wird nun mal nicht ermittelt. Dennoch hat diese Geschichte auch innerhalb der Bürgerlichen Partei Spuren hinterlassen. Gegen den Rechnungsprüfer läuft ein Verfahren, und der Schatzmeister musste sein Amt niederlegen.«

Er fixierte Landgraf, dessen Blick ihn wieder an den seines Vaters erinnerte. Achte nicht darauf, sagte er sich. Mach einfach weiter.

»Nun frage ich mich natürlich, wie es möglich sein kann, dass eine ganze Reihe von Parteifreunden nicht nur Kenntnis von diesen Geschäften hatte, sondern auch tatkräftig mitgeholfen hat, während Tienecks persönlicher Referent die ganze Zeit über von gar nichts wusste.«

Landgraf zuckte mit den Schultern. »So war es aber nun mal.«

»Sie haben allen Treffen mit besagten Parteifreunden beigewohnt, das habe ich recherchiert. Was haben Sie gemacht, wenn das Konto zur Sprache kam? Sind Sie aufgestanden und rausgegangen?«

»Ich habe keinem Treffen beigewohnt, bei dem das Konto thematisiert wurde.« Landgraf blickte ihn kühl an. »Sie können sich gern die Protokolle ansehen, die erstellt worden sind. Dort werden Sie nichts dergleichen finden.«

Michael wurde wütend. »Das kann ich mir vorstellen!

Was sollte da auch stehen? Letzter Tagesordnungspunkt: Bestechung des Wirtschaftsprüfers.«

Landgraf funkelte ihn an. »Die Damen und Herren werden sich außerhalb dieser dienstlichen Treffen verabredet haben, um ihre illegalen Geschäfte zu verhandeln. Tut mir leid, dass ich Sie enttäuschen muss.«

»Woher stammte das Geld auf dem Konto?«

»Auch davon habe ich keine Kenntnis.«

»Sicherlich haben Sie eine Vermutung.«

»Tut mir leid. Nein.«

»Wenn ich richtig informiert bin, haben Sie seit einigen Tagen eine neue Stellung inne. Bei Bardor, einer US-Immobiliengesellschaft, einer ...« Er warf einen Blick in seine Unterlagen. »... einer Tochterfirma der amerikanischen Investmentgesellschaft Arbus. Wie sind Sie zu dieser Stelle gekommen?«

»Ich habe dem Unternehmen meine Bewerbungsunterlagen zugesandt.«

»Es ist doch richtig, dass Bardor vor fünf Jahren dreißigtausend landeseigene Wohnungen vom Senat aufgekauft hat. Bardor war groß in den Berliner Immobilienmarkt eingestiegen und konnte seitdem stark expandieren. Verhandlungsführer aufseiten des Senats war der damalige Bausenator Günther Tieneck.« Er blickte auf. »Und nun sind Sie, Herr Landgraf, Leiter der Kommunikationsabteilung von Bardor. Ein merkwürdiger Zufall, finden Sie nicht?«

Landgrafs Blick loderte auf. Michael glaubte schon, dass er nun seine arrogante Teilnahmslosigkeit verlieren würde. Doch dann hatte er sich wieder unter Kontrolle.

»Wo Sie doch *recherchiert* haben, Herr Schöne, wissen Sie bestimmt, weshalb die Fraktion mich damals eingestellt hat. Ich habe den Job bekommen, eben *weil* ich gute Kontakte zur Wirtschaft habe. Und genau diese Kontakte waren es, die mir wiederum meinen jetzigen Job verschafft haben.«

Michael wollte sich so leicht nicht abservieren lassen.

»Kann es nicht sein, dass Bardor Tieneck noch etwas schuldig war? Und dass Sie als dessen rechte Hand …« Weiter kam er nicht.

»Was wollen Sie mir unterstellen?«, brauste Landgraf auf. »Bestechung? Korruption? Vorteilsnahme? Ich bin nicht gekommen, um mich von Ihnen beleidigen zu lassen. Stellen Sie mir Ihre Fragen zum Tod von Günther Tieneck. Ich werde alles beantworten, so gut ich es kann. Doch hören Sie auf, mich mit Dreck zu bewerfen. Sonst gehe ich, und Sie werden sich mit meinem Anwalt unterhalten müssen.«

Es war wie ein Flashback. Michael fühlte sich wie der zwölfjährige Junge, der er gewesen war. Er wollte fliehen und dem Wutausbruch seines Vaters entgehen. Er schaffte es nicht, etwas zu erwidern.

Landgraf hatte sich wieder gefasst. Er atmete durch und zupfte sorgfältig sein Jackett zurecht. Auch Michael war wieder in der Gegenwart angekommen.

»All diese Geschäfte, die Sie ansprechen, Herr Schöne, sind vor meiner Zeit gewesen. Sicherlich hat es in Günther Tienecks Zeit als Bausenator umstrittene Geschäfte gegeben. Doch so ist es nun einmal in der Politik. Wie auch immer, ich war da noch gar nicht im Boot.«

Damit hatte Landgraf den Punkt angesprochen, der auch Michael missfiel. Als Innensenator war Tieneck weitaus weniger umstritten gewesen, seine undurchsichtigen Geschäfte schienen der Vergangenheit anzugehören. Erst kurz vor der Wahl waren die ganzen alten Geschichten wieder hochgekommen.

Es blieb nur das Millionenkonto. Alles andere war vor Landgrafs Zeit gewesen. Doch ohne Beweise würde Michael auch an dieser Stelle nicht weiterkommen.

Er würde sich nur weiteren Ärger einhandeln.

»Wo waren Sie am Vorabend der Wahl, Herr Landgraf? In der Zeit zwischen neunzehn und zwanzig Uhr?«

Im Vernehmungsprotokoll von Jenny Noel hatte er nachgelesen, dass Landgraf zu spät zur Party für die Wahlhelfer gekommen war. Hans Brohr hatte da mit seiner Rede längst angefangen.

Und zu diesem Zeitpunkt war Günther Tieneck bereits tot.

»Ich war spazieren«, sagte Landgraf. »Einmal um den Block.«

»Sie waren spazieren?«

»Die Anstrengungen des Wahlkampfs steckten uns allen in den Knochen. Günther wollte nach Hause und kurz duschen. Ich habe die Zeit genutzt, um mir die Beine zu vertreten und frische Luft zu schnappen.«

»Wurden Sie dabei gesehen? Haben Sie mit jemandem gesprochen?«

»Nein. Nicht dass ich wüsste.«

»Was für einen Wagen fahren Sie, Herr Landgraf?«

»Einen BMW Coupé. Baujahr 2009.«

Das passte nicht. Trotzdem fragte er nach: »Wie lautet Ihr Nummernschild?«

»Berlin – N wie Nordpol – B wie Berta – Sieben – Neun – Fünf – Fünf.«

»Besitzen Sie einen Zweitwagen?«

»Nein.«

Michael dachte eine Weile nach.

»In welcher Beziehung zu Jana Tieneck stehen Sie?«, fragte er.

Landgraf verlor erneut seine distanzierte Haltung. »Zu Jana?«, fragte er verwirrt. »Was hat die mit dieser Sache zu tun?«

»Beantworten Sie bitte meine Frage.«

»Jana Tieneck ist mir natürlich bekannt. Ich war oft genug in der Villa der Tienecks zu Gast. Sie ist ziemlich schwierig, wenn Sie mich fragen, und ich habe ihre Eltern niemals um die Aufgabe beneidet, sie zu erziehen.«

Michael schaffte es nicht, ihn dauerhaft aus der Reserve zu locken. Er warf einen Blick auf seine Unterlagen, doch es gab nichts mehr, was er noch ansprechen konnte.

Ernüchtert stellte er fest, dass er im Grunde nichts gegen Landgraf in der Hand hatte. Die ganze Befragung hatte ihn nicht im Mindesten weitergebracht. Er hatte Landgraf gegen sich aufgebracht, doch das war auch schon alles.

Tobias Landgraf verabschiedete sich höflich und ging zur Tür.

Michael blickte ihm unschlüssig nach. Er rief sich alles in Erinnerung, was Landgraf ihm gesagt hatte, in der

Hoffnung, dass ihm etwas auffallen könnte, was ihn in allerletzter Sekunde doch noch entlarven würde.

Doch vergebens. Es gab nichts dergleichen.

Da blieb nur eines, das er ihm vorwerfen konnte. Die eine Tatsache, die sich nicht wegretuschieren ließ, ganz gleich, wie man es anstellte.

»Kommt es Ihnen nicht zynisch vor, Ihren politischen Werdegang mit Ihren Erfahrungen aus der DDR zu begründen?«

Landgraf blieb in der Tür stehen und blickte ihn an. Einen Augenblick lang wirkte es, als wolle er etwas darauf erwidern. Doch dann wandte er sich ab und verließ ohne ein weiteres Wort den Vernehmungsraum.

35

Ich werde wahnsinnig! Jana riss sich den Kopfhörer runter und sprang aus dem Bett. Wenn ich nicht bald etwas unternehme, werde ich wahnsinnig.

Sie trat ans Fenster und blickte hinaus. Ihr fiel nichts mehr ein, womit sie sich die Zeit vertreiben konnte. Sie fühlte sich wie ein Tiger im Zoo.

Unten im Garten war Jack, der Schäferhund ihres Vaters. Er schlich unruhig am Gartenzaun entlang. Seit Tagen war er nicht mehr im Wald gewesen. Immer nur auf dem kleinen Grundstück. Jana glaubte nicht, dass ihre Mutter auch nur im Traum auf die Idee kam, mit ihm spazieren zu gehen. Ihm geht es wie mir, dachte sie. Er hält es hier nicht mehr aus.

Sie ging in die Küche und goss sich ein Glas Orangensaft ein. Wenn sie wenigstens etwas zu kiffen dahätte. Dann wäre alles leichter zu ertragen.

Michael hatte ihr gesagt, dass sie das Haus möglichst nicht alleine verlassen sollte. Er hatte leicht reden, schließlich war nicht er es, der den ganzen Tag über diese Umgebung ertragen musste. Jana glaubte in der großkotzigen Einrichtung ihrer Mutter keine Luft zum Atmen zu kriegen.

Michael hatte versprochen, sie heute Nachmittag zu besuchen. Sie würden sich in ein Café setzen oder am See spazieren gehen. Bis dahin musste sie warten.

Ihre Mutter war kurz einkaufen gegangen. Solange sie weg war, kam es Jana nicht ganz so unerträglich vor. Doch sie würde bald wiederkommen, und dann wollte Jana zurück in ihrem Zimmer sein. Sie wollte das vergrätzte Gesicht nicht mehr sehen, mit dem ihre Mutter herumlief – so als hätte Jana einen ungerechtfertigten Sieg davongetragen, ganz einfach, weil es diesen Verfolger nun wirklich gab. Offenbar konnte ihre Mutter ihr nicht verzeihen, dass sie einfach nur die Wahrheit gesagt hatte.

Die Hecken im Garten trugen kaum noch Laub, und so konnte sie bis zur Straße blicken. Der Stellplatz vor dem Haus war verwaist. Am Vormittag hatte ein Streifenwagen dort gestanden. Man wollte Polizeipräsenz demonstrieren, so hatte es geheißen. Eine Polizistin hatte ihr gesagt, dass sie womöglich zwischenzeitlich anderswo einen Einsatz hätten. Doch dann würde ein anderer Wagen kommen und sich vor die Villa stellen. Es würde also gleich sicher einer auftauchen.

Jana lief hinaus in den Garten. Sie atmete die kühle Luft ein. Jack lief ihr bellend und schwanzwedelnd entgegen und sprang an ihr hoch. Sie packte ihn und kraulte ihm die Ohren, dann blickte sie sich nach einem Stöckchen um.

»Was meinst du, Jack? Sollen wir ein bisschen spazieren gehen?«

Der Hund sprang im Kreis um sie herum und rannte dann zum Gartentor. Wenn ich den Hund dabei habe, dachte sie, bin ich in Sicherheit. Jack wird auf mich aufpassen.

Wie zum Beweis zeigte der Hund seine Zähne und rüttelte am Tor. Jana lachte, mitgerissen von seiner Lebenslust. Sie öffnete ihm das Tor und ließ ihn hinaus.

Dann folgte sie Jack auf die Straße.

Nach der Mittagspause kehrte Ruhe ein auf dem Flur der Mordkommission. Einige der Kollegen saßen noch unten in der Kantine und tranken in Ruhe einen Kaffee. Andere waren bereits wieder im Außeneinsatz, und wer Familie hatte, war von Wolfgang ins Wochenende geschickt worden.

Anke und Michael waren zurück in die dritte Etage gegangen, um sich wieder an die Arbeit zu machen. Michael schaltete gähnend seinen Computer ein.

»Ich mach uns erst einmal einen Kaffee!«, sagte Anke. »Und danach sehen wir weiter.«

»Für mich nicht«, sagte Michael. »Ich fahre gleich zu Jana Tieneck. Für eine Stunde müsste ich mich hier loseisen können, zur Not bleibe ich heute Abend länger. Oder was meinst du?«

»Klar doch. Weshalb auch nicht?«

Es klopfte an der Tür, und ihr Chef trat ein.

Wolfgang warf Michael einen konsternierten Blick zu, sagte aber nichts. Er hatte sich offenbar mehr von der Befragung Landgrafs erwartet. Aber Michael ging es da schließlich nicht anders. Er hatte sich auch mehr erhofft.

»Hast du gestern noch mit dem Mädchen gesprochen?«, erkundigte sich der Chef bei Anke. »Mit Jana Tieneck?«

»Ja.« Sie lehnte sich im Stuhl zurück. »Sie hat überhaupt keine Ahnung, was die Affären ihres Vaters betrifft. Wenn sie etwas gesehen oder mit angehört haben sollte, dann hat sie zumindest nicht verstanden, wie brisant das Ganze gewesen sein muss. Sie erinnert sich an nichts.«

»Es muss aber eine Verbindung geben«, sagte Wolfgang. »Der Schlüssel liegt bei diesem Mädchen. Der Mörder ihres Vaters muss es auf sie abgesehen haben. Das kann kein Zufall sein. Wir müssen nur dahinterkommen, was sie weiß.« Er bedachte Michael mit einem nüchternen Blick. »Du musst es noch einmal probieren. Ich sehe keine andere Möglichkeit.«

»Sie sieht mich als ihren Freund an. In ihren Augen ist es ein Vertrauensbruch, wenn ich den Polizisten in unsere Freundschaft hereinlasse.«

»Euer Vertrauensverhältnis ist vielleicht unsere einzige Chance. Sei einfach ein bisschen einfühlsam.«

»Also gut. Ich werde sehen, was sich machen lässt.«

»Wie war es eigentlich gestern bei Renate Herwig-Stamm?«, fragte Anke. »Du hast noch gar nicht davon erzählt. Hat sie etwas zu diesem konspirativen Zirkel gesagt, von dem wir erfahren haben?«

»Im Grunde hat sie gar nichts gesagt«, sagte Wolfgang. »Aber ich hatte das Gefühl, dass sie ganz genau wusste, wovon ich gesprochen habe.«

»Dann war sie vielleicht selbst ein Teil dieses Zirkels. Das ist doch schon mal was!«

»Ich weiß nicht. Wenn man bedenkt, in welche Situation die Partei durch Tieneck geraten war, dann ist die Existenz dieses Zirkels vielleicht gar nicht so verwunderlich. Ganz einfach, um das Schlimmste zu verhindern.«

Anke sah ihn überrascht an. »Du meinst, die müssen gar nichts mit dem Mord zu tun haben?«

»Was weiß denn ich. Bislang vermuten wir nur, dass sich dieser Zirkel mit der Absetzung Tienecks befasst hat. Wenn es den überhaupt gegeben hat.«

Anke nickte. »Und was ist mit Jenny Noel?«

»Wir suchen und suchen, aber wir finden nichts. Alles deutet auf Suizid hin. Vielleicht sollten wir nicht zu viel auf diese ganzen Verschwörungstheorien geben.«

»Aber das ist doch gut«, sagte Anke. »Dann haben wir zumindest in diesem Fall schon mal ein schlüssiges Ergebnis und eine gut aussehende Akte.«

»Ja, wahrscheinlich«, sagte Wolfgang. »Und was den Fall Günther Tieneck betrifft, da werden wir ...«

Ein lauter Knall ließ sie aufschrecken. Sie wirbelten herum. Die Bürotür war gegen den Mülleimer geschlagen. Frau Schrade stand schwer atmend im Türrahmen und blickte gehetzt in die Runde.

»Herr Herzberger! Hier sind Sie!«

»Was ist denn los, Frau Schrade?«

»Jana Tieneck ist verschwunden! Sie war offenbar mit dem Hund spazieren gegangen, doch sie ist nicht zurückgekehrt. Der Hund stand allein vorm Gartentor, als ihre Mutter vom Einkaufen nach Hause kam.«

Sekundenlang war kein Laut zu hören. Schließlich sackte Wolfgang auf seinen Stuhl und fuhr sich mit der Hand durchs Gesicht. »Scheiße!«, sagte er.

36

Die darauffolgenden Stunden wurden zu einer Zerreißprobe.

Wolfgang hatte sofort bei den Kollegen vor Ort Alarm geschlagen, die nun ausgeschwärmt waren, um Nachbarn und Passanten zu befragen, während das Dezernat eine Suche organisierte. Auch im Präsidium versammelte man sich zu einer Krisensitzung. Doch es fehlte jede Spur von Jana Tieneck. Nachdem alle Räder in Bewegung gesetzt waren, kehrte im Präsidium gespenstische Stille ein.

Sie konnten nicht mehr tun, als zu warten.

Jana war nicht einfach weggelaufen. Sie war entführt worden, da waren sich alle einig. Ein paar hundert Meter vom Haus entfernt hatten sie ihren Schal gefunden. Margot Tieneck war außerdem davon überzeugt, dass ihre Tochter niemals den Hund allein auf der Straße zurücklassen würde. Es war wohl dieser Unbekannte gewesen, der Jana verschleppt hatte, der Mann, der sie bereits am Alexanderplatz überwältigen wollte. Noch immer gab es keinen Hinweis auf die Identität dieses Mannes und auch keine ausreichende Spur, die zu seinem Wagen geführt hätte.

Sie standen mit leeren Händen da.

Am späten Nachmittag versammelten sich einige Mitglieder der Kommission in Wolfgang Herzbergers Büro. Sie diskutierten eine Weile über das verschwundene

Mädchen, vor allem aber konnten sie auf diese Weise die Zeit totschlagen. Michael Schöne spielte nervös mit seiner leeren Kaffeetasse herum. Wolfgang wusste, dass sich der Kommissar für das Mädchen verantwortlich fühlte. Er konnte nur hoffen, dass er seine Gefühle unter Kontrolle behielt.

»Wir müssen irgendetwas unternehmen!«, sagte Michael schließlich. »Jana ist wahrscheinlich in Lebensgefahr! Wenn sie nicht bereits tot ist. Es zählt jede Sekunde.«

Er erntete jedoch nur hilflose Blicke.

Schließlich stand Lohmann auf und ging durch den Raum. »Also noch mal von vorn«, sagte er. »Wir vermuten, dass Jana etwas weiß, was ihr gefährlich geworden ist. Wir gehen davon aus, dass diese Sache mit dem Tod des Senators zusammenhängt. Jana hat etwas mit angehört. Vielleicht hat sie auch Einblick in brisante Unterlagen gehabt.«

»Letzteres glaube ich nicht«, sagte Anke. »Sie schwört, nie irgendwas von dem Zeug gelesen zu haben, das bei ihrem Vater herumlag. Damit wollte sie nichts zu tun haben.«

»Meinetwegen«, sagte Lohmann. »Dann hat sie etwas mit angehört. Das kann noch nicht so lange her sein. Wahrscheinlich kurz vor dem Tod ihres Vaters. Sehen wir uns diesen Zeitraum also näher an. Die Wochen vor der Wahl.«

»Also gut.« Anke kratzte sich am Kopf. »Tieneck sorgt für zahlreiche Skandale. Die Partei gerät ins Wanken, und die Umfrageergebnisse sacken ab.«

»Die Presse hat seine alten Skandale wieder aufgebrüht und neue Einzelheiten ans Licht gebracht«, fügte Lohmann hinzu. »Der Verkauf der landeseigenen Wohnungen, der Beratervertrag des damaligen Staatssekretärs, Tienecks Rolle im Bankenskandal.«

»Im Prinzip alles alte Kamellen«, meinte Wolfgang. »Da ging es nur um neue Beweise.«

»Jedenfalls so lange, bis das Spendenkonto aufgeflogen ist«, meinte Lohmann. »Und zwar mitten im Wahlkampf.«

»Am Vorabend der Wahl«, korrigierte Anke. »Da war der Wahlkampf eigentlich schon vorbei.«

»Vielleicht hatte ja Tieneck oder jemand aus seiner Umgebung schon die Vermutung, dass die ganze Sache auffliegen würde? Und dann ging es um Schadensbegrenzung. Wozu vielleicht auch das Ableben des Senators gehörte.«

»Es muss einer sein, der selbst bis zum Hals in dieser Sache mit drinsteckte. Und befürchten musste, gemeinsam mit Tieneck unterzugehen.«

»Es muss ein enger Vertrauter von Tieneck gewesen sein«, sagte Lohmann überflüssigerweise.

»Dann wären wir wieder bei Landgraf«, meinte Wolfgang.

»Landgraf.« Anke räusperte sich. »Das würde erklären, weshalb der Hund nicht angeschlagen hat. Wenn ein Unbekannter Jana überfallen hätte, dann hätte der den doch zerfleischt. Nicht aber Landgraf. Schließlich kannte er den so gut wie jedes andere Mitglied der Familie.«

»Stimmt«, sagte Wolfgang. »Wir haben momentan nur keinerlei Beweise dafür. Landgraf muss sich ein anderes Auto besorgt haben, mit seinem eigenen hat er Tieneck jedenfalls nicht von der Straße abgedrängt. Vielleicht gehen wir zunächst in diese Richtung, und dann …« Er stockte.

Michael war nicht mehr im Raum. Er musste sich hinausgeschlichen haben, ohne dass Wolfgang es bemerkt hatte. Er blickte sich ruckartig um.

»Wo ist Michael?«

»Der ist gerade raus«, sagte Lohmann. »Ich glaube, es ging ihm nicht gut. Vielleicht ist er zur Toilette.«

Wolfgang sprang auf, rannte zur Tür und stieß sie auf. Er konnte gerade noch Michaels Haarschopf sehen, der hinter der Glastür im Treppenhaus verschwand.

»Michael!«, rief er den Korridor hinunter, doch der konnte ihn schon nicht mehr hören.

Er drehte sich um. »Anke!«, befahl er. »Hinterher, aber dalli! Ich will nicht, dass er mit Landgraf redet. Das hat er heute Morgen schon vergurkt. Halte ihn auf.«

Anke nickte knapp, sprang auf und lief ihm hinterher.

Wolfgang blickte ihr nach, bis auch sie im Treppenhaus verschwunden war. »Das wird er nicht wagen!«, flüsterte er.

Die Bardor-Immobiliengesellschaft befand sich in einem jener neu erbauten, gesichtslosen Bürohäuser auf der Friedrichstraße. Am späten Nachmittag waren hier die meisten Büros verwaist, doch Michael vermutete, dass sich Tobias Landgraf noch im Haus befand. Er zeigte dem Pförtner im Vorbeigehen seine Dienstmarke und stieg ohne ein weiteres Wort in den Fahrstuhl.

Michael ahnte, dass er Ärger bekommen würde, wenn dies alles vorbei wäre. Doch im Augenblick war ihm das egal. Das Versprechen, das er Jana gegeben hatte, ging ihm nicht aus dem Kopf. Es wird dir nichts geschehen, solange ich da bin. Ich werde das nicht zulassen.

Landgraf war es, der sie verschleppt hatte. Vielleicht hatte er auch Schlimmeres mit ihr angestellt. Wenn sie noch lebte, musste Michael sie befreien. Das war er ihr schuldig, es war das Allermindeste.

Im obersten Stockwerk trat er aus dem Fahrstuhl. Das Zimmer von Landgraf befand sich am anderen Ende des Flurs. Michael stürmte durch den Korridor und stieß die Tür mit einem Ruck auf.

Tobias Landgraf saß hinter seinem Schreibtisch und blickte erstaunt auf.

»Wo ist Jana?«, stieß Michael hervor.

Landgrafs Gesicht verfinsterte sich, er schob seinen Schreibtischstuhl zurück und trat ihm drohend entgegen.

Bevor er jedoch etwas sagen konnte, traf ihn ein gezielter Schlag ins Gesicht. Er jaulte auf, krümmte sich und hielt seine blutende Nase.

»Wo ist Jana?«, wiederholte Michael.

Landgraf blickte auf. »Sind Sie wahnsinnig geworden?«

In seinen Augen lagen Hass, Entschlossenheit, Machtbewusstsein. Michael kannte das alles nur zu gut. Doch er würde sich nicht davon beeindrucken lassen. Er war nicht mehr zwölf Jahre alt, er konnte sich wehren. Er war seinem Vater nicht mehr ausgeliefert. Landgraf würde es nicht schaffen, ihn einzuschüchtern.

Michael packte ihn am Kragen und zog ihn heran.

»Ich frage dich ein letztes Mal: Wo ist Jana?«

Landgraf ruderte mit den Armen und befreite sich.

»Ich weiß es nicht! Wie kommen Sie darauf, dass ich das wissen könnte?«

»Was hat Jana mit angehört? Welches eurer Gespräche hat sie belauscht?«

Landgraf zwang sich, Ruhe zu bewahren. Mit der Hand vor der blutenden Nase griff er zum Telefonhörer.

»Ich werde den Sicherheitsdienst rufen«, sagte er. »Ich muss mir diesen Wahnsinn nicht bieten lassen.«

Mit einer schnellen Bewegung riss Michael ihm den Hörer aus der Hand und legte ihn zurück auf die Gabel.

»O doch. Du wirst dir diesen Wahnsinn bieten lassen. Und zwar so lange, bis ich mit dir fertig bin. Sie hat euch belauscht. Ging es um das Spendenkonto? Oder war es eine andere, größere Schweinerei?«

Er packte ihn am Kragen. »Oder wusste Jana, dass du ihren Vater ermordet hast? Ist das der Grund, weshalb sie sterben soll?«

Landgraf starrte ihn aus weitaufgerissenen Augen an. Jetzt war keine Überheblichkeit mehr in seinem Blick.

»Sie soll sterben, weil sie weiß, was du getan hast«, flüsterte Michael. »So ist es doch, oder?«

Landgraf befreite sich von seinem Griff und stolperte ein paar Schritte zurück. Noch immer tropfte Blut aus seiner Nase, grellrote Flecken leuchteten auf seinem weißen Hemd.

»Was um Himmels willen unterstellen Sie mir? Sie denken, ich habe Günther Tieneck ermordet?«

Michael blieb ungerührt. Es war Theater, natürlich. Er wollte seinen Kopf aus der Schlinge ziehen. Doch das würde ihm nicht gelingen. Michael hatte ihn nun überführt, und er würde ihn nicht wieder loslassen.

»Günther Tieneck wurde zu einer Bedrohung für dich, nicht wahr? Ein größenwahnsinniger Despot, der den Bezug zur Realität verlor. Er war bereit, die ganze Partei mit sich in den Abgrund zu reißen, einschließlich seines persönlichen Referenten.«

Landgraf hielt sich am Schreibtisch fest und starrte ihn ungläubig an.

Du jämmerliche Gestalt, dachte Michael. »Du wusstest genau, was auf dem Spiel stand. Schließlich hast du bis zum Hals mit dringesteckt. Was wäre passiert, wenn alles herausgekommen wäre? Wärst du jetzt schon im Knast?«

Michael grinste ihm ins Gesicht. Er spürte, er hatte gewonnen.

»Du musstest Tieneck töten, um deine eigene Haut zu retten.« Mit einer ausschweifenden Bewegung erfasste er das elegante Büro. »Und wie man sieht, hat es ja hervorragend funktioniert. Du hast deinen Arsch gerettet und sogar noch Profit daraus geschlagen.« Michael lachte. »Du denkst, das alles lässt sich nicht beweisen? Da irrst du dich. Du hast nämlich einen entscheidenden Fehler gemacht: Du hast dich an dem Mädchen vergriffen!«

Landgraf taumelte zurück. Er betrachtete Michael wie einen Wahnsinnigen. Da lag Angst in seinem Blick. Michael spürte den Triumph.

»Sie sind doch völlig ... Wie kommen Sie nur darauf?«

»Fragst du dich, wie ich darauf komme, dass du ein korruptes, betrügerisches und skrupelloses Schwein bist?«

Michael merkte, dass es ihm zunehmend Genuss bereitete, Landgraf zu quälen. Er war nun am Boden, und Michael würde ihn dazu bringen zu gestehen.

»Es war ganz einfach«, sagte er. »Du bist nämlich der Sohn deines Vaters. Ich weiß genau Bescheid über euch Landgrafs. Dein Vater war ein Mörder. Ein Foltermeister. Und du bist nicht viel besser. Korruption, Erpressung, Vorteilsnahme und Ämterpatronage, das alles geht auch im neuen System. Da machst du deinem Vater alle Ehre.«

Michael musste dem Drang widerstehen, noch mal zuzuschlagen. »Ich bin sicher, er wäre stolz zu sehen, wie du in seine Fußstapfen getreten bist.«

Der Gegenangriff von Landgraf erfolgte so plötzlich, dass Michael bereits am Boden lag, bevor ihm bewusst wurde, was passierte. Landgraf hatte ihn mit einem Haken zu Boden geschlagen. Er war nun über ihm und drückte seine Arme schmerzhaft auf den teuren Teppichboden.

»Sie wissen nichts über mich!« Seine Stimme war wie kalter Stahl. »Haben Sie gehört? Gar nichts!«

Ein Tropfen Blut fiel neben Michael auf den Teppichboden. Landgrafs Gesicht war ihm jetzt ganz nah. Er sah in seine Augen. Hass und Arroganz waren wie weggewischt. Ebenso die Angst. Michael glaubte nun etwas anderes darin zu sehen.

»Sie wissen nichts! Lassen Sie mich in Ruhe, Sie Wahnsinniger!«

Es war Einsamkeit, die in seinen Augen lag. Verlorenheit.

Landgraf holte zum Schlag aus, doch Michael wich ihm aus. Natürlich war Landgraf ihm unterlegen, ohne Kampfausbildung. Michael nutzte die Kraft des Schlages, um Landgraf von sich zu werfen. Er landete hart auf dem Boden. Michael sprang auf und stand über ihm.

Seine Gewissheit war plötzlich verflogen. Es lag an Landgrafs Augen. An seinem Blick. Michael glaubte nicht mehr, dass er im Recht war. Landgraf stand auf und ging erneut auf Michael zu. Es entstand eine Rangelei.

»Michael!« Ein Schrei von der Tür.

Anke stand plötzlich im Büro, sie starrte ihn fassungslos an. Sie packte Michael und zog ihn von Landgraf weg. Er wehrte sich nicht, er ließ nun alles mit sich geschehen.

Landgraf fiel hustend auf die Knie und fasste sich am Hals.

Anke achtete nicht auf ihn. Sie stieß Michael hart in die Seite und führte ihn hinaus auf den Flur. Er wollte etwas sagen, doch da drückte sie ihn bereits gegen die Wand und funkelte ihn wütend an.

»Was ist nur mit dir los, verdammt?« Bevor er etwas sagen konnte, befahl sie: »Du wartest hier!«

Sie drückte ihn auf einen der edlen Sessel im Wartebereich, dann zog sie ihre Handschellen hervor und kettete ihn an einer Holzstrebe fest.

Verblüfft sah er auf. »Anke!«

Doch sie war schon im Innern des Büros verschwunden und schloss die Tür hinter sich. Sie würde mit Landgraf sprechen.

Michael blickte auf die Handschellen. Anke musste ihn für verrückt halten.

Es dauerte eine Weile, bis sie zurückkehrte. Sie drückte Landgrafs Bürotür sorgfältig hinter sich zu, dann befreite sie Michael und zog ihn zum Fahrstuhl. Ihr Gesichtsausdruck war undurchdringlich, und es fiel ihm schwer einzuschätzen, was sie dachte. Er sagte lieber nichts.

Im Fahrstuhl griff sie in ihre Windjacke und zog einen Flachmann hervor.

»Trink das!«, befahl sie. »Und beeil dich.«

»Was ist das?«

»Hochprozentiger Rum. Schmeckt scheußlich, aber du musst die Flasche unbedingt ganz leeren.« Ihre Stimme war nüchtern und geschäftsmäßig. »Landgraf wird eine Anzeige wegen Körperverletzung erstatten, ich konnte ihn nicht davon abbringen. Wir werden sagen, dass du nicht im Dienst warst. Und betrunken. Das macht es nicht viel besser, aber vielleicht schaffen wir es, dass du nicht suspendiert wirst.«

Michael sah sie überrascht an, doch Anke fixierte die Anzeigetafel im Fahrstuhl. Sie wich seinem Blick aus. Er fühlte sich miserabel. Voller Scham öffnete er die Flasche und trank.

Im Wagen spürte er bereits die Wirkung des Alkohols. Er fragte sich, was ihm da nur in den Sinn gekommen war. Es war wie ein Rausch gewesen, Landgraf anzugreifen.

Anke behandelte ihn wie Luft. Als sie den Potsdamer Platz hinter sich hatten und ihr Handy im Handschuhfach klingelte, bat sie ihn, es ihr zu reichen.

»Er ist hier«, sagte sie knapp und lauschte.

Dann antwortete sie: »Nein, es ist schlimmer.«

Plötzlich versteifte sie sich. »Wie bitte? Ist das wahr?«

Sie seufzte. »Also gut, ich habe verstanden.«

Dann legte sie auf. Michael wusste nicht, ob er fragen durfte, was geschehen war. Doch das brauchte er auch nicht.

»Wir haben eine Spur«, sagte sie. »Ein Nachbar der Tienecks hat den Wagen gesehen, in den Jana eingestiegen ist. Er hat sich das Nummernschild einschließlich Zahlenfolge gemerkt, und so haben wir nun die Identität des Fahrers. Ein dunkler Kleinwagen mit dem Kennzeichen, das zu dem des Unbekannten passt. Der Halter heißt Tim Wegener. Offenbar ist das ein Schulfreund von Jana.«

Michael glaubte sich verhört zu haben. »Tim?«

»Du kennst ihn?«

Er starrte sie an. »Aber das ist unmöglich«, sagte er. »Das ist völlig unmöglich.«

Jana hörte nichts als ihren Atem. Es war still in der Hütte, von nirgends drang ein Geräusch. Sie war weit entfernt von einer menschlichen Behausung. Viel zu weit, um auf Hilfe hoffen zu können, davon war sie überzeugt.

Seit Stunden war sie schon allein.

Es hatte angefangen zu schneien, nachdem Tim sie hergebracht hatte. Eine nasse Schneedecke legte sich über den Wald, in dem sie gefangen war. Alles wurde in Watte gepackt.

Ihre Liege war staubig und mottenzerfressen. Es ekelte

sie, sich darauf zu legen. Tim hatte sie allein zurückgelassen, und sie hatte keine Ahnung, wohin er gegangen war.

»Warum machst du es mir denn so schwer?«, hatte er gebrüllt, als er sie auf dem matschigen Waldboden zur Hütte geschubst hatte. »Ich will dir doch nichts antun! Verstehst du das nicht? Ich will doch nur mit dir zusammen sein.« Er wirkte ehrlich verzweifelt, und Jana graute vor dem Wahnsinn, der ihn antrieb.

Sie stand auf und ging zu dem kleinen Fenster, dem einzigen in der engen Hütte. Jenseits der verdreckten Scheibe konnte sie den See sehen, dahinter lag der verschneite Wald. Nebelschwaden zogen über den See, tote Äste ragten aus dem Wasser. Alles war wie erstarrt.

Ihre Gelenke schmerzten von dem Klebeband, mit dem Tim sie gefesselt hatte. Sie fragte sich, wohin er gegangen war. Wann er wiederkommen würde.

Sie blickte sich in der engen Hütte um. Doch es gab keinen Ausweg, sie hatte bereits alles probiert. Die Tür war fest verriegelt, und die Holzwände gaben an keiner Stelle nach, wenn sie dagegen trat. Sie waren viel stabiler, als sie aussahen. Sie hatte schon überlegt, ob sie das Fenster einschlagen sollte. Doch das Loch wäre zu klein, sie würde nicht hindurchpassen. Stattdessen würde es nur noch kälter werden, und sie fror bereits jetzt ganz fürchterlich.

Es gab keinen Ausweg. Sie musste sich damit abfinden.

»Diesen Schweinen rennst du hinterher!«, hatte Tim sie angeschrien. »Diesen saufenden Machos, die dich wie Dreck behandeln und nur das eine von dir wollen. Die sind dir gut genug, aber mich ignorierst du!«

Sie wandte sich vom Fenster ab und ging zurück zu ihrer Liege. Es war nicht leicht, eine bequeme Haltung einzunehmen, wenn die Hände auf dem Rücken zusammengebunden waren. Doch irgendwie musste es gehen.

Das Licht wurde schwächer, die Dämmerung schritt voran. Nicht mehr lange, dann würde es ganz dunkel sein.

Angst erfasste sie. Ich will nicht alleine sein, wenn es dunkel wird. Ich will von hier weg, nach Hause.

Sie dachte an Michael. Er war bestimmt schon auf dem Weg hierher. Er würde sie finden und hier herausholen. Sie war ganz sicher. Er hatte es versprochen, sie brauchte keine Angst haben.

Es wird dir nichts geschehen, das hatte er gesagt.

Sie beruhigte sich langsam.

Er hat es versprochen. Und er wird kommen, schon bald.

37

An diesem Abend war Jana nicht mehr aufgetaucht, und auch am nächsten Morgen fehlte noch immer jede Spur von ihr. Die Eltern von Tim Wegener waren fassungslos, sie konnten sich nicht erklären, wie ihr Sohn zu so einer Tat fähig sein sollte. Wolfgang Herzberger hatte sie lange befragt, doch sie hatten keine Idee, wo der Junge das Mädchen versteckt halten mochte.

Michael Schöne fühlte sich grässlich. Das lag nur zum Teil an dem Alkohol, mit dem er sich gestern Nacht betäubt hatte. Auch den Ausbruch in Landgrafs Büro hatte er noch nicht verdaut. Wie hatte er nur so die Kontrolle verlieren können?

Entgegen seiner Ankündigung hatte Landgraf doch nicht Anzeige erstattet. Er hatte nicht mal die zuständigen Kollegen informiert, sodass bisher nur Wolfgang und Anke von der Sache wussten. Trotzdem war es passiert. Wolfgang konnte das nicht einfach unter den Teppich kehren. Michael würde zur Verantwortung gezogen werden.

Doch noch mehr schämte sich Michael dafür, dass er falschgelegen hatte. Landgraf hatte nichts mit Janas Verschwinden zu tun gehabt. Er hatte ihn falsch eingeschätzt. Er hatte Landgrafs Arroganz und seine Unnahbarkeit falsch gedeutet. Landgraf war genauso verloren wie er. Er war auch ein Opfer seines Vaters.

Auf dem Weg zur Arbeit wurde ihm wieder übel. Er hatte wenig Lust, seinem Chef entgegenzutreten. Doch es gab kein Zurück. Auf dem Flur in der dritten Etage herrschte wenig Betrieb. Alle waren in die Suche nach Jana eingespannt. Bislang ohne Erfolg.

Weder die Eltern noch Freunde und Schulkameraden von Tim wussten etwas von einem Versteck. Es gab kein Ferienhaus, keinen Keller und keinen vergessenen Schuppen. Die Großfahndung war ebenfalls erfolglos geblieben. Tim und Jana waren wie vom Erdboden verschluckt.

Anke war nicht im Büro. Sie hatte auch keine Nachricht hinterlassen. Michael setzte sich an den Schreibtisch und fuhr seinen Rechner hoch.

Nach einer Weile klopfte es an der Tür, und Wolfgang steckte seinen Kopf durch den Spalt.

»Da bist du ja«, sagte er tonlos.

Michael wollte die Sache mit Landgraf erklären, doch Wolfgang schnitt ihm das Wort ab.

»Wir reden später darüber. Jetzt ist keine Zeit. Du wirst mit Konsequenzen rechnen müssen, auch wenn Landgraf keine Anzeige erstattet. Ich hoffe, das ist dir klar.«

Michael nickte.

»Aber zuerst müssen wir dieses Mädchen finden«, sagte Wolfgang. »Im Gruppenraum läuft alles zusammen, ich leite die Suche. Wenn du hier fertig bist, kannst du zu uns kommen.«

»Gut. Ich bin gleich da.«

»Übrigens habe ich gehört, du bist heute Abend mit Anna Proschinski verabredet?«

Michael traute seinen Ohren nicht. »Woher …?«

»Keine Sorge«, sagte er. »Bis dahin haben wir Jana wiedergefunden. Ganz sicher.«

»Wenn du meinst. Ich hoffe es.«

Michael hatte schon eine Ahnung, woher sein Chef von ihrer Verabredung wusste. Er kannte Anna von einer Ermittlung, bei der sie für die Kommission gearbeitet hatte. Wolfgang verstand sich blendend mit ihrem Dienststellenleiter, und auf diesem Wege musste er Wind von der Sache bekommen haben. Anna hatte offensichtlich ihren Kollegen von der Verabredung erzählt.

»Du wirst dich ordentlich anziehen und pünktlich sein.« Wolfgangs Tonfall duldete keine Widerrede. »Du kannst heute früher gehen. Wir haben genügend Leute, du kannst hier nichts machen. Und rasier dich bitte vorher noch. Du siehst aus wie ein Penner. Wehe, du kommst zu spät.«

Damit wandte er sich ab und zog die Tür hinter sich zu.

Michael wollte lieber nicht an das abendliche Treffen denken. Es gab momentan Wichtigeres. Wer wusste schon, was für Hinweise in der Zwischenzeit eingegangen waren? Vielleicht würde sie ja doch irgendetwas zu Jana führen.

Er atmete tief durch und ging hinüber zu den anderen in den Gruppenraum.

Jana hockte seit Stunden auf der schmutzigen Liege und starrte vor sich hin. Sie hoffte noch immer darauf, dass jemand kommen und sie befreien würde. Wo blieb denn nur Michael? Hatte er keine Ahnung, was mit ihr geschah? Kümmerte es ihn denn gar nicht?

Sie hatte furchtbaren Durst. Hunger hatte sie auch, doch der Durst überdeckte im Moment alles andere. Die Wasserhähne funktionierten nicht. Es war nicht mal ein Gurgeln zu hören, wenn sie aufgedreht wurden. Tim hatte ihr nichts zu trinken dagelassen.

Hätte sie doch nur ihr Handy nicht im Haus gelassen. Dann würde die Polizei sie orten können. Das sah man ja ständig im Fernsehen, wie so was ging. Aber keine Chance, es lag auf ihrem Schreibtisch neben dem Laptop.

Was wird Tim mit mir machen?, fragte sie sich. Was hat er nur vor?

Konnte es sein, dass er sie ganz einfach verhungern und verdursten ließ, eingesperrt in dieser modrigen Hütte? Sie wollte besser nicht darüber nachdenken.

In der Nacht hatte sie kaum geschlafen. Es war entsetzlich kalt gewesen, und frühmorgens hatte sie furchtbare Kopfschmerzen bekommen. Ihre Wangen glühten, und sie fühlte sich fiebrig.

Über dem See war es inzwischen hell geworden. Über Nacht hatte es gefroren, eine hauchdünne Eisschicht hatte sich an den Ufern gebildet. Sie reichte aus, dass der Schnee liegen blieb. Alles war nun weiß vor ihrem kleinen Fenster.

Von draußen hörte sie Geräusche. Sie kamen näher. Es waren Schritte. Jetzt auf den Stufen. Das musste Tim sein. Der Schlüssel drehte sich im Schloss, dann das Quietschen der Scharniere.

Sie rutschte bis zur Kante ihrer Liege und kauerte sich ängstlich zusammen.

Wo bleibt denn nur Michael?, dachte sie. Warum kommt er nicht endlich?

Der Vormittag ging vorüber, ohne dass etwas passierte.

Die Kollegen waren allen Hinweisen nachgegangen. Sie hatten ein leerstehendes Gebäude in der Nähe einer Schule durchsucht und im Anschluss ein Fabrikgelände. Doch nirgends eine Spur von Jana. Tim schien sie an keinem der Orte versteckt zu haben, an denen er und seine Freunde ihre Freizeit verbrachten.

Die Stimmung war auf einem Tiefpunkt angelangt. Sie alle wussten, dass die Wahrscheinlichkeit, Jana lebend zu finden, mit jeder Stunde geringer wurde. Dennoch konnten sie nichts tun. Sie saßen mit düsteren Gesichtern herum, sprachen kaum ein Wort und stürzten sich auf jeden neuen Hinweis.

Um halb eins ging Michael runter auf die Straße, um frische Luft zu schnappen. Er lief vor dem Präsidium auf und ab.

Noch sieben Stunden bis zum Treffen mit Anna. Er konnte sich nicht vorstellen, in dieser Situation zu einem Rendezvous zu gehen. Es half also nichts, er musste Anna absagen. Das war er Jana einfach schuldig. Er musste anrufen und sie bitten, den Termin zu verschieben.

Michael redete sich ein, dass Anna sicher Verständnis dafür hatte. Schließlich war auch sie Polizistin, und sie wusste, wie es war, wenn einem ein Fall an die Nieren ging. Doch insgeheim war ihm klar, dass dies seine letzte

Chance gewesen war. Wenn er sie nicht nutzte, war es vorbei.

Er zog das Handy aus der Manteltasche und blickte es eine Weile an. Vielleicht löste sich ja auch alles in Wohlgefallen auf. Vielleicht kam gerade der Hinweis herein, der sie direkt zu Jana und Tim führte. Sie könnten Jana befreien, und es blieb immer noch genügend Zeit, um sich auf die Verabredung mit Anna vorzubereiten.

Er beschloss, zu warten. Vielleicht würde ja noch alles gut werden.

Langsam ließ er das Handy zurück in die Manteltasche rutschen. Dann machte er sich wieder auf den Weg, ging die Steintreppe hinauf und betrat das Gebäude.

Tim hatte Frühstück gebracht. Croissants, Honig, Nutella und Wasser. Vor allem Wasser. Jana starrte die Flasche sehnsuchtsvoll an, alles andere war ihr egal. Von ihrer Liege aus beobachtete sie, wie Tim den wackligen Holztisch deckte. Er redete fröhlich auf sie ein, ganz so, als machten sie gemeinsam Urlaub.

Jana schleppte sich schließlich zum Tisch hinüber. Ihre Handgelenke schmerzten furchtbar. In der Nacht waren ihre Arme völlig taub geworden. Das Klebeband schnitt tief in die Haut. Tim erkannte, dass sie nicht mit den Fesseln frühstücken konnte. Er zögerte. Offenbar fühlte er sich mit einem Mal von der Situation überfordert. Nervös blickte er auf das Küchenmesser, das er auf den Tisch gelegt hatte. Damit könnte er ihre Hände befreien. Er ließ es jedoch liegen und blickte gehetzt umher.

Jana musste etwas tun. Sie würde Tim eine Weile hinhalten müssen, nur so lange, bis sie befreit wurde. Sie würde ihm ganz einfach vorspielen, dass sie ihn mochte. Sie würde versuchen, sein Vertrauen zu gewinnen. Mit etwas Glück könnte ihr das gelingen. Bis Michael kam.

»Das Frühstück sieht toll aus«, sagte sie mit trockenem Mund. »Hast du das extra für mich besorgt?«

Er lächelte verlegen. »Ich bin ins Dorf gefahren. Wenn du nun schon einmal hier sein musst, dann sollst du es doch gut haben.«

»Ich liebe Nutella.« Sie deutete auf ihre Fesseln. »So kann ich aber nicht essen.«

»Natürlich.« Jetzt griff er doch nach dem Messer. »Entschuldige bitte.«

Kurz darauf war sie von dem Klebeband befreit. Erleichtert schüttelte sie die Arme aus und massierte sich die schmerzenden Gelenke. Dann setzte sie sich an den Tisch und trank hastig von dem Mineralwasser.

Tim setzte sich zu ihr und griff gut gelaunt nach einem Croissant.

»Ist das nicht super hier? Ich habe die Hütte entdeckt, als ich in den Ferien alleine wandern war. Sie scheint niemandem zu gehören. Man ist hier völlig ungestört.«

Niemand wusste also von der Hütte. Jana war entsetzt. Kannte tatsächlich niemand außer Tim diesen Ort?

»Du solltest mal im Sommer hier sein«, plauderte er weiter. »Dann ist es unbeschreiblich. Man kann im See schwimmen und sich in die Sonne legen. Ich habe hier schon mal einen Karpfen gefangen und am Lagerfeuer gebraten.« Er biss herzhaft in sein Croissant.

»Im Sommer ist der Himmel ganz weit, und nachts kann man die Sterne sehen. Viel, viel besser als in der Stadt.«

Ein sehnsuchtsvoller Ausdruck trat in seine Augen.

»Hättest du einmal Lust, eine Sommernacht hier mit mir zu verbringen? Es wäre bestimmt total schön.«

Sie hatte sich vorgenommen mitzuspielen. Sie musste auf ihn eingehen. So tun, als wäre alles in bester Ordnung. Vielleicht war das ihre letzte Chance, lebend hier herauszukommen. Doch sie schaffte es nicht. Die Worte kamen ihr einfach nicht über die Lippen. Stattdessen fragte sie: »Was hast du mit meinem Vater gemacht?«

Er erstarrte in der Bewegung. Das Croissant sank zurück auf den Teller.

»Ich wollte das nicht. Jana, das musst du mir glauben. Ich wollte das wirklich nicht.« Er blickte sie flehentlich an. »Ich wollte ihn nur ein wenig erschrecken. Ich dachte, was soll schon groß passieren? Ein gebrochener Arm, vielleicht auch ein Schleudertrauma …«

»Aber was hat er dir denn getan?«, fragte sie fassungslos. »Wofür sollte er denn bestraft werden?«

»Was er mir getan hat?« Tim wurde laut. »Was er *mir* getan hat?« Er schüttelte den Kopf. »Glaubst du, ich weiß nicht, wie er dich behandelt hat? Denkst du, ich hätte das nicht mitbekommen? Alle in der Schule wussten darüber Bescheid. Wie er dich angeschrien hat, wenn er mit seinem dicken Dienstwagen nach der Schule plötzlich auf dem Parkplatz stand. Er hat dich niedergemacht und gedemütigt, ständig. Und in aller Öffentlichkeit. Ich hab ihn auch bei euch zu Hause gehört. Wenn ich am Zaun stand.

Immer und immer wieder. Du bist nichts wert! Du bist nur Dreck! Was denkt er denn, wer er ist?«

Jana sah ihn ungläubig an.

»Er musste seine Strafe bekommen.«

»Aber wie hast du …?«

Sie war völlig durcheinander. Hatte Tim vor der Villa gelauert und sie beobachtet? Ihr schauderte. Was war da alles schon gelaufen, ohne dass sie etwas bemerkt hatte?

»Mein Vater war doch …« Sie brach ab.

»Ich wusste, dass er an diesem Abend am Theodor-Heuss-Platz sein sollte«, sagte er. »Er musste eine Rede halten, das war ja angekündigt. Ich habe auf dem Parkplatz auf ihn gewartet. Ich wusste noch nicht genau, was ich eigentlich machen wollte. Ich wusste nur, dass er seine Strafe bekommen sollte. Ich wollte mich für das rächen, was er dir angetan hat. Dann ist er plötzlich aus dem Gebäude gekommen, viel früher, als ich gedacht hatte. Die Veranstaltung da drinnen hatte noch nicht einmal angefangen. Er ist in einen alten Kombi gestiegen, seinen Dienstwagen hat er auf dem Parkplatz stehen lassen. Zuerst habe ich das nicht verstanden. Aber als ich die vielen Journalisten gesehen habe, draußen auf der Straße, da war es mir klar. Er wollte unerkannt bleiben. Er ist von dort durch den Grunewald gefahren. Erst da kam mir die Idee, ihn zu erschrecken. Ich bin ihm hinterher, ohne Licht, und als wir dann allein auf der dunklen Straße waren und ich direkt hinter ihm, da habe ich das Fernlicht eingeschaltet. Er hat sich so erschrocken, dass er von der Straße abgekommen ist.«

Tim senkte schuldbewusst den Blick. Es schien ihm erst jetzt klar zu werden, was er angerichtet hatte.

»Ich dachte, es wäre nichts Großartiges passiert. Ich habe den Wagen abgestellt und bin in den Wald gelaufen. Doch dein Vater war bereits aus dem Auto geklettert. Er schien quietschfidel zu sein. Dann war da noch jemand, ein anderer Mann. Er hat sich um deinen Vater gekümmert. Also bin ich davongelaufen und nach Hause gefahren.«

Es wurde still in der Hütte. Tim spielte nervös mit seinen Händen.

Jana spürte kalte Wut in sich aufsteigen.

»Wie konntest du nur!«

Sie wusste, dass sie in diesem Moment verloren hatte. Ihre List war gescheitert, sie würde ihm nichts mehr vorspielen können. Doch das war ihr nun egal. Sie spürte einen solchen Hass, dass ihr alles egal wurde.

Sie sprang von ihrem Stuhl auf.

»Wie konntest du nur?«, schrie sie. »Du verfluchtes Schwein, du hast meinen Vater ermordet! Meinen Vater! Du bist ein dreckiger, kleiner …«

Weiter kam sie nicht. Eine schallende Ohrfeige riss ihren Kopf zur Seite. Sie taumelte, beinahe wäre sie zu Boden gegangen. Ein brennender Schmerz flammte in ihrer Wange auf.

Erschrocken sah sie zu Tim, der ihr nun gegenüberstand.

»Er hat es verdient.« Seine Stimme war eisig. »Und du verteidigst ihn noch. Wann wirst du endlich lernen, was gut für dich ist?«

Mit einem Satz war er an der Tür, das Messer hatte er mitgenommen.

»Du bist es nicht wert, dass man sich um dich kümmert!«

Mit diesen Worten warf er die Tür hinter sich zu und schloss gründlich ab.

38

Wie viel Zeit war vergangen? Jana wusste es nicht. Es konnten Stunden sein, vielleicht waren es auch nur Minuten. Das Fieber war weiter gestiegen, es trübte ihre Sinne. Sie hatte sich die muffige Decke bis zum Hals gezogen, doch die schien nichts gegen die Kälte ausrichten zu können. Immer wieder erzitterte sie, der Schweiß stand ihr auf der Stirn.

Irgendwann hatte es den Moment gegeben, in dem ihr klar geworden war, dass Michael nicht kommen würde. Es war egal, was er ihr versprochen hatte, er würde es nicht einhalten. Es war eine Lüge.

Sie blickte zum Fenster und versuchte, am Stand der Sonne die Zeit abzulesen. Doch vergebens, der Himmel war eine einzige stahlgraue Platte. Schneeflocken wirbelten durch die Luft, sie ließen den Wald und die Hütte immer tiefer unter einer weißen Schicht verschwinden.

Wenn sie doch nur nicht in das Auto eingestiegen wäre, sagte sie sich. Tim war plötzlich an der Straße aufgetaucht und hatte ihr angeboten, sie ein Stück mitzunehmen. Er wollte mit ihr und Jack am See spazieren gehen. Dort wäre es allemal interessanter als in ihrem Wohngebiet. Sie war einverstanden gewesen, doch als sie in den Wagen gestiegen war, hatte er ihr plötzlich ein feuchtes Taschentuch unter die Nase gedrückt. Sie hatte es für einen schlechten Scherz gehalten, doch im gleichen

Moment war ihr schwarz vor Augen geworden. Als sie wieder aufgewacht war, lag sie in dieser Hütte, und Tim saß vor ihr und strahlte sie an. Ganz so, als wäre es eine tolle Überraschung gewesen.

Sie machte sich nun auf alles gefasst. Tim hatte die Nerven verloren, und sie wollte sich erst gar nicht ausmalen, was als Nächstes passieren würde.

Sie glaubte eine Veränderung zu erkennen. Die Dämmerung setzte langsam ein. Sie zog die Decke fest um ihre zitternden Schultern und starrte weiter zu dem schmutzigen Fenster, als könnte sie dadurch etwas Licht in der Hütte festhalten.

Plötzlich hörte sie ein Geräusch auf den Stufen. Sie blickte ängstlich zum Eingang. Tim kehrte zurück. Der Schlüssel drehte sich im Schloss, dann schlug die Tür auf.

Eine Weile stand Tim mitten im Raum und sah auf sie herab. Sie konnte seinen Blick nicht deuten, und sie hatte keine Ahnung, was er vorhatte. Er warf die Tür hinter sich zu, trat an die Liege und kniete sich vor ihr auf den Boden. Jana konnte sehen, dass er geweint hatte.

»Komm, Jana! Wir hauen ab.« Er blickte sie flehentlich an. »Wir verschwinden von hier. Wir fahren irgendwohin, ganz weit weg. Nach Italien oder so. Wo es warm ist. Was hältst du davon?«

Plötzlich fühlte sie sich unsäglich erschöpft. Sie konnte einfach nicht mehr. Mit einem Mal war es ihr egal, ob sie lebend oder tot aus dieser Geschichte hervorgehen würde. Sie wollte nur noch, dass es zu Ende ging.

»Ich komme nicht mit«, sagte sie kraftlos.

Tims Gesicht verdunkelte sich.

»Was soll das heißen, du kommst nicht mit?«

Sie starrte ins Nichts.

»Verschwinde, lass mich allein.«

»Du kommst sehr wohl mit!«, sagte er kalt. »Ich werde mich von dir nicht mehr abweisen lassen.«

Er zog ihre Decke mit einem Ruck beiseite und warf sie auf den Boden. Das Fieber ließ ihren Körper erzittern. Er achtete nicht darauf, packte sie grob am Arm und zog sie von der Liege.

»Du kommst mit! Hast du verstanden?«

Ihr war gleichzeitig heiß und kalt. Eine ungekannte Wut flammte in ihr auf. Was glaubte er alles mit ihr machen zu können? Sie schüttelte seine Hand ab. Ihr Entschluss stand fest. Sie würde sich nicht fügen, ganz egal, was passierte.

»Hau ab!«, brüllte sie. »Hau doch endlich ab!«

Sie spürte nur noch wilden Hass. Hass auf ihn, genauso wie auf alle anderen Jungen von ihrer Schule. Sie spürte Hass auf ihre Mutter, auf ihren Vater und auch auf ihre bescheuerten Mitschülerinnen. Und vor allem auf Michael. Der ihr versprochen hatte, da zu sein, wenn sie ihn brauchte, und der das hier alles geschehen ließ.

»Lieber sterbe ich, als dass ich mit dir noch irgendwo hingehe.«

Sie stieß Tim beiseite, der sie völlig perplex anstarrte. Die Tür war noch immer offen. Sie würde einfach hinausgehen und dann nach Hause. Sollte er doch hierbleiben in seiner dreckigen Hütte. Sollte er verrecken. Das alles kümmerte sie nicht mehr.

Tim stürzte sich von hinten auf sie. Noch ehe sie begriff, was passierte, lag sie auf dem Holzboden. Sein schwerer Körper war über ihr, er keuchte in ihr Ohr: »Das tust du nicht!« und drückte ihren Kopf auf die rauen Dielen.

Sie glaubte keine Luft mehr zu bekommen. »Lass mich!«, schnaubte sie und wand sich unter seinem Gewicht. Sie schaffte es, ihren rechten Arm zu befreien, und schlug wild auf sein Gesicht ein.

Sie wollte ihm nun wehtun, wollte ihn verletzen. Er sollte Schmerzen empfinden. Er sollte jammern und winseln. Sie hasste ihn.

Ihre Hand fand Halt in seinem Gesicht. Ihr Daumen ertastete seine Augenhöhle. Sie zögerte keine Sekunde und drückte mit aller Kraft zu. Ein merkwürdiges Gefühl. Weich und gummiartig, als wollte sie einen Flummi plattdrücken.

Tims Schrei hallte durch die Hütte. Er krümmte sich und presste beide Hände vor sein Gesicht.

Sie war frei.

Vorsichtig kroch sie zum Ausgang. Zog sich an einem Stuhl hoch und stolperte weiter. Sie achtete nicht mehr auf Tim. Sein Jaulen schien unwirklich. Es war, als hätte die ganze Situation nichts mit ihr zu tun.

Draußen leuchtete der Schnee. Dort würde es still sein. Sie würde Ruhe finden. Sie tat einen Schritt darauf zu, dann noch einen.

Plötzlich war da ein Widerstand. Tim packte ihren Knöchel und zog ihn mit einem Ruck nach hinten. Sie geriet ins Straucheln und stolperte. Wieder donnerte sie auf den Holzboden. Ein Splitter bohrte sich in ihren Arm.

Einem Reflex folgend wollte sie danach greifen. Doch da war Tim bereits über ihr und drückte sie mit dem Hinterkopf auf die Dielen. Sein Auge blutete, doch sie konnte nicht erkennen, ob es ernsthaft verletzt war. Sein Gesicht war nur noch eine Fratze. Er legte seine Hände um ihren Hals und drückte zu. Sie bekam keine Luft mehr. Er war nun ganz nah. Blut und Speichel tropften auf ihre Wangen. Ihre Lungen begannen zu schmerzen. Als wäre sie zu tief getaucht. Sie schaffte es nicht zurück an die Oberfläche.

Tim saß fest auf ihrem Brustkorb. Es gab kein Entkommen. Sie wand sich, ruderte wild mit ihren Armen, aber es gelang ihr nicht, ihn abzuschütteln.

Ein Fingernagel riss ab, als sie ihre Hand in das Holz krallte. Der Schmerz jedoch war so weit weg, als gehörte er gar nicht zu ihr. Sie paddelte panisch, ohne dass es etwas bewirkte. Nur ein Stuhl fiel um, und das Nutellaglas knallte auf den Boden. Sie brauchte dringend Luft.

Jana bekam einen harten Gegenstand mit schlüpfriger Oberfläche in die Finger. Sie packte ihn und schlug damit auf Tim ein, bis der Gegenstand unter ihren Händen zerbrach. Es war ein moosbewachsener Blumentopf gewesen. Wie von Sinnen tastete sie nach einer der Tonscherben, nahm sie und hackte damit wild auf Tim ein. Sie rammte die Scherbe immer wieder in sein Gesicht, so lange, bis die Haut aufplatzte und endlich alles voller Blut war.

Tim ließ von ihr ab. Er jaulte. Jana schnappte nach Luft, ihr wurde schwindelig. Wie ferngesteuert drehte sie sich um. Auf allen vieren robbte sie los, in Richtung der offenen Tür. Noch drei Meter, dann wäre sie in Freiheit.

Tim raffte sich irgendwie auf, das sah sie aus dem Augenwinkel. Sie ließ sich nicht davon irritieren. Sie arbeitete sich voran, Zentimeter um Zentimeter. Er griff nach der Harke, die neben der Spüle stand, und holte weit aus. Erst als Jana den dumpfen Schlag auf dem Rücken spürte, erkannte sie, dass ihre Flucht erneut ein Ende hatte. Sie lag am Boden und rang nach Luft. Ein zweiter Schlag traf sie. Rostige Zinken bohrten sich in ihre Haut. Sie schmeckte das faulige Holz der Bodendielen, und für eine Sekunde wurde ihr schwarz vor Augen.

Irgendwo splitterte Holz. Sie kämpfte gegen ihre Ohnmacht an und nahm die Ereignisse wie im Nebel wahr. Aber sie begriff: Die Harke war auf ihrem Rücken liegen geblieben. Der Stiel war gebrochen. Sofort erkannte sie ihre Chance.

Tim stand über ihr, das abgebrochene Ende des Stiels in der Hand. Seiner Waffe beraubt, warf er den Stumpf weg und stürzte sich wieder mit bloßen Händen auf Jana. Sie reagierte schnell. Rollte sich zur Seite, griff nach der Harke und drückte den zersplitterten Holzstiel nach oben. Tim fiel direkt hinein. Das spitze Ende bohrte sich wie ein Pfahl in seinen Magen. Noch ehe er begriffen hatte, was geschehen war, erstarrten seine Züge. Ein leises Japsen entwich ihm, dann kippte er zur Seite weg. Der Stiel der Harke ragte aus seinem Bauch heraus. Jana konnte nicht erkennen, wie tief er hineingerammt war. Doch sein Gesicht begann zu zucken, seine Augen verdrehten sich, Speichel lief ihm aus dem Mundwinkel.

Sie atmete flach. Drehte sich um und kroch erneut zur Tür. Meter um Meter. Auf der Schwelle übergab sie sich. Sie rang nach Luft und hievte sich mühsam am Türrahmen hoch.

Als sie in den Schnee trat, musste sie eine Hand schützend über die Augen legen. Sie stolperte die Stufen hinunter und taumelte dann richtungslos davon.

Sie war frei.

Um halb vier nachmittags hatten sie noch immer keine Spur von Jana. Die Nerven lagen überall bloß. Michael lief unruhig vorm Fenster auf und ab. Er wünschte, er könnte irgendetwas tun, um Jana zu helfen. Doch es blieb ihm nichts übrig, als zu warten.

Er blickte hinaus über die Dächer der Stadt. Das Treffen mit Anna kam ihm in den Sinn. Es waren noch drei Stunden bis zu ihrer Verabredung. Jana würde bis dahin nicht mehr auftauchen, das war so gut wie sicher. Und jede Minute, die er damit wartete, Anna abzusagen, machte es nur noch schlimmer. Er würde sie anrufen müssen. Jetzt.

»Es sind alle in Alarmbereitschaft«, hörte er Lohmann am Gruppentisch sagen. »Wenn sie versuchen sollten, die Stadt zu verlassen, dann müssten wir sie kriegen.«

»Wenn sie die Stadt nicht längst verlassen haben«, sagte Wolfgang. »Zeit genug hätten sie ja gehabt, theoretisch könnten sie schon in Italien sein.«

Die Tür knallte auf, und eine Kollegin aus dem Zweiten Dezernat stürmte in den Gruppenraum.

»Jana hat sich gemeldet!«

Alle drehten sich um.

»Sie ist in Bagow, das ist ein kleines Dorf hinter Potsdam. Sie hat ein Auto angehalten. Der Fahrer hat uns angerufen. Tim Wegener muss sie in der Nähe festgehalten haben. Offenbar konnte sie fliehen.«

»Wie geht es ihr?«, fragte Wolfgang. »Ist sie wohlauf? Und was ist mit dem Jungen?«

»Keine Ahnung. Die Kollegen vor Ort sind gleich bei ihr. Und ein Krankenwagen ist auch schon unterwegs.«

Wolfgang stand auf und schnappte sich seinen Mantel.

»Dann mal los!« Er teilte die Kollegen ein. »Michael, Anke und Peter – ihr kommt mit. Die anderen warten hier. Wir bleiben in Verbindung, falls sich noch was ergibt.«

Die Ausfallstraßen waren gefährlich glatt. Auf dem Asphalt hatte sich ein rutschiges Gemisch aus Schneematsch und gefrierender Nässe gebildet. Es wurde langsam dunkel.

Michael saß auf der Rückbank des Dienstwagens und blickte aus dem Fenster. Er ließ die Stadtlandschaften an sich vorüberziehen. Jana lebte. Das war erst einmal das Wichtigste. Offenbar hatte sie keine schweren Verletzungen, denn sonst hätte sie es sicher nicht zu Fuß ins nächste Dorf geschafft, um Hilfe zu holen.

Wolfgang wandte sich nach hinten und sah Michael versöhnlich an. »Dann ist ja noch mal alles gut gegangen«, sagte er. »Das Mädchen ist am Leben.«

Michael nickte. Plötzlich fiel ihm das Treffen mit Anna wieder ein. Er hatte ihr absagen wollen, aber dann war

Jana wieder aufgetaucht, und sie alle waren sofort losgefahren. Er wollte nach seinem Handy greifen, da erinnerte er sich, dass es noch im Präsidium war. Er hatte es im Büro liegen lassen.

Ein flaues Gefühl machte sich in seinem Magen breit. Es gab nun keine Möglichkeit mehr, ihr Bescheid zu sagen. Er würde sie ganz einfach ohne ein Wort versetzen müssen. Sie würde in dem Restaurant eintreffen, und er wäre nicht da. Es sei denn ... Wolfgang wusste ja, was los war. Vor ihm würde er sich nicht verstecken müssen. Außerdem hatte er bestimmt Annas Nummer in seinem Handy.

»Wolfgang«, begann er. »Darf ich dich mal was fragen? Du hast doch sicher dein Handy dabei, oder?«

Bevor sein Chef antworten konnte, mischte sich Anke ein.

»Da vorne ist es schon«, sagte sie und deutete auf eine Ansammlung von Streifenwagen, die am Rande einer kleinen Ortschaft standen.

Sie hielt am Straßenrand, und Wolfgang sprang sofort aus dem Wagen. Michael stieg ebenfalls aus. Er sah sich nach Jana um. Der Kommissar der Kreispolizei erklärte die Lage. Sie hatten das Mädchen hier gefunden, zusammen mit dem Autofahrer, den sie angehalten und der den Notruf gewählt hatte. Jana stand offenbar unter Schock, bisher hatten sie nicht viel aus ihr herausbekommen.

Der Lichtkegel eines Krankenwagens erfasste die Gruppe. Er rollte von einem verschneiten Feldweg auf sie zu, bog dann auf die Landstraße und fuhr in hohem Tempo davon.

»Ist es Jana, die dort abtransportiert wird?«, fragte Michael.

»Nein«, sagte der Uniformierte. »Das ist der Junge, der sie entführt hat.« Er deutete auf die Silhouette eines Waldes, der hinter einem Feld begann. »Dort haben wir ihn gefunden, in einer verlassenen Hütte am See. Es muss einen Kampf gegeben haben, bei dem er schwer verletzt worden ist. Laut Notarzt wird er es aber wohl schaffen.«

Michael blickte sich um. »Und wo ist Jana?«

»Dort vorn.« Der Beamte wies auf einen weiteren Notarztwagen. Auf der Rückbank erkannte er eine Gestalt, die in eine Decke eingewickelt war. Das musste sie sein. Er lief zu dem Wagen hinüber und klopfte sacht gegen die Fensterscheibe.

Jana reagierte nicht. Sie blickte starr geradeaus, als wäre er nicht existent. Vorsichtig öffnete er die Wagentür.

»Jana, geht es dir gut? Ich habe solche Angst um dich gehabt. Was ist passiert? Hat er dir etwas angetan?«

Sie antwortete nicht. Sie schien nicht einmal zu hören, was er sagte.

»Es tut mir so leid, was passiert ist. Es tut mir so furchtbar leid. Ich wünschte, ich hätte es verhindern können.«

Eine Hand legte sich auf Michaels Schulter. Es war der Notarzt, er zog ihn sacht von der Tür weg.

»Ich muss Sie leider bitten, sie vorerst in Ruhe zu lassen. Sie muss jetzt ins Krankenhaus gebracht werden.«

»Was ist denn mit ihr? Ist sie verletzt?«

»Sie hat einen schweren Schock erlitten. Außerdem hat sie hohes Fieber. Abgesehen von ein paar Blessuren hat sie keine körperlichen Schäden davongetragen.« Er wandte sich zur Fahrertür. »Sie müssen mich entschuldigen …«

»Wann kann ich mit ihr reden?«, fragte Michael.

»Morgen früh vielleicht, dann können wir mehr sagen. Aber versprechen will ich lieber nichts. Rufen Sie im Sankt-Gertrauden-Krankenhaus an, da werden wir sie hinbringen.«

Mit diesen Worten setzte er sich in den Wagen und startete den Motor. Michael warf einen letzten Blick zu Jana, doch sie ignorierte ihn weiterhin.

Der Notarztwagen setzte sich in Bewegung, und Michael konnte nur den kleiner werdenden Rücklichtern hinterhersehen.

Wolfgang tauchte neben ihm auf. Er folgte seinem Blick und wartete, bis der Wagen hinter einer Kurve verschwunden war.

»Ich habe ihr gesagt, dass ich auf sie aufpasse. Dass ihr nichts passieren wird. Es war ein Versprechen.«

»Komm schon«, sagte Wolfgang. »Lass es gut sein für heute. Ich werde morgen mit dem Mädchen reden. Wenn sie hört, was du getan hast, um sie zu finden, wird sie dir bestimmt vergeben.«

Erstaunt blickte Michael auf. Doch bevor er etwas darauf erwidern konnte, sagte sein Chef: »Du hast noch eine Stunde Zeit. Besser, du beeilst dich.«

»Wie bitte?«, fragte Michael verständnislos.

»Dein Treffen mit Anna Proschinski. Wenn du dich beeilst, kannst du es vielleicht noch schaffen.«

Michael wusste nicht, was er sagen sollte.

»Nimm den Dienstwagen«, sagte Wolfgang und drückte

ihm den Schlüssel in die Hand. »Wenn wir hier fertig sind, lassen wir uns von der Streife mitnehmen.«

Michael nahm zögernd den Schlüssel.

»Ich habe mich nicht einmal rasiert.«

»Es wird schon gehen.« Wolfgang wandte sich ab und steuerte wieder die Gruppe der Polizeibeamten an. Michael sah ihm nach, bis er ihm einen Schulterblick zuwarf.

»Jetzt beeil dich!«, rief er. »Und fahr vorsichtig.«

Der Weg zurück in die Stadt erwies sich als äußerst umständlich. Der Schneefall wurde dichter, die Temperaturen fielen. Die Straßen waren spiegelglatt. Erst als er auf die Bundesstraße bog, die nach Berlin führte, kam er etwas besser voran.

Er versuchte, nicht an das Geschehen zu denken. Nicht an Landgraf, nicht an Wolfgang und vor allem nicht an Jana. An ihren starren Blick und an ihre Verletzungen. Das alles würde früh genug wieder auf ihn einstürzen. Für ein paar Stunden musste er das alles beiseiteschieben. Sonst fühlte er sich kaum gewappnet, Anna entgegenzutreten.

Er konnte es immer noch schaffen, das Blatt zu wenden. Dieses Mal würde er sich nicht wie ein verdammter Idiot benehmen.

Am Stadtrand geriet er in einen Stau. Es hatte einen Unfall gegeben. Die Autoschlange schob sich im Schneckentempo an der Absperrung vorbei. Als er endlich am Messegelände auf den Kaiserdamm fuhr, war es bereits halb acht. Er geriet in Panik. Halb acht. Genau jetzt begann ihre Verabredung.

Er fragte sich, wie lange Anna auf ihn warten würde.

Eine Viertelstunde. Vielleicht zwanzig Minuten. Länger wohl kaum.

Die Autos fuhren Stoßstange an Stoßstange stadteinwärts. Es war zum Verrücktwerden. Er war so kurz davor. Sollte es jetzt wirklich am Wintereinbruch scheitern?

Mutlos blickte er auf den Verkehr. Der Minutenzeiger wanderte immer weiter. Es wurde Viertel vor acht, dann acht. Als er schließlich das Restaurant in Schöneberg erreicht hatte, war es bereits Viertel nach. Er parkte den Wagen in zweiter Reihe, stieg aus und trat auf den Bürgersteig.

Anna war nicht mehr da. Er blieb vor dem Fenster stehen und blickte in den hellen und einladenden Gastraum. Es waren nur wenige Tische besetzt, und sie war nirgends zu sehen. Am Fenster stand jedoch ein kleiner Tisch, der für zwei Personen eingedeckt war. Eines der Weingläser war benutzt.

Mit schweren Schritten kehrte Michael zum Wagen zurück. Ein kalter Wind erfasste ihn und ließ ihn frösteln. Er war bereits wieder am Auto, als er Anna auf der Straße entdeckte. Sie hatte sich ein Taxi herangewinkt, keine hundert Meter von ihm entfernt. Sie trug ein helles Kleid unter ihrer Jeansjacke, die Haare hatte sie hochgesteckt. Gerade wollte sie auf die Rückbank schlüpfen, da sah sie ihn.

Für einen Moment verharrte sie in der Bewegung. Michael war zu weit entfernt, um ihren Gesichtsausdruck erkennen zu können. Sie stand einfach da und blickte ihn an, und zwischen ihnen wirbelten die Schneeflocken.

Er blieb wie angewurzelt stehen. Anna stand unschlüssig an der offenen Tür. Dann beugte sie sich ins Wageninnere, sagte dem Fahrer etwas und schlug die Tür wieder zu. Das Taxi fuhr davon und ließ Anna auf der Straße zurück.

Sie sah wieder zu Michael hinüber, dann hob sie langsam die Hand und winkte ihm zu.

39

Überraschender Zeuge im Spendenskandal

Im Skandal um das illegale Parteispendenkonto des kürzlich verstorbenen Senators Günther Tieneck hat sich der Berliner Justiz ein unerwarteter Zeuge präsentiert – Tobias Landgraf, der ehemalige Referent des Senators.

Landgraf räumte gegenüber der Ermittlungsbehörde ein, im Auftrag des Innensenators Spenden illegal in den Kreislauf des Landesverbands der Bürgerlichen Partei gebracht zu haben. Er habe die Gelder gestückelt und unter Angaben fiktiver Parteispender als offizielle Spende verbucht.

Damit ist den Ermittlern eine zentrale Figur des Spendenskandals der Bürgerlichen Partei ins Netz gegangen. Sicherte Landgraf anfangs noch volle Kooperation mit der Berliner Justiz zu, weigerte er sich letztlich jedoch, die Namen der Strohmänner und die Herkunft der Spenden zu benennen. Gegen ihn sind nun Betrugs- und Untreueermittlungen wegen Verstoßes gegen das Parteiengesetz aufgenommen worden.

Bardor trennt sich von Landgraf

Die US-Immobiliengesellschaft Bardor trennt sich von ihrem Leiter der Kommunikationsabteilung, Tobias

Landgraf. Aus der Firmenzentrale hieß es, man trenne sich aus fachlichen Gründen innerhalb der Probezeit. Die jüngsten Ereignisse im Zusammenhang mit der Parteispendenaffäre hätten keinen Einfluss auf diese Entscheidung gehabt.

Die Plenarsitzung war zu Ende. Jürgen Steinbach schob seine Unterlagen zusammen und verließ den Sitzungssaal. Aus dem Strom der Abgeordneten löste sich ein Pressereferent und eilte auf ihn zu. Steinbach ahnte bereits, was ihm auf dem Herzen lag, schließlich hatte auch er die Zeitung gelesen.

»Haben Sie schon davon gehört?«, fragte der Referent mit gedämpfter Stimme. »Landgraf hat tatsächlich ausgepackt. Es war nicht nur ein Ausrutscher bei einer Vernehmung. Der macht das alles mit Vorsatz, da bin ich ganz sicher. Was ist nur in ihn gefahren? Ich verstehe es einfach nicht.«

Steinbach lächelte freudlos. »Irgendwie passt das ganz gut zu ihm, finde ich. So ein Bußgang nach Cannossa, das ist doch genau der Stil von unserem Tobias Landgraf. Finden Sie nicht?«

»Aber das wird ziemliche Konsequenzen für ihn haben«, sagte der Referent skeptisch. »Selbst wenn es zu keiner Haftstrafe kommt. Seine Zukunft hat er sich allemal verbaut.« Er schüttelte den Kopf. »Irgendwas muss vorgefallen sein, was ihn zu diesem Schritt bewogen hat.«

»Was immer das gewesen ist, wir werden es wohl nicht erfahren. Und im Prinzip kann es uns auch egal sein. Ehrlich gesagt bin ich ganz froh, dass wir mit Tieneck auch diesen Landgraf losgeworden sind.«

»Aber wird er dichthalten?«, fragte der Referent. »Wer sagt uns, dass er am Ende nicht doch die Namen der Spender und der Strohmänner preisgibt?«

Steinbach schüttelte den Kopf. »Da kennen Sie Landgraf schlecht. Auch im Büßerhemd wird er starrköpfig sein. Es geht ihm bei dieser Sache nur um sich selbst, er wird keine Namen nennen.« Er blickte ihn spöttisch an. »Müssen Sie etwa um Ihren eigenen Kopf bangen?«

»Um Gottes willen, nein! Ich denke nur an die Partei. Wer weiß, was da alles auf uns zukommen könnte, wenn Landgraf auspackt.«

»Er wird es nicht tun, seien Sie versichert. Dafür kenne ich ihn gut genug.«

Steinbach entdeckte Renate Herwig-Stamm und trat auf die Senatorin zu. Sie hatte wieder angefangen zu rauchen. Nervös spielte sie mit ihrer Zigarettenschachtel herum und blickte suchend nach dem Ausgang. Jürgen Steinbach ging ihr mit strahlendem Lächeln entgegen. Die Senatorin erwiderte das Lächeln nicht. Sie zog automatisiert eine Zigarette aus der Schachtel und ließ sie zwischen den Fingern wandern.

»Die Polizei hat die Ermittlungen in Sachen Jenny Noel eingestellt«, sagte sie.

»Ich habe es gelesen. Es sieht gut aus für uns.«

Sie sah ihn ungläubig an. »Denkst du wirklich, dass nichts mehr hinterherkommt?«

»Da bin ich mir fast sicher. Dieses Mal habe ich keine

Fehler gemacht. Mein Mann hat bei ihrer Leiche im Grunewald keinerlei Spuren hinterlassen.«

»Wie hat er das gemacht?«, fragte sie.

Doch Steinbach glaubte nicht, dass sie die Einzelheiten tatsächlich wissen wollte. Sie schaffte es schon jetzt kaum, mit Jenny Noels Tod umzugehen. Es war besser, wenn sie die genauen Details gar nicht erfuhr.

Dabei war es ganz einfach, alles wie einen Selbstmord aussehen zu lassen. Sie wussten, wo die Schwachstelle von Jenny Noel gewesen war. Es war dieser Mann in Rostock. Absurd, dachte Steinbach, wo er sie doch hatte sitzen lassen und sich aus dem Staub gemacht hatte. Doch sie hatte diesen Matthias Kroner noch immer geliebt, mehr als alles andere. Es hatte nicht viel mehr gebraucht, als dieser Referentin genau zu erklären, auf welche Weise Kroner sterben würde, wenn sie nicht kooperierte. Ihr zu beschreiben, auf welche Weise sie ihn foltern und schließlich ermorden würden, wenn sie sich nicht selbst den Strick um den Hals legte. Eine schlichte Erpressung, die perfekt funktionierte. Wenn du nicht kooperierst, bringen wir den Menschen um, den du am meisten liebst, und zwar auf grausame Weise. Mit dieser Drohung – und mit vorgehaltener Waffe – hatte sie sich schließlich gefügt. Wie dumm manche Menschen waren.

»Du willst die Einzelheiten gar nicht wissen, Renate«, sagte er. »Glaub mir, es ist besser so.«

»Also gut. Vielleicht hast du recht.«

Doch die Anspannung fiel nicht von ihr ab. Unruhig blickte sie durch das Fenster in die Eingangshalle, wo sich

Touristen und Sicherheitsleute drängten. Dort unten würde sie rauchen können.

»Dann ist nun alles zu Ende?«, fragte sie.

»Ja«, sagte er und bemühte sich, zuversichtlich zu klingen. »Alles ist nun zu Ende.«

»Gänsehaut garantiert!«

Neue Woche

*Cover- und Preisänderungen vorbehalten

Stefan Holtkötter

Bauernjagd

Ein Münsterland-Krimi

Piper Taschenbuch, 288 Seiten
€ 9,99 [D], € 10,30 [A], sFr 14,90*
ISBN 978-3-492-25778-7

Eine brutale Mordserie erschüttert das Münsterländer Dorf Erlenbrook-Kapelle. Mehrere alte, respektierte Bauern kommen auf grausame Weise zu Tode, die Umstände sind höchst mysteriös. Hauptkommissar Hambrock übernimmt die Ermittlungen und stößt auf alte Familienfehden, betrogene Hoferben und die Folgen des um sich greifenden Höfesterbens. Dann schlägt der Mörder erneut zu, und Hambrock erkennt zu spät, dass auch seine Familie in allerhöchster Gefahr schwebt ...

PIPER

Leseproben, E-Books und mehr unter **www.piper.de**